Claudia Puhlfürst
Lügenschwester

5 4 3 2 1
ISBN: 978-3-649-62115-7
© 2015 Coppenrath Verlag GmbH & Co. KG,
Hafenweg 30, 48155 Münster
Alle Rechte vorbehalten, auch auszugsweise
Text: Claudia Puhlfürst
Dieses Werk wurde vermittelt durch die Literarische Agentur
Thomas Schlück GmbH, 30827 Garbsen
Umschlaggestaltung: Anna Schwarz unter Verwendung
von Motiven von © goldnetz/www.shutterstock.com
und © Denis Vrublevski/www.shutterstock.com
Lektorat: Kristin Overmeier
Satz: Sabine Conrad, Rosbach
Printed in Germany
www.coppenrath.de
Das @book erscheint unter der ISBN: 978-3-649-66871-8.

Claudia Puhlfürst

LÜGEN
SCHWESTER

COPPENRATH

TEIL 1

21. Mai

1

Am Kühlschrank hing ein neues Foto. Besser gesagt, ein Foto vom letzten Jahr, das gestern noch nicht dort geklebt hatte. Sarah betrachtete das Gesicht ihrer Schwester. Die blonden Haare schienen wie ein Strahlenkranz um Katharinas Kopf zu schweben, im Hintergrund brannte die rote Abendsonne ein Loch ins Meer. Kat hatte ihren verschmitzten Gesichtsausdruck aufgesetzt. Neben ihren Ohren machte sie mit beiden Händen das Peace-Zeichen.

Herbstferien. Letztes Jahr am Strand in Rethymno. Mama hatte zwei Wochen Kreta in einem Fünf-Sterne-Hotel gebucht. Die Reise war eine Belohnung für Kats erfolgreiches Auslandsjahr gewesen.

Sarah schloss kurz die Augen und ließ die Bilder wieder auferstehen: die Heimat von Göttervater Zeus, Hitze, schaumgekrönte Wellen, das Kreischen der Möwen, Geruch nach Sonnenöl. Katharina nahm immer Nussöl, weil sie den Duft so mochte. Auch wenn es keinen Lichtschutzfaktor hatte.

Katharina nimmt *immer Nussöl*, berichtigte sich Sarah. *Ge-*

genwart, nicht Vergangenheit. Ich muss aufpassen, was ich denke und sage. Die drehen mir doch aus allem einen Strick.

Sarah ließ den Löffel zurück in die Schale vor ihr sinken und wandte den Blick von dem Foto ab. In ihrem Mund quollen die Cornflakes immer mehr auf.

Sie konnte Mama im oberen Stockwerk rumoren hören. Seit einigen Tagen vermied ihre Mutter es, sich morgens in der Küche aufzuhalten, wenn sie frühstückte. Als Sarah die halb zerkauten Cornflakes herunterschlucken wollte, schienen sie wie ein Klumpen in ihrem Hals stecken bleiben zu wollen. Was, wenn sie daran erstickte? Würde Mama rechtzeitig herunterkommen und ihr helfen? Oder würde sie später, wenn sie ihre Tochter tot in der Küche fand, kurz das Gesicht verziehen und erleichtert pro forma den Notarzt rufen? Doch die Cornflakes fanden ihren Weg.

Von draußen blendete die Morgensonne herein und sogar bei geschlossenem Fenster konnte man das fröhliche Zwitschern der Vögel hören. Sarah rieb sich die Augen. Seit einer Woche schlief sie nachts kaum, und sie hatte sich schon daran gewöhnt, dass die Müdigkeit sie im Laufe des Vormittags in irgendeiner langweiligen Unterrichtsstunde einholte – meistens genau dann, wenn sie es am wenigsten gebrauchen konnte, wenn der Lehrer zum Beispiel gerade eine *hochwichtige* Frage gestellt hatte und in die Runde sah.

Wie ferngesteuert wanderte Sarahs Blick zurück zu dem Urlaubsfoto. Kat schien ihr zuzuzwinkern. Eigentlich wollte Sarah gar nicht näher darüber nachdenken, warum Mama dieses Bild dort aufgehängt hatte. Genau gegenüber von ihrem Platz, sodass ihr Blick beim Essen unweigerlich darauf fallen musste.

Draußen war es jetzt still. Als hätte etwas Finsteres den kleinen Vögeln Angst gemacht. Auch das Rumoren über ihr hatte aufgehört. Der Morgen hielt den Atem an, nur die Küchenuhr tickte überlaut.

Als die Türklingel schrillte, fuhr Sarah zusammen. Mit einem leisen Platschen landete der Löffel in der halb vollen Schale. Sie sah in Richtung Flur und dann an die Zimmerdecke. Wollte Mama nicht herunterkommen und öffnen? Anscheinend hoffte sie, dass der Besucher wieder verschwand, wenn sich im Haus nichts rührte, doch vergebens. Es klingelte erneut, und jetzt hastete sie die Treppe hinunter und ging durch den Flur. Sarah sah zum Foto ihrer älteren Schwester und dann zur Küchentür. Sie konnte die Stimmen hören. Ein Mann und eine Frau. Und sie kannte die beiden.

Was wollen die schon wieder hier? So früh am Morgen?

Mama murmelte eine Antwort auf die Begrüßung, dann näherten sich Schritte und die Küchentür schwang auf. Statt der erwarteten zwei Beamten erschienen drei. Der kleine Dicke mit dem Schnauzbart war neu.

»Guten Morgen, Sarah.« Die Frau wartete auf eine Antwort, doch Sarahs Mund blieb verschlossen. Ihre Kehle war plötzlich staubtrocken, sodass Sarah zweimal schluckte und nach dem lauwarmen Kakao griff.

Die Szene glich einem dieser modernen Theaterstücke. Fünf schweigende Menschen in einer auf Hochglanz polierten Küche, umgeben von einer unheilschwangeren Erschöpfung, die sich wie ein schwerer feuchter Mantel über sie gelegt hatte und ihnen die Luft nahm. Sarah hatte das Gefühl, dass sich die Sekunden zu Minuten dehnten.

Der nächste Satz der Frau zerschnitt die Stille.

»Wir müssen Ihre Tochter noch einmal ausführlich befragen.«

Wozu wollen Sie mein Kind befragen? Glauben Sie denn noch immer, dass sie etwas mit dem Verschwinden ihrer Schwester zu tun hat? Sarah schob stumm die Unterarme vom Tisch und verschränkte die Finger unter der Platte. Niemand musste sehen, wie nervös sie war. Mama zögerte unmerklich und nickte dann.

»Auf dem Revier.« Die Polizistin mit den kurzen schwarzen Haaren musterte Sarah schmallippig. In ihren Augen flackerte es.

Schuster hieß sie, besser gesagt *KK* Schuster. *KK* war die Abkürzung für Kriminalkommissarin. Sie wollte nicht zum ersten Mal mit Sarah reden. Die Polizistin mit der Strubbelfrisur und ihr wortkarger Kollege hatten Sarah schon mehrfach zu Kats Verschwinden befragt. Das Wort hatte dabei immer *sie* geführt. KK Schuster schien ein echter Profi zu sein, übte systematisch Druck aus, während ihr Kollege Verständnis zeigte. Jetzt stand er schweigend neben ihr und wartete auf eine Reaktion von Mutter und Tochter.

»Dürfen wir Ihre Tochter mitnehmen? Sie wird dann wieder zurückgebracht.«

Können Sie das nicht hier tun? Darf ich mitkommen? Warum stellte Mama die Fragen nicht?

Die Müdigkeit überfiel Sarah wie eine Wolke, die sich plötzlich vor die Sonne schob. Sie hatte bis nach Mitternacht gechattet und dann noch über eine Stunde im Netz gesurft. Nur um sich abzulenken. Von diesem furchtbaren Verdacht, von den Gedanken an ihre verschwundene Schwester. Doch all das hatte nichts genützt. Auch noch, nachdem sie das Licht gelöscht und die Decke bis zum Kinn gezogen hatte, hatte sie einfach nicht einschlafen können. Seit sieben Tagen kam der erholsame Schlaf nicht zu ihr. Das zerknüllte Kissen unter dem Kopf, schwirrten die Gedanken wie aufgescheuchte Wespen hin und her und prallten laut brummend gegen die knöcherne Schädelkapsel. Sarah unterdrückte ein Gähnen.

»Frau Gessum?« Die Kommissarin klang ungeduldig.

Ich bin dagegen. Sarah bleibt hier. Sie können ihr Ihre Fragen gern in meinem Beisein stellen.

Mamas Mund blieb verschlossen. Sie hatte die Lippen so fest aufeinandergepresst, dass die rote Farbe aus ihnen gewichen war. Und sosehr Sarah sich bemühte, sie konnte keinen Blick erhaschen. Mama sah aus dem Fenster, dann schloss sie die Augen, als wollte sie die Wirklichkeit, diese beiden Kripobeamten und ihre fordernden Mienen ausblenden. Irgendwann in den letzten Tagen hatte sie es aufgegeben, Sarah zu verteidigen. Zuerst resigniert wegen ihrer angeblichen Sturheit, wie sie es genannt hatte, dann zunehmend verärgert und zuletzt misstrauisch.

Hilf mir doch!, wollte Sarah ihrer Mutter zurufen, *ich brauche dich jetzt mehr denn je!* Aber ihr Mund war wie zugenäht, die Kehle eng, kein Wort wollte hervorkommen, sosehr sie sich auch bemühte. Und Paps, der ihr sicher beigestanden hätte, war gestern Abend – fürs Erste, wie er sie getröstet hatte – zurückgefahren.

»Also gut.« Mama wischte sich zum wiederholten Mal die Hände an der hellen Jeans ab und ging zur Spüle. Sie war also tatsächlich ernsthaft einverstanden, dass diese Beamten ihre fünfzehnjährige Tochter zur »Befragung« mitnehmen durften? *Weg mit dem Kind, das ihr nur Schwierigkeiten machte. Ich hasse dich!*

Sarah stellte die Tasse mit dem Kakao, deren Henkel sie noch immer umklammert hielt, auf dem Tisch ab und betrachtete den aufgeweichten Brei in der Schüssel vor sich.

»Muss sie etwas mitnehmen?« Mama hatte ihnen, während sie sprach, den Rücken zugedreht und klapperte in der Spüle herum. Gerda, die eben hereingekommen war, stand im Raum und rang mit verstörtem Gesichtsausdruck die Hände.

»Nein.« KK Schuster war einen Schritt näher getreten und wartete jetzt, dass Sarah aufstand. *Wenn sie mich anfasst, schreie ich.*

»Eine Jacke vielleicht. Abends wird es schnell kühl.«

Abends? Wie lange sollte sie denn auf dem Revier bleiben?

»In Ordnung.«

Sarah starrte auf den durchgedrückten Rücken ihrer Mutter und schluckte. *In Ordnung? Mehr fällt dir nicht dazu ein?* Sie räusperte sich. »Kann ich Paps anrufen?«

»Später. Jetzt fahren wir erst mal los.«

»Was ist mit einem Anwalt?« Hilfe suchend blickte Sarah zu ihrer Mutter, doch die schwieg.

»Du brauchst keinen. Es handelt sich lediglich um eine Befragung und deine Mutter hat ihr zugestimmt.« KK Schuster wandte sich kurz Mama zu. »Mein Kollege wird inzwischen mit Ihnen die Sachlage besprechen.«

Die Polizistin streckte den Arm nach Sarah aus. Ihr Gesicht bekam einen verdutzten Ausdruck, als diese plötzlich aufsprang und sich an ihr vorbei zur Tür drängte.

»Ich hole meine Jacke.« Sarah hastete nach oben. Sie musste ihr Handy einstecken, bevor ihre beiden Bewacher sie mitnahmen. Da Mama ihr anscheinend nicht mehr helfen wollte, würde sie sich anderweitig um Beistand kümmern müssen.

*

»Also dann, Sarah.« Kriminalkommissarin Schuster hielt Sarah die Tür zum Verhörraum auf und forderte sie mit einer Handbewegung auf einzutreten.

»Leider warst du bisher ja nicht besonders redselig. Aber mit Ausflüchten kommen wir nicht weiter.« Sie zog einen Stuhl hervor. »Du kennst das hier ja schon. Setz dich bitte.« Ihr schweigsamer Kollege folgte wie an einer Schnur gezogen. Bei ihrem ersten Treffen hatte er sich mit Fredersen vorgestellt. Einfach nur der Nachname. Kein Dienstgrad, nichts.

»Na, mach schon. Es wird nicht besser, wenn du bummelst.« Das klang nicht gut. Im Auto hatten die beiden die ganze Zeit geschwiegen. Was wollten sie denn nur von ihr?

Die Polizistin hatte inzwischen eine Hand auf Sarahs Rücken gelegt und schob sie sanft, aber bestimmt in Richtung Tisch. Sarah schniefte und setzte sich. Sie musste sich ablenken. Diese Ermittler durften nicht merken, dass sie Angst hatte. *Große* Angst, um ehrlich zu sein.

»Wir wollen dir nichts tun.« KK Schusters Kollege sprach abgehackt. Eine tiefe Stimme hätte wohl vertrauenerweckender gewirkt, aber damit konnte er leider nicht aufwarten. »Nur noch ein paar Fragen. Wenn du ehrlich zu uns bist, kannst du schnell wieder nach Hause, Sarah.«

13

Na klar. Und du bist der Weihnachtsmann.

Schuster, die im Hintergrund an irgendwelchen Geräten herumgefummelt hatte, richtete sich auf und kam zum Tisch. »Fertig, Lars.«

Fredersen hieß also mit Vornamen Lars. Wie der kleine Eisbär. Sarah beschloss, sich den Beamten ab jetzt nur noch als Eisbären vorzustellen. Das würde sie auf andere Gedanken bringen. Und seine Kollegin war ab jetzt nicht mehr die »Schneekönigin«, sondern die Kreuzspinne Thekla von Biene Maja. Vielleicht war sie in Wirklichkeit ja ganz nett, aber die hässliche Bezeichnung lenkte Sarah von der Angst um ihre Schwester ab. Und von der Angst darum, dass herauskam, was sie getan hatte.

»Wir nehmen alles auf.« Die Spinne ließ sich neben ihren Kollegen auf einen Stuhl fallen. »Aber das weißt du ja schon.«

Klar. Ich bin ja nicht zum ersten Mal hier. Allerdings war Mama bei der gestrigen Befragung mit dabei gewesen. Durften die eine Minderjährige überhaupt allein verhören? Anscheinend ja. Ihre Mutter hatte schließlich zugestimmt, und die Beamten hatten ihr versprochen, Sarah wieder zu Hause abzuliefern, wenn sie mit ihr fertig waren.

Wann auch immer das sein mochte.

»Kannst du dir vorstellen, warum du heute noch einmal hier bist?« Lars Fredersen setzte ein väterliches Gesicht auf. Oder das, was er dafür hielt. Sarah richtete ihren Blick geradeaus, ließ das dunkelbraune Jackett des Beamten verschwimmen und stellte sich den Strand in Rethymno vor.

Eine Zeit, als die Welt noch in Ordnung gewesen war. Sie fühlte die Hitze der Mittagssonne, die auf ihren Schultern brannte. Vor ihr rauschte das Meer. Katharina saß mit gekreuzten Beinen auf dem Handtuch und tippte auf ihrem Smartphone herum. Wie immer postete sie jedes noch so unwichtige Ereignis bei Facebook und Twitter. Sarah hielt nicht viel davon. Sie war der Meinung, dass nicht jeder wissen musste, was sie zu Mittag gegessen hatte, welche Musik sie gut fand oder welches Buch sie gerade las.

»Sarah? Wir würden gern gemeinsam mit dir die Wahrheit herausfinden.« Fredersens Stimme klang noch immer teilnahmsvoll. Wahrscheinlich würde sich gleich die Spinne einschalten und ihr mit Konsequenzen drohen, wenn sie weiter schwieg.

Gemeinsam mit mir »*die Wahrheit herausfinden*«. *Das heißt also, ihr glaubt, dass ich bisher gelogen habe.* Sarah versuchte, sich an den Sandstrand zurückzubeamen. Sollten sie doch mit ihren Neuigkeiten rausrücken. Es musste einen Grund haben, warum sie schon wieder hier saß. Sie hatte nichts zu sagen.

»Mach es nicht noch schlimmer. Du solltest kooperieren, Sarah.« Ein weiterer Versuch. Der Beamte dachte wohl, dass sie zugänglicher werden würde, wenn er an jeden zweiten Satz ihren Namen anfügte. Sarah hier, Sarah da. Auf seinem gestreiften Hemd war ein Fleck. Sah aus wie Ei. Sarah wandte den Kopf ab. »Eisbär« passte doch nicht zu Fredersen. Der kleine Lars war putzig und tollpatschig. Ein liebenswerter Kerl. Der hier war einfach nur nervig.

»Hör mir mal zu.« Schuster hatte sich vorgebeugt und sprach leise. Sarah konnte fühlen, wie die blauen Augen sie anstarrten, während die Beamtin weiterredete. »Falls du glaubst, dass wir dich nach Hause bringen, wenn du weiter schweigst,

liegst du falsch. Du bleibst so lange hier, bis wir alles besprochen haben. Also, antworte bitte auf die Frage. Was glaubst du,
warum du jetzt hier sitzt?«

Sarahs Magen zog sich zusammen. Etwas musste seit gestern Abend passiert sein.

»Ich habe keine Ahnung.«

»Erinnerst du dich, dass die Kollegen von der Spurensicherung am Freitag noch einmal bei euch zu Hause waren?« Fredersen hatte sich mit seinem fürsorglichen Tonfall wieder ins
Geschehen eingeschaltet.

»Da war ich in der Schule.«

»Das war nicht die Frage.« Schuster blieb leise. »Erinnerst
du dich?«

»Ja.« *Natürlich* erinnerte sie sich daran. Mama hatte sie so
eigenartig angesehen, als sie ihr von dem erneuten Besuch der
Kripo berichtet hatte. Fragend. Und irgendwie enttäuscht.
Ihre Unterlippe hatte gezittert.

»Na, siehst du, Sarah.« Jetzt war wieder Fredersen dran.
Sie konnte den Blick nicht von dem Eigelbfleck auf seinem
Hemd wenden. »Die Kollegen haben sich das Zimmer deiner
Schwester noch einmal vorgenommen. Kannst du dir vorstel-
len, was sie dort gesucht haben?«

»Keine Ahnung.« *Was weiß denn ich? Klamotten? Persönliche
Aufzeichnungen? Kats Handy?*

Und warum fragt ihr gerade mich danach?

Natürlich hatte sie eine Ahnung, sie war ja nicht doof. Zumal es die Spurensicherung gewesen war. Die klapperte im
Film immer alles nach Fasern, Fingerabdrücken oder Körper-
flüssigkeiten ab.

»Nun, dann werden *wir* es dir sagen.« Die Kommissarin setzte sich wieder gerade hin und legte die gefalteten Hände vor sich auf den Tisch. »Die Beamten haben *Blut* gefunden. Und zwar nicht nur ein paar Tropfen.« Bei jedem Satz erhöhte sie die Lautstärke. »Jede Menge Blut. Im Zimmer deiner Schwester, auf der Treppe nach unten, im Flur! Jemand hat versucht, es zu beseitigen, war aber nicht gründlich genug! Die Spurensicherung kann auch kleinste Reste nachweisen. Und jetzt möchte ich von dir wissen, ob du eine Erklärung dafür hast.«

Sarah versuchte krampfhaft, das Zittern zu unterdrücken, das ihr durch den ganzen Körper fahren wollte. Als ihr Tränen in die Augen schossen, senkte sie schnell den Blick auf die zerkratzte Tischplatte.

»Ich muss wohl nicht dazu sagen, dass es das Blut deiner Schwester war.« Schuster lehnte sich – nun wieder ganz ruhig – in ihrem Stuhl zurück.

»Hast du eine Erklärung, wie es dahin gekommen sein könnte?« Fredersen versuchte es erneut mit der rücksichtsvollen Tour.

Doch Sarah konnte nur an eines denken: ihre Angst um Katharina. Wenn die Spurensicherung Blut gefunden hatte, musste ihrer Schwester etwas wirklich Schlimmes passiert sein. »Vielleicht hat Kat sich geschnitten?« Ihre Stimme klang wie die eines Kleinkindes und Sarah verfluchte sich für ihre Schwäche.

»Bei der Menge an Blut müsste es aber ein großer Schnitt gewesen sein. Oder weißt du etwas über eine mögliche Verletzung?«

17

Sarah schüttelte den Kopf und schluckte die Bitterkeit hinunter. Einer der Kratzer auf der Tischplatte sah aus wie ein Pfeil, der auf sie zeigte. »Ich muss auf die Toilette.«

»Natürlich.« Hatte Schuster jetzt einen verächtlichen Ton? »Hast du etwas mit dem Verschwinden deiner Schwester zu tun? Auf jeden Fall weißt du mehr, als du zugibst. Dein Verhalten, seit Katharina vermisst wird, lässt eindeutige Schlüsse zu.«

Sie war geliefert. »Ich muss ganz dringend. Wirklich.« Ein kurzer flehender Blick zu Fredersen. Die konnten sie hier doch nicht schmoren lassen! Galt das schon als Folter, wenn man jemandem den Gang zur Toilette verwehrte? Besonders wenn derjenige noch minderjährig war? Fredersen schien Ähnliches zu denken, denn er erhob sich. »Petra wird dich begleiten.«

Petra? Die Giftspinne hatte einen Vornamen? Schnell erhob sich die Kommissarin und wartete, bis auch Sarah aufgestanden war. »Komm mit.« Sie nickte ihrem Kollegen zu. »Wir sind gleich zurück.«

Auf dem Gang roch es nach Desinfektionsmittel. Undefinierbare Schlieren zierten das Linoleum. Bis in die Kabine würde Schuster doch wohl kaum mitgehen, oder? Die Minuten allein waren ihre einzige Chance auf Rettung.

»Da ist es.« Die Beamtin zeigte auf das Türschild und wartete, bis Sarah die Tür geöffnet hatte. Dann schob sie sich hinter ihr in den engen Vorraum. »Ich warte hier.«

Sarah stolperte durch die offene Zwischentür in die enge Zelle, ließ den Riegel zuschnappen und zog das Handy aus der Gesäßtasche, bevor sie hörbar den Deckel aufklappte, die Hosen herunterließ und sich mit einem Ächzen setzte. Die Kommissarin musste durch Toilettengeräusche abgelenkt werden.

18

Zum Glück hatte sie ihr Handy immer auf stumm gestellt. Während ihre Finger über das Display huschten, lauschte sie nach draußen. Ahnte Schuster etwas?

WERDE AUF DEM REVIER VERHÖRT. RUF MEINEN PAPA AN.

Jetzt quietschte die Zwischentür. Die Spinne kam näher. »Brauchst du noch lange? Ich höre gar nichts!«

Sarah tippte KANN NICHT MEHR und rief: »Bin gleich so weit!« In dem Augenblick, als das Handy den Sendevorgang mit einem Summen quittierte, zog sie die Spülung.

Eine Woche zuvor…

15. Mai

2

»Guten Morgen.« Mama schaute kurz auf, lächelte ihr zu, schaltete dann den Wasserkocher ab und löffelte Kakaopulver in Sarahs Tasse. Gelbe Sonnenfinger blendeten durch die Gardinen herein und kitzelten ihre Nase.

»Hast du gut geschlafen?«

»Hm.« Sarah, die inzwischen am Küchentisch Platz genommen hatte, schüttelte die Conflakespackung, um festzustellen, wie viel noch darin war.

»Soll ich nachher neue mitbringen?«

»Hm.«

Mama schien ein Lächeln zu verbergen, während sie den Kakao vor ihre Schüssel stellte. Sarah gähnte und nahm einen Schluck. Sie spürte, wie die Wärme sich in ihr ausbreitete, und schloss die Augen. Wie immer war sie erst spät ins Bett gegangen, was sich nun rächte – sie brauchte immer ewig, um richtig wach zu werden. Mama wusste das und ließ sie in Ruhe. Normalerweise redete sie stattdessen mit ihrer Schwester. Die siebzehnjährige Katharina, die von allen nur »Kat« genannt wurde, schlief zwar gern länger, war allerdings im Gegensatz zu Sarah nach dem Aufstehen sofort putzmunter.

»Ist Katharina im Bad?«

»Weiß nicht.«

»Na ja, geben wir ihr noch fünf Minuten.«

»Hm.«

»Warst du gestern noch lange wach?«

»Bis elf.«

Was in Wirklichkeit Mitternacht bedeutete. Und sie wusste, dass Mama das nicht gern sah. Aber so früh am Morgen wollte Sarah nicht streiten. Außerdem war sie fast sechzehn, man konnte sie nicht zwingen, um zehn ins Bett zu gehen. Abends saßen sie und Katharina in ihren Zimmern stundenlang vorm Computer – Kat chattete mit Freunden, postete alles Mögliche bei Facebook und Twitter, während Sarah surfte oder skypte. Das Leben war einfach zu spannend, um zu schlafen.

»Und Kat?«

»Keine Ahnung.«

Mama griff nach ihrer halb vollen Kaffeetasse und setzte sich zu ihr. Die Frage, wann Katharina schlafen gegangen war, war überflüssig. Ihre Zimmer lagen nicht nebeneinander und sie verbrachten ihre Zeit abends selten miteinander. Schweigend löffelte Sarah ihre Cornflakes. Sogar bei ihren Frühstücksgewohnheiten unterschieden sie sich. Kat aß Joghurt und Obst, manchmal auch ein weich gekochtes Ei mit Toast oder ein Nutellabrötchen.

Sie hingegen brauchte ihre Flakes. Zuckerfreie natürlich. Mit fettarmer Milch. *Jeden* Morgen. Dazu trank sie Kakao.

Mama bewegte ihre Schultern und schien dabei nach oben

zu lauschen, doch dort blieb alles still. Kein Poltern über ihren Köpfen, kein Getrappel auf der Treppe, kein Gesang. Ein schneller Blick zur Uhr, dann schob sie die Tasse von sich. »Katharina hat gestern wohl doch zu lange gemacht. Aber wenn sie nicht gleich aus den Federn kommt, wird es zu spät. In zwanzig Minuten fährt euer Bus. Und ich muss auch los. Die Arbeit wartet nicht.«

Sarah nahm noch einen Schluck Kakao und antwortete nichts. Gleich würde Mama sie sowieso bitten, hinaufzugehen und Kat zu wecken.

»Gehst du bitte hoch und holst sie?«

»Aber klar doch.« Sarah erhob sich und grinste innerlich.

Im Flur war es dämmrig und kühl. Auf dem Weg nach oben ließ sie ihren Blick über die Fotogalerie schweifen und zählte dabei die Schritte. Neben jeder Stufe hing in Augenhöhe ein Foto an der Wand. Ganz unten fing es mit Kat als Baby an, dann kam Kat mit einem Jahr, gefolgt von Kat mit zwei Jahren. Ab Stufe drei gesellte sie selbst sich hinzu, bis zu dem Bild neben Stufe sechzehn. Letzten Sommer an der Ostsee. Obwohl sie sonst auf Fotos eher ernst dreinschaute, hatte sogar sie hier ein breites Grinsen im Gesicht.

Die chronologische Anordnung war Mamas Idee gewesen. *So, wie ihr wachst und größer werdet, geht es bergauf*, hatte sie gesagt, *jedes Jahr ein Bild, bis ihr groß und stark seid.*

Inzwischen gab es nur noch wenige Stufen ohne Fotos. Dann würden sie losziehen und ihre eigenen Wege gehen. So wie Paps weggegangen war. Sarah schluckte. Es war nicht nur für Mama schwer. Sie vermisste ihn. Täglich. Aber Paps hatte jetzt eine neue Frau und einen kleinen Sohn.

Katharinas Tür war noch geschlossen und Sarah blieb stehen und legte den Kopf leicht schief. Hinter der Tür herrschte absolute Stille. Hoffentlich war Kat nicht krank. So lange hatte sie noch nie verschlafen. Sie klopfte leise und wartete, doch es rührte sich nichts.

»Kat?« Sarah klopfte ein zweites Mal, öffnete die Tür und spähte ins Zimmer. »Du musst jetzt wirklich aufstehen, wenn du noch frühstücken willst. Es ist schon spät.«

Nun öffnete sie die Tür ganz und trat einen Schritt ins Zimmer. »Kat?« Ihre Stimme hallte überlaut durch den Raum, prallte an die puderfarbene Wand und senkte sich auf das Bett ihrer Schwester. Es war unbenutzt, wirkte genauso jungfräulich, als habe Gerda, die Haushälterin, es gerade eben erst gemacht. Sarah runzelte die Stirn. War Kat schon im Bad? Aber seit wann machte sie ihr Bett selbst? Nicht dass sie beide faul waren, aber solche Dinge überließen sie nur zu gern Gerda.

Als Sarah zurück in den Flur ging, bemerkte sie die halb geöffnete Badezimmertür. Dort war Kat also auch nicht. Oder war ihr vielleicht schlecht geworden und sie lag jetzt ohnmächtig in der Dusche? Das konnte passieren. Ein kleiner Schwindelanfall, weil man zu schnell aufgestanden war und – *schwups* – war man umgekippt.

Und so marschierte sie mit schnellen Schritten zum Bad und zog die Tür auf. Hinter der durchsichtigen Duschwand schimmerten die zartgrünen Fliesen, die Badewanne war leer.

»Kat?« Sarah erhob die Stimme. In der Küche polterte es kurz, als habe Mama etwas umgeworfen. »Katharina?«

Irgendwo musste ihre Schwester doch stecken! Während sie zu Kats Zimmer zurückging, kroch das unbehagliche Gefühl in ihrer Brust nach oben durch den Hals ins Gehirn und klopfte an die Pforte zum Bewusstsein.

Katharinas Schultasche lag neben dem Schreibtisch in der Ecke. *Genauso, wie Kat sie immer hinschmeißt, wenn sie aus der Schule kommt. Als habe sie sie seit gestern Nachmittag nicht angerührt.* Sarah ließ ihren Blick durch das Zimmer gleiten und überlegte dabei, wann sie ihre Schwester das letzte Mal gesehen hatte.

Katharina war wegen des Streits gestern Nachmittag wütend auf Mama gewesen. Sie verschwand dann immer ohne ein Wort in ihrem Zimmer und schmollte. Das war nicht das erste Mal und Sarah hatte das Gehabe ihrer Schwester wie immer übertrieben gefunden. Am nächsten Morgen hatte sich dann aber meistens alles wieder beruhigt.

Sarahs Blick blieb an etwas Glänzendem hängen, schweifte zum Fenster und kehrte dann zurück. Ganz langsam trat sie an den Schreibtisch heran und neigte den Kopf über den silbernen Gegenstand.

Kats Herzchen-Halskette.

Katharina geht ohne ihre Kette nirgendwohin.

Eine Fliege surrte unentwegt gegen die Scheibe. Draußen zwitscherte eine Amsel. Dann war es plötzlich still. Totenstill.

Sarah starrte noch immer auf den kleinen Glitzerstein inmitten des silbernen Herzchens, als ihr das fast unhörbare Geräusch auffiel. Etwas in diesem Zimmer brummte leise vor sich hin. Ein winziger Lüfter.

Kats Laptop. Er war nicht ganz zugeklappt, zwischen Tastatur und Bildschirm klaffte ein Spalt.

Wieso hatte ihre Schwester den Rechner gestern Abend

nicht ausgeschaltet? Vorsichtig, als könnte sie etwas zerstören, schob Sarah ihre Finger in die Lücke und klappte den Laptop auf, bevor sie mit den Fingerspitzen über das Touchpad fuhr.

Der Bildschirm erwachte zum Leben. Im Nachhinein kam es Sarah so vor, als habe der Moment, in dem sie auf die Worte gestarrt hatte, endlos gedauert, aber in Wirklichkeit waren es nur Sekunden, bis die Aneinanderreihung von Buchstaben einen Sinn ergab.

14. Mai, 18:50 Uhr
Seit Wochen fühle ich mich beobachtet. Irgendjemand stellt mir nach. Ich kann die Gefahr förmlich spüren; morgens, tagsüber, nachts, ja sogar hier im Haus bin ich nicht mehr sicher. Ich habe große Ang

Kats Blog. Sie schrieb fast jeden Tag und veröffentlichte einen Teil ihrer Texte im Netz. Sarah löste die Zähne aus der Unterlippe.

Wieso hörte Kats Satz mitten im Wort auf? Was oder besser gesagt wer *hatte sie gestern Abend beim Weiterschreiben gestört?*

Sarah spürte, dass sie noch immer die Stirn runzelte, während sie nach ihrer Mutter rief. Was war hier los? Wo steckte ihre Schwester?

3

»Willst du mit zum Essen?« Elodie kam aus dem Seitengang
und schwenkte ihre bestickte Tasche. Heute trug sie ein mint-
grünes Tuch als Stirnband, das die Farbe ihrer Haare noch
kräftiger leuchten ließ. Haartücher waren Elodies Markenzei-
chen. Während ihre beste Freundin näher kam, dachte Sarah
an ihre erste Begegnung, letzten September im Schulbus, eine
Woche nach Ende der Sommerferien.

»Fährst du auch zum Gymnasium?«, hatte eine helle Stimme
neben ihr gefragt und Sarah hatte von ihrem Buch hochge-
sehen. Vor ihr stand ein kräftig gebautes Mädchen. Es hatte
die Arme in die Seiten gestemmt und grinste. Sommersprossen
sprenkelten Nase und Stirn. In die roten Haare hatte es sich
ein hellblaues Tuch mit orangen Punkten gebunden.
   »Hörst du schlecht?« Der Bus fuhr an und das Mädchen
schwankte und griff nach Sarahs Lehne.
   »Ich?«
   »Schiel ich?«

27

»Nein.«

»Hinsetzen!« Der Busfahrer bremste und wartete. Anscheinend verstand er keinen Spaß.

Das Mädchen mit dem Haarband machte eine beschwichtigende Geste und ließ sich neben Sarah auf den Sitz plumpsen. »Der nervt.« Sie zeigte nach vorn und kicherte verstohlen. »Also?« Sie versetzte Sarah einen leichten Stoß an den Oberarm. »Oder wollen wir bis zum Aussteigen schweigen?«

»Meinst du das Clara-Wieck-Gymnasium?« Sarah wusste noch immer nicht, was sie von dem Mädchen halten sollte.

»Welches denn sonst? Gibt's hier noch mehr davon?«

Sarah hatte innerlich geseufzt. So einfach würde sie dieses verrückte Mädchen wohl nicht loswerden. Wenn der Bus die Schule erreichte, musste sie schnell das Weite suchen. »Nein. Natürlich nicht.«

»Welche Klasse?«

»Neunte.« Sarah spürte, wie ihre Augenbrauen unwillig nach unten wanderten. War das hier ein Verhör?

Die Sommersprossige nickte, als hätte sie es gewusst. »Ich auch.« Erst jetzt schien ihr aufzufallen, dass sie etwas vergessen hatte, und sie streckte die Hand aus. »Sorry. Ich bin Elodie.«

»Was ist das denn für ein Name?«

Elodie zuckte die Schultern. »Meine Eltern sind Spinner.«

»Wie meinst du das?«

»Es sollte eigentlich ›Melodie‹ heißen, aber die Krankenschwester hat sich verhört. Als meine Eltern ›Elodie‹ lasen, gefiel es ihnen besser als ihr eigener Vorschlag. Sie mussten zwar anschließend nachweisen, dass das ein gebräuchlicher Mädchenname ist – wenn auch nicht in Deutschland –, aber es

28

hat funktioniert. Seitdem heiße ich Elodie und jeder fragt mich danach. Das geht mir echt auf den Zeiger!«

Das sommersprossige Mädchen hatte den Mund verzogen und dann gekichert. »Und du?«

»Sarah. Stinknormal. Sarah Brunner.« Dann hatten sie sich die Hände geschüttelt.

Und jetzt war Elodie ihre beste Freundin. Ihre einzige dazu.

Sarah kehrte in die Wirklichkeit zurück. »Ich habe keinen Hunger. Du?«

»Geht so. Lass uns lieber in den Park rübergehen. Ich habe noch zwei Schokomuffins.« Elodie zeigte auf ihre Tasche. »Das Wetter ist sowieso viel zu schön, um drinnen zu hocken.«

Sarah grinste. In der Mittagssonne schienen Elodies Haare in Flammen zu stehen. Sie versuchte, sich die genaue Farbe zu merken, um sie später exakt beschreiben zu können.

Jedes banale Detail war es wert, analysiert zu werden. All das konnte später in ihren Texten Anwendung finden. Jürgen, der Leiter des Kurses »Kreatives Schreiben«, hatte sie schon mehrfach für ihre genauen Beobachtungen gelobt. Die Schilderung menschlicher Emotionen aus der Sicht der handelnden Figuren würde ihre Texte lebendig machen, hatte er den Teilnehmern erklärt und hinzugefügt, dass sich die anderen an Sarah ein Beispiel nehmen könnten.

»Heute war ein echt blöder Morgen.« Sarah setzte sich neben ihre Freundin auf eine Bank und dachte darüber nach, wie sie die Ereignisse am besten schildern sollte. Direkt neben ihrem Gymnasium befand sich ein großer Park, der ein beliebter Aufenthaltsort bei den Schülern war. Hier spazierten die

Pärchen händchenhaltend unter den betagten Linden entlang oder trugen die Jüngeren im Winter Schneeballschlachten aus. Gleichzeitig war das weiträumige Areal ein guter Ort, um sich in den Freistunden ungestört zurückzuziehen. Auch sie nutzte jede Gelegenheit, dem alten Gemäuer und den belanglosen Pausengesprächen ihrer Mitschülerinnen zu entfliehen.

»Die *entzückende* Kat ist weg. Spurlos verschwunden, die Gute.« Ein kühler Luftzug fächelte heran und brachte einen Hauch von Flieder mit.

»Reden wir von deiner Schwester? Was ist passiert?«

»Ich habe keine Ahnung.« Wenn sie Elodie jetzt eine kurze Zusammenfassung gab, konnte das nur nützlich sein. Am Abend würde Sarah noch einmal alles in ihrem Videotagebuch aufzeichnen. Im Lauf der Zeit verfälschten sich Erinnerungen, wurden umgedeutet oder verblassten. Das Gespräch mit Elodie würde die Ereignisse des heutigen Morgens noch einmal aufleben lassen. Vielleicht konnte sie einiges davon später für einen ihrer Texte verwenden.

Also erzählte Sarah von ihrem Morgen zu Hause und wie sie das Bett ihrer Schwester leer vorgefunden hatte. »Aber das Seltsamste war: Kats Laptop lief, und so wie es aussieht, ist sie mitten während des Schreibens unterbrochen worden.« Sarah wiederholte, was Katharina geschrieben hatte, und berichtete von der Aufregung ihrer Mutter, als diese nach oben gekommen war und die Bescherung entdeckt hatte.

»Ob ich was wüsste, hat sie mich ganz aufgelöst gefragt, und ob Kat bei einer Freundin übernachtet haben könnte. Ich glaube, sie wusste, dass ich ihr nicht wirklich darauf antworten konnte. Ich hab gemeint, dass sie ruhig bleiben sollte.«

»Hast du eine Ahnung?«

»Wo sie steckt?«

Elodie nickte mit vollem Mund und Sarah fuhr fort. »Na ja, es ist nicht das erste Mal, dass Kat sich verdrückt. Sie ist schon mehrmals abgehauen, wenn ihr was nicht gepasst hat. Und außerdem hatte sie gestern einen Mörderstreit mit Mama.«

»Worum ging es?«

»Ach, das übliche Thema, das Kat schon seit Wochen draufhat: den Führerschein. Einige aus ihrer Klasse haben bereits die ersten Fahrstunden, und da sie im September achtzehn wird, will sie nun auch endlich mit der Fahrschule beginnen. Mama hat dann gefragt, ob sie denn das Geld dafür schon zusammenhätte. Bevor Kat nach Großbritannien gegangen ist, war nämlich die Bedingung, dass, wenn meine Eltern die Kosten für ihr Auslandsjahr übernehmen, sie den Führerschein selbst bezahlen muss. Natürlich hat meine Schwester nichts gespart, weil sie ständig neue Klamotten und Make-up kauft. Selbst schuld!«

»Du klingst ganz schön genervt von Kat.«

»Du hast es erkannt. Mama war nämlich nicht die Einzige, die gestern Abend fällig war. Kat hat einen Rundumschlag gemacht. Manchmal ist sie einfach nur ätzend.« Sarah dachte an das wütende Gesicht ihrer Schwester. Kat neigte dazu, alles zu übertreiben. Könnte an ihrem Theaterkurs liegen.

»Mama hat gefragt, ob Katharina sich nicht an die Abmachung erinnern würde. Sie benutzt Kats vollen Namen nur, wenn sie wütend wird – meine Schwester hätte spätestens jetzt lieber aufhören sollen, aber Kat ist ein Dickkopf. Wenn sie sich einmal was in den Kopf gesetzt hat, gibt sie nicht so schnell auf.«

»Eigentlich keine schlechte Idee. Nie aufzugeben, meine ich.« Elodie verschluckte sich und hustete.

»Schon, aber man muss auch wissen, wann es genug ist. Statt Ruhe zu geben, fing Kat dann auch noch mit einem eigenen Auto an. Die hat sie doch nicht mehr alle! Sie wünscht es sich nämlich nicht, sie *verlangt* es. Immer mit dem Bus zur Schule zu fahren, sei echt Kacke. Luisa hat auch schon eins, einen Mini-Cooper, Neuwagen wohlgemerkt, und darf sogar schon damit fahren! Mit siebzehn! Das ist doch die Härte!«

»Ich hab sie schon damit rumfahren sehen. Arrogante Ziege!«

»Meine Mutter ist erstaunlich ruhig geblieben. Sie hat gesagt, dass sie schon überlegt hatte, Kat zum 18. einen kleinen Gebrauchtwagen zu schenken, aber bei dem Benehmen noch mal darüber nachdenken würde. Und da ist meine Schwester voll ausgerastet! Stell dir vor, sie hat behauptet, sie hätte schon mit meinem Vater darüber gesprochen und er sei ganz ihrer Meinung. Wenn Mama nicht wolle, würde *er* ihr selbstverständlich den Führerschein bezahlen und auch einen kleinen Neuwagen spendieren. *Selbstverständlich* hat sie gesagt! Das hat das Fass zum Überlaufen gebracht.«

Geld war nicht das Problem und Kat wusste das. Und doch hatte sie es bewusst zur Sprache gebracht. Ihre Schwester war eine raffinierte kleine Schlange. Wahrscheinlich hatte sie geglaubt, Mama mit Paps' angekündigter Unterstützung unter Druck setzen zu können. Aber gestern Abend hatte die Masche nicht funktioniert.

»Ich habe mich ziemlich erschreckt, als Mama plötzlich laut wurde. Sie hat Katharina angeschrien. Dass Papa die Familie verlassen habe und demzufolge auch nicht mehr an der Erziehung beteiligt werde. Es sei ihr egal, was dieser Hurensohn Kat versprochen habe. *Sie* würde in diesem Haus die Entscheidungen treffen.« Sarah schüttelte den Kopf und erinnerte sich, wie sie bei den Worten mit aufgerissenen Augen ein Stück Tomate in ihrer Salatschüssel fixiert hatte. Mama musste außer sich gewesen sein. Ein Schimpfwort wie »Hurensohn« war noch nie über ihre Lippen gekommen. Sie betrachtete Elodies gespanntes Gesicht einen Augenblick lang, ehe sie fortfuhr.

»Daraufhin ist auch Kat richtig sauer geworden und hat die üblichen Dinge von sich gegeben: dass Mama kein Verständnis zeigt, dass man sie nicht ernst nimmt und dass sie sich nicht anschreien lässt. Dabei war sie mindestens genau so laut wie Mama. Ein Gekreische in unserer Küche, kann ich dir sagen …« Sarah rollte mit den Augen. »Ich habe das Ganze irgendwann nicht mehr ausgehalten und mich eingemischt. Dummerweise. Ich habe Kat gesagt, dass sie sich beruhigen soll und dass ein Auto zum 18. doch ziemlich cool sei. Und bis dahin könnte sie doch bei ihrer Freundin Luisa mitfahren.«

»Sehr diplomatisch, Sarah. Aber das war wahrscheinlich ein Fehler, oder?«

»Und wie! Kat hat sich sofort auf mich gestürzt. Was mich das Ganze anginge und warum ich überhaupt in der Küche wäre und nicht schon im Bett. Mit fünfzehn hätte ich sowieso noch keine Ahnung vom Leben und ich sollte die Klappe halten. Ich sei ein dummes, naives Kind und solle weiter mit meinen Puppen spielen. Ich war echt sprachlos. So ist sie noch nie ausgetickt.«

»Naives Kind?« Elodie runzelte die Stirn. »Das ist ja frech. Außerdem bist du doch fast sechzehn.«

»Ich bin echt sauer auf Kat. Mama hat zwar noch versucht zu schlichten, aber das hat alles nur noch schlimmer gemacht. Schließlich ist genau das passiert, was bei ähnlichen Streits immer passiert: Kat hat sich auf dem Absatz umgedreht, die Tür zugeschlagen und ist in ihrem Zimmer verschwunden.« Sarah verdrehte die Augen. »Kat inszeniert gern ihre Wutanfälle. Aber meistens ist am nächsten Tag alles vergessen.«

»*Ich* könnte nicht Stunden später so tun, als sei nichts passiert.«

»Ich auch nicht. Aber ich gehe ja auch nicht wegen jeder Kleinigkeit in die Luft. Wahrscheinlich hat Mama gedacht, dass es dieses Mal auch wieder so laufen würde … Oh, sieh mal da, ein Eichhörnchen! Wie süß!« Sarah zeigte auf den Baum vor ihnen, ehe ihr einfiel, dass die Freude über das putzige kleine Pelztier vielleicht unpassend war. Andererseits war Elodie die Einzige, mit der sie alles besprechen konnte. *Stimmt nicht ganz. Seit Neuestem gibt es da noch jemanden …* Sie sah dem braunen Fellbündel nach, wie es über die Äste hüpfte, dann sitzen blieb und herabschaute und anschließend mit den Hinterbeinen trommelte. »Das ist so niedlich!« Ihr Blick fiel auf Elodie, die das Eichhörnchen ebenfalls beobachtete, wobei das abwesende Grinsen ihr einen fast albernen Ausdruck verlieh.

»Tja, um zum Schluss zu kommen – heute Morgen war *Katharina die Wütende* nicht anwesend. Sie muss sich gestern Abend noch vom Acker gemacht haben. Klammheimlich. Ihr Bett war unberührt. Aber hey!«, jetzt hob Sarah den Zeigefinger und wackelte damit hin und her, »vergessen wir nicht, dass das nicht das erste Mal ist. Kat hasst es, sich mit Problemen auseinanderzusetzen. Da müsste sie ja womöglich ihren eigenen Fehlern ins Gesicht sehen. Anstatt zu diskutieren, flüchtet sie lieber und kommt erst zurück, wenn sie glaubt, dass sich die Wogen geglättet haben.« Sarah unterdrückte ein Gähnen. »Allerdings – eine Sache ist doch etwas komisch. Kat hat ihre Herzchen-Halskette dagelassen. Demonstrativ auf dem Schreibtisch, damit Mama sie auch gleich sieht!«

Elodie hob die Augenbrauen und Sarah erklärte: »Paps hat Kat die Kette zum Geburtstag geschenkt. Ist schon ewig her. Seit er weg ist, trägt sie sie jeden Tag.«

Um sich von ihrem Vater und seiner neuen Familie abzulenken, fuhr Sarah schnell fort. »Und dann ist da noch dieser angefangene Blog-Eintrag.«

»Was stand denn da eigentlich?«

Sarah zitierte den Wortlaut von Katharinas Nachricht und setzte hinzu: »Weißt du, was ich glaube? Kat hat die Nachricht extra geschrieben, um Mama einen Schrecken einzujagen. So wütend, wie sie gestern war, traue ich meiner Schwester fast alles zu.«

Das Geschrei der Fünftklässler, die zum Bus rannten, war bis hier herüber zu hören. Sarah seufzte. Es wurde Zeit, in das alte Gemäuer zurückzukehren. Die Freistunde war vorbei.

»Sieht so aus, als müssten wir los.«

»Ich bin sicher, dass sich alles aufklärt. Heute Abend ist Kat zurück und die Welt wieder in Ordnung.« Elodie erhob sich und putzte noch einmal ihre Hose ab.

»Das denke ich auch. Die ganze Aufregung ist lächerlich.«

4

Schon von Weitem sah Sarah die Zeitung aus dem Briefkasten
hängen. Im Gehen ließ sie den Rucksack von den Schultern
gleiten, zog den Reißverschluss auf und fummelte nach dem
Schlüssel. Gerdas himmelblauer Corsa stand etwas schief links
neben dem Haupttor.

Ob Kat schon wieder zu Hause war? Die Mädels aus ihrer
Clique hatten vorhin so getan, als wüssten sie nicht, wo sie sei.
»Ist Kat krank?«, hatte Luisa sie nach der Mittagspause auf
dem Gang scheinheilig gefragt.

Bei wem hatte ihre Schwester wohl übernachtet? Diejenige
würde es ihr jedenfalls nicht auf die Nase binden. Vielleicht
war es sogar Luisa selbst gewesen. Das sah der geschmink-
ten Tussi ähnlich, Sarah durch ihre hinterhältige Frage aufs
Glatteis führen zu wollen.

Die *Darlins*, wie sich die Mädchen aus Kats Clique seit zwei
Jahren nannten, hielten zusammen wie Pech und Schwefel,
auch wenn Kat durch ihr Auslandsjahr nun eine Klasse unter ihnen war. An den Wochenenden trafen sie sich ständig,

um über Klamotten, Styling und Typen zu quatschen, wobei sie fast die gesamte Zeit hysterisch kicherten. Sarah hatte sie schon einige Male daheim im Wohnzimmer angetroffen, während ihre Mutter auf Dienstreise gewesen war.

Sarahs Blick fiel auf das Nachbargrundstück, während sie die Post herausnahm. Gut, dass der Nachbar, ein alter Typ mit Bierbauch und Halbglatze, weggezogen war. Im Sommer hatte er ständig mit hochrotem Kopf an der Hecke herumgewerkelt und dabei wie zufällig herübergeschaut, wenn sie und Kat am Pool lagen. Obwohl sich Sarah sicher war, dass die lüsternen Blicke ihrer hübschen Schwester galten, fand sie ihn ziemlich eklig.

»Der Schleimbeutel steht anscheinend auf Frischfleisch. Fehlt nur noch, dass er sabbert wie eine lüsterne Bulldogge. Wie kann ein 62-Jähriger nur so notgeil sein?«, hatte Kat einmal gesagt und angewidert den Mund verzogen.

Sarah grinste bei der Erinnerung an Kats drastische Formulierung, während sie den Briefkasten aufklappte und die herausfallende Post auffing. Jan Zweigert war in ihren Augen ein einsamer alter Mann, der gern junge Frauen betrachtete – nichts, wovor man sich fürchten musste. Kat übertrieb. Wie immer.

Sarah schüttelte die Erinnerungen ab und versetzte dem quietschenden Tor einen Tritt. Auf dem Weg zur Haustür sortierte sie die Post. Meist war sie diejenige, die den Briefkasten leerte. Vormittags, wenn Gerda eintraf, war die Post noch nicht durch, Kat vergaß es ständig und Mama kam nie vor achtzehn Uhr nach Hause.

Drei Briefe und der *Wochenspiegel*. Die Briefe waren fast immer für Mama bestimmt – in der Regel irgendwelche Rechnungen. Sie und Kat bekamen fast nie Post. Heutzutage tauschte man sich in den sozialen Netzwerken aus. Snailmail war out.

Vor der Treppe hob Sarah den rechten Fuß und setzte ihn dann ganz vorsichtig wieder ab. Die Finger ihrer Rechten übertrugen das leichte Zittern auf den Umschlag, der ganz unten gelegen hatte.

Frau Gessum hatte jemand in Druckbuchstaben auf die weiße Oberfläche gekritzelt. Sonst nichts. Kein Absender, keine Briefmarke.

Nach Geräuschen aus dem Haus lauschend, löste Sarah die nur locker angeklebte Lasche und spreizte den Umschlag auseinander.

Ein Foto. Auch ohne es herauszunehmen, erkannte sie sofort, was darauf zu sehen war. Ihre Hände zitterten jetzt stärker. Fahrig klappte sie die Lasche wieder zu, stopfte den Brief in ihre Gesäßtasche und ließ den Rest der Post in dem Augenblick, in dem Gerda die Tür öffnete, zu Boden fallen.

5

»Sarah, mein Gott.« Gerda erhob sich zeitgleich mit ihr und ächzte dabei ein bisschen. »Bin ich froh, dich zu sehen.«

Sarah, die noch immer unsichtbare Schmutzteilchen von der Zeitung abstreifte, bemerkte erst jetzt, dass die Stimme der Haushälterin bebte.

»Was ist denn los?«

»Komm erst mal rein.« Gerda zog sie mit sich in den Flur und schloss die Tür. Dann drehte sie sich zu ihr um und legte ihr mit besorgtem Gesichtsausdruck die Hände auf die Schultern. »Wenigstens bist *du* in Ordnung!«

Sarah öffnete den Mund und schloss ihn gerade noch rechtzeitig, bevor ihr die Frage, was in die Haushälterin gefahren war, entschlüpfen konnte. Manchmal war sie echt begriffsstutzig. Natürlich machte auch Gerda sich Sorgen um Kat.

»Möchtest du einen Kakao?« Gerda nahm ihr die Jacke ab und hängte sie an die Garderobe. Dann ging sie voraus in die Küche.

»Hat Mama dich von der Arbeit aus angerufen?«

Nur kurz flackerte Unverständnis in den Augen der Haushälterin, ehe sie antwortete. »Deine Mutter ist heute nicht zur Arbeit gefahren. Als ich kam, war sie gerade dabei, alle Leute aus ihrem Adressbuch anzurufen, um herauszufinden, wo deine Schwester stecken könnte.« Das Brodeln des Wasserkochers unterbrach sie und Gerda ging zur Spüle hinüber.

»Und wo ist Mama jetzt?« Sarah erinnerte sich daran, dass der gelbe Audi nicht in der Auffahrt gestanden hatte. Klapperte ihre Mutter auf der Suche nach Kat die Bekannten der Familie ab? Da würde sie wohl wenig Glück haben. Noch nie war ihre Schwester zu Bekannten geflüchtet. Bis jetzt hatte sie sich immer bei ihren Freundinnen versteckt. Ohne dass deren Eltern das mitbekommen hatten, natürlich.

»Bei der Polizei.« Gerda stellte den Kakao vor Sarah ab, blieb neben ihrem Stuhl stehen und strich unentwegt die Hände an ihrer Schürze ab.

»Wie bitte?« Sarah unterdrückte ein Kopfschütteln.

»Wie ich schon sagte, hat deine Mutter, als ich kam, überall herumtelefoniert, aber niemand wusste, wo Katharina stecken könnte. In der Schule war sie auch nicht. Aber das weißt du ja. Dazu diese unheimliche Nachricht auf Kats Computer! Sie hat sich vor irgendwas gefürchtet! Weißt du, was das sein könnte?« Jetzt nahm die Haushälterin neben ihr Platz. »Hoffentlich ist es nur wieder einer von ihren Wutanfällen … Letztes Jahr zu Weihnachten kam sie ja auch am nächsten Tag wieder.«

Sarah erinnerte sich daran, wie Kat damals explodiert war, als Mama ihnen den Besuch bei Paps verboten hatte. Er hatte sie und ihre Schwester über Silvester ein paar Tage zu sich eingeladen, und Kat hatte doch allen Ernstes geglaubt, dass Mama sie einfach so fahren ließe. Mama hatte die Scheidung, und dass Paps jetzt eine neue Frau hatte, nie wirklich verkraftet. Dabei war Lilly supernett. Als sie auch noch schwanger geworden und der kleine Leo zur Welt gekommen war, war es ganz vorbei gewesen. Seitdem mussten sie heimlich mit Papa telefonieren, und nachdem Mama ihnen auch das verboten hatte, waren sie zu Skype und WhatsApp übergegangen. Was Paps anging, verhielt sich ihre sonst so vernünftige Mutter irrational.

Sarah blickte Gerda an und versuchte ein aufmunterndes Lächeln. »Na klar, was denn sonst? Kat ist bestimmt bei einer Freundin. Wann ist Mama denn los?«

»Vor zwei Stunden ungefähr. Sie hat erst dort angerufen, dann ein paar Fotos von deiner Schwester herausgesucht und ist losgefahren.«

Es konnte nicht mehr lange dauern, bis ihre Mutter zurück war. Ob die Polizei sie begleitete, um Kats Zimmer zu durchsuchen? In den Filmen, die sie gesehen hatte, war das jedenfalls oft so. Der Briefumschlag brannte in ihrer Hosentasche. Sie musste sich beeilen.

Sarah schob die halb volle Tasse von sich. »Das trinke ich später. Ich gehe in mein Zimmer und mach mich an die Hausaufgaben.«

»Ich komme mit hoch.« Gerda erhob sich zeitgleich und folgte ihr in den Flur. Sarahs Stirnrunzeln konnte sie nicht sehen. Normalerweise nahm sich die Haushälterin bis zum Mittag das obere Stockwerk vor, damit dort alles fertig war, wenn die Mädchen aus der Schule kamen. Aber heute war wahrscheinlich der gesamte Plan durcheinandergekommen.

Sarah bückte sich nach ihrem Rucksack und lief mit schnellen Schritten nach oben. Bei jeder Stufe meinte sie, das Knistern des Umschlags zu hören. Sie musste sich etwas Plausibles ausdenken, um die unvorhergesehene Aufsicht loszuwerden. Gerda klebte an ihr wie eine Klette. Wahrscheinlich hatte sie Angst, dass Sarah auch noch verschwand.

»Ach Mist.« Sarah hängte den Rucksack an die Klinke ihrer Zimmertür und drängte sich an der Haushälterin vorbei. »Hab mein Handy in der Jacke vergessen.« Sie spurtete die Treppen hinunter, wühlte hörbar in ihrer Jackentasche herum, hetzte in die Küche und zog die Tür hinter sich zu. Nach oben lauschend, öffnete sie die Besteckschublade, steckte die Streichholzschachtel ein und griff dann nach der halb vollen Tasse mit dem Kakao.

»Den kann ich bei den Hausaufgaben noch trinken.« Sie nahm die letzte Stufe und hielt dabei die Tasse demonstrativ vor ihre Brust. Ein prüfender Blick, aber die Haushälterin hatte sich bereits dem Staubsauger zugewandt und beobachtete nicht, ob Sarah das angekündigte Handy auch tatsächlich mit nach oben brachte.

Als sie die Zimmertür zugezogen hatte, holte sie den Umschlag hervor. Die Druckbuchstaben waren ungelenk, krakelig, als hätte jemand sie mit der Linken auf das Papier gemalt. Jemand, der nicht wollte, dass man seine Schrift erkannte.

Draußen brummte der Staubsauger. Langsam zog Sarah das Foto heraus und legte es mit der Vorderseite nach unten auf den Schreibtisch, bevor sie die Hand mit einer abrupten Bewegung um den Umschlag schloss, ihn zerknüllte und die knittrige Kugel zu Boden fallen ließ. Dann drehte sie das Bild um.

Es handelte sich nicht um ein echtes Foto, sondern um ei-

42

nen Ausdruck auf billigem weißem Papier. Kat stand vor einer grob gesprenkelten grauen Betonwand und sah aus wie ein verängstigtes Kaninchen. Der Hintergrund ließ nicht erkennen, wo die Aufnahme entstanden war. Mit dem Handy konnte man heute überall und zu jeder Zeit Bilder machen. Sarah ließ ihren Blick über das Gesicht ihrer Schwester gleiten und versuchte dabei, die grellrote Schrift, die sich diagonal über das Bild zog, zu ignorieren, aber es gelang ihr nicht. Mit der Spitze des Zeigefingers tupfte sie über jeden einzelnen Buchstaben.

RETTET MICH!

Dieses Mal übertrieb ihre Schwester wirklich. Nur weil Mama ihr weder Führerschein noch Auto spendierte, wollte sie ihr einen solchen Schrecken einjagen? Sarah zweifelte keine Sekunde daran, dass genau das hinter Kats Aktion steckte. Schon an der Haustür hatte sie beschlossen, Kat einen Strich durch die Rechnung zu machen.

Sie fühlte nach der Streichholzschachtel in ihrer Hosentasche, nahm das Foto und hob die Papierkugel vom Boden auf. Jetzt musste sie es nur noch irgendwie vorbei an Gerda ins Bad schaffen.

Noch einmal überprüfte Sarah, ob die Badezimmertür auch wirklich verschlossen war, und betrachtete kopfschüttelnd das verschreckte Gesicht ihrer Schwester, ehe sie ein Streichholz aus der Schachtel nahm. Sie klappte die Klobrille hoch. Mit einem Ratschen entflammte das Streichholz. Langsam fraß sich die gelbe Flamme durch das Papier, schwärzte Kats Kleidung, vernichtete Buchstabe für Buchstabe, zerstörte zuletzt auch das Gesicht ihrer Schwester.

6

»Fünfzehnter Mai, zwanzig Uhr dreißig. Hallo, Leute.«
Sarah sagte immer »Hallo, Leute«, als ob ihr Hunderte bei
ihren Monologen zuhörten, dabei war sie ganz allein in ihrem Zimmer. Und ihr Videotagebuch war auch nicht wie Kats
selbstgefälliger Blog zur Veröffentlichung gedacht. Aber es
klang irgendwie besser, wenn man sich an eine unbekannte
Zuhörerschaft wandte. Zudem verdeutlichte die volkstümliche
Ausdrucksweise den Unterschied zu ihren geschriebenen Texten, in denen sie um jedes Wort rang und die sie immer wieder
überarbeitete. Das hier dagegen diente der puren Selbstreflek-
tion, war ein Zwiegespräch mit ihrer inneren Stimme, ein Auf-
listen alltäglicher Erlebnisse.

Sarah kratzte sich über die Stirn und beobachtete, wie die
roten Streifen allmählich verblassten, während sie nach unten
lauschte. Sie hatte sich in ihr Zimmer geschlichen, um Mamas
verheulte Augen nicht mehr sehen zu müssen. Ihr gemurmel-
tes »Muss noch was für Geschichte recherchieren …« schien
sie nicht gehört zu haben.

»Kat ist immer noch nicht wieder da.« Eine kurze Pause, in der Sarah überlegte, wie sie am besten fortsetzen könnte. »Ich glaube auch ehrlich gesagt nicht, dass sie so schnell wieder auftaucht. Nicht nach dem, was heute Nachmittag passiert ist.« Noch eine Pause. Sarah registrierte, wie sich ihre Augen verengten, wenn sie nachdachte. Es war eigenartig, sich selbst beim Denken zuzusehen.

Unten plapperte fast unhörbar der Fernseher. Ansonsten war es still. Gerda war mit der Ankündigung, morgen ganz früh wieder hier zu sein, nach Hause gegangen und Mama saß wahrscheinlich noch immer wie ein stummer Fisch im Sessel und stierte auf den Bildschirm.

»Aber der Reihe nach. Heute Mittag habe ich Elodie von dem riesigen Streit gestern erzählt, und dass Katharina heute Morgen nicht mehr da war. Die Weiber aus ihrer Clique haben mich in der großen Pause gelöchert, ob ich was wüsste. *Wo ist Kat, wo ist Kat?* Die haben echt genervt.« Sarah bemerkte, wie laut sie gesprochen hatte, und dämpfte ihre Stimme. »Was glaubt *ihr* denn, wo meine unnachahmliche Schwester ist? In irgendeinem Versteck natürlich, um Mama ihren Willen aufzuzwingen.«

Jetzt kam der schwierige Teil. »Nach der Schule bin ich direkt nach Hause gefahren. Gerda war ganz aufgelöst, die Ärmste. Sie ist immer so mitfühlend. Eine halbe Stunde später kam Mama nach Hause. Sie war bei der Polizei, um eine Vermisstenanzeige aufzugeben!« Sarah zog die Augenbrauen hoch, um überrascht auszusehen. *Konnte man durchgehen lassen.*

»Das sei die einzig logische Konsequenz, hat Mama gesagt. Meinen Einwand, dass Kat nicht das erste Mal verschwunden ist, hat sie nicht gelten lassen. Sonst war Kat ja immer spätestens am nächsten Tag wieder da. All ihre Sachen sind außerdem noch hier. Mama hat überall herumtelefoniert und nirgends herausgefunden, wo sie stecken könnte. Stellt euch vor«, Sarah erhob den Zeigefinger, »sie hat sogar bei Paps angerufen! Das muss sie ziemliche Überwindung gekostet haben! Leider hat sie ihn nicht erreicht.« Jetzt schob Sarah die Unterlippe nach vorn, um ihr Bedauern auszudrücken. Der Gedanke, dass Katharina zu ihrem Vater geflüchtet war, war nicht ganz abwegig. Er hatte ihr schließlich versprochen, Führerschein und Auto zu bezahlen. Zumindest hatte Kat das behauptet. War es da nach Mamas Abfuhr nicht nachvollziehbar, wenn Kat zu ihm fuhr, um ihm ihr Herz auszuschütten?

»Mama hat sich ziemlich darüber aufgeregt, dass der Polizist auf der Wache nur versucht hat, sie zu beruhigen, statt sofort nach Kat zu suchen. Ihre Tochter sei kein Kleinkind, sondern eine Siebzehnjährige, die zudem am Vorabend einen Streit mit ihrer Mutter gehabt hat. Nicht einmal Kats Zeilen auf dem Computer haben den Beamten umgestimmt. Teenager in Kats Alter büxten schon mal aus, hat er meiner Mutter gesagt. Statistisch gesehen würden fünfundneunzig Prozent von ihnen kurz darauf wieder zurückkommen. Darüber hat Mama sich am meisten aufgeregt. Mit der Statistik könne man alles schönrechnen. Ihr Kind sei verschwunden und die kämen ihr mit der Statistik! Gerda hat natürlich zugestimmt.« Unten polterte es und Sarah verstummte augenblicklich. Ihr Zeigefinger schwebte über der Stopptaste, während sie die Ohren spitzte. Das Plappern des Fernsehers wurde für einen Augenblick lauter, als Mama die Wohnzimmertür öffnete. Dann klappte die Tür zur Gästetoilette und Sarah hielt die Aufnahme an. Vielleicht würde Mama im Anschluss nach oben kommen. Ihre Mutter litt unter Kats Verschwinden, und sie spürte, wie Wut in ihr aufstieg. Sobald ihre Schwester wieder aufgetaucht war, würde sie ihr ordentlich die Meinung sagen. Sarah musterte ihr eingefrorenes Gesicht und stellte sich vor, was morgen passieren würde. Es gab einige Möglichkeiten. Wahrscheinlich tauchte Kat wieder auf und dann konnte sie sich auf was gefasst machen. Und wenn nicht? Würde die Polizei das Verschwinden der entzückenden Katharina ernster nehmen als heute? Würden die Beamten zu ihnen nach Hause kommen und Kats Zimmer durchsuchen? Mama hatte schon gemeinsam mit Gerda in Schränke und Schubladen geschaut, aber sie hatte keine Ahnung, wo Kat die wirklich wichtigen Dinge versteckte.

Sarah zuckte zusammen, als unten die Spülung rauschte. In der Stille des Hauses schien jeder Ton überlaut widerzuhallen. Die Geräusche von eben wiederholten sich in umgekehrter Reihenfolge, dann kehrte die Lautlosigkeit zurück.

Sarah wartete noch ein paar Sekunden, um sicher zu sein, dass Mama auch wirklich wieder ins Wohnzimmer gegangen war und nicht etwa unten stand und heraufhorchte, dann schalt sie sich paranoid. Ihre Mutter hatte keinen Anlass, ihr zu misstrauen. Von dem verbrannten Brief wusste sie nichts und das sollte auch so bleiben. Fehlte noch, dass Kat Mama noch mehr Angst machte als so schon.

Sarah fuhr die Aufnahme eine Minute zurück und hörte sich ihre letzten Sätze an. Klang alles ganz vernünftig. Noch ein paar abschließende Worte und dann würde sie hinuntergehen und Mama aufmuntern.

»Es gibt nur eine Erklärung für den ganzen Scheiß: Katharina will unbedingt ein Auto. Schließlich muss sie ja mit ihren Mädels mithalten. Und dazu braucht sie den Führerschein. Wahrscheinlich hat sie schon geahnt, dass Mama Nein sagen würde, und deshalb die ganz große Show vorbereitet … Wenn Mama nicht nachgibt, verschwindet Kat mal eben und tut so, als sei sie in Gefahr. Wenn sie dann wieder auftaucht, denkt sie wahrscheinlich, Mama wäre *so* froh darüber, sie wiederzuhaben, dass sie ihr jeden Wunsch erfüllt.« Sarah grinste in die Kamera. »Aber dabei hat sie nicht mit mir gerechnet! Die naive kleine Fünfzehnjährige hat dich nämlich durchschaut, Schwesterherz! Tja, was soll ich euch zum Schluss sagen?« Sarah hob die Schultern und ließ sie gleich wieder fallen. »Meine wunderbare Schwester ist immer noch nicht wieder aufgetaucht. Katharina die Große, die Beste, die Schönste. Ja, ja, ich weiß schon. Ich soll immer nett von ihr denken. Schließlich ist sie meine Schwester. Aber diesmal übertreibt sie. Ich glaube jedenfalls nicht, dass sie heute noch zurückkommt. Folgt man ihrer Logik, wartet sie jetzt erst einmal ab, wie Mama reagiert. Das Ganze ist eine Inszenierung. Mama soll bestraft werden, weil sie Kats Wünschen nicht nachgegeben hat. Es handelt sich um ein Spiel. Spätestens in ein, zwei Tagen wird sie vor der Tür stehen, eine haarsträubende Geschichte im Gepäck, und Mama wird ihr schluchzend um den Hals fallen. Ich glaube jedenfalls, dass sie es diesmal echt zu weit treibt. Mal sehen, was morgen passiert.« Sarah grinste kurz, winkte sich selbst zu und beendete die Aufnahme.

16. Mai

7

»Sarah! Warte auf mich!«

Elodies Stimme hallte hinter ihr. Sarah blieb stehen und drehte sich um. Sie konnte ein Lächeln nicht unterdrücken, als sie sah, wie ihre Freundin schwer atmend den Berg heraufhastete, um sie einzuholen.

»Howdie!« Elodie war angekommen. Sie hob die Hand und ließ die Finger zappeln. Ihr Gesicht war gerötet und sie rieb sich mit dem Ärmel über die Stirn. »Bist du heute gar nicht mit dem Bus gekommen?«

»Nein, meine Mama hat mich unten abgesetzt.« Sarah zeigte auf die Kreuzung am Fuße des Schulberges. »Seit Kats Verschwinden denkt sie scheinbar, mir könnte auch noch was passieren. Nach Schulschluss soll ich sie anrufen, damit sie mich abholen kann!« Bei der Erinnerung an Mamas Ermahnungen kochte erneut die Empörung in Sarah hoch. »Wie im Kindergarten!«

»Bei deinem Vater ist deine Schwester auch nicht?« Elodie, die noch immer schwer atmete, beeilte sich, mit Sarah Schritt zu halten. Links von ihnen rauchten einige ältere Schüler hastig eine Morgenzigarette. Zarter Blütenduft wehte heran und Sarah sog ihn tief ein. Pudrig mit einem Hauch von Nachtviolen.

»Nein. Er hat gestern Abend noch angerufen. Wenn Kat heute nicht wiederkommt, will er sich morgen auf den Weg hierher machen.«

»*Glaubst* du denn, dass sie wieder auftaucht?« Elodie hörte sich besorgt an.

»Das ist so sicher wie das Amen in der Kirche. Bis jetzt ist meine unnachahmliche Schwester nach ihren *Ausflügen* doch jedes Mal zurückgekehrt. Sie will Mama unter Druck setzen, das ist alles.« Sarah dachte an das Foto aus dem Brief. Für einen Augenblick wirbelte das »RETTET MICH!« in ihrem Kopf herum und die brennend roten Buchstaben formierten sich zu sinnlosen Anagrammen. »Spätestens morgen ist sie wieder da.«

»Wo könnte sie denn stecken?«

»Vielleicht bei einer ihrer Freundinnen.« Sarah gähnte und deutete nach oben in Richtung des Torbogens, der in das altehrwürdige Gebäude führte. Sie war heute extra eine Stunde eher aufgestanden, um nachzuschauen, ob Kat seit Montagabend irgendwelche Spuren im Netz hinterlassen hatte, aber weder bei Facebook noch bei Twitter hatte sie etwas gefunden.

Was ja auch hirnrissig gewesen wäre. Wenn man so tat, als sei man gekidnappt worden, konnte man schlecht fröhlich Nachrichten posten. Sarah lächelte. Da musste sich die gute Kat wahrscheinlich ziemlich zurückhalten.

»Scheiße.« Elodie sah zu Sarah und verdrehte die Augen. »Die heilige Inquisition steht schon bereit.«

Sarah, die gehofft hatte, ungeschoren davonzukommen, betrachtete Kats Freundinnen. In der Morgensonne glänzte die dicke Make-up-Schicht in Luisas Gesicht besonders deutlich. Sämtliche Poren waren zugekleistert. Auf den Lippen schimmerte rosa Lipgloss, die Wimpern glichen Spinnenbeinen. Wahrscheinlich bemerkte Luisa zu Hause vor dem Spiegel nicht einmal, wie sehr sie in ihrem Schönheitswahn übertrieb, aber der helle Sonnenschein brachte alles gnadenlos ans Licht.

»Hi, Sarah.« Luisa warf ihre Zigarette auf den Weg und zog den Lipgloss aus der Tasche. Wollte sie die Kippe einfach so hier liegen lassen? Sarah konnte sehen, dass Elodie das Gleiche dachte, denn die Freundin schaute erst auf den Zigarettenstummel und dann strafend zu Katharinas Freundin.

»Wo ist Kat?«

»Hier jedenfalls nicht, oder siehst du sie irgendwo?«

Alina, die neben Luisa stand, riss erschrocken die Augen auf, und Sarah ermahnte sich, nicht so patzig zu reagieren. Die *Darlins* sorgten sich anscheinend tatsächlich um ihre Freundin. Oder taten zumindest so.

»Ist sie immer noch verschwunden?« Luisa schaute von Alina zu Nele und dann wieder zu Sarah. In ihren Augen funkelte etwas, das Sarah nicht benennen konnte. Schuldbewusstsein? Verärgerung?

»Zu Hause ist sie jedenfalls nicht aufgekreuzt.« Sarah spürte, wie Elodie sie am Arm berührte. »Wir müssen jetzt los.«

»Wo könnte sie denn sein?« Jetzt mischte sich Nele ins Gespräch ein. Im Gegensatz zu Alina, die immer wie ein verschüchtertes Rehkitz wirkte, gab Nele die Unterkühlte. Mit ihrer intellektuellen Masche passte sie eigentlich gar nicht zu den *Darlins*.

»Keine Ahnung.« *Vielleicht bei einer von euch?* »Sie wird schon wieder auftauchen.« Sarah wandte sich um und folgte Elodie.

»Sag uns Bescheid, wenn du etwas erfährst!« Luisas Stimme prallte an den Steinmauern ab.

Aber klar doch. Ganz bestimmt werde ich euch drei Grazien als Erstes informieren … Sarah schüttelte den Kopf und entspannte die Schultermuskeln.

»Warte kurz. Mir ist grade etwas eingefallen.« Elodie blieb stehen und schaute sich um. »Neulich habe ich in der Mensa zufällig am Tisch hinter Kats Clique gesessen.« Das Vorklingeln ertönte, und Sarah machte Elodie ein Zeichen, sich zu beeilen.

»Die haben sich doch tatsächlich über gefakte Entführungen unterhalten. Luisa und Nele haben von einem Film erzählt, in dem eine Siebzehnjährige ihre eigene Entführung inszeniert hat, um von ihren geizigen Eltern Geld zu erpressen. Nele fand die Idee cool. Ihre Eltern würden auch nie was rausrücken, hat sie gesagt, und dass man ihnen mit dieser Methode einen spitzenmäßigen Denkzettel verpassen könnte. Soweit ich mich erinnere, hat deine Schwester interessiert zugehört.«

»Was war das für ein Film?«

»Keine Ahnung. Aber das ist doch seltsam, dass sie, kurz bevor deine Schwester verschwindet, über so etwas reden, oder nicht?« Elodie winkte und wandte sich nach rechts. »Wir sehen uns in der Pause!«

Sarah setzte sich ebenfalls in Bewegung. Wenn Luisa und Nele diesen Film kannten, hatte Kat ihn auch gesehen. Das untermauerte ihre These, dass es keinen Entführer gab und Katharina das gestrige Schreiben selbst verfasst hatte. Womit ihre Schwester allerdings nicht zu rechnen schien, war, dass Sarah ihr auf die Schliche kommen und die Show verhindern würde. Sie öffnete die Tür zum Biologieraum und sofort hüllte eine Mischung verschiedenster Geräusche sie ein. *Du hast mich unterschätzt, Schwesterlein.*

*

»Gehen wir wieder in den Park?« Von der Straße drang ein Hupen herüber und Elodie hielt kurz inne. »Ich habe keinen Bock, schon wieder Katharinas Clique in die Arme zu laufen …«

»Gute Idee. Das Wetter ist so traumhaft, das müssen wir ausnutzen.« In Sarahs Brust loderten kleine Flämmchen. Der Frühling war die beste Jahreszeit für frisch Verliebte, und wenn sie ehrlich zu sich selbst war, musste sie sich eingestehen, dass sie verknallt war. Oder besser gesagt, zum ersten Mal richtig verliebt. Bis über beide Ohren, um ein gängiges Klischee zu verwenden. Sie sah, wie Jonas sie mit seinen braunen Augen fixierte, und stolperte über die Rasenkante.

»Hoppla!« Elodie packte sie am Arm. »Du solltest nicht in die Luft starren, sondern auf den Weg schauen.«

Sarah erwiderte nichts. Sie dachte darüber nach, ob sie ihre Freundin einweihen sollte, und entschied, es nicht zu tun. Noch nicht. Vielleicht später. Zuerst musste sie ganz sicher sein, dass Jonas auch in sie verliebt war. Wenigstens ein bisschen. Schließlich wollte sie sich nicht zum Affen machen.

»Hunger?« Elodie zog eine Papiertüte aus ihrer Umhängetasche. Heute hatte sie Streuselschnecken dabei. Elodie aß gern und das sah man ihr auch an. Nicht dass Sarah das gestört hätte, aber manchmal wünschte sie sich für Elodie, dass die sich ein bisschen in Acht nahm. Einfach deswegen, weil sie es dann leichter haben würde. Aber vielleicht wollte Elodie es gar nicht leicht haben.

»Nein danke. Ich bin noch vom Frühstück satt.«

»Machst du etwa eine Diät?« Elodie zog die Stirn kraus.

»Nein. Aber die Sache mit Kat … nimmt mich ziemlich mit.«

»Das verstehe ich.«

Sarah setzte sich neben ihre Freundin auf die Bank und lehnte sich zurück. In ihrem Rücken raschelten die runden Blätter der Espen, als flüsterten sie sich kleine Geheimnisse zu. Alle anderen Bäume und Sträucher hingegen sonnten sich still und rührten keinen Zweig. Lichtfinger tanzten durch das maigrüne Laub und malten Kringel auf die Wiese vor ihr. Sie atmete tief ein und aus und genoss den Anblick für ein paar Sekunden.

»Ich muss dir noch was erzählen. Ich hatte vorhin eine Freistunde und hab mich in die Mensa gesetzt. Kats Mädels waren auch da.« Sarah zog eine Schnute. »Die haben mich zuerst gar nicht bemerkt, so vertieft waren sie in ihr Gespräch. Stell dir vor, Kats Clique weiß von dieser ominösen Botschaft auf ihrem Laptop. Die superschlaue Nele hat erzählt, dass Katharina sich schon länger vor irgendetwas gefürchtet hätte, und Alina hat dazu wie ein Schäfchen genickt. Was sie ja auch ist. Ein Schäfchen. Ich bin dann zu ihnen an den Tisch und habe gefragt, woher sie von der Nachricht wissen. Luisa hat behauptet, das hätte in Kats Blog gestanden.«

»Echt? Vielleicht kommuniziert deine Schwester statt über Facebook und Twitter über ihren Blog mit ihnen? Kommst du an ihre Eintragungen ran?«

»Klar. Ich kenne das Passwort.« Sarah spürte, wie sich ihr rechter Mundwinkel nach oben zog, während sie Elodie zuzwinkerte.

»So schlau, wie Kat immer denkt, ist sie nämlich nicht. In ihrem Blog gibt es zwar einen öffentlich zugänglichen Teil, den jeder lesen kann, aber auch einen Geheimbereich, für den ein Passwort verlangt wird. Und das hat sie gespeichert.«

»Und in diesem Geheimbereich steht auch Kats letzte Nachricht?«

Sarah nickte. »Der Eintrag hat mit ›Ich habe große Ang…‹ aufgehört. Nicht einmal das letzte Wort hat sie zu Ende geschrieben.«

»Ziemlich melodramatisch.« Elodie betrachtete die zweite Streuselschnecke und schob sie mit einem Seufzen wieder in die Tüte zurück.

»Das dachte ich auch. Meine Mutter und Gerda glauben, dass Kat durch irgendetwas unterbrochen wurde, einen Anruf oder eine Nachricht, und den Text später fertig schreiben wollte. Warum sie das dann doch nicht getan hat, ist unklar. Anscheinend hat sie aber trotzdem den unfertigen Post in den geheimen Bereich ihres Blogs kopiert.«

»Das bedeutet, dass eine der *Darlins* die letzte Botschaft deiner Schwester gelesen und dann die anderen informiert haben muss.«

»Exakt.«

»Du solltest dir Kats Laptop schnappen. Log dich in den Geheimbereich ein und schau, was sie in den letzten Tagen gepostet hat. Textnachrichten über Skype werden auch gespeichert, man kann sie zurückverfolgen. Vielleicht hat sie am Abend mit jemandem gechattet, der etwas über ihr Verschwinden weiß, vielleicht sogar mit demjenigen, bei dem sie sich jetzt versteckt.«

»Mach ich gleich heute Abend.« Sarah nickte und setzte hinzu: »Ich werde herausfinden, wo Katharina die Große steckt, das verspreche ich dir. Heute Abend wissen wir mehr.«

»Rufst du mich dann an?«

»Klar doch. Aber jetzt müssen wir erst mal wieder rein.«

Von allen Seiten schlenderten Schüler in Richtung der Toreinfahrt des ehemaligen Schlosses, das ihr Gymnasium beherbergte. Während sie dem Trupp Zwölfer in den Innenhof folgten, kramte Sarah in der Hosentasche nach ihrem Handy. Die letzte Stunde würde heute ausfallen und sie musste Mama noch eine SMS schicken, dass sie sie nicht abzuholen brauchte, denn so konnte sie die gewonnene Zeit nutzen, um zu Hause ungestört Kats Laptop zu durchforsten. Gerda konnte sie abwimmeln, aber wenn Mama auch noch im Haus herumschlich, wurde die Gefahr, entdeckt zu werden, zu groß. Und die beiden mussten nicht wissen, dass sie die persönlichen Dateien ihrer Schwester las. Wenn sie etwas fand, was das Geheimnis um das spurlose Verschwinden lüftete, konnte sie sich immer noch offenbaren.

Eilig glitten ihre Finger über die Buchstaben.

Gehe heute nach der Schule mit Elodie heim. Brauchst mich
nicht abzuholen. Sarah

Das würde ihre Mutter beruhigen, sie mochte Elodie. Sarah
verabschiedete sich von ihrer Freundin, schlenderte zum Klas-
senraum und huschte auf ihren Platz.

8

Bin heut Abend im Schreibkurs, sehen wir uns dort?

Sarah schickte die SMS an Jonas ab und schob das Handy in die Hosentasche. Ihr Herz überschlug sich fast. Was, wenn sie sich irrte und er gar nicht an ihr interessiert war? Aber konnte man die Zeichen so falsch interpretieren? Immer wenn sie sich in den letzten Wochen gesehen hatten, hatte Jonas ihre Nähe gesucht. Er sah ihr länger als üblich in die Augen und berührte sie ab und zu scheinbar unabsichtlich. Und er sah so gut aus! Die dunklen Locken, die immer ein wenig verstrubbelt waren … Sarah holte tief Luft und schaute aus dem Fenster. Die Blütenblätter der Kirschbäume wehten über die Straße wie feine Schneeflocken. Schneeflocken im Mai. Der Mozart des Kalenders, so hatte Erich Kästner ihn genannt. Leise murmelte Sarah den Text vor sich hin. Sie liebte Kästner. Auch das war ein Verdienst von Jürgen, der die Kursteilnehmer darauf aufmerksam gemacht hatte, dass der Autor der Kinderbücher auch tolle Gedichte geschrieben hatte.

… Melancholie und Freude sind wohl Schwestern.
Und aus den Zweigen fällt verblühter Schnee.
Mit jedem Pulsschlag wird aus Heute Gestern.
Auch Glück kann wehtun. Auch der Mai tut weh.

Sarahs Gedanken schweiften wieder zu Jonas. Seine braunen Augen schimmerten fast wie dunkler Bernstein, wenn die Sonne darauf fiel. Sie hatte noch nie eine solche Farbe gesehen. Hoffentlich kam er nachher zum Schreibkurs!

Der Bus schlingerte um die Kurve und Sarah wurde von der Fliehkraft gegen das Fenster gedrückt. Um sie herum schnatterten die jüngeren Schüler. Robin und Max, die beide in ihre Klasse gingen, saßen direkt vor ihr und beschäftigten sich mit ihren Smartphones. Draußen huschten gelb geklinkerte Reihenhäuser vorbei, dann folgte ein kleiner Supermarkt, vor dem immer ein paar Penner mit Bierflaschen herumlungerten. Sarah schloss die Augen. Wenn man den Kopf von links nach rechts bewegte, änderte sich die Farbe des durchscheinenden Lichts von Rötlichgelb zu Braun. Sie verwahrte die Beobachtung in ihrem »Schreib-Speicher« und dachte dann darüber nach, wie sie gleich Gerda loswerden konnte, um ungestört Kats Rechner durchforsten zu können. Vielleicht konnte sie die Haushälterin darum bitten, ihr etwas zum Mittag zu kochen, am besten irgendwas Kompliziertes. Ja, das könnte funktionieren.

Sarah öffnete die Augen wieder und beobachtete abwesend, wie Robin und Max synchron nach ihren Rucksäcken griffen und ihre Handys einsteckten.

Ihre Gedanken ließen sich heute nur schwer bändigen. Dauernd flogen sie voraus zum Schreibkurs und produzierten kleine Filmchen über mögliche Geschehnisse dort, wobei ihr Herz heftig klopfte. Sarah drückte die Fingerspitzen gegen beide Schläfen, um in die Wirklichkeit zurückzukehren. Im gleichen Moment kam der Bus mit einem Ruck zum Stehen und sie erhob sich. Schnell griff sie nach ihrem Rucksack und lief zur Tür.

Laue Luft schlug ihr entgegen und sie hüpfte die Stufen hinunter. Dreizehn Uhr dreißig. Anderthalb Stunden Zeit, um sich in Kats Zimmer umzusehen. Mama hatte auf die SMS von vorhin nicht geantwortet, aber das tat sie auch sonst selten. Womöglich hatte sie die Nachricht auch noch gar nicht gelesen und würde sauer sein, wenn sie nachher zur Schule düste und ihre jüngere Tochter nicht vorfand. Aber darüber konnte sie sich später Sorgen machen.

Im Vorbeischlendern spähte Sarah über den Zaun des Grundstückes, das einmal Jan Zweigert gehört hatte. Dem *Alten Spanner*, wie Kat ihn immer nannte. Aber vielleicht besaß er das Haus noch immer, weil er den Verkaufspreis zu hoch geschraubt hatte oder sich keine Interessenten fanden. Neue Besitzer waren jedenfalls noch nicht eingezogen. Ihr hatte der Typ manchmal leidgetan. Ein einsamer älterer Mann ohne Frau. Sie wusste nicht einmal, ob er Kinder gehabt hatte. Hier waren nie welche aufgetaucht. Wo mochte er jetzt sein? Ob es ihm gut ging? Kat hatte den Nachbarn verachtet und sich gleichzeitig ein bisschen vor ihm gefürchtet, aber Kat war Kat, und wenn sie sich ein Urteil über jemanden gebildet hatte, ließ sie sich nicht mehr davon abbringen.

Sarah blieb abrupt stehen und starrte zu dem Fenster im oberen Stockwerk hinauf. Hatte sich dort eben die Gardine bewegt oder halluzinierte sie? Schnell senkte sie den Blick auf die Gehwegplatten und schlenderte betont unauffällig zu ihrem Gartentor. *Was, wenn Kat sich da drüben versteckt? Von dort kann sie alles super verfolgen und beobachten, was wir hier so tun.*

Je mehr sie darüber nachdachte, desto plausibler erschien ihr die Idee. Kat wusste, wo der *Alte Spanner* den Hausschlüssel versteckte. Sie alle wussten das. In Herrn Zweigerts Garten gab es einen nachgemachten Stein mit einer Klappe an der Unterseite, den er immer zwischen die Hortensienbüsche legte. Mehrfach hatten sie ihn dabei beobachtet.

Sarah kramte gedankenverloren nach ihrem Schlüssel und überlegte dabei, wie sie sich Gewissheit verschaffen konnte. Es gab nur eine Möglichkeit: Sie musste da rüber und nachschauen. Aber nicht am helllichten Tag. Jeder zufällig Vorbeikommende konnte sehen, was sie tat, und die rückwärtige Gartenseite des Hauses war vom angrenzenden Grundstück aus einsehbar.

Dann schleiche ich mich eben heute Nacht rüber. Sarah nickte sich selbst Mut zu und sortierte die Schlüssel am Bund, als wolle sie sie zählen. Was sie tun würde, wenn Kat tatsächlich dort drüben war, konnte sie sich später überlegen.

*

Die Sonne brannte auf ihre Schultern, während Sarah den Blechbriefkasten betrachtete. Die Farbe blätterte schon ab. Über ihr zwitscherte ein Vogel, und sie sah kurz nach oben und musste niesen, weil die Sonne ihre Nase kitzelte. Mit einem leisen Schrappen drehte sich der Riegel im Innern des Briefkastens, dann klappte die Tür nach vorn.

Sarahs Herz machte einen Satz, dann galoppierte es los. Ein eisiger Schauer rann ihr über den Rücken und trotz der Frühlingswärme fröstelte sie plötzlich.

Nur ein einsamer Brief lehnte an der Rückwand des Kastens, und noch ehe Sarah die Druckbuchstaben gelesen hatte, wusste sie, was er enthielt. Ohne sich zu bewegen, ließ sie ihren Blick von links nach rechts und anschließend zu den Fenstern ihres Hauses wandern. Wie erwartet, rührte sich nichts. Die Straße war verwaist, niemand lugte hinter den Fenstern hervor. Gerda erwartete sie frühestens in einer Stunde.

Schnell streckte Sarah die Hand aus, griff nach dem Umschlag und schob ihn in die Hosentasche ihrer Jeans, dann drehte sie sich hastig um und musterte das Nachbarhaus. Stand Kat dort drüben und beobachtete ihre jüngere Schwester dabei, wie sie den zweiten Brief fand? Und wenn sie so nah war – warum hatte sie ihn dieses Mal nicht selbst in der Nacht eingeworfen, sondern mit der Post geschickt? Den Blick noch immer auf die Fenster von Zweigerts Haus gerichtet, ging Sarah zur Eingangstür und schloss auf.

»Sarah? Bist du das?« Gerdas Stimme schallte von oben herunter, dann erschien ihr rundes Gesicht wie eine Mondscheibe über dem Geländer. »Du bist heute aber früh dran. Wollte deine Mutter dich nicht abholen?«

»Ich hatte eher Schluss. Machst du mir etwas zu essen?« Jetzt musste sie doch auf ihre Ausrede von vorhin zurückgreifen, auch wenn Kats Rechner gerade zweitrangig geworden war. Aber Gerda musste auf jeden Fall hier unten in der Küche beschäftigt werden.

Eimer und Putztuch in der Linken, kam die Haushälterin

herunter und musterte Sarah besorgt. »Geht's dir gut, Schätzchen?«

»Ja klar, warum denn nicht?« In ihrer Hosentasche spürte sie den Brief. »Meinst du wegen Kat?«

»Das nimmt dich mehr mit, als du zugeben willst, stimmt's?« Gerda stellte den Eimer ab und wuschelte ihr durch die Haare. Sarah hasste das, aber heute vermied sie es, sich zu beschweren.

»Hast du nicht gestern erst oben geputzt?«

»Ich musste mich beschäftigen. Du weißt schon … Deine Mutter ist immer noch nicht von der Polizei zurück.« Gerda wischte sich mit dem Ärmel über die Augen und schniefte. »Tut mir leid, Sarah. Ich denke immer nur an Katharina. Auf was hast du denn Appetit?«

»Eierkuchen?« Mehr würde sie heute nicht runterbekommen. »Ich komme gleich, bringe nur schnell meine Sachen hoch.«

»Ist gut, Schätzchen.« Gerda schob den Eimer beiseite und machte sich auf in die Küche.

Sarah huschte die Stufen hinauf, warf ihren Rucksack in den Flur und verschwand im Badezimmer. Das Ganze hatte etwas von einem Déjà-vu. Hastig fingerte sie den Umschlag hervor und betrachtete ihn. Dieses Mal hatte der »Verfasser« außer dem Namen ihrer Mutter die gesamte Anschrift in Druckbuchstaben auf den Umschlag gekritzelt und die Briefmarke war abgestempelt. Ungelenk schob Sarah die Spitze ihrer Augenbrauenpinzette unter die Lasche und riss den Brief mit kleinen ruckartigen Bewegungen auf, während sie nach draußen lauschte.

Genau wie gestern befand sich nur ein einzelnes Blatt im

Umschlag und genau wie gestern war ein Foto darauf gedruckt. Das Papier zitterte in ihrer Hand, während sie Kats makelloses Gesicht betrachtete. Ihre Schwester hatte den gleichen eingeschüchterten Gesichtsausdruck wie gestern aufgesetzt, und sosehr sie auch darauf starrte, gelang es Sarah doch nicht, herauszufinden, ob die Furcht echt oder nur gespielt war. Kat war in der Theater-AG und konnte auf Knopfdruck heulen oder sich vor Lachen ausschütten. Da war es bestimmt kein Problem für sie, ein verschrecktes Kaninchen zu geben. Auf diesem Ausdruck sah man im Gegensatz zum ersten nur Kats Gesicht in Großaufnahme. Der grau gesprenkelte Hintergrund schien der gleiche zu sein wie auf dem gestrigen Foto. Diagonal über Kats Gesicht flammten zwei rot geschriebene Worte: HELFT MIR!

»Hast du die alle gleichzeitig geschossen, Schwesterherz?« Sarah bedeckte ihren Mund mit der Hand. Auch wenn niemand zuhörte und Gerda unten in der Küche hantierte, sollte sie sich die Selbstgespräche fürs Erste verkneifen.

Etwas jedoch war heute anders: Auf der Rückseite des Bildes befand sich eine Nachricht, die in den gleichen krakeligen Buchstaben wie vorn geschrieben war:

FRAU GESSUM!
WIR HABEN IHRE TOCHTER.
WIR FORDERN 50.000 EURO LÖSEGELD, DANN
LASSEN WIR KATHARINA FREI.
IHR EINVERSTÄNDNIS GEBEN SIE BEKANNT, IN-
DEM SIE BEI FACEBOOK POSTEN, DASS SIE GE-
RADE »WUNDERKIND« VON WOLFGANG JOOP
LESEN.

DANACH ERHALTEN SIE WEITERE INFORMATIO-
NEN.

50.000 Euro? Sarah schüttelte ungläubig den Kopf und holte die Streichholzschachtel aus dem Spiegelschrank, die sie gestern dort deponiert hatte. Nicht gerade viel für eine Entführung. Sarah betrachtete ihr Spiegelbild. Das sah Kat ähnlich. *Wunderkind* von Wolfgang Joop. Was denn sonst? Welcher Entführer kannte denn den Designer und seine Bücher? Außerdem war es Kats absolutes Lieblingsbuch. Damit war klar, dass ihre Schwester hinter all dem steckte.

Jetzt tat Mama ihr richtig leid. Die neue Botschaft war echt übel. Dachte Kat denn überhaupt nicht daran, wie sehr sie Mama damit verängstigte? Die musste das alles doch für bare Münze halten. Echt fies und egoistisch. Aber das »dumme, naive Kind« würde Mama vor dem Kummer bewahren!

Sarah fiel ein weiteres Indiz dafür auf, dass ihre Schwester die Nachricht selbst verfasst hatte: Außer ihr und Kat wusste nämlich kaum jemand, dass Mama einen eigenen Facebook-Account hatte. Warum sie ihn überhaupt eingerichtet hatte, konnten sie nur mutmaßen – wahrscheinlich, um sich bei ihren Töchtern umzusehen. Kat war als Erste darauf gekommen, dass sich hinter »Coffeegirl« nur Mama verstecken konnte. Coffeegirl hatte keine weiteren Freunde, keine Fotos eingestellt und bei Wohnort, Musikgeschmack und Büchern nur Blödsinn geschrieben.

Sarah drehte das Blatt noch einmal um und betrachtete das Gesicht ihrer Schwester. *Du hältst dich wohl für besonders schlau, was? Dein Pech, dass ich den Brief gefunden habe und nicht Mama*

oder Gerda. Anscheinend hast du keinen Gedanken daran ver-
schwendet, was du uns mit deinem Theater antust ... Mama stirbt
doch vor Angst, wenn sie das hier liest!

Langsam drückte sie die Hand zusammen und formte eine
Kugel aus dem Zettel. Dass Kat irgendwie an das Lösegeld
kam und es sich einsteckte, durfte sie ihr auf keinen Fall durchgehen lassen. Ihre Schwester hielt ihren Plan wahrscheinlich
für perfekt. Wenn es ihr gelang, die 50.000 an sich zu bringen,
konnte sie anschließend ein bisschen ramponiert wieder auftauchen und so tun, als habe der Entführer sie frei gelassen.

Aber da hast du dich geschnitten, meine Liebe!

Sie musste sich beeilen. Gerda würde spätestens in fünf
Minuten zum Essen rufen. Sarah klappte den Toilettendeckel
hoch und öffnete die Streichholzschachtel.

Während sie das brennende Hölzchen an einen Zipfel des
Papierballes hielt, fiel ihr Blick auf den Spiegel. Das Gesicht
mit dem vorgeschobenen Unterkiefer und den zusammenge-
kniffenen Augen darin kam ihr fremd vor. Sarah wartete, bis
sich die Flamme dicht an ihre Fingerspitzen vorgefressen hatte, ehe sie das schwarzgraue Knäuel in die Schüssel fallen ließ.
Anschließend säuberte sie mit einem Stück feuchten Toiletten-
papiers die Brille, warf es der verbrannten Lösegeldforderung
hinterher und spülte.

Als sie das Fenster zum Lüften öffnete, hörte sie, wie in der
Auffahrt der Kies knirschte. Vorsichtig lugte Sarah hinaus und
sah, wie Mamas gelber Audi mit einem Ruck zum Stehen kam,
die Tür aufgestoßen wurde und ihre Mutter ausstieg. Noch
bevor ihr sorgenvoller Blick nach oben huschen konnte, hatte
Sarah sich auch schon geduckt. In ihrem Kopf überschlugen

sich die Gedanken. Der Geruch nach verbranntem Papier lag noch immer in der Luft. Nicht dass Mama auf die Idee kam, nach oben zu kommen und sie zu suchen. Sarah wedelte hektisch mit den Händen in der Luft herum, dann nahm sie ein Handtuch und versuchte, die Luft damit zum Fenster hinauszubefördern, aber ihr ging schnell auf, dass das nichts brachte.

»Sarah? Deine Mutter ist da! Und das Essen ist gleich fertig!« Gerdas Stimme drang dumpf zu ihr hinauf. Sarah öffnete die Tür einen Spaltbreit. »Bin sofort da!«

Wenn sie noch ein paar Minuten hier herumbummelte, würde Mama unten auf die Toilette gehen, und dann musste sie sie nur noch eine Weile in der Küche festhalten, bis sich der Geruch nach verbranntem Papier hier oben verzogen hatte.

9

»Seid nicht betrübt: Ich bin bei euch.
Die Welt lauscht dem Wispern verfliegender Stunden; sanft
rascheln die Blätter euch Trost zu im Wind: Fürchtet euch
nicht. Ich bin immer da.
Schärft eure Sinne, seid aufmerksam.
Vielleicht grüße ich euch mit dem süßen Duft des Flieders,
vielleicht netze ich euer Gesicht als lauer Frühlingsregen.
Bald schon werden wir uns treffen, nichts ist verloren, alles
im Lot.
So lange: Sucht mich nicht. Ich bin bei euch.«

Jürgen holte tief Luft und blickte sie an, als sähe er sie zum
ersten Mal. »Das war sehr beeindruckend, Sarah.«
     Neben ihr schniefte Vanessa und Sarah schielte hinüber.
Hatte Vanessa etwa feuchte Augen?
     »Du hast es das erste Mal mit Lyrik versucht. Und ich muss
sagen, es ist dir gelungen. Wirklich gelungen.« Jürgen sah in
die Runde. »Was meint ihr dazu?«

»Mir hat das sehr gut gefallen.« Lukas lächelte sie an. »Du hast dich auf ungewöhnliche Weise mit dem Verschwinden deiner Schwester auseinandergesetzt.«

Finn, der neben Lukas saß, schwieg wie immer. Außer beim Vortragen seiner Geschichten war er wortkarg. Bei den Diskussionen hielt er sich stets zurück, beachtete aber die Hinweise und Vorstellungen der anderen, was bewies, dass er trotz seiner Einsilbigkeit bei der Sache war.

Manche hier waren echt komisch. Zum Beispiel Andreas. Der Typ war mindestens zehn Jahre älter als sie und trug zu jeder Jahreszeit dieselbe speckige Lederjacke. Seinen blonden Ziegenbart hatte er geflochten und mit zwei Metallringen verziert. Jürgen meinte, Andreas sei begabt, und das, was der Typ schrieb, war fraglos ungewöhnlich, aber trotzdem fand Sarah ihn seltsam – wenn sie ehrlich war, jagte er ihr sogar ein bisschen Angst ein. Die meisten Kursteilnehmer jedoch waren nett und liebten das Schreiben, was schließlich die Hauptsache war. Sogar Kat war anfangs zwei-, dreimal mitgegangen, bis sie festgestellt hatte, dass es nichts für sie war. Beim Theaterspielen konnte man sein Ego besser in den Vordergrund rücken als beim kreativen Schreiben.

»Wie lange hast du dafür gebraucht?« Jürgen war aufgestanden und nahm ihr das Blatt aus der Hand.

Es ist einfach so aus mir rausgesprudelt. Vorhin im Auto, als Gerda mich hergefahren hat. »Ich weiß nicht mehr genau. Zwei, drei Stunden?« Sarah lächelte schüchtern.

»War es schwierig?« Lukas' blaue Augen leuchteten. Er schien plötzlich sein Interesse für Lyrik zu entdecken. Wahrscheinlich hatte ihn fasziniert, wie stark Sarahs Vortrag die

Leute aus dem Kurs beeindruckt hatte, und jetzt wollte er es schnellstmöglich nachahmen, um die Kunst bei den Mädchen anzuwenden. Sarah versteckte ein Grinsen.

»Ich musste schon ganz schön dran feilen.« *Exakt fünf Minuten, um ehrlich zu sein.* »Aber ihr macht mich verlegen.«

»Wie verkraftest du denn Katharinas Verschwinden?« Jürgen hatte sich gesetzt und das Blatt mit ihrem Erguss neben sich gelegt.

»Geht so.« Was sollte das hier werden – eine Therapiegruppe für betrübte Teenager? Und was sagte man in solchen Momenten? »Ich vermisse sie.« Sarah sah schnell zu Boden. Das war sogar die Wahrheit. Auch wenn sie sich ab und zu stritten, auch wenn Kat jetzt mit diesen Briefen echt übertrieben hatte, mochte sie ihre Schwester.

»Das ist doch ganz natürlich.« Vanessa tätschelte ihren Oberarm und Sarah wäre am liebsten ein Stückchen beiseitegerückt.

»Wo könnte sie denn stecken?« Annika, die bis jetzt noch gar nichts gesagt hatte, klappte ihr Notizbuch zu, als hoffe sie, dass der Schreibkurs damit für heute beendet war und sie ab jetzt nur noch über das Verschwinden von Sarahs Schwester fachsimpeln würden.

»Tja, wenn ich das wüsste … Bis jetzt hat sie sich immer zu einer ihrer Freundinnen geflüchtet, wenn es zu Hause Stress gegeben hat, aber da scheint sie dieses Mal nicht zu sein.« *Wahrscheinlich hockt sie im Haus unseres Nachbarn, aber das werde ich euch nicht auf die Nase binden.*

»Sie war doch ein-, zweimal mit hier, oder? So 'ne Hübsche mit langen blonden Haaren.« Auf einmal hatte Andreas auch

etwas zu sagen. Anscheinend war ihm Kat noch gut im Gedächtnis geblieben.

»Glaubst du, sie kommt bald zurück?« Annikas Augen waren weit aufgerissen, und Sarah konnte sehen, was sie dachte:
Vielleicht hat jemand Katharina gekidnappt? Vielleicht ist sie tot?

»Das hoffen wir. Meine Mutter war heute noch einmal bei
der Polizei, und sie sind vorhin bei uns gewesen, als ich los-
musste. Die suchen Katharina jetzt offiziell. Morgen kommt
mein Vater her und dann wird meine Schwester ihr beleidigtes
Gehabe ganz schnell vergessen und wieder auftauchen.«

»Wieso ist sie denn beleidigt?«

»Leute!« Jürgen, der bis jetzt nur zugehört hatte, hob die
Hand. »Ich denke, wir können nachher noch über Sarahs
Schwester reden – wenn sie das möchte.« Er sah kurz zu ihr
und dann in die Runde. »Jetzt sollten wir noch ein bisschen
arbeiten. Wir haben gerade erst angefangen und ich möchte
nicht die gesamte Kurszeit vertrödeln.«

Bis auf Annika nickten alle und Sarah fühlte Erleichterung
in ihrer Brust aufwallen.

Während Jürgen ihnen etwas über die auktoriale Erzählper-
spektive zu erläutern begann, kritzelte sie Galgenmännchen
in ihr Notizbuch, bis ihr auffiel, dass Vanessa herüberschielte.
Schnell bedeckte sie die Zeichnungen mit der flachen Hand
und versuchte, sich auf die Erläuterungen des Kursleiters zu
konzentrieren.

Als sich hinter ihr die Tür öffnete, spürte Sarah, wie ihr
Herz ins Stolpern geriet. Sie musste sich nicht umdrehen, um
zu wissen, wer gerade hereingekommen war. Wie gut, dass sie
den Platz rechts neben sich mit ihrer Tasche belegt hatte. Erst

als der Stuhl mit einem Scharren nach hinten gezogen wurde und der junge Mann durch die Lücke schlüpfte, sah Sarah hoch. Jonas zwinkerte ihr zu und flüsterte dann ein »Hi!« und jetzt raste ihr Herz im Galopp. Mehr als ein dämliches Grinsen brachte Sarah nicht zustande. Wärme stieg ihr vom Hals her nach oben, und sie hoffte, dass die Hitze nicht ihr gesamtes Gesicht mit einem roten Schleier überziehen würde.

Jonas rückte ein Stückchen nach links und wie unabsichtlich berührte er mit seinem Oberschenkel ihren. Die nächsten Minuten rauschten Jürgens Erklärungen wie ein ferner Wasserfall an Sarahs Ohren vorbei, und sie erwachte erst aus ihrer Trance, als sich alle erhoben und zu den Tischen gingen.

»Na, heute keine Lust?« Jonas tippte ihr sanft auf die Schulter. »Wollen wir uns da rüber setzen?«

»Klar. Gern.« Sie musste sich zusammenreißen.

»Ich schreibe lieber aus der personalen Perspektive, und du?« Er setzte sich ihr gegenüber und kreuzte die Arme auf dem Tisch.

»Das ist unterschiedlich. Je nachdem, was ich dem Leser mitteilen will. Mein Tagebuch ist natürlich in Ich-Form.« Fast hätte Sarah die Hand vor den Mund geschlagen. Jetzt erzählte sie Jonas schon von ihren persönlichen Aufzeichnungen!

»Du schreibst Tagebuch?« Er zog die Augenbrauen hoch, gleichzeitig rollten sich seine Mundwinkel nach oben.

»Nicht so wichtig.« Sie musste irgendwie das Thema wechseln. Bevor sie sich etwas überlegen konnte, kam Jonas ihr zuvor.

»Ich hab das mit deiner Schwester gehört. Sie soll verschwunden sein, erzählt man. Stimmt das?«

Während sie ihm eine kurze Zusammenfassung der Ereignisse zuflüsterte, betrachtete Sarah die anderen. Fast alle saßen einzeln, die meisten hatten die Köpfe über ihre Notizen geneigt. Vanessa beriet sich mit Jürgen. Nur Andreas starrte herüber. Als er bemerkte, dass sie ihn ansah, schaute er schnell weg und drehte dann seinen Stuhl so, dass er mit dem Rücken zu ihr saß.

»Ich denke auch, dass sie bald wieder da ist.« Jonas zuckte mit den Schultern. »Was käme denn sonst infrage? Wenn jemand sie entführt hätte, hättet ihr doch längst eine Nachricht bekommen, eine Geldforderung oder Ähnliches.«

Wenn du wüsstest. Sarah schluckte und bemühte sich, ein betroffenes Gesicht zu machen.

»Mach dir keine Sorgen. Wenn du Hilfe brauchst, ruf mich an. Jederzeit. Und jetzt schreiben wir erst mal was, okay?«

Eine Dreiviertelstunde später überflog Sarah ihren Text und beschloss, dass diese Art des Schreibens nicht ihr Ding war. Jonas schien es genauso zu gehen, denn er sah im selben Moment mit resigniertem Gesichtsausdruck auf. »Heute läuft es anscheinend nicht. Könnte daran liegen, dass ich gleich verhungere. Hast du Lust, nachher noch eine Pizza mit mir zu essen?«

»In einer Pizzeria?«

»Klar, wo denn sonst?« Er lächelte und Sarah tauchte in seine braunen Augen ein. Jonas hatte sie zum Essen eingeladen! Das konnte glatt als offizielles Date durchgehen. Im gleichen Augenblick flutete die Enttäuschung durch ihren Bauch und sie schüttelte den Kopf. Jetzt verdarb ihr Kat auch noch eine ernsthafte Verabredung. Wer weiß, ob Jonas sie jemals wieder fragen würde. »Geht leider nicht.« Sie sah, wie sich ein betrübter Ausdruck auf seinem Gesicht ausbreitete, und setzte schnell hinzu: »Unsere Haushälterin holt mich ab. Du weißt schon ... Meine Mutter ist gerade überängstlich.«

»Das verstehe ich.« Er beugte sich ein paar Zentimeter vor. Hoffentlich konnte er nicht hören, wie schnell ihr Herz klopfte. »Wie wäre es mit morgen? Oder übermorgen? Da ist Freitag und du kannst am nächsten Tag ausschlafen.«

In Sarahs Kopf flüsterte eine Stimme unentwegt *Oh mein Gott, oh mein Gott*, während sie wie besessen nickte.

»Super. Dann Freitag?«

Endlich gehorchte ihr die Stimme wieder und sie presste ein »Okay« heraus. Egal was bis dahin passieren würde, sie musste zu diesem Date. Und wenn Kat immer noch weg war – egal.

»Die Details können wir ja noch ausmachen. Ich schick dir 'ne Nachricht.« Er erhob sich. »Ich muss los. Tschüss, Prinzessin. Bis Freitag.«

Sarah blieb auf ihrem Stuhl hocken wie festgeleimt. *Er hat mich Prinzessin genannt!* Hitze flammte über ihre Wangen, als sie Jonas nachsah, wie er sich die Jacke schnappte und zur Tür hinausging. *Prinzessin!*

»Du siehst aus, als hättest du einen Geist gesehen.« Vanessa, die unbemerkt näher gekommen war, stand neben ihr und versuchte, Sarahs Blick zu folgen, aber Jonas war zum Glück schon hinausgegangen.

»Ich hab an meine Schwester gedacht.« Eine Ausrede war so gut wie die andere.

»Wirst sehen, spätestens morgen ist sie wieder da.«

Sarah, die ihre Sachen in der Tasche verstaute, sah hoch. Das hatte sich angehört, als ob Vanessa völlig sicher sei, dass es Kat gut ging. Wusste sie etwa mehr, als sie zugab? Doch das Gesicht der anderen war arglos. Wahrscheinlich hatte sie ihr nur Mut zusprechen wollen. *Du wirst allmählich paranoid.* Sarah erhob sich und winkte in die Runde. »Bis nächsten Mittwoch! Tschüss, Jürgen!« Der Kursleiter erwiderte ihren Gruß, indem er beide Fäuste hochhielt, was wohl heißen sollte, dass er ihr die Daumen drückte.

»Ich komme mit raus.« Vanessa warf sich ihren Lederbeutel quer über die Schulter und folgte ihr. »Ich fand das echt stark heute. Der Einzige, der kein Wort gesagt hat, war Finn.«

»Das ist mir gar nicht aufgefallen.« Die Tür fiel hinter ihr ins Schloss. Nachtblauer Himmel begrüßte sie. Erste Sterne funkelten. Ein kühler Luftzug wehte heran, in den Sträuchern am Rande des Parkplatzes raschelte ein Tier.

Sarah hielt nach Gerdas Corsa Ausschau, während sie Vanessa zu dem Laternenmast folgte, an dem diese ihr Fahrrad angebunden hatte. Sie fröstelte. »Ich werde trotzdem nicht zur Lyrik wechseln. Hab bloß versucht, meinen Emotionen freien Lauf zu lassen.«

»Der Typ ist echt unheimlich.«

»Wen meinst du?«

»Finn. Er kann einen regelrecht mit seinen hellen Augen durchbohren.«

»Ich finde Andreas seltsamer. Selektive Wahrnehmung.« Sarah musterte das Dickicht neben dem Parkplatz. »Ganz schön finster hier.«

»Wirst du abgeholt?«

»Ja. Gerda kommt bestimmt gleich.« Nur zwei Autos standen noch da, Jürgens Golf und ein Kleinwagen im hinteren Bereich. Dort, wo es am dunkelsten war.

»Na dann!« Vanessa schwang sich aufs Rad und trat in die Pedale. »Bis nächste Woche!«, rief sie und verschwand in der Dunkelheit.

Sarah rieb sich die Oberarme und ging ein paar Schritte auf und ab. Wo blieb Gerda nur? Es war nach neun, sie müsste längst hier sein.

»Machst du dir noch immer Sorgen?« Das Flüstern direkt hinter ihr ließ Sarah zusammenfahren. Fast wäre ihr ein Schrei entschlüpft. Hektisch drehte sie sich um und sah in das erwartungsvolle Gesicht von Andreas.

»Hab ich dich erschreckt? Das wollte ich nicht.« Er streckte den Arm aus und Sarah wich zurück. »Soll ich dich ein Stückchen begleiten?«

Noch ehe sie ein »Nein!« hervorschleudern konnte, bog ein Auto auf den Parkplatz ein. Das Licht der Scheinwerfer strich über die Sträucher und schwenkte herüber, dann hielt der blaue Corsa.

»Gerda! Hier bin ich!« Sarah lief hinüber. Das Letzte, was sie sah, bevor sie einstieg, war Andreas' verblüffter Gesichtsausdruck.

10

Behutsam öffnete Sarah ihre Zimmertür und tappte auf Strümpfen in den Flur. Mama hatte das Licht in der Küche und auch draußen auf der Terrasse angelassen, damit, wie sie erklärt hatte, »Katharina sofort weiß, dass wir auf sie warten, wenn sie kommt«. Das Handy hatte sie mit ins Bett genommen. Konnte ja sein, dass Kat mitten in der Nacht anrief. *Macht sie ganz bestimmt.*

Sarah tastete sich zu Mamas Zimmer, legte das Ohr an die Tür und horchte. Alles war still. Trotz ihrer Sorge um Kat schien sie zu schlafen. Kein Wunder eigentlich, sie hatte eine Schlaftablette genommen. Das tat sie ab und zu. Seit Paps ausgezogen war, schlief sie schlecht, und jetzt wo Kat ausgebüxt war, fand sie wohl ohne gar nicht zur Ruhe.

Gut für mich. Schritt für Schritt entfernte sich Sarah vom Schlafzimmer ihrer Mutter. Sie hatte seit ihrer Rückkehr gegrübelt, wie sie sich unbemerkt zu Jan Zweigerts Haus schleichen konnte. Wenn Mama aufwachte und feststellte, dass auch ihre jüngere Tochter verschwunden war, würde ein Riesenaufruhr losbrechen. Die Klamotten und der Rucksack unter der Bettdecke reichten, wenn jemand nur zur Tür hereinschaute, nicht jedoch, wenn derjenige näher kam.

Ich habe keine andere Wahl. Morgen ist es vielleicht zu spät.

Gerda war, nachdem sie Sarah abgeliefert hatte, nach Hause gefahren. Morgen würde Paps kommen. Und auch die Kripo hatte sich für eine Befragung angekündigt. Wenn sie ungestört das Nachbarhaus und Kats Zimmer durchsuchen wollte, blieb ihr nur diese Nacht.

Unten angekommen, schlüpfte Sarah in ihre Turnschuhe und vergewisserte sich, dass das Handy auf lautlos gestellt war. Drei Whatsapp-Nachrichten waren inzwischen eingetroffen. Zweimal Elodie, einmal Jonas. *Lies sie später.*

Erneut lauschte sie nach oben, dann griff sie nach der Klinke. Sie zog die Tür nicht ganz ins Schloss, um nachher ohne Lärm wieder hereinkommen zu können. Der Terrassenausgang wäre besser gewesen, aber dort brannte das Licht und Mamas Schlafzimmerfenster lag direkt darüber. Womöglich hörte sie trotz ihrer Tabletten-Narkose, dass dort jemand herumschlich.

Geduckt huschte Sarah seitwärts am Küchenfenster vorbei, um nicht in den Schein der Lampe zu geraten, bevor sie sich aufrichtete und um die Ecke verschwand. Die plötzliche Dunkelheit machte sie für einen Augenblick blind, und sie blieb stehen, um ihren Augen Zeit zu geben, sich an die Schwärze zu gewöhnen. Die Taschenlampe würde sie erst in Zweigerts Haus einschalten. Man wusste nie, welcher schlaflose Nachbar hinter den dunklen Fenstern stand und auf den herumgeisternden Lichtstrahl hinunterstarrte.

Ein schneller Windstoß ließ die Koniferen an der Grenze zum Nachbarhaus erzittern und Sarah zog den Reißverschluss der Jacke bis zum Kinn hoch. Überall um sie herum raschelte, knackte und wisperte es. Es schien, als hätte die Nacht tausend Augen und würde vorwurfsvoll auf den ungebetenen Eindringling herabsehen. Sarah beschloss, sich die Metapher mit den tausend Augen für einen ihrer Texte zu merken, und schob den Drahtzaun beiseite, der nur notdürftig geflickt und befestigt war. Ungefähr dreißig Schritte bis zu den Hortensienbüschen, dann musste der Stein mit dem Schlüssel rechts unten liegen. Von ihrem Zimmer aus konnte man diesen Bereich des Gartens einsehen und Sarah hatte sich heute Nachmittag alles genau eingeprägt.

Neunundzwanzig, dreißig! Sie ging in die Knie und ließ ihre Handfläche über den Boden gleiten, bis die Finger die glatte, runde Oberfläche ertasteten. *Was, wenn der Schlüssel nicht drin ist?* Noch ehe der Gedanke zu Ende gedacht war, hatte sie auch schon die Klappe beiseitegeschoben und das kühle Metall berührt. Sarah atmete schneller. Bis jetzt war alles Fantasie gewesen, aber nun wurde es ernst. Sie hatte den Schlüssel und musste da rein. *Muss ich wirklich?*

Andererseits – wenn sie es nicht tat, würde die Ungewissheit sie weiterplagen. Und was konnte schon passieren? Zweigert hatte keine Alarmanlage. Das sei ihm zu teuer, hatte er Mama erzählt. Es gebe hier schließlich genug Nachbarn und es reiche, wenn die ein wachsames Auge auf das Haus hätten.

Falls man sie ertappte, konnte sie immer noch behaupten, sie hätte Geräusche gehört und nachsehen wollen, ob Kat hier war. Was ja auch fast der Wahrheit entsprach. Sarah erhob sich, warf einen Abschied nehmenden Blick auf das Terrassenlicht, das durch die Sträucher schimmerte, und ging zur Hintertür von Zweigerts Haus.

Ohne ein Geräusch drehte sich der Schlüssel im Schloss, und Sarah atmete tief durch, ehe sie die Türklinke behutsam herunterdrückte. Vorsichtig zog sie die Tür hinter sich zu und blieb regungslos stehen. »Kat? Bist du hier?«, flüsterte sie und lauschte. Als sich nichts tat, wiederholte sie ihre Frage, etwas lauter jetzt, aber auch dieses Mal blieb alles still. Es konnte natürlich sein, dass ihre Schwester in einem der oberen Räume schlief. Mit Sicherheit zwar nicht in Zweigerts Bett, aber es gab ja noch mehr Zimmer. Sie knipste ihre Taschenlampe an und leuchtete umher. Zum Glück waren die Rollläden zum Schutz vor Dieben heruntergelassen. So sah niemand den Lichtschein.

Der gelbe Strahl wanderte über eine braune Flurgarderobe, vor der mehrere Paar abgetretener Schuhe geparkt waren, und traf dann auf ein riesiges holzgerahmtes Bild, auf dem ein hohläugiges Gespenst mit weit aufgerissenen Augen den Betrachter anschaute. Es dauerte ein paar Sekunden, bis Sarah erkannte, dass das Bild ein Spiegel und *sie* das Gespenst war. Mit einem entnervten Lachen rieb sie sich mit dem Ärmel den Schweiß von der Stirn.

Das reinste Spukhaus. Sie fühlte ein kaltes Rinnsal ihren Rücken hinablaufen. *Angsthase! Ich habe echt zu viele Horrorfilme gesehen.*

Bebend glitt der Lichtstrahl über die rechte Wand und blieb an der Klinke hängen. Lautlos schwang die Tür nach innen und Sarah leuchtete in den Raum. Mehrere Hängeregale mit ordentlich drapierten Gefäßen, ein Herd, Vorratsschränke. Unter dem Fenster ein Esstisch mit drei Stühlen. Sie ging zur Spüle und betrachtete die leere Tasse mit dem getrockneten braunen Rand darin. Im Kühlschrank gammelte ein einsamer Milchkarton mit längst abgelaufenem Haltbarkeitsdatum neben einer schimmligen Zwiebel vor sich hin. Schnell schloss Sarah die Tür wieder und rümpfte die Nase.

Auf allen Schränken lag eine dicke Staubschicht. Fast ohne ihr Zutun malte ihr Zeigefinger eine Spirale auf die Arbeitsplatte, dann wandte sie sich um. Hohl hallte ihre Stimme durch den Raum. »Hier war seit Monaten niemand mehr.« Wahrscheinlich schaute der Hausbetreuer auch nur, ob Tür und Schloss intakt waren, und verschwand dann wieder.

Die nächste Tür führte ins Wohnzimmer. Zuerst traf der Lichtstrahl auf einen riesigen Flachbildfernseher, der mitsamt einem DVD-Rekorder auf einem Sideboard gegenüber der Couch stand. Im Gegensatz zur Küche war dieser Raum sehr modern, fast schon futuristisch eingerichtet. Irgendwie unpassend für einen alten Griesgram wie Herrn Zweigert. Was mochte er sich in diesem Heimkino für Filme angeschaut haben?

Sarah verbot sich, in den Kästen herumzuschnüffeln. *Vergiss nicht, dass du auf der Suche nach Kat bist. Du hast außerdem nicht die ganze Nacht Zeit.*

Auch in der angrenzenden Gästetoilette gab es reichlich Staub. Wenn Katharina sich tatsächlich in diesem Haus aufhielt, dann im Obergeschoss.

Sarah, die gerade den Fuß auf die erste Stufe gesetzt hatte, versteinerte. Über ihr raschelte es. Ein feines Scharren direkt über ihrem Kopf, dann war alles wieder still. Sarah hielt die Luft an und biss kurz die Zähne aufeinander.

Schnell schaltete sie die Taschenlampe aus und krächzte dann ein ängstliches »Kat?« gefolgt von einem »Herr Zweigert?«, doch alles blieb still. Inzwischen fand sie ihre Idee, Kat könnte sich in diesem Haus aufhalten, absurd. Was, wenn jemand ganz anderes da oben auf sie lauerte? Vielleicht war der *Alte Spanner* gar nicht weggezogen, sondern machte im Obergeschoss einen auf Psycho?

Sei nicht albern. Sie musste rauf und nachsehen, wenn sie etwas herausfinden wollte. Noch ehe sie es sich wieder anders überlegen konnte, marschierte Sarah auch schon die Stufen hinauf. Oben angekommen, prägte sie sich Anzahl und Lage der Türen ein und schaltete die Lampe aus. Da es hier keine Rollläden gab, konnte jeder den Lichtschein sehen. Hoffentlich kam von draußen ein bisschen Helligkeit herein.

Als Erstes öffnete sie die Tür zu ihrer Rechten. Das Fenster zeichnete sich als graues Viereck ab und allmählich schälten sich die Umrisse eines mächtigen Schrankes, einer Kommode und einer Couch aus der Finsternis. Ein Geruch nach muffiger alter Wäsche hing in der Luft. Bemüht, nichts umzustoßen, tastete sie sich durch den Raum. Von hier aus konnte man zu ihrem Haus hinübersehen. Tröstlich leuchtete der gelbe Schein der Terrassenlampe. Mamas Schlafzimmer hingegen war dunkel und Sarah atmete tief ein. Schien so, als sei alles ruhig. Schnell überzeugte sie sich davon, dass es auch in diesem Raum keine Spur von ihrer Schwester gab, und ging zurück in den Flur. Noch drei Türen, dann hatte sie es geschafft. Das Zimmer, in dem gestern die Gardine gewackelt hatte – *das habe ich mir sicher nur eingebildet –*, würde sie sich bis zum Schluss aufheben.

Drei Minuten später stand sie wieder im Flur. Weder in Zweigerts Schlafzimmer noch in seinem Arbeitszimmer hatte es Spuren von kürzlichen Besuchern gegeben. Der letzte Raum wartete. Sarah legte die Hand auf die Klinke. Ganz langsam schloss sie die Finger um das kalte Metall und drückte zuerst leicht, dann stärker, doch die Tür ließ sich nicht öffnen.

Leise keuchend beugte sich Sarah nach vorn, knipste die Lampe an und leuchtete in das Schlüsselloch. Kein Schlüssel. Sie ging in die Knie, legte den Mund an das Schlüsselloch und flüsterte: »Kat? Ich bin's, Sarah! Bist du da?«

Alles blieb still. Warum hatte Zweigert diese Tür als einzige verschlossen?

Und wenn der Alte Spanner hier seine ermordeten Ehefrauen aufbewahrt? Ihr leises Kichern klang irgendwie hysterisch. *Noch einen Versuch.* In Filmen benutzten die Frauen immer Haarklemmen, um Schlösser zu öffnen, aber weder hatte Sarah eine Ahnung, wie das funktionieren sollte, noch besaß sie solche Dinger. Noch einmal drückte sie die Klinke ganz nach unten und lehnte sich dabei gegen das Holz, als die Tür mit einem lauten Knarren aufschwang. Erschrocken holte Sarah Luft und ließ ihren Blick durch den Raum huschen, die Taschenlampe wie eine Waffe in der Rechten. Inzwischen hatten ihre Augen sich an die Dunkelheit gewöhnt. Der Raum schien eine Art Abstellkammer zu sein. Ein altertümliches Buffet neben zwei Ledersesseln, mehrere mit Tüchern verhüllte kleinere Gegenstände und ein Stapel alter Zeitungen unter dem Fenster. Ein dreiteiliger Schrank stand so neben der Tür, dass dahinter noch eine kleine Kammer abgetrennt wurde. Sarah tat einen Schritt in das Zimmer hinein, hielt inne und wagte einen zweiten. Sie musste sich nur noch vergewissern, was hinter diesem Schrank steckte, dann würde sie schnurstracks verschwinden.

In ihren Ohren rauschte das Blut und steigerte sich zu einem Pochen, und die Blaubart-Geschichte, die noch immer wie eine blinde Fledermaus durch ihren Schädel schwirrte, verschwand und machte der des verräterischen Herzens von Edgar Allan Poe Platz. Kaum anzunehmen, dass Kat sich in dieser Nische versteckte. Und doch wollten Sarahs Beine ihr nicht gehorchen, kein Muskel ließ sich bewegen.

Ein feines Schaben drang an ihr Ohr und gleich darauf hörte sie ihre Zähne überlaut aufeinanderschlagen. Noch ehe sie realisiert hatte, dass es ein Zweig war, der draußen am Fenster kratzte, sprang dieses mit einem Knall auf und ein kalter Luftzug fegte herein. Im selben Augenblick fiel hinter ihr die Tür ins Schloss. Sarah ließ die Taschenlampe fallen und schrie.

17. Mai

11

»Siebzehnter Mai, sechs Uhr fünfzehn. Hallo, Leute.«

Sarah betrachtete ihr Gesicht und schüttelte leicht den Kopf. »Heute könnte ich glatt etwas Rouge gebrauchen. Ich sehe aus wie eine lebende Leiche.« Nachdem sie sich selbst die Zunge herausgestreckt hatte, setzte sie fort. »Kein Wunder nach dieser Nacht. Das Ganze kommt mir im Nachhinein vor wie ein Albtraum. Echt gruselig!« Sie drückte die Stopptaste und horchte nach draußen. Leise Schritte, dann knarzte die Badezimmertür. Mama war aufgestanden und in einer halben Stunde würde Gerda aufkreuzen. Die Haushälterin hatte zwar in den letzten beiden Tagen das Haus wieder und wieder von oben bis unten geputzt, aber sie schien es für nötig zu halten, Mama beizustehen, ob die das nun wollte oder nicht. Sarah setzte die Aufnahme fort. Nebenan rauschte die Dusche, aber sie bemühte sich trotzdem, leise zu sprechen.

»Dabei hatte der Abend so wunderbar begonnen. Im Schreibkurs, wo sonst. Jonas kam zu spät, und ich hatte schon befürchtet, dass ich ihn mit meiner Nachricht verschreckt haben könnte. Aber da lag ich falsch.« Sarah beobachtete, wie sich ihre Wangen leicht röteten. Rouge war damit überflüssig. »Wir haben zusammen irgendwas geschrieben«, sie lächelte ihrem Konterfei entschuldigend zu. »Ich habe allerdings keinen Plan mehr, *was*, und dann hat er mich gefragt, ob ich mit ihm eine Pizza essen gehen möchte. Ich konnte vor Aufregung erst gar nichts antworten!« Jetzt war ihr ganzes Gesicht rot. »Aber ich hab die Kurve gekriegt! Morgen gehen wir aus. Ein richtiges Date! Zum Schluss hat er mich *Prinzessin* genannt!« Sarah schloss kurz die Augen und genoss die Erinnerung an diesen Augenblick. Den Ablauf des morgigen Abends mochte sie sich noch gar nicht ausmalen. Nicht dass ihre Fantasie alles rosarot tünchte und sie dann enttäuscht war. »Ich überlege die ganze Zeit, was ich anziehen soll! Schade, dass Kat nicht da ist, die könnte mir bestimmt Tipps geben. Auch mit der Schminke und so. Na ja. Elodie kennt sich damit ja nicht so aus. Die würde mir wahrscheinlich ein Haarband aufschwatzen!« Sie kicherte.

»Aber zurück zu dem, was letzte Nacht passiert ist. Was soll ich euch sagen, Leute … Das war echt heftig. Ich war drüben in Jan Zweigerts Haus. Irgendwie hatte ich die Idee, Kat könnte dort sein. Die Geschichte mit dem Lösegeld …«, sie hielt inne und betrachtete ihr Gesicht. Bisher wusste niemand von den Briefen, nicht einmal Elodie. »… ich habe echt ein schlechtes Gewissen deswegen. Vielleicht hätte ich Mama die Schreiben zeigen sollen. Aber ich habe das einfach nicht übers Herz gebracht. Ich bin nämlich nach wie vor überzeugt, dass Kat ein Späßchen mit uns treibt. Meine Schwester ist zwar jetzt schon seit zwei Tagen weg – zweieinhalb, wenn man Montagnacht mitrechnet –, aber das bedeutet nur, dass sie diesmal wütender ist als sonst.« Sarah spürte erneut Zorn in sich aufsteigen. »Inzwischen hat Mama alles aufgeboten, was nur geht. Die Kripo sucht Kat, das ganze Gymnasium ist rebellisch und heute Abend kommt Paps. Kat darf mit diesem Quatsch einfach nicht durchkommen.«

Die Badezimmertür ging erneut. Dann klopfte es, und Sarah klappte schnell den Deckel des Laptops herunter, bevor Mama den Kopf hereinsteckte.

»Du bist schon wach?«

»Ich konnte nicht mehr schlafen.« Mama sah ebenfalls aus wie ein Zombie. Die Haut unter den Augen schimmerte violett, feine Falten, die letzte Woche noch nicht da gewesen waren, zogen sich von den Nasenflügeln zum Mund. Sie ging zu Sarah und streichelte ihr über den Kopf. »Okay, Schatz. Frühstück in zehn Minuten?«

Sarah nickte, und Mama gab ihr einen Kuss auf die Stirn, bevor sie das Zimmer wieder verließ. *Wenn ich dich in die Finger kriege, Kat, dann kannst du was erleben!*

Sarah hatte nur noch ein paar Minuten, also klappte sie den Laptop wieder auf, um ihre Aufnahme zu beenden. »Zurück zu meinem nächtlichen Ausflug.« Während sie den unsichtbaren Zuhörern berichtete, wie sie sich in das Nachbarhaus geschlichen und was sie dort gesehen hatte, stellte sich Sarah vor, wie sie in einem halben Jahr Kat das Ganze erzählen und sie zusammen über ihre Angst lachen würden. Eigentlich war es jetzt schon ganz lustig.

»Ich stand also in dieser Abstellkammer und dachte an alle möglichen Gruselgeschichten, als plötzlich das Fenster aufsprang und die Tür hinter mir ins Schloss fiel. Gott sei Dank hat niemand mein Geschrei gehört ... Ich bin gerannt, als sei der Teufel hinter mir her. Keine Ahnung, wie ich aus dem Haus gekommen bin. So richtig klar denken konnte ich erst wieder, als ich im Bett lag. Ich muss wohl Zweigerts Haustür nicht richtig ins Schloss gezogen haben und das hat den plötzlichen Luftzug ausgelöst. Wahrscheinlich war das Fenster in diesem Raum nur lose eingehängt. Zum Glück hat Mama von alledem nichts bemerkt. Als ich hochkam, schlief sie noch immer tief und fest. Jedenfalls habe ich jetzt Stoff genug für mehrere Horrorgeschichten.«

Von draußen drang das Brummen eines Automotors herauf. Sarah musste nicht nachsehen, um zu wissen, dass es sich nur um Gerda handeln konnte.

»Fünf Minuten später hatte ich mich so weit beruhigt, dass mir wieder einfiel, was ich unbedingt noch in dieser Nacht erledigen musste.« Sonnenfinger tasteten über ihr Gesicht und sie schloss kurz die Augen. Bevor sie nachher loszog, musste sie Elodie und Jonas schreiben und sich für die gestrige Funkstille entschuldigen. Die beiden würden verstehen, dass sie von all dem Stress erschöpft gewesen war und sich gleich hingelegt hatte.

»Ich bin rüber in Kats Zimmer und hab die gesamte Festplatte auf meinen Rechner kopiert. Also, nur die Ordner, die Programme natürlich nicht. Das hat trotzdem fast drei Stunden gedauert. Währenddessen bin ich immer mal wieder eingenickt, aber ich habe mich auch nicht getraut, in der Zwischenzeit in mein Zimmer rüberzugehen.« Kein Wunder, dass sie so fertig aussah. Andererseits – gegenüber Mamas Leidensgesicht konnte ihres glatt noch als taufrisch durchgehen.

»Ein Glück, dass Mama sich Dienstagfrüh nicht getraut hat, Kats Rechner auszuschalten, weil sie das Passwort nicht kennt und Angst hat, ihn dann nicht wieder anzukriegen.« Sarah gähnte, ohne sich die Hand vor den Mund zu halten.

»Durchgesehen habe ich das Ganze natürlich noch nicht. Ich war einfach zu müde, aber heute Abend nehme ich mir die Dateien vor.« Sarah sah, wie sich ihre Stirn in Falten legte, und fügte hinzu: »Memo an selbst: Kats Blog nachlesen.« Dann hielt sie die Aufzeichnung an. Das mit »Memo an selbst« hatte sie von Kat geklaut. So ziemlich das Einzige, was sie in Kats Blog witzig fand.

Unten tappten Schritte hin und her. Gleich würde Gerda sie zum Frühstück rufen.

»Zwei Sachen noch schnell, ehe ich runtergehe: Ich habe natürlich bei meiner überhasteten Flucht vergessen, den Schlüssel wieder an Ort und Stelle zu deponieren, und diese blöde Taschenlampe liegt auch noch in der Abstellkammer. So viel zu Sarah Brunners Coolness.« Sie gähnte erneut. »Jedenfalls war meine Schwester, wie man sich schon denken kann, nicht da drüben. Und auch niemand sonst. Ein Fehlschuss. So langsam gehen mir die Ideen aus. Heute Nachmittag will die Kripo herkommen und mit mir sprechen. Bin gespannt, wie das wird! Bis später, Leute. Ich werde berichten!« Sarah winkte und stoppte die Aufnahme.

*

»Da bist du ja!« Elodie schob ihr Haarband zurecht und reichte Sarah einen Plastikbecher mit Deckel. »Ich habe dir einen Kakao mitgebracht.« Sie sah dem blauen Corsa nach und wandte sich dann zu Sarah um. »Wirst du jetzt jeden Tag gebracht?«

»Mama besteht darauf. Solange Kat nicht wieder aufgetaucht ist, soll Gerda mich herbringen und auch wieder abholen.«

»Ziemlich kindisch, das Ganze.«

»Du sagst es.« Sarah verdrehte die Augen. »Als ob ich auch noch spurlos verschwinden könnte … Wenigstens lässt sie mich aber in die Schule gehen.«

»Das wäre ja auch noch schöner! Was soll dir denn hier passieren?«

»Nichts natürlich. Aber du kennst ja die Erwachsenen.« Sarah nahm einen Schluck Kakao.

»Durftest du denn gestern zu deinem Schreibkurs?«

»Ja, aber auch da hat mich Gerda gefahren.«

»Puh.«

»Genau. Aber das wird schnell ein Ende haben, wenn Kat wieder da ist.«

»Und danach warst du wohl scheintot.«

»Komplett.« *Wenn du wüsstest …* Hastig verscheuchte Sarah die Gedanken an Jonas. »Tut mir leid, dass ich gestern nicht mehr auf deine Nachricht geantwortet habe.«

»Halb so wild. Ich hatte mir schon so was gedacht. Hast du denn inzwischen eine Ahnung, wo deine Schwester stecken könnte?«

»Leider nein.« Sarah dachte an die beiden Briefe und ihren nächtlichen Ausflug. »Heute kommt mein Vater. Wenn sie das irgendwie mitkriegt, taucht sie bestimmt auf.« *Oder sie zieht das Ding mit dem Lösegeld durch …*

Elodie zeigte nach unten. »Da kommt Kats Clique. Lass uns verschwinden.«

»Geh ruhig schon. Ich will noch kurz mit denen sprechen.« Sarah sah Elodies Verblüffung, doch ihre Freundin schwieg.

Sie wollte bei den *Darlins* auf den Busch klopfen. Vielleicht steckte Kat trotz ihrer gegenteiligen Beteuerungen bei einer von ihnen. Oder sie machten gemeinsame Sache, obwohl Sarah sich nicht vorstellen konnte, dass alle drei ein solches Geheimnis für sich behalten konnten. Möglich war allerdings, dass die Mädchen etwas von ihr gehört hatten. »Wir sehen uns in der Mittagspause.«

»Na gut. Bis dann.« Elodie verschwand durch das Tor. Luisa, Alina und Nele waren inzwischen herangekommen.

»Hi, Sarah!« Luisa war mal wieder in den Farbtopf gefallen. Ihr pinkfarbener Lipgloss reflektierte das Sonnenlicht. Nele fummelte, ohne hochzusehen, an ihrem Handy herum und Alina nickte schwach – ganz das ängstliche Reh. Nebeneinander wollten sie sich an ihr vorbeidrängeln, aber Sarah hob die Hand.

»Wartet mal.«

»Was ist?« Wie immer führte Luisa das Wort.

»Kat ist noch immer verschwunden.«

»Das wissen wir, Schätzchen.«

Am liebsten hätte Sarah eine patzige Antwort gegeben, aber sie beschloss, sich zusammenzunehmen. Das brachte nichts.

»Wir machen uns Sorgen.« *Wir* war gut. Das zeigte, dass sie nicht allein für sich sprach. »Habt ihr was von ihr gehört?«

»Hätten wir das dann nicht sofort gesagt?« Nach jedem Satz krümmten sich Luisas glänzende Lippen nach unten.

»*Hättet* ihr?« Sarah beobachtete Alina. Von ihr erwartete sie am ehesten eine menschliche Regung. Das Mädchen schaute für den Bruchteil einer Sekunde zu ihr, dann zu Luisa und senkte schließlich den Blick. War das Schuldbewusstsein?

»Was denkst du denn?! Wir wissen nichts. Und jetzt gehen wir rein.« Luisa berührte Nele, die noch immer mit ihrem Handy herumspielte, am Arm.

Während Sarah darüber nachdachte, wie sie sich in Kats Facebook-Account einloggen konnte, ohne Spuren zu hinterlassen, zeigte Luisa in Richtung Straße.

»Kommt da nicht eure Haushälterin?«

Alina und Nele folgten ihrem Blick und auch Sarah sah die Straße hinab. Der himmelblaue Corsa näherte sich schnell. Es sah Gerda gar nicht ähnlich, so zu rasen.

Hatte sie vorhin etwas im Auto vergessen? Schnell tastete sie nach ihrem Rucksack und erfühlte die harten Umrisse ihrer Bücher. Mit einem Schlenker fuhr das Auto an den Bordstein. Gerda sprang heraus und fuchtelte mit den Armen. »Sarah! Du musst sofort mit nach Hause kommen!«

»Hallo, Frau Jakobi! Was ist denn los?« Luisas Augen glitzerten jetzt. Sie blähte die Nasenflügel, als wittere sie spannende Neuigkeiten.

Sarah dachte noch darüber nach, woher Luisa Gerdas Nachnamen und ihr Auto kannte, und beantwortete sich die Frage damit, dass die *Darlins* schließlich schon oft genug bei ihnen daheim gewesen waren, als Gerda sie erreicht hatte und am Unterarm packte. »Komm mit.« Zu den drei anderen gewandt setzte sie hinzu: »Ihr entschuldigt Sarah bitte, ja? Sie muss sofort nach Hause.«

»Gibt's was Neues von Kat?« Luisa gab nicht auf. Ihre Stimme klang mit jedem Satz ein bisschen schriller. »Wurde sie gefunden?«

»Das kann ich nicht sagen.« Gerda, die noch immer ihren Arm gepackt hatte, setzte sich in Bewegung und zog Sarah mit sich. Das Letzte, was sie hörte, ehe die Haushälterin sie auf den Beifahrersitz verfrachtete, war Luisas scharfe Aufforderung: »Aber du hältst uns auf dem Laufenden!« Dann plumpste Gerda neben ihr auf den Sitz und fuhr, ohne sich anzuschnallen, los.

12

»Guten Tag. Du bist Katharinas Schwester?« Die fremde Frau, die neben Mama stand, schaute sie ernst an. Ihre kurzen, schwarz gefärbten Haare standen nach allen Seiten vom Kopf und in dem dunklen Hosenanzug sah sie aus wie eine Ermittlerin aus amerikanischen Krimiserien. Hinter ihr atmete Gerda hörbar ein und aus. Auf dem Weg von der Schule nach Hause hatte sie ihr erklärt, dass daheim die Kripo warte und dass etwas passiert sei. Mehr wisse sie auch nicht. Jedenfalls sei Katharina noch nicht wieder aufgetaucht. Dabei hatte sie zum Steinerweichen geseufzt und war bei Rot über die Kreuzung gefahren, ohne es auch nur zu merken.

Als Sarah der Gedanke kam, dass die beiden Briefe womöglich doch nicht von ihrer Schwester gekommen waren und dass hinter der Lösegeldforderung tatsächlich ein Entführer stecken könnte, wären ihr fast die Cornflakes wieder hochgekommen.

Aber dann hatte sie sich damit beruhigt, dass die Polizei sicher nur die gesamte Familie befragen wollte und dazu gehörte sie schließlich auch. Gerda und Mama übertrieben mal wieder maßlos. Die Befragung hätte sicher auch bis nach der Schule warten können.

»Schuster mein Name, KK Schuster. Ich bin von der Kriminalpolizei. Du bist also Sarah.« Ein kurzer Händedruck. Wieso trug sie keine Uniform? Und was bedeutete »KK«? Der Typ mit dem kantigen Gesicht, der ein Schritt hinter der Frau stand, quetschte ein »Fredersen« heraus. Er machte keine Anstalten, ihr die Hand zu geben. Mamas Unterlippe zitterte leicht, und sie knetete die Finger, wie sie es immer tat, wenn sie etwas furchtbar aufregte. Bei der Anwesenheit der Kripobeamten schien es sich wohl doch nicht um einen Routinebesuch zu handeln. Warum sagte ihr niemand, was hier los war? Anscheinend wusste Mama schon Bescheid.

»Könnten wir uns irgendwo setzen?« KK Schuster richtete ihren Blick auf Mama, die sich daraufhin wie in Trance in Bewegung setzte.

»Frau Jakobi, sie brauchen nicht mitzukommen.« Die Polizistin deutete auf Gerda, die Fredersen gefolgt war und jetzt stehen blieb.

»Gerda gehört zur Familie.« Mama öffnete die Wohnzimmertür und ging voraus. »Setzen Sie sich.« Sie selbst nahm auf der Couch Platz und winkte Sarah zu sich heran, bevor sie die Hände im Schoß verschränkte. »Erklären Sie uns doch bitte die Sache mit dem Brief noch einmal.«

Sofort kreisten Sarahs Gedanken schneller und vor ihrem inneren Auge sah sie die rotflammenden Buchstaben auf Kats Gesicht. Schnell verflocht auch sie die Finger, presste die Lippen aufeinander und runzelte die Stirn.

»Heute Morgen kam mit der Dienstpost ein Umschlag bei uns an, der an die Kriminalpolizei adressiert war und den Vermerk ›Betreff Verschwinden Katharina Brunner‹ enthielt. Wir kriegen zwar ab und zu seltsame Post, aber hier hat das Sekretariat sofort reagiert und das Schreiben unverzüglich an uns weitergeleitet. Gut, dass du schon vor Ort warst.« KK Schuster nickte ihrem Kollegen zu.

»Was stand darin?« Gerda wirkte sichtlich nervös. In Sarahs Brust begannen kleine Schmetterlinge, mit den Flügeln zu schlagen.

»Auf der Vorderseite befindet sich ein Foto von ihrer älteren Tochter Katharina. Darunter steht, dass ihr nicht mehr viel Zeit bleibt, und auf der Rückseite eine Drohung, dass man ihr etwas antun werde, wenn Frau Gessum der gestrigen Forderung nicht schnellstens nachkomme.«

»Der gestrigen Forderung?« Gerda klang wie ein Papagei. Mama kannte die Details anscheinend schon, denn sie rührte sich nicht. Sarah grub ihre Fingernägel in die Handflächen.

»Sinngemäß. Hier ist es.« Die Beamtin zog ein A4-Blatt aus einer Mappe und reichte es Gerda, die es mit zitternden Händen entgegennahm. Das bewies, dass Mama den Inhalt bereits kannte, sonst wäre sie die Erste gewesen, der die Polizistin den Brief gegeben hätte.

Ich muss mich dafür interessieren! Sarah beugte sich nach vorn und versuchte, einen Blick auf den Zettel zu erhaschen. Mit einem »Oh Gott!« streckte Gerda ihr das Blatt entgegen, dann holte sie ein Taschentuch aus der Schürzentasche und betupfte damit ihre Augen.

Kats Gesicht vor grauem Hintergrund. Genau wie beim

gestrigen Foto. Nur der Text war ein anderer: MIR BLEIBT NICHT MEHR VIEL ZEIT!

Sarah drehte den Zettel um und las die handgeschriebenen Zeilen auf der Rückseite.

LETZTE WARNUNG! BEFOLGEN SIE UNSERE AN-WEISUNGEN AUS DEM GESTRIGEN BRIEF! WENN WIR BIS MORGEN FRÜH NICHT DIE VERLANGTE FACEBOOK-NACHRICHT ERHALTEN, WIRD ES KATHARINA SCHLECHT ERGEHEN!

»Das klingt ja schrecklich!« Sie gab die Kopie zurück und KK Schuster verstaute sie wieder in ihrer Mappe.

»Was für eine Facebook-Nachricht?« Gerda hatte Mühe, das Wort richtig auszusprechen. Sarah wurde klar, dass sie hier eigentlich die Fragen stellen musste. Schließlich wusste sie offiziell von nichts.

»Wenn wir das wüssten … Es muss im vorhergehenden Schreiben gestanden haben.« KK Schuster schnaufte kurz. »Womit wir wieder bei unserer Frage von vorhin sind, Frau Gessum. Haben Sie eine Ahnung, wo dieser gestrige Brief abgeblieben sein könnte?«

»Nicht die geringste.« Mamas Stimme bebte kaum merklich. Äußerlich wirkte sie gefasst, aber Sarah kannte die Anzeichen.

Du musst sie ablenken! »Könnte es jemand sein, der gar nichts mit Kats Verschwinden zu tun hat? Ein Trittbrettfahrer?«

»Eher unwahrscheinlich. Das mit diesem Facebook-Post ist zu konkret dafür.« KK Schuster hatte ganz kurz die Stirn gerunzelt, aber sofort wieder ihr ernstes Gesicht aufgesetzt. »Der Brief ist noch im kriminaltechnischen Labor zur Untersuchung. Spätestens morgen wissen wir mehr.«

Fredersen hatte die ganze Zeit geschwiegen. Sein Blick huschte hin und her und blieb mal auf Gerda und dann wieder auf Sarah hängen. Es hatte den Anschein, als prüfe er den Wahrheitsgehalt ihrer Aussagen durch Beobachtung ihrer Körpersprache.

»Weißt du etwas darüber?« KK Schuster richtete ihren Blick auf sie und Sarah starrte zurück. Nicht in die Augen sehen, sondern auf die Nasenwurzel des Gegenübers. So konnte man jedes dieser Blickduelle gewinnen.

»Meinen Sie diesen Brief? Natürlich nicht. Wie kommen Sie darauf?« Und wieso duzte die Frau sie eigentlich? Klar, sie war erst fünfzehn, aber irgendwie hatte sie gehofft, die Beamten würden sie mehr wie eine Erwachsene behandeln.

»›Letzte Warnung‹ hat der Verfasser geschrieben, was bedeutet, dass es vorher schon mindestens eine gegeben haben muss. Unsere Linguisten gehen bei dem Wort ›letzte‹ sogar von zwei Briefen aus, die der Täter allerdings nicht ans Revier, sondern hierhergeschickt hat. Letzte impliziert eine vorletzte und davor muss es eine erste gegeben haben.«

Implizierte? Linguisten? Was redete die Frau da? Wollte die Polizistin sie mit den Fachbegriffen einschüchtern? Das hieße doch aber, dass die etwas von dem wussten, was sie getan hatte, und das wiederum war unmöglich. Sarah spürte, wie die Angst in ihr hochkroch. KK Schuster hatte unterdessen fortgesetzt.

»Katharina ist seit Montagabend nicht mehr gesehen worden. Heute ist Donnerstag. Ein Schreiben am Dienstag, eins gestern. Das passt doch, oder? Weil keine Reaktion erfolgt ist, ging der dritte Brief an uns.«

»Das klingt logisch!« Gerda schlug die Hand vor den Mund, als sei ihr erst jetzt aufgegangen, was das zu bedeuten hatte.

»Und da fragt man sich natürlich, wo diese anderen Briefe hingekommen sind.«

»Was wollen Sie uns damit unterstellen?« Mama sprach gefährlich leise. »Denken Sie, wir haben etwas damit zu tun?«

»Das haben wir doch vorhin schon besprochen, Frau Gessum. Manchmal versuchen Familienangehörige, solche Sachen für sich zu behalten, um die entführte Person zu schützen, besonders wenn die Entführer fordern, die Polizei nicht einzuschalten. Wir gehen einfach allen Ansatzpunkten nach.«

Aber klar doch! Sarah konnte es gerade noch vermeiden, den Kopf zu schütteln. Das Gleiche wurde in den Filmen auch immer gesagt.

»Was geschieht denn nun?« Gerda betupfte noch immer ihre Augen, die inzwischen ganz rot geworden waren.

»Besitzen Sie ein Facebook-Profil, Frau Gessum?«

»Ja, aber ich nutze es nicht.«

»Der Verfasser scheint zu wissen, dass Sie einen Account haben. Wir glauben nicht, dass er mit seiner Aufforderung, dort etwas zu posten, ihre Tochter Sarah gemeint hat, sondern Sie.«

»Aber was soll ich dort schreiben?«

Die Beamten sahen schweigend von einem zum anderen.

»Er wird Katharina etwas antun!« Gerda schluchzte und fingerte nach einem neuen Taschentuch.

In Sarahs Kopf hämmerte ein Trupp Bauarbeiter. *Ich weiß, welche Nachricht Mama posten sollte! Was, wenn ich mit dem Ver-*

brennen der Briefe Kat Schaden zugefügt habe? Wenn meine Theorie von der inszenierten Entführung falsch ist? Wenn Kat wirklich was passiert ist? Bei dem Gedanken schloss Sarah kurz die Augen. Sie konnte unmöglich zugeben, was sie getan hatte. Das würden Mama und Gerda ihr nie verzeihen. Und Paps auch nicht. Sarah schniefte. Als sie die Augen öffnete, bemerkte sie, dass Fredersen sie unverwandt ansah. Gerda reichte ihr ein Taschentuch, und Sarah begann ebenfalls, ihre Augen damit abzutupfen.

»Es gibt eine Möglichkeit.« KK Schuster unterbrach das Schweigen.

»Welche?« Mama hatte die Hände so fest zusammengepresst, dass die Knöchel weiß hervorstachen.

»Sinngemäß werden Sie schreiben, dass Sie nicht wissen, was Sie posten sollen.«

»Mehr nicht?«

»Wir hoffen, dass der Verfasser des Briefes dann versteht, dass Sie die vorhergehende Nachricht nicht erhalten haben. Es darf natürlich für Außenstehende nicht offensichtlich sein, dass Sie mit einem Entführer kommunizieren. Sonst haben wir sofort die Presse am Hals. Wer kann Ihre Posts bei Facebook sehen? Alle?«

»Wie meinen Sie das?«

Oh Gott, Mama! Sarah verbot es sich, mit den Augen zu rollen.

»Ist Ihr Profil öffentlich oder nur für Freunde sichtbar?«

»Keine Ahnung. Wie kann man das denn erkennen?«

»Bei deinen Einstellungen.« Sarah knüllte das Taschentuch zu einem Ball, und Gerda, deren Kopf bei jedem Satz wie bei einem Tennisspiel hin und her gezuckt war, reichte ihr ein neues. »Es ist übrigens öffentlich.« Sie blickte zu der Polizistin, die ihr zunickte.

»Davon waren wir auch ausgegangen. Sonst könnte nämlich der Empfänger Ihre Nachricht gar nicht sehen.«

»Gut, dann lassen Sie uns sofort loslegen.« Mama stand auf, um ihren Laptop zu holen. Gerda schob das dritte zerknüllte Tempo in ihre Tasche, erhob sich ebenfalls und wirkte plötzlich erschrocken. »Bei der ganzen Aufregung habe ich völlig vergessen, Ihnen etwas zu trinken anzubieten! Ich hole schnell etwas Wasser aus der Küche.«

Als Gerda im Flur verschwand, tauchte Mama mit ihrem Laptop in der Hand wieder auf und ging zum Esstisch. Während ihr schweigsamer Kollege einen Zettel hervorholte und ihn neben Mama auf den Tisch legte, wandte sich KK Schuster wieder Sarah zu. »Hast du in der Schule irgendetwas gehört, was mit dem Verschwinden deiner Schwester zu tun haben könnte?«

»Nein. Nichts.« Sarah beobachtete, wie Gerda mit zwei Gläsern Mineralwasser hereinkam, und merkte erst jetzt, wie trocken sich ihre Kehle anfühlte. »Werden Sie Kats Freundinnen befragen?«

»Natürlich. Die Kollegen sind schon unterwegs.«

Hätte ich mir auch selbst denken können! Es war doch ganz klar, dass nicht nur diese zwei Beamten für den Fall eingeteilt worden waren. *Schadet nichts, wenn den arroganten Weibern mal so richtig eingeheizt wird!*

Fredersen, der neben Mama am Tisch gesessen hatte, kam herüber. »Erledigt. Die Nachricht steht nun in Frau Gessums

Chronik.« Zu ihrer Mutter gewandt, fügte er hinzu: »Ich rufe kurz die Kollegen an, damit sie das Geschehen im Netz beobachten können.«

»Wie geht es jetzt weiter?« Mama war ihm gefolgt und stand mit herabhängenden Armen vor dem Couchtisch. Ihre Augen waren gerötet, aber sie nahm sich zusammen.

»Bitte posten Sie ab jetzt nichts mehr. Auch keine Antworten, sollte sich etwas tun. Besprechen Sie alle diesbezüglichen Aktivitäten zuerst mit uns.« Da Fredersen mit seinem Handy im Flur verschwunden war, hatte KK Schuster das Zepter wieder übernommen.

»In Ordnung.«

»Gut. Wir werden zurück zur Dienststelle fahren. Und Sie bleiben bitte hier im Haus.«

Sarah sparte sich die Frage, ob sie auch damit gemeint war.

»Wenn inzwischen nichts geschieht, kommen wir heute Nachmittag wieder. Was sagten Sie, wann Ihr Mann da sein wird? Wir würden dann gern mit ihm sprechen.«

An Paps hatte sie gar nicht mehr gedacht … Ein Schluchzer drängte in ihrer Kehle nach oben und Sarah schluckte.

»Ex-Mann«, kommentierte ihre Mutter scharf, und Sarah konnte sehen, wie Mama dabei die Augen zusammenkniff. »Er kommt heute gegen siebzehn Uhr an, wenn es keinen Stau gibt.«

»Gut, dann bis heute Nachmittag.«

»Was unternehmen Sie denn in der Zwischenzeit, um Katharina zu finden?« Gerda schniefte schon wieder. Sobald die Polizisten weg waren, würde sich wahrscheinlich ein Wasserfall aus ihren Augen ergießen.

»Wir ermitteln in alle Richtungen.«

Noch so ein Spruch. Sarah verbot sich, den Mund zu verziehen.

»Ach, eins noch.« KK Schuster, die bereits auf dem Weg in den Flur war, blieb stehen und drehte sich um. »Wir würden gern den Computer Ihrer Tochter mitnehmen.«

Was wollen die mit meinem Laptop? Sarah hatte schon den Mund geöffnet, um zu protestieren, als ihr einfiel, dass Kat gemeint war.

»Selbstverständlich.« Mama sah sie fragend an und nickte zur Treppe, worauf Sarah nach oben eilte. Wie gut, dass sie heute Nacht die Festplatte kopiert hatte! In Kats Zimmer summte der Laptop leise vor sich hin. Schnell zog sie das Kabel ab und klappte den Deckel zu. Während sie den Rechner unter den Arm klemmte, stieg die Hitze in ihr Gesicht. Wenn man den Laptop zuklappte, begab er sich in den Ruhemodus. Und dann musste man das Passwort erneut eingeben.

Egal! Muss die Kripo sich eben ein bisschen anstrengen! Wofür haben sie schließlich ihre Spezialisten? Gleichzeitig verscheuchte Sarah die aufkommenden Zweifel. Kat war verschwunden und hatte das alles selbst inszeniert. Eine andere Erklärung gab es nicht.

»Da ist er.« Sie reichte Fredersen das Gerät samt Kabel, der alles in seiner Aktentasche verstaute.

»Hast du ihn etwa ausgeschaltet?« Mama war wachsamer, als sie äußerlich wirkte.

»Nein. Nur zugeklappt.«

»Gut.«

Während sich die beiden Polizisten verabschiedeten, stellte

sich Sarah vor, was Paps zu der ganzen Angelegenheit sagen würde. Kat übertrieb dieses Mal schamlos. Wenn sie heil aus der Nummer rauskommen wollte, würde sie sich ziemlich was einfallen lassen müssen. Angefangen bei einem glaubhaften Versteck, in dem man sie gefangen gehalten hatte, über einen gefakten Entführer bis hin zu falschen Spuren. Mithilfe der DNA-Analyse konnte die Polizei heutzutage fast alles beweisen – oder widerlegen. Wenn Katharina die Große damit mal nicht überfordert war! *Aber wenn es sich doch um eine echte Entführung handelt? Wenn sich meine Schwester in Lebensgefahr befindet? Und ich am Ende schuld bin, dass die Entführer ihr etwas antun?*

Sarah bemerkte, wie sie sich exzessiv den Nacken kratzte, und ließ die Hand sinken. Mit wem konnte sie darüber reden? Konnte sie sich überhaupt jemandem anvertrauen?

Paps wäre wahrscheinlich bei allem Verständnis, das er für seine Töchter aufbrachte, ziemlich sauer, selbst wenn letztendlich herauskam, dass Kat die Briefe selbst geschrieben hatte. Blieb noch Elodie. Oder Jonas. Oder keiner. Sarah beschloss, bis morgen zu warten. Vielleicht tat sich ja etwas auf Mamas Facebook-Post hin. Dann konnte sie immer noch entscheiden, was zu tun war.

Jetzt jedenfalls würde sie sich erst einmal auf ihr Zimmer verziehen und schauen, ob sie Jonas erreichte.

»Sarah?« Mama hatte die Haustür geschlossen. Im Halbdunkel des Flurs wirkten ihre Augen größer und dunkler als sonst. »Komm bitte mit. Wir müssen reden.«

13

»Siebzehnter Mai, dreizehn Uhr dreißig. Hallo, Leute.« Sarah horchte kurz nach unten, aber dort blieb alles ruhig. Sie hatte lange überlegt, ob sie ihr Videotagebuch überhaupt fortführen sollte. Die beiden Kripobeamten heute hatten irgendwie skeptisch gewirkt, und besonders KK Schuster schien zu vermuten, dass Sarah mehr wusste, als sie zugab. Oder ihr schlechtes Gewissen hatte ihr einen Streich gespielt. Andererseits kamen die Kommissare womöglich noch auf die Idee, auch ihren Laptop zu beschlagnahmen, und dann hätte sie den Salat. Die Frage war, ob die Kriminalpolizei ohne ihr Einverständnis einfach so Dinge aus dem Haus mitnehmen durfte. In Filmen brauchten sie dazu immer einen Durchsuchungsbefehl. Um sicherzugehen, hatte Sarah beschlossen, ihr Videotagebuch zwar weiterzuführen, sich allerdings eine externe Festplatte zu besorgen, auf die sie die Dateien überspielen wollte.

»Vorhin war die Kripo hier und hat Gerda, Mama und mich befragt. Es gab …« Sie hielt kurz inne und überlegte sich ihren nächsten Satz. »Es wurde ein Brief an die Polizei geschickt, in dem stand, dass Kat in Gefahr sei.« Schnell drückte Sarah die Stopptaste. Das mit dem Facebook-Post sollte sie besser nicht erzählen. Die Polizisten hatten gesagt, dass kein Außenstehender auf die Idee kommen durfte, dass jemand Katharina entführt hatte.

»Jedenfalls scheinen die anzunehmen, dass der Brief ernst gemeint ist. Das hieße also, dass Kat tatsächlich entführt wurde und erst wieder freikommt, wenn Mama und Paps getan haben, was der Kidnapper fordert.« Sarah sah Papas fröhliches Gesicht vor sich. Er hatte vorhin angerufen, und nachdem Mama ihm von dem Besuch der Kripo und dem Brief erzählt hatte, angekündigt, dass er sofort losfahren wolle. Wenn die Autobahn frei war, würde er in einer halben Stunde hier sein. Bei der Vorstellung, wie er ihr durch die Haare wuscheln und dabei »Wie geht's meiner Kleinen?« fragen würde, lächelte sie. Paps war der Einzige, der sie »Kleine« nennen durfte. Und irgendwie hatte sie das Gefühl, dass sich alles richten würde, wenn er erst einmal hier war. Sarah strich sich eine Haarsträhne hinters Ohr und klickte auf Play.

»Ich glaube immer noch, dass sie in ihrem Versteck hockt und sich wundert, warum niemand …«

Ruckartig schlug sie die Hand vor den Mund. *Fast hätte ich von den ersten beiden Briefen erzählt!* Bis sie ihre Daten nicht überspielt und vom Computer gelöscht hatte, musste sie sich zurückhalten. Die Polizei würde wiederkommen, so viel war sicher. Und zwar schon bald. Wenn sie tatsächlich ihren Laptop konfiszierten, hätten sie schnell herausgefunden, wer hinter dem Verschwinden der ersten beiden Briefe steckte. Schleunigst setzte sie fort. »Memo an selbst: Zuerst denken, dann reden.« In Zukunft würde sie vor dem Beantworten von Fragen immer erst einen Augenblick schweigen. Sie könnte es so aussehen lassen, als denke sie über die Antwort nach, und so vermeiden, dass ihr etwas herausrutschte, was sie in ein schlechtes Licht rückte.

Bevor Paps kam, musste sie sich noch überlegen, was sie ihm erzählen wollte. Ob er die Theorie, Kat sei wegen des Streits mit Mama verschwunden, glaubhaft fand? Sie könnte es vorsichtig andeuten, wenn Mama gerade nicht dabei war.

Unabhängig davon erklärte das nicht, wo Kat steckte und wie das mit den Briefen gelaufen war. Hatte ihre Schwester womöglich einen Komplizen, vielleicht sogar einen Freund, von dem keiner etwas wusste? Vielleicht half er ihr, sich zu verstecken, und später bekam er die Hälfte vom Lösegeld. Das wäre doch eine Möglichkeit!

Wenn sie es bis jetzt geschafft hatte, niemandem von Jonas zu erzählen, konnte Kat das auch. Aber hätten dann nicht die *Darlins* wenigstens davon gewusst? *Ich werde der Kripo heute Nachmittag davon erzählen, vielleicht ist an der Theorie was dran und sie finden Kat.* Das wäre das Beste. Die Polizei brachte ihre Schwester wohlbehalten wieder nach Hause und alles war gut. Dass ihr wirklich etwas zustieß, war das Letzte, was Sarah sich wünschte. Sie hatte ihrer Schwester doch bloß einen Denkzettel verpassen wollen!

Sarah hörte ein leises *Pling*, sah auf ihren Bildschirm und beendete die Aufnahme, während ihr Herz einen Gang hochschaltete. Es gab jetzt Wichtigeres zu tun, als mit sich selbst zu reden. Zum Beispiel die Skype-Nachricht, die gerade hereingekommen war.

107

Jonas: bist du da?

Schnell änderte Sarah ihren Status auf »online«.

Sarah: ja ☺

Jonas: videoanruf?

Jonas wollte nicht nur mit ihr chatten, sondern sie sehen. Sarah sprang auf und hastete zum Spiegel. Zwar hatte sie ihr Gesicht gerade beim Videotagebuch betrachtet, aber nicht auf Details geachtet. Jetzt hingegen kam es darauf an, gut auszusehen. Schnell biss sie sich ein paarmal auf die Lippen und kehrte dann an den Schreibtisch zurück. Wenn sich ihr Gesicht rötete, traten die verflixten Sommersprossen immer noch deutlicher hervor. Rote Lippen lenkten hoffentlich davon ab. Sie rollte mit dem Stuhl beiseite, sodass ihr Kopf sich im Schatten befand, und tippte dann »bin da.«

Eine Sekunde später erklang die Melodie und Sarah nahm den Anruf an.

»Hi, Prinzessin!« Jonas zwinkerte und lächelte, woraufhin Sarah fühlte, wie die Hitze von ihrem Hals aufwärtsstieg und sich über das Gesicht verteilte.

Während er ihr erzählte, dass er unterwegs gewesen war und ihre SMS von vorhin deshalb erst vor zehn Minuten gelesen hatte, beobachtete sie seinen Mund beim Sprechen und stellte sich vor, wie sich seine Lippen wohl anfühlen mochten. Jonas wollte nach dem Essen noch mit ihr ins Kino, was bedeutete, dass er versuchen würde, sie zu küssen. Das wollten doch irgendwann alle. Nicht dass Sarah viel Erfahrung gehabt hätte, aber das brauchte ja keiner zu wissen. Ihr bisher einziger Versuch, einen Jungen zu küssen, war in eine ekelhaft feuchte Ableckerei ausgeartet, in der der Typ seine Zunge in ihrem

Mund hin und her gewälzt und dabei eine Unmenge Speichel verschmiert hatte. Einen Tag später war auf Sarahs Oberlippe eine prächtige Herpesblase erblüht, und sie hatte sich geschworen, nicht so schnell wieder auf das Drängen irgendeines Kerls hereinzufallen. Das war jetzt allerdings schon ein Dreivierteljahr her und inzwischen schien ihr Körper bereit für einen neuen Versuch zu sein. Außerdem war Jonas keine sechzehn mehr, sondern bereits zwanzig. Man konnte davon ausgehen, dass er wusste, wie man ein Mädchen richtig küsste. *Besonders mit diesen vollen Lippen.* In Sarahs Bauch glimmte ein kleiner Funke auf.

»Erde an Sarah! Erde an Sarah! Wo bist du gerade?«

Jonas' Worte drangen in ihren Kopf und löschten das Bild der beiden Verliebten, die sich innig küssten. Sarah sah auf dem Bildschirm, wie ihr schon wieder die Röte ins Gesicht schoss.

»Sorry, war kurz abwesend.«

»Hab ich gemerkt. Komm zurück!« Er hob flehend die Hand und richtete die Fläche nach oben, als wolle er ein fernes Raumschiff grüßen.

»Sehr witzig! Ich bin hier.« Sarah musste unwillkürlich grinsen.

»Was war denn heute los? Ich bin aus deiner SMS gar nicht schlau geworden.«

Sarah berichtete ihm vom Besuch der Kripo und dem Brief, den sie dabeigehabt hatten, und sah, wie Jonas' Augen immer größer wurden. An der Wand hinter ihm hingen über einer grauen Couch Kinoplakate und ein Foto von Albert Einstein mit herausgestreckter Zunge. War er bei sich zu Hause? Vielleicht dauerte es nicht mehr lange, bis sie sein Zimmer mit eigenen Augen inspizieren konnte. Jonas hatte ihr erzählt, dass er noch bei seinen Eltern wohnte, bis er im September mit dem Studium beginnen würde. Seine Eltern hatten darauf bestanden, dass er wegen der späteren Karrierechancen im Ausland studierte – am besten in den USA –, und Sarah wurde jetzt schon traurig, wenn sie daran dachte, wie weit er dann von ihr entfernt sein würde. Geld spielte in seiner Familie keine Rolle. Sein Vater war plastischer Chirurg, der sich auf Brust-OPs spezialisiert hatte, und seine Mama Rechtsanwältin; und nur das Beste war gut genug für ihren einzigen Sohn.

Die Sätze sprudelten wie von selbst aus ihr heraus, während Sarah sich auf der grauen Couch sitzen sah. Jonas' rechter Arm lag auf ihrer Schulter, sein Gesicht war ihr zugewandt, er flüsterte zärtliche Worte.

»Und jetzt denkt die Polizei, dass deine Schwester entführt wurde? Hattest du nicht gesagt, dass sie sich wegen eines Streits mit deiner Mutter versteckt hat?«

»Nach diesem Brief sieht die Kripo das scheinbar anders.« Sarah überlegte kurz, was sie preisgeben durfte. »Meine Mutter soll bestimmte Anweisungen befolgen, dann wollen sie Kat freilassen.«

»Das ist ja schrecklich! Wollen die Geld?« Jonas schaute jetzt ernst.

»Etwas in der Art wahrscheinlich. Wir warten auf weitere Instruktionen.« Mehr durfte sie nicht sagen. Von Lösegeld hatte nichts im dritten Brief gestanden und von den ersten beiden Schreiben wusste sie natürlich nichts. »Das darfst du aber niemandem verraten! Ich komme sonst in Teufels Küche!«

»Versprochen. Das bleibt unser Geheimnis.« Er legte kurz den Finger auf die Lippen. »Wie geht es denn jetzt weiter?«

»Die beiden Beamten sind erst mal wieder abgerückt, kommen aber nachher noch einmal wieder, wenn Paps da ist.«

»Ich drück die Daumen, dass sich alles schnell aufklärt und deine Schwester unbeschadet zurückkommt.«

»Danke. Das hoffen wir auch.«

»Gehst du morgen eigentlich in die Schule?«

»Na klar. Oder sagen wir – ich versuche es zumindest.« Sarah beobachtete, wie er über ihren Witz grinste, und setzte hinzu: »Schon, um mich abzulenken!«

»Und morgen Abend?«

»Meinst du unseren Kinobesuch?«

»Genau! Bleibt es dabei?«

Der Funken in Sarahs Bauch entfachte ein kleines Feuerchen. »Auf jeden Fall. Mir wird schon etwas einfallen, damit meine Eltern mich aus dem Haus lassen. Wenn Kat bis dahin zurück ist, sollte es sowieso kein Problem sein.«

»Okay, ich freu mich.« Er zwinkerte erneut. »Wir können ja heute Abend noch mal skypen, was meinst du?«

»Klar, gern. Ach, noch etwas … Kannst du mir eine externe Festplatte besorgen? Ich stehe hier unter Beobachtung und komme nicht zum Einkaufen. Wenn ich irgendwohin will, fährt Gerda mich. Ich bezahl sie dir natürlich.«

»Was willst du denn damit?«

Sarah erklärte ihm, dass die Kripo Kats Rechner mitgenommen hatte und sie ihre eigenen Daten zur Sicherheit überspielen wollte. Dass sie die Dateien ihrer Schwester vorher kopiert hatte, behielt sie für sich. Es wirkte irgendwie unrecht. Jonas fragte nicht, warum sie die Festplatte nicht im Internet bestellte.

»Ein Terabyte Speicherkapazität kostet ungefähr fünfzig Euro. Reicht dir das?«

»Klar.« Sarah hielt inne und lauschte. In ihrer Auffahrt knirschte der Kies, dann wurde eine Autotür zugeschlagen. »Mein Paps kommt gerade. Bis später!« Noch ehe sie es sich anders überlegen konnte, schickte sie einen Kuss-Smiley und beendete rasch das Gespräch, bevor sich ihr Gesicht vollends purpurn gefärbt hatte.

14

»Ich geh hoch. Muss noch für Chemie lernen.« Das reichte hoffentlich. Zum einen dafür, dass niemand auf die Idee kam, sie morgen hierzubehalten, zum anderen, dass man sie in Ruhe ließ. Zur Vorsicht setzte Sarah hinzu: »Ich komm dann in einer Stunde noch mal runter, okay?«

Mama, die noch immer ein Taschentuch zerknüllte, nickte und griff nach ihrem Wasserglas.

Es musste sie eine Riesenüberwindung gekostet haben, Paps hier zu dulden. Eigentlich hätte er sich ein Hotelzimmer nehmen sollen, aber er hatte unbedingt hierbleiben wollen, falls abends oder in der Nacht etwas passierte. Mama hatte widerwillig zugestimmt und nun durfte er im Gästezimmer schlafen.

Bis jetzt war allerdings noch nichts geschehen. Niemand konnte sagen, ob der Entführer Mamas Nachricht bei Facebook gelesen und richtig verstanden hatte. KK Schuster hatte gemeint, man müsse abwarten, die Kollegen seien nicht untätig. Auf Papas Frage, ob sie denn nicht wenigstens einen Beamten hier postieren wollten, hatte sie erklärt, dass man Telefone und Handys überwache. Sobald sich etwas tue, sei man vor Ort.

Sarah wurde die Befürchtung nicht los, dass jemand aus der Familie verdächtigt wurde. Zuallererst würden bei solchen Sachen immer die Angehörigen im Fokus stehen, hatte Elodie ihr erklärt. Oft handele es sich nämlich um Beziehungstaten. Als ihr klar geworden war, was sie da gerade andeutete, hatte sie sich an die Stirn getippt und sich entschuldigt. Sie verfolge wohl zu viele Kriminalfälle, hatte sie hinzugesetzt. Das fasziniere sie einfach.

Sarahs zaghaft geäußerte Vermutung, Kat könne sich bei einem ihnen nicht bekannten Freund verstecken, hatte die Beamten zuerst aufhorchen lassen. Als sie jedoch auf Nachfragen hin weder einen entsprechenden Jungen noch konkrete Anhaltspunkte für ihren Verdacht hatte nennen können, war das Interesse schnell wieder erloschen.

»Bis nachher, meine Kleine!« Paps winkte ihr mit der Fernbedienung zu und lächelte kurz.

Meine Kleine. Genauso hatte er sie heute Nachmittag auch begrüßt und dabei anders als sonst fest an sich gedrückt. Danach hatte er ihre Schultern umfasst, sie auf Armeslänge von sich gehalten und besorgt gemustert. Nachdem er mit Mama die wichtigsten Dinge besprochen hatte, waren Schuster und Fredersen aufgetaucht und hatten ihn verhört. Zumindest war es Sarah wie ein Verhör vorgekommen.

Ob er eine Vorstellung habe, wo seine Tochter stecken könnte, ob sie vielleicht mit ihm Kontakt aufgenommen habe, wo er seit Montagabend gewesen sei, ob es Zeugen dafür gebe, und so weiter.

Gerda hatte die ganze Zeit wie ein Wackeldackel den Kopf geschüttelt und zugleich die Hände gerungen, obwohl Paps den Beamten versichert hatte, dass er Verständnis für ihre Fragen hatte.

Nachdem die beiden weg waren, hatte Mama Gerda nach Hause geschickt und dann still in ein Taschentuch geweint, während Paps zum Telefonieren nach draußen gegangen war.

Sarah, die die Gelegenheit nutzen und ihn ungestört sprechen wollte, war ihm kurz darauf gefolgt. Paps hatte allerdings mit Lilly telefoniert und ihr erklärt, dass er bis zum Wochenende hierbleiben werde, notfalls auch länger, falls Katharina nicht wieder auftauchte.

Sarah zog die Wohnzimmertür zu und beeilte sich, nach oben zu kommen. Ihre Turnschuhe hatte sie vorhin schon im Rucksack verstaut. Mehr als eine Stunde war nicht drin. Wenn sie zu lange wegblieb, würde einer von beiden nachsehen kommen, sich wundern, dass sie die Zimmertür abgeschlossen hatte, und aus Sorge versuchen, sie zu öffnen. Steckte der Schlüssel von innen, würde das wahrscheinlich dazu führen, dass sie die Tür aufbrachen.

Es durfte keiner mitbekommen, dass sie einen kleinen Ausflug machte. Sarah ging, ohne das Licht anzuschalten, zum Fenster und sah hinaus. Die Dämmerung hatte die Farben bereits gelöscht und einen dunkelgrauen Schleier auf Pflanzen und Wege gelegt. Noch zehn Minuten, dann war alles in samtige Schwärze getaucht, und niemandem würde die schwarz gekleidete Gestalt auffallen, die durch den Garten huschte.

Sarah schaltete den Rechner an und stellte einen Radiosender mit Musik ein. Leises Gedudel aus ihrem Zimmer würde den Eindruck verstärken, sie sitze am Schreibtisch.

Sie musste sich von ihrem Fenster aus auf die Terrasse hangeln. Das war gar nicht so schwer, wie es aussah. Kat und sie hatten das schon mehrfach gemacht – als Kinder, um eine Nachtwanderung zu unternehmen, oder später, um sich heimlich mit den Freundinnen zu treffen. Bei der Erinnerung daran musste Sarah zugeben, dass ihre Schwester nicht ständig fies zu ihr war, sondern man mit ihr auch richtig Spaß haben konnte. Sarah zog das Kapuzenshirt über und schloss dann ihr Zimmer ab. *Los geht's! Dieses Mal lasse ich mich nicht durch ein harmloses Lüftchen ins Bockshorn jagen!*

Sich aus dem Fenster lehnend, betrachtete sie das Weinspalier. Paps hatte es damals an der Hausmauer verschraubt und behauptet, ein Hundert-Kilo-Mann könnte sich daran aufhängen, ohne dass es herunterbrach. Trotzdem musste sie vorsichtig sein. Mama und Papa saßen zwar im Wohnzimmer, aber falls einer von beiden in die Küche kam und hinaussah, würde er sie sofort entdecken. Oder hören.

Sie winkelte das Bein an und wollte gerade auf den Sims steigen, als sich die Stimme in ihrem Kopf meldete. *Hinunter habt ihr es versucht – aber hinauf? Denkst du, du kommst hier wieder hoch?*

»Gutes Argument.« Sarah setzte das Bein wieder auf den Teppich und steckte ihren Schlüssel in die Hosentasche. *Sicher ist sicher.*

Behutsam kletterte sie auf das Fensterbrett, setzte einen Fuß auf das Spalier und wippte probehalber. *Hält. Zieh los, Prinzessin.* Sie stellte sich vor, wie Jonas ihr Mut zusprach.

116

Hatte Kat vielleicht genau diesen Fluchtweg benutzt? Andererseits konnte es auch sein, dass sie einfach zur Vordertür hinausgegangen war. Es hatte ja niemand geahnt, dass sie verschwinden würde. Aber dann hätte jemand sie auf der Straße sehen können.

Sarah sprang auf den Boden und klopfte sich die Hände ab. *Was uns zu der Frage bringt, wie der angebliche Entführer es angestellt haben soll, Katharina die Große ohne Gegenwehr aus dem Haus zu schaffen.* Das könnte man die Kripo doch mal fragen! Sie nahm sich vor, die Sache Paps gegenüber zur Sprache zu bringen.

In der Ferne rief ein Nachtvogel. Dann war wieder alles still. Sarah zählte bis zwanzig, dann beugte sie sich nach vorn und fuhr mit der Hand über das feuchte Erdreich, bis sie das glatte Rund des künstlichen Steines ertastet hatte. Im Hintergrund wisperten die Blätter der Pappeln. Die Luft roch nach chinesischer Seide mit einem Hauch von Zimt. *Ein Hauch von Zimt. Sehr poetisch, Sarah.* Sie notierte sich die Formulierung auf ihrer inneren Geschichtenliste.

Sarah ließ die Finger auf dem Stein ruhen und prägte sich die Oberflächenbeschaffenheit ein, bevor sie Zweigerts Schlüssel wieder im Inneren deponierte und den Stein tief unter die Sträucher schob. Dann begab sie sich auf den Rückweg.

Im eigenen Garten angekommen, schlenderte sie zuerst an der Terrasse vorbei und wagte einen Blick in die Küche. Alles dunkel, nur die kleinen Lämpchen an Herd und Espressomaschine glimmten rot. Ihre Eltern saßen also noch im Wohnzimmer. Sie entschied sich, die Eingangstür zu nehmen, statt das Spalier hinaufzukraxeln. Mit etwas Vorsicht würde niemand sie hören. Zwischen den Gardinen klaffte nur ein winziger Spalt, und Sarah blieb kurz stehen und versuchte, etwas zu erkennen. Bläulich flackerndes Licht deutete darauf hin, dass der Fernseher lief.

Behutsam schob sie den Schlüssel ins Schloss, drehte ihn und öffnete. *Nur noch schnell wieder abschließen, Jacke und Turnschuhe nach oben bringen und dann die Treppe herunterpoltern, als sei nichts gewesen.*

In ihrem Zimmer angekommen, prustete Sarah die Luft aus und rieb sich mit dem Ärmel den Schweiß von der Stirn. Geheime Ausflüge waren aufregend. Aber wenigstens war in Zweigerts Haus jetzt wieder alles wie vor ihrem ersten Besuch. Niemand würde erkennen, dass jemand in den letzten Tagen dort gewesen war. Sie warf die Zimmertür hinter sich ins Schloss und ging hinunter.

Mama und Papa saßen, genau wie sie es vermutet hatte, vor dem Fernseher. Mama in der Sofaecke, Paps im Sessel. Größtmöglicher Abstand.

»Hi! Ich wollte nur schnell Gute Nacht sagen.«

»Schlaf schön, meine Kleine.« Paps stand auf und kam herüber, um sie zu umarmen. »Ich lege mich auch gleich hin. Wir sehen uns dann zum Frühstück.« Sarah konnte den Rest in seinen Augen lesen. *Wenn nicht heute Nacht noch etwas passiert.*

»Nacht, Mama!« Ihre Mutter hob nur müde die Hand. Ihre Augen glänzten. Hatte sie schon wieder geweint?

Als sie oben ankam, hielt sie kurz vor Kats geschlossener Tür inne, ehe sie in ihr eigenes Zimmer ging. *Es gibt noch einiges zu tun heute Nacht.*

Der Wecker war bereits auf halb drei gestellt. Die Chance, dass die Eltern dann fest schliefen, war groß. Die Polizei würde morgen wiederkommen und mit Sicherheit Katharinas Zimmer noch einmal durchsuchen. Vorher wollte sie aber selbst einen Blick auf Kats Sachen werfen. Sie wusste am besten, was ihre Schwester für Klamotten hatte und an welchen Dingen sie besonders hing. Irgendetwas hatte sie garantiert mitgenommen. Sarah musste es nur herausfinden. Und dazu brauchte sie Zeit.

Außerdem wollte sie sich Kats Dateien und ihren Blog vornehmen. Hoffentlich fanden sich dort Hinweise auf ein mögliches Versteck oder geheime Kommunikation mit den Freundinnen. Was für ein Triumph, wenn es ihr – der naiven Sarah – gelang, aufzudecken, dass Kat ihre Entführung nur vorgetäuscht hatte! Dass ihre Schwester alle an der Nase herumführte, um sich wichtig zu machen und anderen ihren Willen aufzuzwingen! *Das wird dir eine Lehre sein, Kat! Unterschätze niemals deine kleine Schwester.*

Sarah spürte ein Gähnen in ihrer Kehle nach oben steigen. Hatte es überhaupt einen Sinn, sich vorher noch einmal hinzulegen? Im Moment war sie noch einigermaßen wach, aber die Müdigkeit würde kommen, und dann wäre sie nachher vielleicht nicht mehr in der Lage, sich auf das Wesentliche zu konzentrieren. Falls Mama noch einmal hereinschaute, war es jedoch gut, schlafend im Bett zu liegen. Also kuschelte sie sich unter die Decke und löschte das Licht.

*

119

Noch bevor der Wecker piepste, streckte Sarah die Hand aus und schaltete das Signal ab. Etwas in ihrem Kopf hatte die Zeit gestoppt, während sie schlief, und sie zwei Minuten vor halb drei geweckt. Das menschliche Gehirn war doch ein echtes Wunderwerk. Sie lauschte einen Augenblick, aber das Haus war still. Sarah knipste ihre Nachttischlampe an, schwang die Beine aus dem Bett und tastete mit nackten Füßen nach ihren Hausschuhen. Zuerst war Kats Zimmer dran. Die Dateien konnte sie später hier am eigenen Schreibtisch durchforsten.

Wie ein Eiskunstläufer schob sie die Schlappen über das Parkett im Flur. *Bloß kein Geräusch verursachen!* Sie ließ Kats Zimmertür angelehnt, um mögliche Schritte hören zu können, und knipste das Licht an. Mit der Taschenlampe herumzufuchteln, wäre verdächtig. Außerdem befand sie sich im eigenen Haus, und da war es doch nur logisch, dass man das Licht anschaltete.

Was nimmt man mit, wenn man für ein paar Tage verschwinden will? Sarah ging zu Kats Schreibtisch und zog die oberste Schublade heraus.

Dass die *entzückende* Katharina ihr Portemonnaie mitsamt Ausweis dagelassen hatte, hatte Mama bei der Durchsuchung ihrer Tasche schon am Dienstag festgestellt. Aber einen Ausweis brauchte man auch nicht jeden Tag. Geld allerdings schon. Kat hatte genau wie sie bereits ein Girokonto und eine dazugehörige EC-Karte, die allerdings weder seit Montag noch in den Wochen davor benutzt worden war.

Sarah betrachtete das Chaos in der Schublade. Stifte, Lipgloss, Schere, Taschenrechner, Büroklammern, ein kleiner Abreißblock mit Herzchen. Kat liebte Herzchen. Und doch hatte sie sogar ihre Halskette dagelassen. Auffällig platziert. Genau wie den Laptop. Der Form halber checkte Sarah auch die darunterliegenden Schubladen, obwohl ihr bereits klar war, dass sie auch dort nichts finden würde. Wer Ausweis, EC-Karte und Laptop hier zurückließ, war wohl kaum so blöd, im Schreibtisch Hinweise auf ein inszeniertes Verschwinden zu vergessen.

Nur Kats Handy war verschwunden. Ihre Schwester konnte ohne das Ding nicht leben. Sie hatte es Tag und Nacht bei sich, sogar auf der Toilette.

Angeblich hatte die Polizei versucht, das Handy zu orten, aber nichts erreicht. Was nichts heißen musste. Es konnte ausgeschaltet sein. Sarah schob die Schubladen zu.

In Kats Kleiderschrank herrschte die übliche Unordnung. T-Shirts, Pullover und Blusen lagen kreuz und quer in den Fächern, auf den Kleiderbügeln hingen etliche Teile übereinander, unten lagen mehrere der von Kat heiß geliebten Skinny-Jeans neben Leggins und Tüchern.

Hier findet man doch nichts wieder! Unglaublich, dass Kat trotzdem jeden Morgen picobello gestylt war und ihre Klamotten immer zusammenpassten. An dem Spruch von Genie und Chaos war wohl doch was dran.

Das hier bringt auch nichts. Kats Lieblingsteile waren alle da. Andererseits – nackt ist sie sicherlich auch nicht verschwunden. Sarah kicherte bei der Vorstellung, setzte sich auf den Boden und versuchte vergeblich, sich zu erinnern, was Katharina am Montag getragen hatte.

Im Badezimmer hatte sie vorgestern schon nachgesehen. Alles war an Ort und Stelle. Zahnbürste, Deo und andere Kosmetikartikel konnte sie ja auch überall kaufen. *Womit wir wieder beim Geld wären. Ohne Knete ist sie doch aufgeschmissen.*

»Was machst du hier?«

Sarah fuhr zusammen und unterdrückte einen Aufschrei. »Paps, hast du mich erschreckt!« Zum Glück saß sie auf dem Boden, anstatt in Kats Sachen zu wühlen. »Ich konnte nicht schlafen. Hier fühle ich mich ihr näher.« Sie erhob sich, ging zu ihrem Vater und schlang die Arme um ihn. Würde Paps ihr die Ausrede abnehmen? Oder war es womöglich gar keine Ausrede?

»Du machst dir Sorgen …«

Sarah löste sich von ihm und nickte. Erst jetzt fiel ihr auf, dass ihr Vater vollständig angezogen war. »Du kannst wohl auch nicht schlafen?«

»Ach, meine Kleine.« Er zerstrubbelte ihre Haare und Sarah ließ es sich gefallen. Ausnahmsweise. »Wollen wir runtergehen und einen heißen Kakao trinken?«

Kakao war schon immer sein Allheilmittel gewesen. Wenn sie nachts aufgewacht waren und geweint hatten, gab es Kakao. Wenn sie mit einer schlechten Note heimgekommen waren, gab es Kakao. Wenn Kat vor Kummer über die Unerreichbarkeit irgendeines Schauspielers oder Sängers zerflossen war, gab es Kakao.

Das grelle Küchenlicht blendete für einen Moment. Sarah setzte sich auf die Eckbank und beobachtete ihren Vater. Fast glich die Szene der heilen Welt von früher. Als sie noch eine Familie gewesen waren. Sie schluckte. »Schläft Mama?«

»Sie hat eine Tablette genommen. Ist vielleicht besser so, sonst wäre sie gar nicht zur Ruhe gekommen.« Paps stellte die

Tasse vor sie hin und öffnete den Mund, um etwas hinzuzufügen, schloss ihn aber gleich wieder.

Sarah legte die Hände um die Tasse und fühlte die Wärme. Die Wanduhr zeigte halb vier an. Blieben also maximal noch drei Stunden, um sich in Kats Dateien zu vertiefen. Ansonsten würde sie erst am Nachmittag dazu kommen. Abends war sie schließlich mit Jonas verabredet. Und das war wichtiger als alles andere auf der Welt.

»Ich denke die ganze Zeit über Katharina nach.«

Paps setzte seine Tasse ab und sah sie an. Wollte er etwas aus ihr herauskitzeln oder war er einfach nur besorgt? Sarah überlegte kurz, ehe sie sprach.

»Könnte es sein, dass sie gar nicht entführt wurde?«

»Wie meinst du das?«

»Na ja, ich habe darüber nachgedacht. Katharina ist doch schon oft weggerannt, wenn ihr etwas nicht gepasst hat.« Sie beobachtete sein Gesicht. Er hörte ihr zumindest aufmerksam zu. »Montagabend hatte sie einen ziemlich heftigen Streit mit Mama.«

»Deine Mutter meinte, das wäre nichts Schlimmes gewesen.«

»Ich finde schon. Kat war unheimlich wütend. Mich hat sie auch beschimpft. Dieses Mal will sie unbedingt ihren Willen durchsetzen! Du weißt doch, wie sie ist! Ich habe sogar zuerst gedacht, sie sei zu dir geflüchtet.« Sarah zuckte entschuldigend mit den Schultern. »Hast du tatsächlich versprochen, ihr ein Auto zu kaufen?«

»Ganz so ist es nicht, Kleine. Ich habe ihr Unterstützung versprochen, mehr nicht.«

»Wahrscheinlich war sie davon überzeugt, dass sie dich schon noch rumkriegen würde.«

»Und du denkst, deine Schwester spielt uns das alles nur vor? Aber was ist dann mit diesem Erpresserbrief?«

»Vielleicht hat sie den ja selbst geschrieben.«

»Ach Mäuschen … Wenn es nur so wäre.« Paps schaute zur Uhr. »Katharina ist seit Dienstagmorgen weg. Vielleicht sogar schon seit Montagabend. Das sind inzwischen drei Tage. Glaubst du nicht, dass ihr Zorn mittlerweile verraucht sein müsste?«

»Und wenn sie keine Möglichkeit findet, aus der Nummer rauszukommen?«

»Ich wünschte, es wäre so.« Paps schaute aus dem Fenster, und Sarah beschloss, noch etwas weiterzugehen.

»Weißt du, ich habe darüber nachgedacht, wie es der Entführer angestellt haben soll, ins Haus zu kommen und Katharina wegzuschaffen, ohne dass es jemandem aufgefallen ist. Es fehlt auch nichts, außer ihrem Handy.« Sie hielt inne. Wie weit durfte sie gehen, ohne ihn misstrauisch zu machen?

»Da ist was dran.« Paps schloss kurz die Augen und betupfte die Lider mit den Fingerspitzen. »Ich werde darüber nachdenken. Aber jetzt wird es wirklich Zeit fürs Bett.«

»Okay, Paps. Hab dich lieb.« Sarah rutschte von der Bank. Sie fühlte sich erleichtert. Papa hatte ihre Ideen nicht gleich als Hirngespinste abgetan. Vielleicht wurde nun doch noch alles gut.

18. Mai

15

»Das wird langsam echt unheimlich.« Elodie wickelte ein belegtes Brot aus der Alufolie, klappte es auf und rümpfte die Nase. »Deine Schwester ist jetzt seit Montagabend weg und nichts geschieht. Was macht denn die Kripo die ganze Zeit?«

»Schnüffelt bei uns zu Hause herum. Hat Kats Mädels befragt. Keine Ahnung, was sie sonst noch tun. Aber die lassen sich natürlich auch nicht in die Karten schauen.« Sarah, die neben ihrer Freundin auf dem kleinen Steinmäuerchen vor der Schule saß, ließ die Beine baumeln.

»Gab es denn irgendeine Reaktion auf den Brief von gestern?«

»Nichts.« Sarah, die es schon bereute, dass sie Elodie von dem Schreiben erzählt hatte, dachte darüber nach, wie weit sie die Freundin noch einweihen durfte. »Das Problem ist, dass der Inhalt ziemlich unkonkret war. Keine Anweisung. Meine Mutter hat dann geantwortet, dass sie weitere Informationen braucht.«

»Wie meinst du das, sie hat *geantwortet*?«

»Über Facebook.« Sarah legte die Hand auf Elodies Schulter. »Bitte erzähle niemandem davon! Das muss absolut unter uns bleiben.«

»Na klar doch. Ich schweige wie ein Grab.« Elodie fuhr mit Daumen und Zeigefinger über ihre Lippen, als zöge sie einen Reißverschluss zu. Nachdenklich setzte sie dann fort. »Denkst du immer noch, dass deine Schwester alles inszeniert hat?«

»Eigentlich schon. Obwohl mir langsam ein paar Zweifel kommen. Ich habe auch mit meinem Paps darüber geredet.« Sarah gab eine kurze Zusammenfassung ihres nächtlichen Gesprächs. »Er hält es im Gegensatz zu meiner Mutter zumindest nicht für abwegig.« Sie schloss die Augen und genoss die Wärme der Mittagssonne auf den Lidern.

»Und in diesem Brief war ein Foto von Kat?«

»Ein Computerausdruck. Nur ihr Gesicht.« Wollte Elodie nicht endlich mal das Thema wechseln? Aber anscheinend faszinierte sie die vermeintliche Entführung so sehr, dass sie keinen Nerv für andere Dinge hatte.

»Ein aktuelles Bild? Oder schon älter?«

Darüber hatte sie noch gar nicht nachgedacht. Sarah rief sich das Foto ins Gedächtnis. Der Hintergrund gab nichts her. Dann läutete ein Glöckchen in ihrem Kopf. »Nicht älter als eine Woche.«

»Woher …« Elodie sah sie mit aufgerissenen Augen an und Sarah musste lachen.

»Du siehst aus wie ein Frosch, der einen Geist gesehen hat. Es ist nichts Übersinnliches. Mir ist nur gerade eingefallen, dass Kat ihre neuen Ohrstecker drinhatte. Winzige Herzchen. Die hat sie sich erst letzten Freitag gekauft.«

»Wow!« Elodie biss jetzt doch von ihrem Brot ab, das sie die ganze Zeit in der Hand gehalten hatte. Mit halb vollem Mund sprach sie weiter. »Hast du denn noch gar nicht darüber nachgedacht, dass jemand dieses Foto geschossen haben muss? Jemand, der mit Kat unter einer Decke steckt?«

»Könnte auch ein Selfie gewesen sein.«

»Auch wieder richtig. Das spräche dann für die Fake-Theorie. Mann, Mann, Mann.« Elodie wickelte das halb aufgegessene Brot wieder in die Folie. »Aufgeweichte Salatblätter mit Frischkäse schmecken einfach furchtbar. Scheiß-Diät. Ich glaube, ich hole mir nachher einen Muffin.«

Das silbrige Päckchen flog in hohem Bogen in den Papierkorb neben der Mauer. »Willst du heute Abend zu mir kommen? Meine Eltern sind nicht da. Wir könnten uns einen Film ansehen und ein bisschen quatschen. Da kommst du auf andere Gedanken! Dagegen kann deine Mutter doch nichts haben, oder?«

Sarah überlegte, wie sie Elodie beibringen konnte, dass sie schon eine Verabredung hatte, und erwog, den Besuch bei Elodie gegenüber ihren Eltern als Vorwand für ihr Date mit Jonas zu benutzen. Aber dafür hätte sie ihrer Freundin erzählen müssen, dass sie einen Jungen traf, und Elodie hätte keine Ruhe gegeben, bis sie herausgefunden hatte, wer es war. Höchstwahrscheinlich würde sie es für sich behalten, aber Sarah wollte nicht, dass ihre Schwärmerei für Jonas bekannt wurde. Noch nicht. Nicht, bevor sie sich sicher sein konnte, nicht vor dem ersten Kuss und überhaupt …

Es brauchte vorerst niemand zu wissen. Normalerweise war Elodie die Einzige, der sie Geheimnisse anvertraute, aber nicht einmal ihr hatte sie bisher von Jonas erzählt. Zum Affen machen konnte sie sich später immer noch.

Vor Kat und ihren *Darlins* musste sie das Ganze sowieso noch eine Weile geheim halten. Was, wenn er Kat auch gefiel? Ihre Schwester war hübscher als sie, so viel stand fest. Und wenn Jonas sie erst mal kennenlernen würde, wäre Sarah wahrscheinlich sofort abgeschrieben. Nein, Kat war die Letzte, der sie etwas von Jonas erzählen würde.

Sie zuckte die Schultern und zauberte ein entschuldigendes Lächeln auf ihr Gesicht. »Lieb gemeint, Elo, aber ich bleibe lieber zu Hause. Vielleicht taucht meine Schwester ja gerade heute Abend wieder auf.«

»Das verstehe ich. Wir könnten aber skypen.«

Sarah sah sich mit Jonas im Kino sitzen und spürte, wie ihr Herz hämmerte. »Mal sehen, ob ich mich loseisen kann. Seit Kat weg ist, beobachtet meine Mutter mich ständig und möchte, dass ich mit im Wohnzimmer sitze.« Hoffentlich glaubte Elodie ihr.

»Okay, ich werde ja sehen, ob du online bist.« Elodie sprang von dem Mäuerchen und klopfte sich die Krümel von der Hose. »Holt eure Haushälterin dich nachher wieder ab?«

»Ja.«

»Dann bis später! Irgendwann kriegen wir uns schon. Schick mir eine SMS, wenn Kat wieder da ist. Und halt die Ohren steif!« Elodie rückte ihr pinkfarbenes Haarband zurecht und marschierte davon. Sarah winkte ihr nach. Sie musste noch einmal mit Jonas reden. Etwas anderes als die Spätvorstellung kam nicht infrage. Dann konnte sie Müdigkeit vortäuschen und in ihrem Zimmer verschwinden.

*

… Er nickt uns zu und ruft: »Ich komm ja wieder!«
Aus Himmelblau wird langsam Abendgold.
Er grüßt die Hügel und er winkt dem Flieder.
Er lächelt. Lächelt. Und die Kutsche rollt.

»Der ›Mozart des Kalenders‹ – das ist wundervoll.« Jonas berührte ihren Arm und ein Stromstoß durchzuckte Sarah. »Hast du das selbst geschrieben?«

»Das ist von Erich Kästner. Ich wollte erst etwas Eigenes über den Frühling schreiben, aber irgendwie lief es nicht. Bin wohl doch keine Lyrikerin.«

»Manchmal muss man sich etwas Zeit geben, Prinzessin. Ich bin davon überzeugt, dass du das kannst.«

Das Wort »Prinzessin« löste eine Flutwelle in Sarahs Kopf aus und sie konnte ein paar Sekunden lang gar nichts mehr denken. In ihren Ohren rauschte das Blut. Ihr Blick fiel auf ein Pärchen, das sich in einer Ecke neben dem Eingang zum Kino küsste, und Hitze stieg in ihrer Brust nach oben.

»Wollen wir reingehen?« Jonas berührte ihre Schulter, und Sarah schüttelte den Gedanken ab, sich schnellstens mit einer Entschuldigung davonzumachen.

»Ich dachte, wir könnten uns den da anschauen.« Jonas zeigte auf ein Plakat neben den Kassen. Er schien von ihrem inneren Chaos nichts mitbekommen zu haben. Zum Glück hatte er einen Actionfilm ausgesucht. Irgendwas mit Liebe hätte sie nur noch tiefer ins Chaos gestürzt. Während Sarah noch nach ihrem Portemonnaie kramte, hatte er schon bezahlt.

»Warte.« Sie zog einen Zehner heraus, aber er winkte ab.

»Bist eingeladen!« Er sah ihre Verblüffung und setzte hinzu: »Kannst dich ja später noch revanchieren!«

»Später?« Noch bevor Jonas antworten konnte, verfluchte Sarah schon ihre Begriffsstutzigkeit.

»Hatten wir nicht ausgemacht, dass wir nach dem Film noch eine Pizza essen gehen, oder musst du gleich nach Hause?«

»Mal sehn. Wenn meine Eltern nicht anrufen, könnte es klappen.« *Es muss klappen!* Ein Kinobesuch *und* ein anschließendes Essen – mehr ging nicht. Er meinte es tatsächlich ernst. Ihr Herz trommelte wieder los. Bis jetzt schienen ihre Eltern nichts von ihrem Ausflug gemerkt zu haben. Klar würden sie sich wundern, dass ihre Tür abgeschlossen war, falls einer von ihnen noch einmal nach ihr schaute, aber wenn sie Glück hatte, beließen sie es dabei. Zur Sicherheit hatte sie ihr Handy mitgenommen und deutlich sichtbar einen Zettel auf den Fußboden gelegt: »Bin noch mal raus.« Das würde Mama und Paps hoffentlich von unüberlegten Schritten abhalten. Wahrscheinlich würden sie als Erstes versuchen, sie anzurufen. Sie befühlte das Handy in ihrer Tasche und ließ sich von Jonas in den Kinosaal ziehen.

»Hier ist die Festplatte, die du wolltest.« Jonas legte einen kleinen Plastikbeutel mit dem Aufdruck eines Elektronikmarktes auf den Tisch. »Zehn Euro mehr, als du geplant hattest, aber sie ist shockprotected. Wenn man so ein Ding mit sich rumschleppen will, ist das nützlich.«

Jonas deutete auf die Thunfischpizza. »Ich nehme die, und du?« Sarah, die noch immer aufgewühlt war, weil Jonas im

Kino seinen Arm um ihre Schultern gelegt hatte, schob die Unterlippe vor. »Quattro Formaggi?«

»Gute Wahl.« Jonas winkte dem Kellner. »Möchtest du ein Glas Wein?«

»Lieber nicht.« Das fehlte noch, dass sie mit einer Fahne heimkam. Außerdem würde der Alkohol ihr Gehirn nur noch mehr durcheinanderwirbeln.

»Was willst du eigentlich mit der externen Festplatte? Du hast doch deinen Laptop.«

Sarah schwieg ein paar Sekunden, dann entschloss sie sich, es ihm zu erzählen. »Okay, ich verrate es dir, aber du musst versprechen, es niemandem zu sagen. Ich habe Kats Festplatte kopiert. Zum Glück, denn die Kripo hat ihren Rechner mitgenommen. Jetzt will ich alles auf die externe Festplatte überspielen.« *Falls die Polizei meinen Laptop auch noch mitnimmt.*

»Du hast die Dateien deiner Schwester überspielt?« Zwischen Jonas' Augenbrauen war eine steile Falte erschienen. »Aber warum?«

»Es war so eine Eingebung.« Sollte sie ihn in ihre Theorie einweihen, dass Kat alles nur inszeniert hatte? Aber vielleicht würde er sie dann für total herzlos halten.

Jonas wartete, bis der Kellner die Pizzen vor sie hingestellt hatte, ehe er fortsetzte. »Glaubst du, du findest dort irgendwelche Hinweise zu Kats Verschwinden?«

»Ich weiß es nicht.« Sarah betrachtete den zerlaufenen Käse. Sie hatte eigentlich gar keinen Hunger. »Kat hat ja einen Blog geschrieben. Öffentlich allerdings. Wenn da etwas gestanden hätte, wüssten wir das längst. Ihre Freundinnen sind anscheinend auch ahnungslos. Andererseits«, sie stach die Gabel in den knusprigen Teigrand, »glaubt die Kripo ja, dass sich etwas Relevantes auf ihrem Rechner befindet, sonst hätten sie ihn doch nicht mitgenommen, oder?«

»Da ist was dran. Hast du denn schon reingeschaut?«

»Leider nein. Dauernd kam etwas anderes dazwischen.« *Nächtliche Ausflüge zum Haus des Nachbarn, ihr Vater, der sie in Kats Zimmer überraschte, die Schule.* »Ich hoffe, dass ich morgen oder am Sonntag Zeit dafür finde.«

»Soll ich dir beim Durchforsten der Dateien helfen? Vier Augen sehen mehr als zwei.«

»Das wäre super.« Hieß das, er wollte sich morgen schon wieder mit ihr treffen? In ihrem Bauch flatterten Schmetterlinge. Als es plötzlich in ihrem Nacken kribbelte, drehte sie sich intuitiv um. An einem der hinteren Tische saß ein Typ, der sie beobachtete. Als er bemerkte, dass Sarah ihn ansah, wandte er schnell den Kopf ab. Es dauerte eine Weile, bis die Erkenntnis in ihr Bewusstsein vorgedrungen war, dass sie den Kerl kannte.

Sie schob ihre Hand über den Tisch und stupste Jonas' Finger an. »Schau mal unauffällig über meine Schulter. Siehst du den Kerl, der neben dem Durchgang zur Küche sitzt?«

Jonas kniff die Augen zusammen. »Das ist doch dieser Andreas aus dem Schreibkurs.«

»Er starrt die ganze Zeit herüber.«

»Das bildest du dir nur ein.« Jonas legte seine Hand auf ihre und sofort fühlte Sarah die Wärme seiner Haut. »Wahrscheinlich hat er uns gesehen und sich gefragt, ob wir ein Date haben.« Er wollte noch etwas hinzufügen, als Sarah hastig ihre Hand wegzog und den Finger auf die Lippen legte.

Ihr Handy klingelte. Laut und fordernd. »Bin gleich wieder

da!« Noch ehe Jonas etwas antworten konnte, war sie schon hinausgerannt. Das konnte nur Papa sein. Wenn er die Hintergrundgeräusche aus der Pizzeria hörte, ahnte er gleich, dass an ihrer Geschichte etwas nicht stimmte.

»Brunner?«

»Sarah? Wo zum Teufel steckst du? Du hast uns einen Mords-Schrecken eingejagt!« Paps klang verärgert. Und was hieß »uns«? War Mama etwa auch wach?

»Ich bin eine Runde spazieren gegangen, weil ich nicht schlafen konnte. Ich dachte, die frische Luft würde mir guttun.«

»Und da schleichst du dich mitten in der Nacht einfach so davon? Denkst du denn überhaupt nicht nach?«

Und wie ich nachdenke. Die ganze Zeit denke ich nach. »Sorry, ich wollte euch nicht wecken.« Jonas kam heraus und hob fragend die Augenbrauen. Sarah bedeutete ihm, still zu sein.

»Und warum hast du deine Tür abgeschlossen?«

»Hab ich das?« Sie hörte ihren Vater tief einatmen und setzte schnell hinzu: »Das war nicht mit Absicht. Muss ein Reflex gewesen sein.«

»Aha. Wir reden noch darüber. Du kommst jetzt sofort nach Hause. Wenn du nicht in zehn Minuten da bist, rufe ich die Polizei.«

»Bin schon auf dem Weg.« *Klick.* Ihr Vater hatte aufgelegt. Sarah betrachtete das Display und steckte dann das Handy mit einem Kopfschütteln ein.

»Deine Schwester? Ist sie wieder da?« Jonas war dicht vor sie getreten und musterte ihr Gesicht.

»Nein. Mein Vater will, dass ich sofort nach Hause komme. Ich habe mich nämlich *heimlich* vom Acker gemacht.«

133

»Nur um mich zu treffen? Du bist ja süß.« Er fasste mit beiden Händen ihren Kopf, und noch bevor sein Mund ihren berührte, wusste Sarah, dass es jetzt so weit war. Dann spürte sie weiche warme Lippen, die sich sanft auf ihre drückten.

Lächelnd löste er sich von ihr und hielt sie noch einen Augenblick lang fest. Sarahs Herz schien nach oben gewandert zu sein und pochte inzwischen im Hals.

»Dann mal los, Prinzessin. Lass deine Eltern nicht warten.«

»Bringst du mich noch ein Stückchen?« Sie wollte nicht, dass der Abend mit ihm schon vorbei war. Aber einen romantischen Abschiedskuss vor der Haustür konnte sie sich wohl abschminken. Paps würde sicher schon im Garten stehen und auf sie warten. Er musste nicht wissen, mit wem sie unterwegs gewesen war. Sie hatte lediglich einen nächtlichen Spaziergang gemacht, weil sie nicht schlafen konnte. Mehr nicht.

»Okay, ich bezahle schnell. Lauf nicht weg.« Er zwinkerte und machte sich auf den Weg.

19. Mai

16

»Neunzehnter Mai, zehn Uhr dreißig. Hallo, Leute.« Sarah betrachtete ihr Gesicht auf dem Bildschirm. Unter den Augen lagen dunkle Schatten.

»Die Polizei ist schon wieder da. So langsam kriege ich echt Schiss.« Sie holte tief Luft. »Mein letztes Statement war vorgestern Nachmittag. Bevor ich erzähle, was sich in der Zwischenzeit ereignet hat, das Wichtigste zuerst: Kat ist immer noch weg. Von dem Brief mit der nebulösen Nachricht hatte ich ja am Donnerstag schon berichtet. Und gestern Nacht gab's noch echt Zoff.«

Als Sarah daran dachte, schüttelte sie den Kopf.

»Fangen wir mit letzter Nacht an. Ich war abends ein bisschen unterwegs. Frische Luft schnappen.« Von dem Spalier wusste keiner. Alle dachten, sie sei einfach so zur Tür hinausspaziert.

»Natürlich war das nur ein Vorwand. Ich *musste* mich einfach mit Jonas treffen! Und meine Eltern hätten mich in der derzeitigen Situation doch nie gehen lassen. Schon gar nicht, um einen Jungen zu treffen, den sie nicht kannten! Also hab ich mich davongeschlichen. Und es war *wundervoll*!« Sarah bemerkte ihr entrücktes Lächeln und drückte die Stopptaste. Vor lauter Verliebtheit fand sie keine poetischen Beschreibungen mehr für ihren Zustand. Aber sie wollte ihr erstes richtiges Date mit dem ersten richtigen Kuss auch nicht auslassen. Dieses weltbewegende Ereignis musste aufgezeichnet werden, damit sie es immer wieder abrufen konnte. Obwohl sie das wohl auch so nie, nie, nie vergessen würde. Nachdem sie den Abend ausführlich beschrieben hatte, setzte sie mit ihrer Heimkehr fort.

»Paps war stinksauer auf mich. Ich könne doch nicht einfach so weglaufen und noch dazu meine Zimmertür abschließen! Was ich mir dabei gedacht hätte und so weiter.« Sarah verdrehte die Augen. »Sogar Mama hat ein paar mahnende Worte hervorgebracht. Obwohl sie sonst fast nie mit mir schimpft. Jedenfalls hat die Predigt mindestens eine halbe Stunde gedauert, bis ich hoch und heilig versprochen habe, so etwas nie wieder zu machen. Okay, vielleicht war es eine blöde Idee, die Tür zu verschließen und den Zettel auf dem Boden liegen zu lassen. Auf der anderen Seite hat die Ausrede mit dem Spaziergang funktioniert.« Sie hielt inne und dachte daran, wie Jonas sich an der Einmündung zu ihrer Straße von ihr verabschiedet hatte. Im Dunkel einer Einfahrt hatte er sie noch einmal geküsst, genauso zärtlich wie beim ersten Mal, dann war er in der Finsternis verschwunden.

»Um halb zwei lag ich dann endlich im Bett. Wie man mir ansieht, war die Nacht viel zu kurz.« Sarah hielt die Aufnahme an, schlich zur Tür und legte das Ohr an das Holz und stellte sich dabei vor, wie jemand auf der anderen Seite genau das Gleiche tat. Von unten war nichts zu hören, was bedeutete, dass ihre Eltern mit den Beamten noch im Wohnzimmer saßen und redeten. Mit etwas Glück konnte sie noch ein paar Minuten weiterberichten.

»Womit wir zum zweiten gravierenden Ereignis kommen. Und damit meine ich nicht, dass Kat noch immer verschwunden ist.« Sie betrachtete ihr Gesicht. Eine Mischung aus Furcht und Gewissensbissen.

»Vor einer Stunde hat die Polizei bei uns geklingelt. Es ist kaum zu glauben, aber die haben einen weiteren Brief bekommen. Ich habe ihn nicht gesehen, aber er ist wohl wieder von diesem ominösen Entführer. Die Polizisten haben mich rausgeschickt, weil sie zuerst mit Mama und Paps allein reden wollten. Ehrlich gesagt, fand ich das ziemlich seltsam.«

Das war nicht einmal übertrieben. Wieso hatte Kommissarin Schuster darauf bestanden, dass sie das Zimmer verließ? Was sollte sie nicht hören?

»Anscheinend ist das die Reaktion auf diesen Facebook-Post von Mama. Mehr weiß ich auch nicht, aber das finde ich irgendwann schon noch heraus.«

Schnelle Schritte kamen die Treppe hinauf, Männer- und Frauenstimmen mischten sich. Sarah konnte nicht verstehen, was sie sagten.

»Ich berichtige mich: nicht irgendwann, sondern jetzt.« Sie drückte die Stopptaste und beendete die Aufzeichnung in der Sekunde, in der es an der Tür klopfte.

Die Kripobeamtin trat, ohne abzuwarten, ein.

Da hätte sie sich das Klopfen auch sparen können.

Sie sah sich im Zimmer um und ging dann auf Sarah zu.
Ernst betrachtete sie das Word-Dokument auf Sarahs Laptop.
Paps, der noch im Flur stand, steckte den Kopf herein. »Was
machst du gerade?«

»Hausaufgaben.« Sie schenkte ihm ein Lächeln, wobei sie
versuchte, die Kommissarin zu ignorieren. Ihr Vater blieb ernst.

»Wir möchten mit dir reden.« Schusters Stimme klang irgendwie unfreundlich. Sarah rührte sich nicht.

»Unten, Sarah. Komm bitte mit.«

Langsam erhob sie sich.

KK Schuster warf einen letzten Blick auf den Laptop, wahrscheinlich, um sich den Titel des Referats einzuprägen, dann
ging sie. Besser gesagt, sie marschierte. Genau wie sie hereingekommen war.

Paps, der vor der Tür gewartet hatte, beobachtete, wie die
Kommissarin die Treppe hinunterstiefelte, und schüttelte da-
bei unmerklich den Kopf. »Na, komm schon. Wir sind im
Wohnzimmer.«

Sarah folgte ihrem Vater und wurde mit jedem Schritt ner-
vöser. Irgendetwas stimmte nicht. Hatte man Kat gefunden?
War ihr etwas passiert? Sie betete, dass es nicht so war.

Als sie das Wohnzimmer betrat, entdeckte Sarah ihre Mutter in der Sofaecke. Fredersen hatte in einem der Sessel Platz
genommen, den anderen beanspruchte KK Schuster für sich.
Sarah, die keine Lust hatte, sich zwischen Mama und Paps auf
die Couch zu quetschen, zog sich einen Stuhl vom Esstisch
heran und setzte sich. Schön gerade, Rücken durchgedrückt,
Hände im Schoß gefaltet. *Du weißt von nichts, du hast keine Ahnung. Und vergiss nicht: Erst nachdenken, dann reden.*

»Sarah, wir haben heute noch einen Brief bekommen.« Die Kommissarin sprach mit ernster Stimme. »Den von gestern kennst du ja bereits.« Schuster wartete auf eine Antwort. Als nichts kam, fuhr sie fort. »Wir waren, wie ich gestern schon erläutert habe, davon ausgegangen, dass es vorher mindestens eine Nachricht an eure Familie gegeben haben muss.« Noch eine bedeutungsvolle Pause. Fredersen hatte sie fest im Visier. Mama schnäuzte sich geräuschvoll und Paps hatte den Gesichtsausdruck eines Bernhardiners.

Oh Gott, sie werden alles herausfinden! Dann bin ich geliefert!

»Und das hat sich heute leider bestätigt. Hier.« KK Schuster erhob sich und reichte ihr eine Kopie. Sarah stützte ihre Unterarme auf die Schenkel, um das aufkommende Zittern zu unterdrücken, und betrachtete die Vorderseite. Gerade weil es sich um eine Schwarz-Weiß-Kopie handelte, fielen die Schatten in Katharinas Gesicht besonders auf. Auf der Stirn hatte sie etwas, das wie eine Platzwunde aussah, der Mund war schmerzverzerrt. Neben ihrem Kopf hielt sie ein Tablet mit der Seite einer Zeitung in die Höhe. Man konnte das Datum gut erkennen: Freitag, 18. Mai.

Ihre Schwester sah aus, als leide sie Schmerzen. Sarahs Kehle verengte sich und sie versuchte zu schlucken. Jetzt zitterten ihre Hände deutlich, während sie das Blatt umdrehte.

FRAU GESSUM! HABEN IHRE NACHRICHT
BEKOMMEN. VERSUCHEN SIE NICHT, ZEIT ZU
SCHINDEN. DAS IST IHRE LETZTE CHANCE,
IHRE TOCHTER WIEDERZUSEHEN! UNSERE
FORDERUNG BETRÄGT, WIE WIR IHNEN BEREITS

IN UNSEREM ZWEITEN BRIEF AM MITTWOCH
MITGETEILT HABEN, 50.000 EURO. GELDÜBER-
GABE MORGEN 16:00 UHR AN DER BÄREN-
SCHÄNKE.
KEINE POLIZEI!
KEINE VERSPÄTUNG!

Sarah überflog den Text noch einmal und in ihrem Kopf gellten die Sirenen. *Was hast du getan? Ist der ganze Scheiß mit der Entführung wirklich echt? Was, wenn die Entführer Kat misshandeln, weil niemand auf die ersten beiden Schreiben reagiert hat?*

Sie musste sich zusammenreißen. *Ich weiß von nichts.*

Als Sarah aufsah, fixierte KK Schuster sie schon wieder.

»Das ist schrecklich! Was passiert denn nun?« Sie richtete den Blick auf die Nasenwurzel der Kripobeamtin und starrte.

»Du kannst doch lesen, Sarah.« *Sie will mich provozieren.*

»Natürlich. Aber was wollen Sie denn jetzt von mir hören?«

»Kommst du da nicht von selbst drauf?« *Nein, nein, nein.* Wollte ihr denn niemand beistehen? Hatten die beiden Kripobeamten deshalb vorher allein mit ihren Eltern reden wollen?

»Ich habe wirklich keine Ahnung.« Sarah blickte Hilfe suchend zu Paps.

»Gut, dann erkläre ich es dir. Es gab schon zwei Briefe vor dem gestrigen und diesem hier. Einen am Dienstag und einen am Mittwoch. Beide gingen an eure Adresse. Deine Mutter hat sie aber nicht erhalten.«

Mama und Paps schwiegen noch immer. Was hatten die Beamten ihnen eingeredet, dass sie sie so im Stich ließen?

»Wie kommen Sie denn darauf, dass diese ersten beiden

Briefe hierhergeschickt wurden?« *Gut gekontert, weiter so!* Sie wedelte mit der Kopie. »Das steht nirgends.«

»Wir wissen es.«

Sarah schaute kurz zu KK Fredersen, der sie irgendwie mitleidig ansah. Noch war es nicht zu spät, sich aus der Sache herauszuwinden. Niemand durfte erfahren, was sie getan hatte. »Wieso sind Sie eigentlich so sicher, dass die Entführer nicht lügen?«

»Weil sie die ersten beiden Briefe mit dem heutigen mitgeschickt haben. In Kopie.«

Sarah schnappte nach Luft. Das hatte gesessen.

Wenn Kat das gewesen war, dann Hut ab. Geschickter Schachzug! *Oder es waren die Entführer.* In Sarahs Bauch begann es zu rumoren.

»Und nun fragen wir uns natürlich, was mit diesen Briefen passiert ist.«

Ihr glaubt doch, die Antwort schon zu wissen. Sarah betrachtete die Druckbuchstaben noch ein paar Sekunden lang, ehe sie die Kopie zurückgab. Ihre Hände waren jetzt ganz ruhig. *Ihr könnt mir nichts beweisen. Solange ich schweige, kann nichts passieren.*

»Kann ich sie mal sehen?« Sarah sah der Kommissarin an, wie überrascht sie war. »Sie haben sie doch dabei, oder?«

»Im Augenblick nicht. Hast du eine Ahnung, wohin die Originale verschwunden sein könnten?«

Paps regte sich. »Ich finde, es reicht langsam. Sie haben Sarah gefragt und sie weiß von nichts.«

Ohne dass sie es vorhergesehen hatte, wollten sich heiße Tränen in ihren Augen sammeln. Wenigstens Paps stand ihr noch bei!

»In Ordnung, Herr Brunner. Dann warten wir mal ab, was die Haushälterin Ihrer Frau zu der Sache sagt. Sie müsste ja bald hier sein, nicht?«

Das war logisch: Wenn die Polizei davon ausging, dass die ersten beiden Briefe hierhergeschickt worden waren und Mama keine Ahnung hatte, blieben ja nur sie und Gerda als Verdächtige übrig. *Schöner Mist. Wie komme ich aus der Nummer nur wieder raus?*

»Die Kollegen von der Spurensicherung müssten auch jeden Augenblick eintreffen«, fuhr Schuster fort. »Wir lassen das Zimmer von Katharina noch einmal gründlich durchsuchen. Vielleicht finden wir weitere Anhaltspunkte dafür, was wirklich passiert ist.«

Was wirklich passiert ist … was wirklich passiert ist … Die Worte erzeugten einen hohlen Widerhall in Sarahs Kopf, sodass sie fast die nächsten Sätze der Kripobeamtin verpasst hätte.

»Aber eine Frage noch, Sarah. Kannst du uns sagen, wer nach Katharinas Verschwinden an ihrem Rechner gewesen sein könnte?«

*

»Oh Mann, das ist echt krass!« Elodie strich sich die Haare hinter die Ohren und richtete dabei gleichzeitig ihr Haarband. »Wie können die bloß glauben, dass du was mit Kats Verschwinden zu tun hast?«

Nachdem die Polizei sich verabschiedet hatte, war Sarah nur noch kurz im Wohnzimmer geblieben. Mit der Entschuldigung, sie habe Kopfschmerzen, war sie ihren Eltern entkommen und skypte nun mit ihrer besten Freundin. Sie musste sich einfach mit jemandem über die neuesten Entwicklungen austauschen.

»Angeblich sind diese beiden ersten Briefe zu uns nach Hause geschickt worden.« Sarah versuchte, bestürzt auszusehen, obwohl die Panik in ihr tobte. »Meine Mutter hat sie aber nicht bekommen. Also bleiben ja nur Gerda und ich. Und da ich normalerweise die Post rausnehme, wenn ich heimkomme ...«

»... kannst nur du die Briefe genommen haben. Klingt erst mal logisch.« Elodie saugte die Oberlippe zwischen die Zähne und biss darauf herum.

»Ich versteh das Ganze auch nicht. Gerda war es auf keinen Fall.« Sollte sie Elodie einweihen?

»Und was haben deine Eltern dazu gesagt?«

»Mama nichts, Paps nicht viel mehr. Wer weiß, was die Polizisten ihnen eingeredet haben.«

»Aber sie kennen dich doch! Wie können die auch nur mit einer Silbe annehmen, dass du was damit zu tun hast! Geschweige denn mit dieser Lösegeldforderung!« Elodie war mit jedem Wort lauter geworden und tippte sich nun mehrfach mit dem Zeigefinger gegen die Stirn.

»Ich glaube, die Schneekönigin kann mich nicht leiden.«

»Schneekönigin?«

»So nenne ich die Kommissarin. Eigentlich heißt sie Schuster. Sie jagt mir Angst ein.«

»Dass sie dich nicht mag, kann doch aber nicht der Grund dafür sein, dich zu verdächtigen!«

Ist es auch nicht. Aber das kann ich dir nicht erzählen. Dir nicht und allen anderen auch nicht. Nicht mal Jonas.

»Wer könnte dir denn so was anhängen wollen?«

»Ich hab keine Ahnung. Vielleicht wollten die Entführer nur Verwirrung stiften und von sich ablenken.«

»Die Entführer oder deine allerliebste Schwester.«

»Das ist Variante zwei.« *Und hoffentlich die richtige.* »Dann haben zwei Typen in weißen Plastik-Anzügen noch Katharinas Zimmer durchsucht.«

»Echt?« Elodie riss die Augen auf. »Die Spurensicherung?«

»Genau.«

»Wie im Film!« Ihr schien aufzugehen, dass ihre Reaktion unpassend war, denn sie legte sofort die Fingerspitzen auf die Lippen. »Sorry, Sarah. Ich vergesse immer, dass das hier eine ernste Sache ist. Haben sie denn was gefunden?«

»Das haben sie nicht verraten. Aber sie haben Sachen mitgenommen.«

»Sachen?«

»Gesehen hab ich es nicht. Das Zeug war in irgendwelchen Tüten. Ich habe nur gehört, wie die Schneekönigin zu Mama und Paps gesagt hat, dass das alles im Labor untersucht wird.«

»Echt gruselig. Was könnten die gesucht haben? Fremde DNA? Blutspuren?«

»Elodie, bitte. Ich möchte eigentlich nicht weiter darüber nachdenken. Blutspuren hieße doch, dass tatsächlich was passiert ist.« Sarah wechselte schnell das Thema. »Übrigens haben die Polizisten mitbekommen, dass ich an Kats Rechner war.«

Elodie hob fragend die Augenbrauen und Sarah fuhr fort. »Mittwochnacht. Ich wollte schauen, ob ich was zu ihrem Verschwinden finde.«

»Und wie haben die das herausgefunden?«

»Jede Datei wird automatisch mit einem Zeitstempel versehen, wenn man sie öffnet. Wusstest du das?«

»Habe ich schon mal was von gehört.« Elodie knetete ihr Ohrläppchen. »Und das haben die Computerspezialisten von der Kripo natürlich entdeckt … Mist.«

»Du kannst dir ja vorstellen, wie die Schneekönigin darauf reagiert hat, besonders weil ich nichts davon gesagt hatte. Ich habe dann behauptet, ich wäre aus Versehen drangekommen, als ich in Kats Zimmer war. Da mein Vater mich vorgestern dort erwischt hatte, konnte ich das ja schlecht abstreiten. Also habe ich erklärt, ich hätte die Sachen auf Kats Schreibtisch betrachtet und sei dabei an die Maus gestoßen. Da ist der Rechner zum Leben erwacht und ich habe mich ein bisschen in ihren Ordnern umgesehen.«

»Und hast du?«

»Habe ich was?«

»Hinweise darauf gefunden, ob deine Schwester ihr Verschwinden nur inszeniert hat.«

»Nein, leider nicht. Aber …«

»Übrigens!«, unterbrach Elodie sie und hob den Zeigefinger. »Das wollte ich dir die ganze Zeit schon erzählen! Die Kripo hat die *Darlins* schon wieder befragt. Gestern nach der Schule. Ich musste noch mal zurück, weil ich meine Sportsachen vergessen hatte, und da stand die Tür zum Zimmer des Beratungslehrers ein wenig offen. Ich habe gelauscht.« Sie versuchte, unschuldig auszusehen, konnte sich ein Grinsen aber nicht verkneifen. »Als sie fertig waren, habe ich mich schnell hinter einer Ecke versteckt und die Mädchen dann bis in den Park verfolgt – wie ein feindlicher Agent.«

145

Bei der Vorstellung, wie Elodie so unauffällig wie ein bunter Hund um das Gebäude herumschlich, musste auch Sarah lachen.

»Die waren viel zu sehr mit sich beschäftigt, um mich zu bemerken. Sie haben wild spekuliert, und jede hat andere Vermutungen geäußert, was los sein könnte. Aber wenn sich deine Schwester bei einer von ihnen verstecken würde, hätten sie darüber geredet. Das heißt, es gibt tatsächlich nur zwei Möglichkeiten, was wirklich passiert sein könnte.« Elodie hob erneut den Zeigefinger. »Erstens: Deine Schwester hat alles nur vorgetäuscht – ziemlich starkes Stück, finde ich, aber möglich. Vielleicht war die Sache mit dem Streit nur ein Vorwand, und sie ist abgetaucht, weil sie was verbockt hat. Kannst du dir das vorstellen?«

»Was sollte das sein? Meine Schwester ist doch perfekt. Bis auf den Fakt, dass sie ab zu eine raucht.«

»Da haben wir es. Nobody is perfect.«

Sarah hatte keine Ahnung, was Elodie meinte, verzichtete aber auf eine Nachfrage, weil die Freundin inzwischen weitergeredet hatte.

»Oder zweitens«, der Mittelfinger gesellte sich dazu, »sie wurde wirklich entführt.«

»So weit war ich auch schon. Trotzdem frage ich mich die ganze Zeit, wie das funktioniert haben soll.«

»Genau das hat auch mich beschäftigt. Deshalb habe ich mal ein bisschen recherchiert. Pass auf.« Elodie nahm einen Ausdruck vom Schreibtisch und begann vorzulesen. »Nummer eins: die Entführung des Lindbergh-Babys. 1932 wird der kleine Sohn von Charles Lindbergh aus dem Haus seiner

Eltern entführt. Kurz darauf kommt eine Lösegeldforderung an. 50.000 Dollar, die die Eltern auch bezahlt haben.« Elodie winkte ab, als Sarah den Mund öffnete, um etwas zu fragen.

»Lass mich ausreden. Der knapp zweijährige Junge wurde abends aus seinem Zimmer entführt, ohne dass jemand etwas mitbekam. Das ist bewiesen. Was danach geschah, lasse ich jetzt mal weg.«

Sie sah kurz in die Kamera, um zu prüfen, ob Sarah auch aufmerksam zuhörte. »Nummer zwei: irgendwann 2010. Den genauen Zeitpunkt habe ich auf die Schnelle nicht gefunden. Der Prozess war jedenfalls 2011. In der Nähe von Mainz steigt ein Siebenundzwanzigjähriger in ein Kinderzimmer ein, entführt ein Mädchen, um es zu vergewaltigen, und bringt es danach zurück. Die Eltern haben die ganze Zeit geschlafen und nichts mitbekommen.«

Langsam verstand Sarah, worauf Elodie hinauswollte. Es handelte sich jedes Mal um Eindringlinge, die jemanden in einem Haus überfallen oder gekidnappt hatten, obwohl noch andere Personen anwesend gewesen waren. Niemand anders hatte etwas von der Entführung bemerkt.

»Lag das Zimmer dieses Mädchens im Erdgeschoss?«

»Keine Ahnung. Das Lindbergh-Baby jedenfalls wurde mit einer Leiter aus dem oberen Stockwerk geholt.« Elodie kratzte sich im Nacken, dann nahm sie ihren Ausdruck wieder zur Hand.

»Nummer drei: wieder in den USA. Ein Neunundvierzigjähriger klettert nachts durch ein offenes Fenster in ein Haus. Eine Vierzehnjährige, die er flüchtig kennt, schläft im ersten Stock. Der Typ holt sie mit vorgehaltenem Messer aus ihrem

Zimmer und entführt sie. Danach behält er das Mädchen neun Monate lang als seine Sklavin.«

»Das ist ja gruselig!« Sarah fühlte Eisfinger über ihren Rücken tasten, während sie sich vorstellte, wie ein gesichtsloser schwarz gekleideter Mann nachts durchs Haus schlich, ohne dass Mama oder sie etwas davon bemerkten.

»Einen Fall habe ich noch. Von dem hast du bestimmt schon gehört. Ein deutscher Serienmörder namens Martin Ney, dem man den Titel ›Maskenmann‹ verliehen hat.«

»War das der Typ, der in diese Schullandheime eingebrochen ist?«

»Genau. Drei Morde konnte man ihm nachweisen. Er ist nicht nur in Schullandheime, sondern auch in Zeltlager und Privathäuser eingestiegen. Fast immer waren mehrere Leute in den Häusern, oft sogar im gleichen Raum. Zwar hat er die Aktion wohl ein paarmal abgebrochen, aber meist hat niemand etwas gehört.« Elodie legte die Zettel beiseite. »Das sind nur ein paar Beispiele von vielen. Es gibt also durchaus Entführungen aus Häusern, in denen sich Menschen befinden, ohne dass diese etwas davon mitbekommen.«

»Du bist echt ein Freak, weißt du das?«

»Mich interessiert das einfach.« Elodie kniff ein Auge zu. »Es spricht also einiges für Variante zwei. Wann kommen denn die Ergebnisse der Spurensicherung?

»Montag wahrscheinlich.«

»Und wo soll morgen die Lösegeldübergabe stattfinden?«

»Das darf ich nicht sagen, sorry.«

»Versteh ich. Halb so wild. Aber die ungefähre Zeit kannst du mir doch sicher verraten.« Elodies Augen glitzerten.

»Nachmittags.«

»Alles klar. Werden deine Eltern das Geld zusammenkriegen?«

»Ja.« Es war sogar schon im Haus. Paps hatte sich gemeinsam mit der Polizei um alles gekümmert.

»Ich drück euch die Daumen!« Elodie ballte beide Hände zu Fäusten und hob sie in Richtung Kamera. »Hältst du mich auf dem Laufenden?«

»Na klar!«

»Wenn du mich brauchst, schick eine SMS.«

»Danke. Ich muss mich jetzt ablenken. Vielleicht surfe ich ein bisschen durchs Netz.« Sarah sah auf die Uhr. Die Kriminalpolizei war erst um halb drei verschwunden und nun hatte sie sich mit Elodie verplaudert. Es wurde *wirklich* Zeit, dass sie sich Kats Dateien vornahm.

17

Siebzehn Ordner. Mehr als zwanzig Gigabyte. Sarah nahm einen Schluck Cola und ärgerte sich, dass sie das süße Zeug überhaupt trank. Ein Liter von dem Gesöff enthielt 36 Stück Würfelzucker. Das hieß, sie hatte gerade mindestens 15 Zuckerstückchen verzehrt. Einfach widerlich. Und doch brauchte sie das Koffein. Seit fast drei Stunden hing sie vor ihrem Laptop und mittlerweile hatte sie vom ständigen Gähnen schon Tränen in den Augen. *Du solltest dich ein Stündchen hinlegen. Wer weiß, was heute und morgen noch alles passiert!*

»Sei still.« Jetzt redete sie schon mit ihrer inneren Stimme. »Ich kann mich nicht ausruhen. Später vielleicht. Kat könnte in Gefahr sein. Ich muss weitermachen.«

»Mit wem sprichst du?« Ihr Vater, der lautlos die Stufen heraufgekommen war, trat ins Zimmer.

»Selbstgespräche.« Sarah drehte sich um und sah ihm in die Augen. »Sorry, Paps. Ich drehe wohl langsam durch.« Sie hatte ihre Zimmertür aufgelassen, um allen zu zeigen, dass es nichts zu verbergen gab.

»Und womit musst du weitermachen?«

»Ach, bloß ein paar Sachen für die Schule. Eigentlich hätte das noch Zeit, aber ...«

»Es lenkt dich ab.«

»Genau.« Sie zeigte auf den Bildschirm, auf dem eins von Kats Referaten prangte, doch der Hinweis war unnötig. Paps schien sich nicht weiter dafür zu interessieren, sondern schaute stattdessen aus dem Fenster.

»Eigentlich wollte ich nur Bescheid sagen, dass wir gleich essen.«

»Hab gar keinen Hunger.«

»Ich auch nicht, aber wir sollten es wenigstens versuchen. Also, komm bitte runter.«

»Okay.«

Gedankenversunken tappte er hinaus. Sarah hörte, wie er die Tür von Kats Zimmer öffnete, dann war alles still. Wahrscheinlich stand er auf der Schwelle und betrachtete die Einrichtung. Mama hatte sich, seitdem die Kripo fort war, nicht blicken lassen. Vielleicht saß sie vor dem Fernseher und versuchte, sich mit irgendwelchen Sendungen abzulenken.

Sarah betrachtete die Liste der Ordner, die mit »pics«, »music«, »div«, »friends«, »school«, »theatre« und so weiter benannt waren.

Kat hatte eine Vorliebe für englische Begriffe. Nachdem sie von ihrem Austauschjahr in Großbritannien zurückgekommen war, hatte sie die ersten Wochen damit nur so um sich geworfen, um zu zeigen, wie cool sie doch war. Nach und nach war es dann besser geworden, aber in ihren Dateien herrschte noch immer das denglische Kauderwelsch des letzten Jahres.

Im Ordner »school« gab es eine Menge Unterordner, sortiert nach Fächern. Sarah unterdrückte ein Seufzen. Sie war noch lange nicht fertig. Ein paar Bissen würde sie Paps zuliebe herunterschlingen und sich dann wieder an den Rechner setzen.

Vergiss nicht, die Daten auf deinem Laptop anschließend zu löschen.

»Sarah, kommst du?« Mamas Stimme kringelte sich wie eine grellgelbe Schlange zu Tür herein.

»Bin schon unterwegs!« Sie fuhr den Computer herunter und machte sich auf den Weg.

*

prinzessiiiiiin! miss u!

Sarah betrachtete die Kurznachricht, die vor einer Viertelstunde eingegangen war, und spürte ein paar Ameisen, die durch ihren Bauch krabbelten. Jonas war so süß. Vor allem war er anders als die Jungs aus ihrer Klasse oder diese komischen Gestalten aus dem Schreibkurs. Bei ihm störte sie das Englische komischerweise nicht.

Ihre Finger flogen über das Display.

musste meinen eltern beim essen gesellschaft leisten ☹

Die Antwort kam prompt.

fertig damit? skype?

Die einzelnen Ameisen hatten sich in eine ganze Armee verwandelt. Konnte sie es sich erlauben, mit Jonas zu skypen? Was, wenn Paps plötzlich wieder in ihrem Zimmer stand?

Sarah schlich auf Socken in den Flur und lauschte. Die Wohnzimmertür stand ein wenig offen und man konnte die Stimmen ihrer Eltern hören. Als ihr Name fiel, hielt sie die Luft an und ging langsam die Treppe hinunter.

»… komme ich nicht mehr klar.« Mama klang verschnupft. »Was, wenn sie doch etwas damit zu tun hat?«

»Das meinst du doch nicht im Ernst. Sarah würde so etwas nie tun.« Paps blieb ganz ruhig.

»Mir geht die Sache mit den verschwundenen Briefen nicht aus dem Kopf. Wer soll die denn genommen haben, Gerda etwa?«

»Vielleicht trickst uns der Entführer bloß aus und es hat diese ersten Schreiben nie gegeben. Womöglich will er uns damit entzweien.«

»Aber die Kripo ist sich sicher, dass sie an uns geschickt wurden.«

»Ach, Heide.« Paps klang resigniert. »Unsere kleine Sarah ist doch noch nicht mal sechzehn. Und was hätte sie überhaupt für einen Grund?«

Einen Grund? Pures Misstrauen! Kat will uns alle täuschen, warum merkt das denn niemand? Gleichzeitig mit ihren Gedanken fühlte Sarah, wie ihre Augen feucht wurden. Paps war der Einzige, der hier zu ihr hielt.

»Ich möchte ja auch gern glauben, dass Sarah von nichts weiß, aber die Polizei …« Mama sprach jetzt leiser, als ahne sie, dass jemand zuhörte, doch Paps fuhr dazwischen.

»Schluss jetzt damit! Das ist absolut kontraproduktiv! Wir sollten uns lieber auf die Lösegeldübergabe vorbereiten. Sprechen wir noch einmal alles durch.«

Sarah, die den geplanten Ablauf schon dreimal gehört hatte – einmal, als die Kripo ihnen alles erklärt hatte, dann in der »Nachbesprechung« mit den Eltern und vorhin beim Abendessen –, beschloss, dass sie genug gehört hatte.

Der Gedanke, dass Paps der Einzige war, der auf ihrer Seite stand, stimmte nicht. Sie hatte auch noch Elodie und Jonas. Und letzterer wartete seit zehn Minuten darauf, dass sie sich zurückmeldete, damit er mit ihr skypen konnte. Egal, ob jemand hochkam, sie musste jetzt mit jemandem reden, dem sie hundertprozentig vertraute.

»Ich kann dich nicht sehen.« Jonas guckte verschmitzt. »Willst du unsichtbar bleiben?«

»Nein, warte. Ich hab's gleich.« Ihr Chatfenster änderte die Farbe, dann erschien ihr Gesicht. Schnell glättete Sarah ihre Haare und hob grüßend zwei Finger.

»Na, meine Hübsche? Wie geht's dir? Erzähl mir von deinem Tag! Was ist mit dem großen Theater?«

»Das ging heute den ganzen Tag weiter.« Sarah schob die Unterlippe vor. Als sie bemerkte, wie albern sie damit aussah, ließ sie das Grimassenschneiden bleiben. Bei ihrem Bericht über den erneuten Besuch der Kripo und der Konfrontation mit der Kriminalkommissarin vertiefte sich der Unglauben auf Jonas' Gesicht mit jedem Satz. Nachdem er mehrfach betont hatte, dass das alles Quatsch sei und er ihre Mutter nicht verstehe, tippte er sich an die Stirn. »Die sind doch nicht ganz

154

sauber! Statt ihre Arbeit zu machen, verdächtigen sie Familienangehörige! Das ist mal wieder typisch! Was ist denn jetzt
mit deiner Schwester?«

»Immer noch weg.«

»Was denkst du, was mit ihr ist?«

»Ach, Jonas … ich weiß es auch nicht. Ich hoffe, dass sie in
Ordnung ist, echt! Ich stelle mir immer vor, was der Kidnapper
mit ihr macht, und dabei wird mir ganz übel.«

»Wollen wir uns heute treffen?«

Sarah betrachtete seinen Mund und automatisch erinnerten
sich ihre Lippen an die gestrige Berührung. In ihrem Bauch
begann es wieder zu kribbeln.

»Ich würde ja gern …« Wie von selbst schob sich die Unterlippe wieder nach vorn. »Aber die bewachen mich. Ich kann
mich nicht noch mal davonschleichen, ohne dass es Ärger
gibt.« Plötzlich fiel ihr die offene Zimmertür wieder ein und
Sarah lauschte nach draußen, doch auf dem Flur war es still.
Sie legte den Finger auf die Lippen und sprach dann leiser weiter. »Wenn das morgen mit der Lösegeldübergabe klappt und
Kat wiederkommt, könnten wir uns vielleicht morgen Abend
treffen, ansonsten müssen wir uns mit Skype begnügen oder
simsen.«

»Was für eine Lösegeldübergabe?« Er runzelte die Stirn
und Sarah verfluchte ihr loses Mundwerk. *Erst denken und dann
reden!* Aber wenn sie schon Elodie davon erzählt hatte, konnte
Jonas es auch wissen. Im Flüsterton erklärte sie ihm, was morgen geplant war.

»Du Arme! Das muss ja nervenaufreibend sein.«

Er hatte recht. Es *war* nervenaufreibend. Würde Kat unbeschadet wiederkommen? »Das alles nimmt mich ziemlich mit. Ich bin wie betäubt, kann gar nicht klar denken.«

»Ach, meine kleine Prinzessin …«

Jonas schaute genauso niedergeschlagen, wie sie sich fühlte. »Du musst mich unbedingt auf dem Laufenden halten. Schick einfach eine kurze SMS, wenn etwas passiert.«

»Versprochen.« Sie versank in seinen braunen Augen. Sollte sie es doch wagen, sich davonzustehlen? Nur auf ein kurzes Treffen? Aber Paps würde ausrasten, wenn er das mitbekam. Dann war es vorbei mit seinem Verständnis.

»Hast du denn in den Dateien deiner Schwester was gefunden?«

Sarah erwachte aus ihren Träumen. »Bis jetzt noch nicht. Obwohl ich mich den ganzen Nachmittag durch die Ordner geklickt habe.« Unten wurde eine Tür geöffnet und sie fuhr zusammen. »Psst.«

»Deine Eltern?«, flüsterte Jonas. Sarah nickte und winkte zum Abschied, ehe sie die Verbindung abbrach und den Laptop zuklappte.

20. Mai

18

»Sagst du mir jetzt bitte, wo du Freitagabend warst?« Mama sprach leise, während ihre Hände das Lenkrad umklammerten.

»Das hab ich doch schon. Ich war spazieren. Musste mal durchatmen.« Worauf wollte sie hinaus?

»Das war alles? Nur frische Luft schnappen?«

»Wie ich es gesagt habe.«

»Ich habe etwas gefunden.« Jetzt löste ihre Mutter die rechte Hand vom Lenkrad, zog einen zerknitterten Zettel aus ihrer Hosentasche und warf ihn in Sarahs Schoß. »Wir sind auf dem Weg zum Polizeirevier, weil sie noch ein paar Fragen haben. Ich möchte, dass du mir vorher erklärst, was das ist.«

Es dauerte einen Augenblick, bis Sarah realisiert hatte, dass es sich um ihre Kinokarte von Freitag handelte. Sie hatte sie als Andenken an ihr erstes richtiges Date aufheben wollen. Bei der Erinnerung an Jonas wurde ihre Kehle eng und sie schluckte.

»Weiß nicht.«

»Das war in *deiner* Jackentasche. Also versuch bitte, dich zu erinnern.«

Zorn flackerte in Sarah auf und die Traurigkeit verschwand abrupt. *Wie kannst du deine eigene Tochter so unter Druck setzen! Ob Paps davon weiß, dass du meine Taschen durchsuchst?* Wenn sie zurückkehrte, musste sie sofort den Laptop plattmachen. Hoffentlich fand sie die Zeit dazu. Wer weiß, wo Mama noch überall herumgeschnüffelt hatte! *Und nun denk über eine passende Antwort nach!*

Sarah nahm die Kinokarte und betrachtete sie ein paar Sekunden lang, ehe sie sie in der Faust verbarg. Mit einer entschuldigenden Geste legte sie schließlich los.

»Es tut mir leid, aber ich wollte dich nicht beunruhigen. Ich sagte doch, ich musste mich ablenken. Und als ich am Kino vorbeikam, dachte ich mir, dass es ganz guttun könnte, sich irgendeinen Film anzuschauen.«

»Allein?«

»Was meinst du?«

»Ob du allein dort warst.«

»Natürlich. Mit wem hätte ich denn hingehen sollen?« Wie gut, dass sie nur ihr eigenes Ticket aufgehoben hatte!

»Warum hattest du an dem Abend deine Zimmertür abgeschlossen?«

Jetzt reichte es aber allmählich. Das »Gespräch« mit ihrer Mutter artete ja in ein Verhör aus.

»Ich denke, dass das immer noch meine Sache ist, ob und wann ich abschließe.« Trotzig fixierte Sarah die Straße.

»Nun gut. Belassen wir es dabei.« Mama gab auf. Fürs Erste jedenfalls. Wahrscheinlich, weil sie gerade auf den Hof des Polizeireviers einbogen.

»Für Sie auch ein Wasser?« Fredersen schaute zu Mama, aber die schüttelte nur unmerklich den Kopf. Ihre Hände waren inzwischen zu Fäusten geballt.

Die große hässliche Wanduhr zeigte auf zwei. Das ganze Revier war hässlich. Uraltes Mobiliar, zudem roch es nach altem Papier und Staub. Wie lange wollten die sie eigentlich hier festhalten? Um sechzehn Uhr sollte die Lösegeldübergabe stattfinden!

KK Schuster und ihr Kollege waren, wie angekündigt, heute Vormittag auf die Minute genau um elf bei ihnen daheim aufgekreuzt. Nach ein bisschen Vorgeplänkel hatten sie vorgeschlagen, dass Sarah und ihre Mutter mit ihnen aufs Revier kommen sollten, um »ein paar Details zu besprechen«, während Papa zu Hause auf die Lösegeldübergabe vorbereitet wurde. Sie hatte angenommen, dass die Kripo Mama nur ablenken wollte, aber die Schneekönigin hatte etwas ganz anderes im Schilde geführt. Statt sich um Kats Verschwinden zu kümmern, verhörte sie lieber eine Fünfzehnjährige.

Fredersen kam mit einem Pappbecher zurück und stellte ihn vor ihr ab, wobei er sich ein müdes Lächeln abpresste. Sarah nahm einen Schluck. Ihre Kehle war trocken. *Teil es dir ein! So schnell gibt es bestimmt keinen Nachschub!*

»So, Sarah.« KK Schuster hatte wieder ihren durchdringenden Blick aufgesetzt. »Was wolltest du im Haus eures Nachbarn?«

»W… wie bitte?« Fast hätte sie sich verschluckt.

»Du warst doch kürzlich dort, oder?« Fredersen, der bis jetzt geschwiegen hatte, gab sich väterlich. Wie hatten sie das herausgefunden?

»Meinen Sie das Haus von Jan Zweigert?« Sarah sah, wie
die Kommissarin die Augenbrauen hochzog, und beeilte sich
hinzuzufügen: »Warum haben Sie es durchsucht?«

»Unbewohnte Häuser in der Nachbarschaft stehen bei Entführungen immer im Fokus.«

Das mussten sie getan haben, als sie in der Schule gewesen
war. Wurde Herr Zweigert etwa verdächtigt? Aber warum?
Wenn die Schneekönigin nicht bluffte, hatten sie da drüben
irgendwelche Spuren von ihr gefunden.

»Wir wissen, dass du dort warst.« Fredersen sah sie unverwandt an.

»Sarah, antworte der Kommissarin.« Mama klang traurig.
Sie kann mich nicht ansehen. Sarah sehnte sich Paps herbei.

»Okay, ich war dort.« Sie starrte auf den Tisch.

»Wann und warum?«

Gleich zwei Fragen auf einmal! Sarah nahm noch einen
Schluck Wasser. »Donnerstagabend. Ich habe mir Sorgen um
Katharina gemacht und dachte, dass sie vielleicht dort wäre.«

»Wieso bist du gerade auf das Haus des Nachbarn gekommen?«

»Weiß ich auch nicht so richtig.«

»Warum hast du mir nichts davon gesagt, dass du bei Herrn
Zweigert einbrechen willst?«

Einbrechen? Was bitte redete Mama da? *Statt mir beizustehen,
reitet sie mich noch tiefer in die Scheiße.* Sarah zog ihre Augen
zu kleinen Schlitzen zusammen. Darauf würde sie keinesfalls
antworten.

»Wie bist du ins Haus gelangt?«, mischte sich Schuster wieder ein. Eine Frage jagte die nächste. *Sagt doch einfach, welche*

Spuren ihr in Zweigerts Haus gefunden habt! Dann können wir uns die Fragerei sparen.

»Kat und ich wissen, wo Herr Zweigert den Ersatzschlüssel aufbewahrt.«

»Nämlich wo?«

Was dachte sich diese KK Schuster eigentlich? Dass sie ihre Schwester versteckt und die Lösegeldforderung geschickt hatte? Womöglich Schlimmeres?

»Unter den Hortensienbüschen am Hintereingang. In einem künstlichen Stein.«

Fredersen gab seiner Kollegin ein Zeichen und ging hinaus. Bestimmt rief er die Beamten bei ihnen zu Hause an, damit sie die Sache nachprüfen konnten. Schon nach zwei Minuten, in denen im Raum Schweigen geherrscht hatte, kam er zurück und setzte sich wieder Sarah gegenüber.

»Okay, Sarah. Du warst also im Haus von Herrn Zweigert«, Fredersen nickte ihr zu, »weil du nachsehen wolltest, ob deine Schwester dort ist?«

»So was in der Art. Ich weiß es selbst nicht genau. Herr Zweigert kam uns manchmal komisch vor.« Sie sah Fredersen fest in die Augen. »Ich möchte ihn nicht schlechtmachen, verstehen Sie? Es war eine Schnapsidee.«

»Ich kann dich beruhigen. Euer ehemaliger Nachbar hat ein Alibi. Er war nachweislich die ganze Zeit in Thailand.«

»Woher wussten Sie, dass ich drüben war?«, fragte Sarah leise und betrachtete die Tischplatte.

»Du hast eindeutige Spuren hinterlassen.« Die Kommissarin klang resigniert.

Sarah griff nach dem Becher. Eindeutige Spuren … bestimmt Fingerabdrücke. Das bedeutete allerdings, dass die Polizei Vergleichsabdrücke von ihr bekommen hatte. Von Mama? Sie schielte zu ihrer Mutter hinüber, aber die blickte bewegungslos auf die gegenüberliegende Wand.

»Ich hab ja schon zugegeben, dass ich dort war.« Ihr weinerlicher Ton ging ihr selbst auf den Keks. »Was wollen Sie denn von mir? Da drüben war nichts. Ich vermisse meine Schwester!«

»Okay, Sarah. Dann gebe ich dir mal eine kurze Zusammenfassung, damit du verstehst, warum wir das alles fragen.« Schuster schaute kurz zu Mama, dann zu ihr.

»Erstens: zwei verschwundene Briefe. Einer von Dienstag, einer von Mittwoch. Am Donnerstag warst du im Haus des Nachbarn, ohne dass deine Eltern davon wussten. In der gleichen Nacht hast du dich mit ihrem Passwort in den Rechner deiner Schwester gehackt.«

Gehackt? Was faselte die Frau da?

»Am Freitag warst du mehrere Stunden heimlich außer Haus, angeblich im Kino, wie du deiner Mutter vorhin erzählt hast.«

»Aber ich war *wirklich* im Kino!« Was dachten die eigentlich, was sie Freitag gemacht hatte? Im Grunde hatte sie ja einen Zeugen, aber sie wollte Jonas aus der Sache raushalten. Das ging die Schneekönigin gar nichts an. Doch nach den Worten der Kommissarin musste Sarah zugeben: Zusammengenommen klang das nicht gut. *Gar nicht gut.*

Scheiße. Sarah biss die Zähne aufeinander. Ab jetzt würde sie schweigen. Kein Wort mehr.

»Und dann haben wir noch das hier.«

Ein Zettel landete vor ihr auf dem Tisch. Ungläubig betrachtete Sarah ihre eigene Schrift.

»Das ist doch von dir, oder?« Schuster wartete auf eine Antwort. Als keine kam, setzte sie fort.

»Besonders die letzte Zeile hat uns stutzig gemacht: ›So lange: Sucht mich nicht. Ich bin bei euch.‹ Wie ist das gemeint?«

»Woher haben Sie das?« *So viel zum Schweigegelübde …*

»Das spielt keine Rolle. Warum hast du dieses Gedicht geschrieben?«

Sarah versuchte, sich zu erinnern, was mit dem Gedicht geworden war, nachdem sie am Mittwoch den Schreibkurs verlassen hatte. Hatte sie es auf dem Tisch liegen gelassen? Hatte Jürgen sie etwa auch verraten? Wieder wollten sich Tränen in ihren Augen sammeln, und sie biss sich so fest auf die Zunge, dass es schmerzte. *Bloß nicht heulen! Denk an was anderes!*

Sie betrachtete die undefinierbaren Flecken auf der Tischplatte und versank in Erinnerungen. Ein Mittwoch im April. Sie saß neben Vanessa im Schreibkurs. Annika hatte eine Kurzgeschichte vorgelesen, und mittendrin war die Tür aufgesprungen und ein gut aussehender – nein, ein *unheimlich* gut aussehender Typ war hereinspaziert, hatte lässig in die Runde gegrüßt und sich die braunen Locken aus der Stirn gestrichen, wobei er sich für sein Zuspätkommen entschuldigt hatte. Jürgen hatte den Neuankömmling daraufhin als Jonas Gässchen vorgestellt und ihnen erklärt, dass der junge Mann sich im Kurs angemeldet habe und dass sie nett zu ihm sein sollten. Was er natürlich spaßig gemeint hatte. Bis auf Andreas und den wortkargen Finn mit den Eisaugen gaben sich immer alle Mühe, nett zueinander zu sein.

Jonas hatte sich anfangs eher zurückgehalten, doch seine Texte waren kreativ. Schon beim zweiten Treffen hatte Annika ihr zugeflüstert, dass Jonas cool sei. Obwohl er ein paar Jahre älter war als sie – knapp fünf, um genau zu sein –, hatte auch Sarah ihn süß gefunden, und schon beim dritten Zusammentreffen war die Angst in ihr hochgekommen, Annika oder Vanessa würden sich den Typen schnappen. Aber Jonas hatte sich offensichtlich nicht für die beiden interessiert.

Als sei es gestern gewesen, sah sie das helle Leuchten in seinen Augen, als er ihr gesagt hatte, sie sei tiefgründig und das, was sie schreibe, außergewöhnlich. Die Schmetterlinge in ihrem Bauch hatten einen wilden Tanz aufgeführt, und von da an hatte sie es kaum erwarten können, dass es endlich wieder Mittwoch war und sie ihn im Schreibkurs wiedersehen konnte.

»Sarah, würdest du bitte meine Frage beantworten?« Mit Ungeduld in der Stimme holte die Kommissarin sie zurück in die Realität.

»Einfach so«, erwiderte Sarah und wusste, dass der Polizistin diese Antwort nicht reichen würde. Aber sie war zu sehr damit beschäftigt, darüber nachzudenken, wie die Kripo an das Gedicht gekommen war. Wem war so etwas zuzutrauen? Dem schweigsamen Finn? Dem seltsamen Andreas? War der Typ nicht vorgestern Abend »ganz zufällig« in der Pizzeria aufgetaucht? Sie musste Jonas fragen, ob ihm letzten Mittwoch etwas aufgefallen war.

»Nun gut, Sarah. Belassen wir es fürs Erste dabei.« Bei KK Schusters Worten spürte Sarah, wie sich Erleichterung in ihr ausbreitete. *Endlich ist dieses Verhör vorbei!*

Die Beamtin wandte sich an Mama. »Sie sollten jetzt nach Hause fahren, Frau Gessum.«

*

»Zwanzigster Mai, achtzehn Uhr. Hallo, Leute«, flüsterte Sarah und warf einen schnellen Blick über die Schulter. »Ich muss heute etwas leiser sprechen, weil unten das Wohnzimmer voller Leute ist. Ich habe gesagt, dass ich ziemlich müde bin und mich ein wenig ausruhen möchte.«

Im Telegrammstil berichtete sie von der Befragung auf dem Revier und womit die Beamten sie konfrontiert hatten. »Die haben mich hundert pro auf dem Kieker. Schöne Scheiße, echt! Als wir endlich nach Hause durften, war Papa schon zur Lösegeldübergabe losgefahren. Sechzehn Uhr an der *Bärenschänke*, hatte in dem Brief gestanden. So wie ich es aus den Andeutungen der Beamten hier mitbekommen habe, war Paps total verkabelt und das Auto hatten sie mit Überwachungstechnik vollgestopft. Die Kripo muss sich schon Stunden vorher in dem Gebiet postiert haben. Jedenfalls hatte er eine halbe Stunde früher als vereinbart vor der Gaststätte geparkt und auf Anweisungen gewartet, wo er das Geld deponieren sollte, aber nichts ist passiert. Er hat erzählt, dass die Polizei ihm über einen Knopf im Ohr Anweisungen durchgegeben hat. Ruhig bleiben, abwarten, nach einer Viertelstunde aussteigen, ums Auto laufen, zeigen, dass er allein ist. Nach einer halben Stunde musste er einmal um das ganze Haus herumlaufen – das Handy immer griffbereit, falls der Entführer ihn anrief. Es hat sich aber niemand gemeldet.« Sarah legte kurz die Hände über

165

die Augen und horchte in sich hinein. Sie spürte die Angst, die in den letzten Tagen stetig gewachsen war. Katharina war entführt worden. Ihre Schwester befand sich wahrscheinlich in Lebensgefahr. Und sie hatte es mit ihrer dummen Eifersucht verbockt, dass man sie rechtzeitig befreite.

»Nach zwei Stunden sinnlosen Wartens haben die Beamten die Aktion abgebrochen. Es gab keine weiteren Nachrichten vom Entführer, und bis auf ein älteres Ehepaar und zwei Familien mit Kindern, die in der Bärenschänke einkehren wollten, ist auch niemand aufgetaucht. Paps hat gesagt, er wäre noch dort geblieben, aber die Kripo war der Ansicht, dass niemand kommt. Ob die denken, dass die ganze Sache mit der Lösegeldübergabe ein Ablenkungsmanöver war?«

Die Wohnzimmertür wurde geöffnet und Stimmen drangen herauf. Mit dem Finger auf der linken Maustaste horchte sie, aber anscheinend ging nur jemand auf die Toilette. Trotzdem – ewig konnte sie hier nicht sitzen und erzählen. Gleich im Anschluss musste sie die Aufzeichnung nach der Speicherung auf der externen Festplatte löschen. »Ich frage mich, warum niemand an der Bärenschänke war. Es gibt eigentlich nur zwei mögliche Erklärungen. Die erste ist allerdings mittlerweile ziemlich unwahrscheinlich, aber wenn Kat alles inszeniert hat, kann sie ja schlecht das Geld selbst abholen. So langsam glaube ich aber nicht mehr daran. Es wurde sogar eine Fahndung nach ihr ausgelöst und ihr Foto ist in allen Medien. Wenn sie abgehauen wäre, hätte sie bestimmt jemand erkannt.« Sarah legte die Hände auf den Bauch. Ihr war schlecht. Bevor sie fortfuhr, atmete sie tief durch.

»Variante zwei: Der Entführer hat vermutlich Wind von

der Überwachung bekommen und hält sich fern, um nicht geschnappt zu werden, falls die ganze Lösegeldsache eh nicht nur als Finte von ihm gedacht war.«

Was bedeutete, dass Kats Leben in Gefahr war. Sarah schluckte.

»Und jetzt? Ich weiß nicht, wann ich wieder was erzählen kann. Drückt die Daumen, dass Kat heil wieder auftaucht!« Sarah beendete die Aufzeichnung und stöpselte die externe Festplatte an.

21. Mai

19

»Ich glaube, es hackt!« Elodie schien richtig wütend zu sein. »Ich habe schon geahnt, dass es nichts Gutes bedeutet, als du heute nicht in der Schule warst, aber das hätte ich mir nicht träumen lassen! Ich dachte, es wäre was mit deiner Schwester, nachdem das Geld gestern nicht abgeholt wurde!«

Sarah hatte Elodie angerufen und ihr die Sache mit der gescheiterten Lösegeldübergabe erzählt, nachdem die ihr hoch und heilig geschworen hatte, nichts zu verraten.

»Nun ist mir natürlich klar, warum du nicht erreichbar warst.« Elodie hatte ihr seit heute Morgen sieben Kurznachrichten geschickt und zweimal über Skype angefragt, ob Sarah da sei. Jonas hatte ihr auf den Hilferuf, den sie ihm von der Toilette auf dem Revier gesimst hatte, geantwortet, dass sie durchhalten sollte und er sich um alles kümmern wollte.

Nur Paps hatte sich nicht gemeldet. Wahrscheinlich hielt er sie jetzt auch für schuldig.

»Ich konnte dir nicht antworten. Auf dem Revier ging das nicht, und seit ich wieder hier bin, hat meine Mutter mich nicht aus den Augen gelassen. Wahrscheinlich kommt sie gleich hoch und will wissen, wo ich bleibe. Ich habe also nur ein paar Minuten.«

Mama hatte sich nach ihrer Rückkehr wie eine Klette an sie geheftet, als glaubte sie, Sarah würde in einem unbeobachteten Moment irgendwas Schlimmes anstellen. Gerda war die ganze Zeit um sie beide herumgeschlichen wie ein begossener Pudel.

»Warum flüsterst du eigentlich die ganze Zeit?«

»Weil ich mich im Badezimmer eingeschlossen habe und mich niemand hören soll. Ich werde überwacht wie ein Schwerverbrecher. Wundere dich nicht, falls ich einfach auflege.«

»*Schwerverbrecher?*« Auch Elodie flüsterte jetzt.

»Ach, wie soll ich das erklären … Ich … ich habe tatsächlich etwas getan, was nicht in Ordnung war.«

»Was Schlimmes?«

»Ich hoffe nicht.«

»Aber mit dem Verschwinden deiner Schwester hast du nichts zu tun?«

»Nein!«

»Sorry, blöde Frage. Erzählst du es mir?«

»Später.«

»Und *warum* hast du es getan?«

»Weil ich sauer auf Kat war. So richtig sauer. Und weil ich dachte, sie will Mama austricksen. Na ja.« Sarah hob die Schultern. »Schöner Mist. Die Polizei glaubt nun jedenfalls, dass ich was mit der Sache zu tun habe.«

»Kann ich dir irgendwie helfen? Soll ich vorbeikommen und dir irgendetwas aus der Schule bringen? Wichtige Aufgaben oder so?«

169

»Nein danke. Ich komme schon klar.« Sarah hatte schon etwas anderes vor.

»Werden die dich denn in Ruhe lassen?«

»Bestimmt nicht.« Die beiden Kripobeamten hatten sie mit den Worten verabschiedet, dass sie sich bald wiedersehen würden. KK Schuster hatte noch hinzugefügt, dass sie wüsste, dass Sarah etwas mit der Sache zu tun habe. »Die Schneekönigin behauptet doch tatsächlich, dass *ich* diese Nachricht mit der Angst vor einem heimlichen Verfolger auf Kats Laptop verfasst habe, um die Entführung glaubhafter erscheinen zu lassen!«

»Das ist doch absoluter Blödsinn!« Elodies Stimme schraubte sich bei jedem Satzende mehr in die Höhe. »Wieso soll das auf einmal nicht von Kat sein? Nicht nur du, sondern jeder aus eurem Haus hätte das schreiben können! Und deine Mutter glaubt denen? Was ist denn mit deinem Vater?«

»Der ist gestern Abend zurückgefahren. Sobald sich etwas ergibt, kann er in zwei Stunden wieder hier sein.« Paps hatte ihr erklärt, dass er Lilly und Leo nicht so lange allein lassen konnte und keinen Urlaub eingereicht hatte. Sarah war sich nicht sicher, ob ihr Vater nicht doch die Flucht ergriffen hatte. Vor ihr.

»Am schlimmsten sind diese Blutspuren, die die Spurensicherung entdeckt hat. Angeblich waren sie überall: in Kats Zimmer, im Flur oben und auch auf der Treppe. Das Labor hat nachgewiesen, dass das Blut tatsächlich von Katharina stammt. Jemand hat versucht, das Zeug zu beseitigen, aber nur oberflächlich. Es muss ganz schön viel gewesen sein.«

»Mithilfe der DNA klappt so eine Zuordnung heutzutage fehlerfrei. Und diesen Bluttest in Räumen machen die mit einer Flüssigkeit, die im Dunkeln leuchtet. Luminol. Alles wird damit eingesprüht, dann lässt man die Rollos herunter und bingo! Ein blaugrünes Fluoreszieren zeigt die vermeintlich verschwundenen Spuren.« Schon hatte Elodie vergessen, dass es hier um ihre Freundin ging, und war wieder ihrer Faszination für kriminelle Dinge erlegen.

»Schön, dass du dich so gut auskennst, aber das nützt mir jetzt auch nichts. Diese Blutspuren müssen doch irgendwoher gekommen sein!«

»Tut mir leid.« Elodie kehrte sofort wieder in die Realität zurück. »Könnte sie Nasenbluten gehabt haben? Und weil ihr das vor eurer Haushälterin peinlich war, hat sie schnell alles selbst weggewischt?«

»Eine Möglichkeit wäre es.« Wenn auch eine unwahrscheinliche. Katharina war so ziemlich nichts peinlich und schon gar nicht vor Gerda. »Sei mal kurz leise.«

Jemand kam die Treppe herauf und stoppte vor der Badezimmertür.

Dann klopfte es. Laut und energisch.

»Sarah? Bist du da drin?«

»Ja.« Sie bemühte sich, ihre Stimme klein und furchtsam klingen zu lassen. »Ich hab Durchfall.«

»Komm bitte runter, wenn du fertig bist.« Mama klang todmüde. Und wütend.

»In Ordnung.« Sarah stöhnte zur Bestätigung, dass es ihr schlecht ging, und wartete auf die Schritte, die sich von der Tür entfernten. Es dauerte einige Sekunden, dann tappte Mama davon.

»Die ist echt krass drauf.« Elodie wisperte.

»Wir hatten vorhin einen Mörderstreit. Sie hat gesagt, dass sie mir nicht vertraut und dass ich die Wahrheit sagen soll.«

»Glaubt deine Mutter etwa auch, dass du was mit der Sache zu tun hast?«

»Ich fürchte ja.« Sarah versuchte, die Tränen zurückzudrängen. Wenn sie vorher noch an ihrem Plan gezweifelt hatte, hatten der heftige Streit mit Mama und das darauffolgende Gefühl, hier nicht mehr erwünscht zu sein, sie eines Besseren belehrt.

»Das tut mir echt leid. Aber vielleicht kann ich dir ein bisschen helfen. Hast du noch 'nen Moment?«

»Okay, schieß los.«

»Ich hab heute Mittag mal wieder die *Darlins* belauscht. Zuerst haben sie sich darüber unterhalten, dass die Kripo noch einmal das Zimmer deiner Schwester durchsucht hat, und sinniert, ob die dabei Kats Rauchzeug gefunden haben.«

»Kats *Rauchzeug*?«

»Vielleicht raucht Kat ja heimlich.«

»Sie hat es mal probiert, aber ich dachte, sie hätte schnell genug davon gehabt.«

»Ist ja auch nicht so wichtig. Ich hab noch was anderes mitgekriegt. Luisa hat sinngemäß gesagt, dass sie gern an die Referate deiner Schwester rankäme.«

»Was will sie denn damit? Abschreiben?«

»Nein, etwas ganz anderes. Da kommst du im Leben nicht drauf.« Noch ein bedeutungsschwangerer Atemzug. »Laut Nele hat dein Schwesterherz Informationen, die keiner finden soll, immer im gelöschten Text versteckt. Wenn man den Überarbeitungsmodus von Word anklickt, wird der ausgeblendete Teil wieder sichtbar. Ziemlich raffiniert, oder?«

»Den Überarbeitungsmodus von Word?« Sarah hatte keine Ahnung, wovon ihre Freundin sprach.

»Ich weiß auch nicht genau, wie das funktioniert, aber du könntest in den Hilfethemen nachschauen. Oder ich frage morgen Info-Hub.« Der Informatiklehrer Hubert Neubass wusste bestimmt, wie das funktionierte.

»Mach das. Das wäre ja der Hammer. Stell dir vor, ich finde in Kats Referaten Hinweise auf ihr Verschwinden!«

»Sag ich doch. Kommst du denn an ihre Dateien ran? Die Kripo hat doch ihren Rechner konfisziert.«

Erst jetzt fiel Sarah wieder ein, dass sie Elodie gar nichts von der Überspielung erzählt hatte. »Ich komme ran, mehr musst du nicht wissen. Ist besser so.«

»Allmählich wirst du mir unheimlich!« Mitten in Elodies leises Gackern piepte es an Sarahs Ohr.

»Hör zu, Elo. Ich muss aufhören. Melde mich wieder.« Noch bevor die Freundin sich verabschieden konnte, legte Sarah auf. Jetzt eilte es. Sie nahm ihr Handy vom Ohr und betrachtete die SMS, die gerade eingegangen war.

bin bei euch im garten. kommst du?

Sarah tippte eine schnelle Antwort. Dann schaltete sie das Gerät auf lautlos und verließ das Bad. Mama würde unten schon warten. Eine passende Ausrede, warum sie gleich noch einmal hochmusste, hatte Sarah sich schon zurechtgelegt. Sie brauchte mindestens dreißig Minuten, besser noch eine Stunde als Puffer. Nervös ging sie die Treppe hinunter und öffnete die Wohnzimmertür. »Da bin ich.«

Mama saß in ihrer Sofaecke und hatte verheulte Augen. Neben ihrem Teeglas lag das Foto von Kat, das heute früh noch am Kühlschrank geklebt hatte.

Sarah setzte sich in einen der Sessel und griff nach der Fernbedienung. »Möchtest du was Bestimmtes sehen, Mama?« Es gab keine Antwort. Mama wollte nicht mit ihr sprechen. Stattdessen stierte sie auf den Glastisch, als verberge sich dort die Lösung all ihrer Probleme. *Dann eben nicht.*

Nachdem sie ein Weilchen stumm auf den Bildschirm gestarrt hatte, entschied Sarah, dass sie nicht länger warten konnte. »Ich gehe hoch. Muss noch Hausaufgaben machen und müde bin ich auch.«

»Willst du nicht wenigstens mir die Wahrheit sagen?« Die Stimme ihrer Mutter zitterte.

Die Wahrheit? Du würdest mir doch sowieso nicht glauben! Du glaubst, ich habe meiner eigenen Schwester etwas angetan! Du kannst mich nicht mal ansehen!

»Ich habe nichts gemacht.«

»Und warum findet die Polizei immer mehr Beweise dafür, dass du irgendetwas getan haben *musst*?« Mama atmete tief durch und sah sie endlich an.

»Wieso glaubst du der Kripo mehr als mir? Ich bin deine Tochter!« Nun kamen auch Sarah die Tränen.

»Ich weiß wirklich nicht mehr, was ich glauben soll! Wenn du irgendetwas weißt, dann musst du es mir sagen.«

Sarah schluckte die Tränen hinunter, schüttelte resigniert den Kopf und erhob sich.

»Wir reden morgen weiter.« Sarah spürte den Blick ihrer Mutter im Rücken, als sie auf die Wohnzimmertür zusteuerte.

174

Im Flur atmete sie tief durch und schlich dann die Treppe hinauf. Als die Zimmertür hinter ihr ins Schloss gefallen war, hastete Sarah auf Zehenspitzen hin und her. Der Rucksack war gepackt, die Turnschuhe standen unter dem Bett. Die Polizei hielt sie für mitschuldig am Verschwinden ihrer Schwester. In den Filmen wurden manchmal Beweise gegen Unschuldige konstruiert, nur um einen Täter zu haben. Und anscheinend sollte sie das sein. Morgen würden sie wiederkommen und sie erneut verhören. Was, wenn Kat nicht wiederkam? Wenn der Entführer nie geschnappt wurde? Irgendwann würde sie nicht mehr schweigen können und die Sache mit den verbrannten Briefen beichten. Und dann war sie geliefert. Die würden sie bestimmt in den Jugendknast stecken. Sie musste zusehen, dass sie Tannau weit hinter sich gelassen hatte, bevor Mama merkte, dass sie weg war. Es war gut möglich, dass sie trotz des Briefes, den Sarah in ihrem Zimmer hinterlassen hatte, sofort die Kripo informierte und man nach ihr fahndete, aber bis dahin war sie hoffentlich längst über alle Berge.

TEIL 2

15. Mai

20

15. Mai, 05:45 Uhr

Ich kann nicht schlafen. Obwohl ich nach meiner Ankunft hier
todmüde war. Mir tun noch immer die Beine weh. Wer ist es
denn heutzutage schon gewöhnt, kilometerweit zu wandern?
Nach der endlosen Fahrerei mit dem Zug, dem Gerüttel in
diesem klapprigen Bus und dem anschließenden Marsch hätte ich eigentlich wie ein Stein ins Bett fallen und frühestens
am Mittag wieder erwachen müssen.

Aber leider funktioniert es nicht. Meine Gedanken kommen
einfach nicht zur Ruhe, kreisen um die zurückliegenden Wochen, darum, ob ich nicht einen furchtbaren Fehler begangen
habe.

Deshalb schreibe ich jetzt alles auf. Das hat mir schon immer geholfen. Mein Blog ist wie ein öffentliches Tagebuch, bei
dem man eine Menge Rückmeldungen bekommt. Es ist schön
zu wissen, dass es anderen manchmal genauso geht wie mir,
sei es mit der Schule, mit Freunden oder zu Hause.

Ab heute kann ich den Blog natürlich nicht mehr veröffentlichen. Aber ich habe mir vorgenommen, trotzdem jeden Tag alles genauestens aufzuschreiben. All das kann ich später immer noch ins Netz stellen. Wenn alles vorbei ist …

Alles, was seit gestern Abend geschehen ist, war die einzig mögliche Alternative. Nichts anderes hätte funktioniert, da bin ich mir sicher. Ich befinde mich in großer Gefahr. In Lebensgefahr, um es präzise auszudrücken. Jetzt bin ich fürs Erste in Sicherheit, aber das Versteck hier ist auch nur eine Notlösung, um Zeit zu gewinnen. Zeit, um nachzudenken und die nächsten Schritte einzuleiten.

Ich darf kein Lebenszeichen von mir geben. Aus meinem Handy habe ich den Akku herausgenommen, damit man es nicht orten kann. Für Twitter und Facebook habe ich schon vor Wochen Fake-Accounts angelegt und mich mit meinen Mädels befreundet, damit ich sehen kann, was sie über die kommenden Ereignisse posten. Ich gehe davon aus, dass auch die Medien berichten werden. Nicht gleich heute vielleicht, aber in den nächsten Tagen, wenn die Ereignisse eskalieren, werden sie es mit Sicherheit tun.

Jetzt ist es schon hell und draußen zwitschern unzählige Vögel. Mir fehlt der Stadtlärm. Diese ganzen ungewohnten Geräusche – das Rauschen der Bäume, das Knarren der Äste, ja sogar das Getriller dieser Waldvögel, die ich nicht benennen kann, irritieren mich. Mehr als die Stadtgeräusche aber fehlen mir Menschen in dieser Einöde. Leider werde ich damit klarkommen müssen.

In wenigen Minuten wird Mom aufstehen und hinuntergehen,

um uns Frühstück zu machen. Spätestens in einer halben Stunde wird sie sich wundern, wo ich bleibe. Da Sarah morgens zu nichts Vernünftigem in der Lage ist, wird sie kurz darauf selbst nach oben gehen und nachschauen, ob ich womöglich verschlafen habe. Ja – und dann wird der Tanz beginnen.

Nicht sofort vielleicht. Wahrscheinlich glaubt Mama zuerst noch, ich sei wütend abgerauscht, um die Nacht bei einer Freundin zu verbringen. Wäre ja nicht das erste Mal. Natürlich war der Streit gestern Abend inszeniert, und Mom wird schäumen, wenn sie erfährt, dass das mit Daddys Finanzspritze gar nicht stimmt. Aber damit hab ich sie gekriegt und genau das war das Ziel.

Vielleicht schäumt sie aber auch nicht, sondern macht sich Sorgen, spätestens heute Nachmittag. Ich hoffe jedenfalls, dass sie sich welche macht. Dann kommt es genauso dramatisch rüber, wie ich es möchte.

Keine Ahnung, ob sie die Botschaft auf dem Laptop gleich entdeckt, aber ich wollte ihn auch nicht zu offensichtlich aufgeklappt lassen. Es sollte so aussehen, als sei ich mitten im Schreiben gestört worden und hätte ihn nur flüchtig zugedrückt, um später weiterzuschreiben. Nur dass es kein Später gegeben hat. Es tut mir echt leid, wenn ich mir vorstelle, wie Mom das liest, aber es geht nicht anders. Sorry, Mom!

Spätestens wenn sie die Briefe erhält, wird sie wissen, dass ihre geliebte Kat nicht einfach abgehauen ist. Den ersten habe ich gestern Abend selbst in den Briefkasten gesteckt, bevor ich aufgebrochen bin. Derjenige, der heute Nachmittag die Post herausnimmt, wird ihn finden. Und dann wird die Hölle losbrechen. Das Foto kann man ja wohl kaum als Scherz abtun.

Und wenn doch – na, dann wartet mal, was morgen passiert! Da kommt das nächste Schreiben. Mit der *Post*. Ich habe vorgesorgt. Der Briefkasten, in den ich es eingeworfen habe, wird erst heute wieder geleert. Wenn alles glattgeht, hat Mom den Brief morgen Mittag. Ich habe im Vorfeld gleich mehrere Bilder ausgedruckt – eins schlimmer als das andere. Der Theaterkurs und das Schminken haben mir dabei gute Dienste geleistet. In Schwarz-Weiß sieht die Schramme am Kopf total echt aus, richtig gruselig.

Ich bin ziemlich gespannt, wie das alles weitergeht. Gleichzeitig fürchte ich mich auch ein wenig. Es ist so einsam hier draußen. Fast hätte ich die Hütte nicht gefunden! Obwohl das stark untertrieben ist. Die »Hütte« ist riesig und mit allem Komfort ausgestattet. Ferienhaus trifft es eher. Oder Feriendomizil. Noch besser klingt Château. Ein Schlösschen im Wald. »Château de bois« – so werde ich es nennen.

Ich bin heute Nacht auf dem Weg hierher vor Angst fast gestorben, so allein in diesem Wald. Es ist ein Unterschied, ob man daheim im gemütlichen warmen Zimmer einen solchen Ausflug plant oder ihn wirklich erlebt. Natürlich passieren in der Stadt viel mehr schreckliche Sachen als irgendwo in der Pampa, aber ich habe mich trotzdem gegruselt. Überall hat es geknackt, tausend Augen schienen mich durch die Dunkelheit zu beobachten. Mit der Taschenlampe habe ich überallhin geleuchtet, nur nicht auf den Weg. Das war bestimmt ein Bild für die Götter: Katharina Brunner mit ihrem ganzen Gepäck, dazu in dieser absurden Verkleidung. Ich sah aus wie eine dieser Babuschkas, die in den alten russischen Märchenfilmen im Wald Holz sammeln. Die Maskerade war jedoch zwingend nötig. Schon bald wird man gezielt nach mir suchen, wird fragen, ob jemand etwas beobachtet hat, und wenn das alles nichts bringt, sicher auch Fotos von mir veröffentlichen. Ich kann es einfach nicht riskieren, dass sich jemand daran erinnert, mich auf dem Weg hierher gesehen zu haben. Eine alte mürrische Oma, die, den Blick zu Boden gerichtet, durch die Nacht stapft, bringt niemand mit einer verschwundenen Siebzehnjährigen in Verbindung. Die Schauspielerei lag mir schon immer im Blut.

Ich hatte die ganze Ausrüstung schon vorgestern hinter unserer Sporthalle deponiert. Zwischen den Bäumen und dem reichlich vorhandenen Gebüsch kontrolliert der Hausmeister nie.

Ich habe das Haus ganz unauffällig verlassen, als wollte ich einen kleinen Abendspaziergang machen. Niemand hat gesehen, wie ich mich zur Rückseite des Gymnasiums geschlichen habe. Dort habe ich mich umgezogen und geschminkt. In den alten Klamotten, mit dem dicken Bauch und Omas alter Kurzhaarperücke hätte mich selbst Mom nicht erkannt!

Allmählich kriege ich Hunger. Seit gestern Mittag habe ich außer einem Schokoriegel nichts mehr gegessen. Zeit fürs Frühstück. Ich kann Mom vor mir sehen, wie sie in der Küche herumwirtschaftet. Sarah ist wahrscheinlich schon im Bad und wundert sich, dass ich ihr heute den Vortritt lasse.

Vielleicht sollte ich gemeinsam mit ihnen frühstücken ... Sie daheim, ich hier im Schlösschen vom *Alten Spanner*.

(Memo an selbst: Bezeichnung »Alter Spanner« vor Veröffentlichung ändern!)

Ein paar Lebensmittel habe ich mitgebracht, gerade so viel, wie ich neben Klamotten und Ausrüstung in den Rucksack bekommen habe. Aber als ich heute Nacht das *Château de bois* begutachtet habe, konnte ich zu meiner Freude feststellen, dass die Vorratsschränke gut gefüllt sind. Das meiste sind Konserven, aber damit komme ich ein ganzes Stückchen hin. Ich hatte schon die Befürchtung, in meiner Verkleidung ins Dorf pilgern zu müssen, um einzukaufen. Nachts mag das ja etwas anderes sein, aber am helllichten Tag lässt sich nur schlecht verbergen, dass sich unter der Babuschka ein junges Mädchen verbirgt. So viele Falten kann ich mir gar nicht ins Gesicht malen! Und den Pizzadienst kann ich als Besetzerin eines fremden Ferienhauses ja auch schlecht kommen lassen.

Kat

*

15. Mai, 07:15 Uhr

Der Kaffee hat meine Lebensgeister vollends geweckt. Und ich habe sogar Kekse gefunden!

Frisch gestärkt kann ich nun weitermachen. Zu Hause ist jetzt bestimmt die Hölle los.

(Memo an selbst: Nicht immer »ist die Hölle los« schreiben! Das klingt so melodramatisch!)

Mom wird wie ein aufgescheuchtes Huhn hin und her rennen, Sarah – wie jeden Morgen – stumm in ihre Cornflakes starren. Ich würde zu gern Mäuschen spielen!

Wenn Mom dann heute Nachmittag heimkommt und den Brief sieht, wird sie erkennen, dass es diesmal etwas Ernstes ist. Es ist sogar ernster, als es aussieht – aber das weiß keiner außer mir …

Ich denke, heute Mittag werde ich mal bei Facebook nachsehen, ob meine *Darlins* schon etwas über mein Verschwinden gepostet haben. So lange muss ich mich irgendwie ablenken. Ich habe mir ein Tablet gekauft – ein billiges Ding, aber für hier reicht es. Meinen Laptop konnte ich ja schlecht mitnehmen, da hätte gleich jemand was geahnt. Ist zwar blöd, längere Texte ohne richtige Tastatur zu schreiben, aber man gewöhnt sich daran. Das Geld dafür war Daddys »Ostergeschenk«. Seit Jahren kriegen Sarah und ich zu allen Anlässen Geld von ihm. Wahrscheinlich, weil er keine Ahnung hat, was sich Teenager-Mädchen so wünschen.

Das hier kann ziemlich langweilig werden. Ich kann ja nicht die ganze Zeit vor der Glotze hocken, aber nach draußen möchte ich auch nicht. Ist zwar total abgelegen hier, aber es könnten Spaziergänger oder irgendwelche Waldarbeiter vorbeikommen. Womöglich hat der *Alte Spanner* auch jemanden beauftragt, ab und zu nach dem Rechten zu sehen. Trotz der Alarmanlage. Ich muss vorsichtig sein, die ganze Zeit. Die Jalousien bleiben zu, auch wenn es schade um die schöne Frühlingssonne ist.

(Memo an selbst: Heute Abend rausgehen und checken, ob Licht durch die Rollläden dringt.)

Ich frage mich, wie groß das Grundstück ist, es gibt nämlich keinen Zaun. Und dann wüsste ich zu gern, was der Typ im Schlösschen so treibt, wenn er Zeit hier verbringt. Oder vielleicht will ich es lieber doch nicht so genau wissen ... Dass er jedes Jahr von Anfang Mai bis Ende Juni nach Thailand fährt, lässt tief blicken. Für mich ist diese Stetigkeit jedoch ein Segen.

Natürlich hatte ich zuerst ein bisschen Bammel, dass er es sich dieses Jahr womöglich anders überlegt hat und hiergeblieben ist. Dann wäre ich ihm direkt in die Arme gelaufen. Deshalb habe ich gestern versucht, ihn anzurufen. Nicht mit meinem Handy, ich bin schließlich nicht bescheuert. Ein paar öffentliche Telefone gibt es ja noch. Der *Alte Spanner* hat mir bei seinem Auszug tatsächlich seine Handynummer zugesteckt! »Falls du mich mal anrufen willst ...«, hat er gemurmelt und mich dabei mit Blicken ausgezogen.

Jedenfalls war nur die Mailbox dran und hat verkündet, dass Jan Zweigert derzeit nur per E-Mail unter blablabla zu erreichen sei.

Trotzdem habe ich mich heute Nacht ganz vorsichtig angepirscht, aber wie erwartet stand alles leer.

Zum Glück gibt es hier Internet. Ziemlich leichtsinnig, das unverschlüsselte W-LAN einfach anzulassen. Aber wahrscheinlich kommt er im Leben nicht auf die Idee, dass sich hier jemand einnisten könnte, während er in Thailand zum »Badeurlaub« ist. Ist doch alles super abgesichert! Jeder Einbrecher wird sofort von Kameras erfasst. Dass ich nicht lache!

Das mit der Alarmanlage und wie man sie abschaltet, hat er mir damals selbst auf die Nase gebunden, dieser Blödmann. Ein paar naive Fragen, ein bisschen Augengeklimper und er hat ausgepackt. Voller Stolz auf seine ganze geile Anlage. Angeber!

Er stellt den Strom nie ab, hat er noch erzählt. Wegen der ganzen Technik im Haus.

Jetzt werde ich doch müde. Die Nachtfahrt und die Wanderung fordern ihren Tribut. Bis heute Nachmittag passiert ja jetzt auch erst einmal nichts. Ich werde mich ein bisschen hinlegen. Oben gibt es zwei Gästezimmer. In einem davon habe ich mich häuslich eingerichtet.

Kat

*

15. Mai, 17:30 Uhr

Ich habe geschlafen wie eine Tote. Unglaublich. Aufgewacht bin ich mit einem Bärenhunger. Nach zwei Tellern Hühnersuppe aus der Dose düse ich nun seit einer Stunde durchs Netz.

Komischerweise hat bisher niemand etwas über meine »Entführung« geschrieben. Auch in den Medien und Lokalnachrichten kam nichts. Gut, denen kann man noch einen Tag Zeit geben, ehe sie auf den Zug aufspringen, aber auch meine *Darlins* haben nichts dergleichen von sich gegeben. Nur Luisa hat etwas Kryptisches gepostet …

»Katalin«, so ist ihr Spitzname für mich, »ich lese gerade die Biografie von Lisa Fitz. Das wäre auch was für dich!«

Ich wusste bis dato ehrlich gesagt gar nicht, wer Lisa Fitz ist, und musste den Namen erst einmal googeln. Eine faltige Blondine, die Kabarett macht und im Dschungelcamp war. Sehr seltsam und so gar nicht Luisas Geschmack. Ich kann mir gar nicht vorstellen, dass sie so etwas freiwillig liest. Doch als ich die Biografie gefunden habe, wurde ich stutzig, denn der Titel lautete: »Der lange Weg zum Ungehorsam«. Wollte Luisa mir damit ein Zeichen geben, dass sie weiß, dass ich nicht einfach nur verschwunden bin? Vielleicht glaubt sie, dass ich mal wieder vor Moms erzieherischen Maßnahmen flüchten musste?

Das Ganze könnte aber auch Zufall sein. Wahrscheinlich ist es so. Vielleicht liest Luisa tatsächlich gerade die Biografie von dieser Kabarett-Tante!

Ich habe niemanden in meine Pläne eingeweiht. Das wäre viel zu gefährlich. Selbst wenn die Mädels hoch und heilig versprochen hätten, das Geheimnis für sich zu behalten … Manchmal verplappert man sich, ohne es zu wollen. Und wenn der Falsche das mitbekommt – und das würde er! –, bin ich geliefert.

Trotzdem … ich bin irritiert. Anscheinend denken tatsächlich alle, dass ich weggelaufen bin. Und genau das sollte nicht passieren. Ich habe doch die Nachricht auf dem Laptop und den Brief nicht umsonst verfasst. Die müssten ihn eigentlich längst gefunden haben! Ich bin davon ausgegangen, dass es sich wie ein Lauffeuer herumsprechen würde! Könnte natürlich sein, dass die Polizei das Schreiben geheim hält. Falls Mom die Polizei überhaupt informiert hat. Es ist echt blöd, dass ich nicht einfach so anrufen und nachfragen kann. *Sag mal, Mom, hast du eigentlich das Foto mit der Aufschrift RETTET MICH! bekommen?*

Die einzige Erklärung ist, dass niemand in den Briefkasten geschaut hat. Vielleicht waren sie alle zu aufgeregt und haben es vergessen. Ja – je mehr ich darüber nachdenke, desto logischer erscheint mir der Gedanke.

Warten wir bis morgen ab. Dann kommt der zweite Brief. Und den können sie nicht mehr ignorieren.

Ich muss mich gedulden. Meine *Darlins* posten morgen bestimmt etwas über meine Entführung. Oder es steht in den Online-Nachrichten. In der Zwischenzeit werde ich überlegen, wie ich mich aus der Gefahr befreien kann. Bis jetzt habe ich ja das Problem nur in die Zukunft verschoben.

Kat

16. Mai

21

16. Mai, 01:30 Uhr

Mein ganzer Tagesrhythmus ist außer Kontrolle. Eigentlich müsste ich jetzt tief und fest schlafen, aber ich bin hellwach. Nachdem ich mich über eine Stunde im Bett herumgewälzt habe, bin ich aufgestanden und runtergegangen. Vielleicht kann ich wieder einschlafen, wenn ich all die Gedanken aufgeschrieben habe, die wie nachtblinde Falter in meinem Kopf herumschwirren.

Ich wüsste gern, was Mom gerade macht. Ob sie auch wach ist? Unwahrscheinlich, dass sie tief und fest schläft, während ihre ältere Tochter vermisst wird. Morgen wird sie bestimmt total von der Rolle sein, wenn sie erfährt, dass ich entführt wurde. Es tut mir leid, Mom! Es geht nicht anders.

Vorhin war ich draußen und habe die Jalousien kontrolliert. Wenn ich nur die kleine Lampe vom Schreibtisch anmache, scheint nichts hindurch. Dann habe ich gehorcht, ob der Fernseher zu hören ist, aber nichts. Trotzdem muss ich immer darauf achten, leise und möglichst unsichtbar zu sein.

Ich habe noch ein paar Minuten auf der Terrasse gestanden und in die Nacht gelauscht. Das war echt unheimlich! Absolute Schwärze um mich herum, nur die kleinen Lichtpunkte der Sterne blinkten über meinem Kopf am Himmel. Dicht über dem Horizont hing die gelbe Mondsichel und in der Ferne hat irgendein Vogel geklagt. Keine Ahnung, was das war, aber mir fielen sofort Geschöpfe aus Märchen ein: Eulen, Käuzchen, Uhus ... Federvieh, das mit seinem Rufen Unheil ankündigt.

Um mich abzulenken, habe ich mir einen Tee gekocht und dann meine Eintragung von vorgestern noch einmal gelesen. Als die Welt noch in Ordnung war. Oder genauer gesagt, Moms und Sarahs Welt. Und die von Daddy natürlich auch. Die Welt aller Menschen, die mich kennen und mit denen ich zu tun habe. Nur meine eigene kleine Welt war damals schon nicht mehr intakt. Eigentlich ist sie schon seit letztem Jahr aus den Fugen geraten ...

Ich musste das, was seit April in diesem Blog veröffentlicht wurde, ein wenig verfälschen. Oder sagen wir besser: anpassen. Sonst hätten einige ja gleich Lunte gerochen.

(Memo an selbst: Nicht so oft den Ausdruck »Lunte riechen« verwenden!)

Nicht einmal das mit der »Anpassung« ist korrekt. Eigentlich schreibe ich schon seit über einem Jahr nicht mehr alles auf, schon gar nicht das, was eigentlich wichtig ist. Nur belangloses Zeug. Mein ganzes Leben ist vergiftet, kein Tag mehr, an dem ich es unbeschwert genießen kann.

Das muss ein Ende haben, dafür werde ich sorgen.

Mir wird noch immer ganz schlecht, wenn ich daran zurückdenke. Aber ich muss mich damit auseinandersetzen. Angefangen hat alles im September …

*

9. September 2013, 18:00 Uhr
Ich bin so aufgeregt! Morgen geht es los! Mein Herz schlägt wie ein Dampfhammer, wenn ich an die Reise denke und was ich dort drüben alles erleben werde! Gestern gab es die Abschiedsparty mit meinen Mädels und alle haben mich beneidet. Ist ja auch nichts Alltägliches, für ein Jahr ins Ausland zu gehen! Ich glaube, am liebsten wären sie alle mitgekommen. Na gut, Alina vielleicht nicht, die ist zu ängstlich für solche Abenteuer, aber Luisa und Nele habe ich es angesehen, dass sie auch gern so etwas Geiles erlebt hätten.
Von mir aus hätten sie gern mitkommen können, aber leider haben ihre Eltern kein Geld dafür übrig …
Außerdem bin ich ja nicht aus der Welt. Heutzutage kann man übers Internet super Kontakt halten. Das einzig Blöde ist nur, dass ich eine Klassenstufe unter ihnen sein werde, wenn ich zurückkomme, aber darüber mache ich mir Gedanken, wenn es so weit ist.

Katharina hielt inne und betrachtete ihre Zeilen auf dem Bildschirm. An diesem neunten September vor anderthalb Jahren war alles perfekt gewesen. Die Mädels wären fast geplatzt vor Neid. Am nächsten Morgen würde sie zu einem großen Abenteuer aufbrechen. Die kleine Welt daheim hatte sich nach Daddys Auszug vor zwei Jahren wieder beruhigt, Mama war wieder fast die Alte und die Zukunft lag verheißungsvoll vor ihr. Schöner konnte man es sich nicht vorstellen. Sie gähnte, ohne die Hand vor den Mund zu halten.

Seit gestern Abend war ihr gesamter Biorhythmus durcheinandergeraten. Tagsüber wollten ihre Lebensgeister gar nicht erwachen und nachts saß sie vor ihrem Rechner. Vielleicht sollte sie es jetzt doch noch einmal mit Schlafen versuchen, sonst ging das morgen genauso weiter. Und morgen – besser gesagt heute, denn es war bereits 02:10 Uhr – würde einiges los sein. Sie musste fit und ausgeruht sein.

22

16. Mai, 11:30 Uhr

Der Kakao hat gewirkt ... Ich bin gleich eingeschlafen und vor einer Dreiviertelstunde wieder aufgewacht. Voller Tatendrang. Die Dusche hat leider nur kaltes Wasser ausgespuckt, aber danach war ich wenigstens richtig munter. Wahrscheinlich ist der Boiler kaputt, aber mit so was kenne ich mich überhaupt nicht aus. Dann muss ich wohl oder übel »Kaltwäsche« machen. Das soll ja eh gesünder sein.

Ob jemand bemerkt, dass hier Wasser verbraucht wird? Ich hoffe, bis dahin bin ich längst über alle Berge. Ewig kann ich mich hier ja sowieso nicht aufhalten. Ich glaube zwar nicht, dass Zweigert überraschend zurückkommt, aber womöglich hat er jemanden, der hier nach dem Rechten sieht. Dann wäre ich aufgeflogen. Ich denke die ganze Zeit darüber nach, was ich anstellen kann, um rechtzeitig zu bemerken, dass sich jemand dem Haus nähert. Es muss doch Möglichkeiten geben, alarmiert zu werden, ohne dass der Ankömmling es merkt. Oder wenigstens rechtzeitig die Flucht zu ergreifen.

Ich werde nachher mal ein bisschen im Internet recherchieren. Sicher ist sicher.

Jetzt werde ich erst einmal nachsehen, ob etwas zu meinem Verschwinden aufgetaucht ist. In spätestens zwei, drei Stunden werden sie den zweiten Brief entdecken. Falls Mama heute aus Sorge zu Hause geblieben ist, hat sie ihn wahrscheinlich schon. Ich bin gespannt!

Kat

*

Draußen schien die Sonne. Da im Obergeschoss die Rollläden offen waren, hatte sie sich hierher verzogen. Sie wollte nicht den ganzen Tag unten im Dunkeln sitzen müssen. Katharina schloss den Blog und googelte nach News aus ihrer Region. Ein spurlos verschwundener Teenager war den Medien sicher eine Meldung wert. Sie durchforstete zuerst die aktuellen Meldungen, dann die Internetseiten der regionalen Zeitungen und fand das übliche Politikgeschwafel, Fußballergebnisse und reichlich Promi-Geläster. Nichts jedoch über eine Siebzehnjährige aus Tannau, die entführt worden war. Hielt die Kripo ihr Verschwinden etwa geheim? Oder hatte Mom die Polizei noch gar nicht informiert? Falls sie den ersten Brief nicht ernst genommen hatte, würde sich das spätestens heute Nachmittag ändern.

Bis dahin hieß es eben, Geduld zu haben. Selbst die *Darlins* hatten nichts Interessantes mehr gepostet. Nur den üblichen Kram, was sie gerade cool fanden, was sie gegessen hatten oder einfach sinnloses Zeug.

Kat verließ das social network und betrachtete ihren Pyjama. Zeit, sich was Vernünftiges anzuziehen. Das sollte sie in Zukunft immer als Erstes tun. Falls jemand hier auftauchte und sie schnell flüchten musste, konnte sie sich nicht erst umziehen. Und im Pyjama durch den Wald zu rennen, wäre ziemlich ätzend.

Nach dem Umziehen würde sie erst einmal nach einfach zu bauenden Fallen für ungebetene Gäste suchen und sich daran ausprobieren.

Die Alarmanlage von Zweigert konnte sie nicht einschalten. Das Ding hatte eine Innenraumüberwachung und würde bei jeder ihrer Bewegungen anschlagen. Also musste etwas anderes her. Irgendetwas, das Krach machte, wenn sich jemand dem Haus näherte.

Katharina lehnte sich zurück und betrachtete die lieblos aufgehängten Gardinen. Hässlich, aber blickdicht. Sahen nicht aus, als habe eine Frau die ausgesucht. Ob Zweigert mal verheiratet gewesen war?

Kat zwang sich, sich zu konzentrieren. Sie hatte schon Stolperfallen gesehen. In Horrorfilmen. Junge Leute – es waren immer junge Leute – fürchteten sich vor Zombies oder Axtmördern und bastelten Konstruktionen, die sie warnen sollten, wenn jemand sich näherte. Jetzt kam es nur darauf an, die richtigen Suchbegriffe einzugeben und Bastelanleitungen zu finden.

Für drinnen war es ziemlich einfach, Alarmanlagen selbst zu bauen. Es gab sogar Anleitungsvideos bei youtube: ein dünner Faden, der an der Wand neben der Tür in Höhe der Füße mit durchsichtigem Klebeband befestigt wurde, daran angelehnt ein Holzstab, der beim Zerreißen des Fadens auf einen Metallgegenstand fiel, der dann wiederum schepperte.

Katharina machte sich auf den Weg nach unten, um nach den benötigten Utensilien zu schauen.

In den Schubladen herrschte mustergültige Ordnung. Und wenn sie die Anordnung der Konserven in den Schränken nach Farben und Größe der Dosen betrachtete, war klar, dass der Mann eine Zwangsstörung hatte.

Schnell zog sie den nächsten Kasten heraus und legte erfreut die Hände aneinander. Da lagen fein säuberlich Zwirn und Schere, das Garn geordnet nach Farben, die Nadeln in kleinen Papptaschen. Kat griff nach dem beigen Zwirn – der würde am wenigsten auffallen. Für den Holzstab konnte sie einen Kochlöffel verwenden, zum Lärmen einen Topfdeckel. Und Klebeband würde sich gewiss auch noch finden.

Kat stellte sich an die Eingangstür und marschierte los, den Blick geradeaus gerichtet. Den feinen Ruck, als ihr Bein den Faden von der Wand riss, spürte sie nicht, weil das anschließende Scheppern in ihren Ohren dröhnte. Wenn sie oben die Tür zum Schlafzimmer nicht ganz schloss, würde sie der Krawall auch im Tiefschlaf erreichen.

Fragte sich nur, wie sie dann aus dem oberen Stockwerk flüchten sollte, wenn der Einbrecher hier unten im Flur stand und den Weg nach draußen versperrte. Da musste sie sich noch etwas einfallen lassen.

Auf jeden Fall würde ein unerwünschter Besucher durch die Eingangstür kommen, da war Kat sich sicher. Ein von Zweigert beauftragter Hausmeister hätte sicher einen Schlüssel; ein

Einbrecher zwar nicht, aber da die Jalousien aus Metall und massiv waren, würde es viel Krach machen, sie aufzubrechen. Da blieb eigentlich nur die Tür. So ein Schloss konnte vermutlich jeder Dieb knacken.

Die Stolperfalle jedenfalls war perfekt. Für draußen hatte sie länger suchen müssen. Auch hier lief am Ende alles auf etwas, das Lärm machte, hinaus. Leider war die Umsetzung ziemlich kompliziert. Man brauchte Draht und Umlenkrollen, sodass sie entschied, dass die Falle im Haus vorerst genügen musste.

Kat befestigte den Faden an der Wand und brachte Kochlöffel und Topfdeckel wieder in die richtige Position.

Ein Blick auf die Uhr verriet ihr, dass es mittlerweile fast vier Uhr war. Bei all der Bastelei hatte sie die Zeit völlig vergessen. Plötzlich hielt sie inne. Mom musste inzwischen den zweiten Brief mit der Lösegeldforderung haben, und wenn sie nicht ganz vernagelt war, musste ihr auch klar sein, dass sich ihre Tochter in Gefahr befand. Hoffentlich hatte sie gleich alle mit ihrer Panik angesteckt! Kat rannte nach oben und hockte sich im Schneidersitz aufs Bett, das Tablet im Schoß.

*

16. Mai, 17:30 Uhr

Das gibt's doch gar nicht! Ich bin echt ratlos. Seit über einer Stunde durchforste ich das Netz und lese sämtliche öden Facebook- und Twitter-Nachrichten von allen Leuten, die ich auch nur im Entferntesten kenne. Und was finde ich? NICHTS! Zuerst habe ich natürlich bei Mom nachgeschaut. Die Botschaft in dem zweiten Brief war doch unmissverständlich:

Sie sollte in ihrem Account schreiben, dass sie *Wunderkind* von Joop liest. Das ist das Zeichen für ihr Einverständnis mit der Lösegeldforderung. Ich habe extra eine geringe Summe gewählt – 50.000 Euro, das würde sie doch auf jeden Fall zusammenkratzen können! Kann es sein, dass die Kripo ihr empfohlen hat, sich zurückzuhalten? Aber damit gefährdet sie mich. Das würde Mom niemals tun. Schon dieses Foto muss ihr doch gewaltig Angst einjagen!

Und wenn der Brief abgefangen wurde? Wenn mein Verfolger verhindern will, dass ich gesucht werde? Hat er irgendwie mitbekommen, dass ich verschwunden bin – besser gesagt, entführt wurde –, und will nun verhindern, dass jemand etwas unternimmt? Soll Mom glauben, ich sei abgehauen? Oder hofft er, dass der Entführer mir etwas antut, wenn das Lösegeld nicht bezahlt wird? Damit wäre er aus dem Schneider! Mein ganzer schöner Plan kommt ins Wanken. Alles ist nicht richtig zu Ende gedacht. Ich muss mich konzentrieren, um jetzt nichts Falsches zu tun. Einfach so zurückzukehren kommt nicht infrage. Dann bin ich dran. Wenn mein Verfolger tatsächlich die Briefe abgefangen hat, muss ich ein weiteres Schreiben dorthin schicken, wo er garantiert nicht rankommt. Wenn dieser Brief morgen eintreffen soll, muss ich mich beeilen. Und ich muss zu einem Briefkasten! Im Laufen bin ich gut. Die Verkleidung wird zwar meine Geschwindigkeit beeinträchtigen, aber ich könnte es bis zur Spätleerung schaffen. Kat

23

16. Mai, 21:30 Uhr

Da bin ich wieder! So gefährlich wie in den letzten beiden Tagen war mein Leben noch nie. Na gut, das ist nicht ganz richtig. Ich hatte schon schlimmere Wochen. Sehr viel schlimmer. Damals jedoch war die Angst größer. Glaube ich zumindest. Heute ist es eher eine Mischung aus Abenteuerlust und Erregung. Ich darf bloß nicht vergessen, dass dies hier auch ziemlich riskant werden kann, wenn ich nicht aufpasse. Aber ich fühle mich seit Montagabend viel besser, weil ich etwas unternommen habe und nicht zu Hause hocke und auf meinen Killer warte. Im Moment besteht keine Gefahr, denn es weiß ja niemand, wo ich stecke.

Ich muss mir noch mal die Aufzeichnungen von damals vornehmen. Ich habe nämlich gerade eine Idee. Einen ganzen Teil davon habe ich ja nie in meinem Blog veröffentlicht. Das hätte mir und den anderen den Hals gebrochen. Natürlich sind die Notizen noch da. Gut versteckt, sodass sie keiner findet.

Was, wenn ich die ganzen geheimen Informationen jemandem zukommen lasse, einer Person, der ich absolut vertrauen kann? Aber wer? Derjenige darf mich keinesfalls in die Pfanne hauen. Die Person müsste auf meiner Seite sein, obwohl ich mich strafbar gemacht habe.

Daddy? Ich habe eine Heidenangst, die ganze Sache öffentlich zu machen. Schließlich hänge ich voll mit drin. Ich denke noch mal darüber nach. Unüberlegte Dinge habe ich schon genug getan.

Ich bin gespannt, was morgen passiert! Der Brief, den ich vorhin abgeschickt habe, ist unmissverständlich.

»Letzte Warnung!« Ein bisschen melodramatisch, aber wenn ich meine Familie nicht überzeuge, nehmen sie das Ganze womöglich nicht ernst genug. Dieses Schreiben können sie einfach nicht ignorieren!

Falls die ersten beiden Briefe wirklich verschwunden sind, müsste sie das mit der *letzten* Warnung außerdem stutzig machen. Und dann forschen sie vielleicht nach, wer sie geklaut hat, und finden heraus, wer mein Verfolger ist. Das wäre die beste Variante! Er wird geschnappt, alles klärt sich auf und ich bin aus dem Schneider. Drücken wir also die Daumen!

Nach dem Gang zur Post war ich noch im Baumarkt. Ich habe vorher im Internet geschaut, was es in der Stadt für Geschäfte gibt, wie lange sie geöffnet haben und wie ich dort hinkomme. Jemanden in meiner Verkleidung nach dem Weg zu fragen, wäre mir echt zu heavy gewesen. Noch sucht mich zwar keiner, aber sicher ist sicher.

Da das Babuschka-Kostüm bei Tageslicht nicht wirklich überzeugend ist, habe ich mir dieses Mal etwas anderes ausgedacht. Ich war ein dickes Mädchen, das deprimiert durch die Gegend schleicht. Eins der Kopfkissen hatte ich mir mit einer Mullbinde um den Bauch gewickelt und, damit auch Arme und Beine füllig wirken, mehrere Hosen und Pullis übereinandergezogen. Die Haare habe ich zusammengedreht und unter einem Tuch verborgen. Wenn meine *Darlins* das gesehen hätten! Schade, dass es kein Foto von mir gibt! Aber ich kann ja nicht mal Selfies schießen, weil ich dazu den Akku ins Handy einlegen müsste. Das Handy ist nur für den absoluten Notfall. Ich habe versucht, mich völlig unauffällig zu benehmen. Kopf schön gesenkt, schlurfende Schritte. An der Post gab es einen Briefmarkenautomaten, ich musste also gar nicht rein. Letzte Leerung: 19:30 Uhr. Ich war kurz vor sieben dort, perfekt. Dann ging's in den nächstgelegenen Supermarkt. Wenn ich die nächsten Tage immer nur Kekse und Dosenfraß in mich hineinschaufele, brauche ich das Kostüm bald nicht mehr.

Neben ein paar Lebensmitteln habe ich auch gleich neue Klamotten mitgenommen. Jogginghosen und Schlabberpullis, in denen ich zwar aussehe wie ein Couchpotatoe, aber ich will ja auch nicht zur Modenschau. Das Zeug kann ich wegwerfen, wenn alles vorbei ist. Von zu Hause konnte ich fast nichts mitnehmen, besonders nicht meine Lieblingsteile. Mom wäre es wahrscheinlich nicht aufgefallen, aber Sarah hätte es mit Sicherheit bemerkt. Und dann wäre der ganze Schwindel aufgeflogen.

Außerdem habe ich mir eine Haartönung gekauft. Schwarz!!! Ehrlich gesagt bin ich mir noch nicht sicher, ob ich das wirklich tun soll. Meine schönen blonden Haare sind mein ganzer

Stolz. Es hat Jahre gedauert, bis sie so lang waren. Alle beneiden mich darum! Abschneiden kommt also nicht infrage. Dann lieber schwarz. Ob man das später wieder umfärben kann?

Zu Fuß zum Baumarkt zu laufen, kostete ganz schön viel Zeit, aber ich wollte unbedingt noch die Utensilien für die Außenfalle holen, damit ich mich sicher fühlen kann. Es hat zwar ein bisschen gedauert, bis ich alles gefunden hatte, aber kurz vor acht stand ich an der Kasse.

Allerdings hatte ich die Schlepperei völlig unterschätzt. Ein Glück, dass ich meinen Rucksack dabeihatte. Mit den ganzen Klamotten, die ich für meine Verkleidung am Körper trug, kam ich schnell ins Schwitzen. Ich hatte das Rad von Zweigert am Waldrand in einem Gebüsch versteckt, und als ich endlich dort angekommen war, war es schon fast dunkel. Ein riesiger dunkelgelber Mond schwebte über dem Horizont. Noch nie habe ich solch einen großen Mond gesehen! Das war echt gruselig.

Ich kam mir vor wie in einem dieser Vampirfilme! Fehlte nur noch, dass Wölfe in der Ferne heulten oder sich plötzlich eine schwarze Gestalt vor die leuchtende Scheibe schob.

Ohne Licht bin ich durch den Wald gerast und habe dabei gekeucht wie ein Marathonläufer, vor allem um die gruseligen nächtlichen Geräusche zu übertönen. Ein Wunder, dass ich heil angekommen bin.

Jetzt werde ich erst einmal etwas essen und mich dann mit dem Aufbau der Außenfalle befassen. Durch den Mondschein ist es nicht ganz so finster und vielleicht brauche ich gar keine Lampe.

Dann kann ich wenigstens diese Nacht beruhigt schlafen.

Kat

*

22. Oktober 2013, 19:00 Uhr

I love GB! Es ist absolut geil hier! Leider bin ich während der letzten Wochen überhaupt nicht zum Bloggen gekommen. Alles ist so aufregend and new and nice ... und ich habe unheimlich viel zu tun. Mit ein paar Leuten habe ich mich auch schon angefreundet.

Da das hier aber eine der gravierendsten Erfahrungen meines Lebens werden wird, will ich mich bemühen, in Zukunft nicht so nachlässig zu sein und alles detailliert aufzuschreiben.

Mitten im Lesen hielt Katharina inne und lauschte. Sie hatte draußen fast zwei Stunden an den Alarmfallen herumgebastelt – eine auf dem Weg zur Vordertür, eine an der Rückfront. Leider war es doch nicht ohne Lampe gegangen. Das Mondlicht erhellte zwar die Umgebung ein wenig, reichte aber nicht aus, um Details zu erkennen. Zum Glück war das Haus so abgelegen, dass niemand das Flackern der Taschenlampe bemerkt haben sollte. Es war ja auch äußerst unwahrscheinlich, dass mitten in der Nacht jemand durch den Wald spazierte. Jäger – so hatte sie im Internet gelesen – durften jetzt im Mai sowieso nicht draußen herumballern, es war Schonzeit.

Die Zugleinen hatte sie über die Umlenkrollen zur Hauswand geführt. Zerriss die Schnur, die in Knöchelhöhe über den Weg gespannt war, fiel ein faustgroßer Stein in eine Konservendose, die mit Nägeln und Kronkorken befüllt war und auf einem umgedrehten Topfdeckel balancierte. Das Geschepper war nicht zu überhören.

Mittlerweile war es Mitternacht und sie hatte eben draußen Geräusche gehört. Die Stolperfalle war es jedenfalls nicht gewesen. Ein leises Rauschen, das gleichförmig in ihren Ohren summte. Sofort löschte Katharina das Licht, tappte nach oben ins Schlafzimmer und näherte sich im Dunkeln vorsichtig dem Fenster. Bleicher Mondschein tauchte die Sträucher und Bäume neben dem Haus in ein unwirkliches Licht. Lange Schatten schwankten über das Gras, Fichtenäste bewegten sich wie mahnende Skelettfinger. Werwolf-Stimmung.

Sie rieb sich die Oberarme und verscheuchte die morbiden Gedanken aus ihrem Kopf. Das hier war nichts Gefährliches. Nur das Rauschen der Bäume im Wind und ein schöner runder Vollmond. Katharina überlegte kurz, sich ins Bett zu legen, doch dann entschied sie, dass sie noch nicht müde genug war, um schlafen zu können. Sie würde noch ein bisschen in ihren Aufzeichnungen lesen. Hoffentlich fiel ihr dadurch eine Lösung für ihre verfahrene Situation ein.

Wenn ihr Canterbury sehen könntet! Ich hatte mir ja im Vorfeld schon alles im Netz angeschaut, aber in echt ist es ganz was anderes ... Alles hier atmet Geschichte. Wenn es nicht so bescheuert klingen würde, würde ich schreiben: Hier liegt der Staub der Jahrhunderte. Dabei geht es am Kent College durchaus fortschrittlich zu.

Unter den 470 Schülern sind nur zwölf Deutsche, aber das macht nichts. Die anderen sind auch nett. Mit zwei von ihnen hab ich mich schon richtig angefreundet. Claire und Richard. Claire ist Französin und knapp ein Jahr älter als ich, also siebzehn, und Richard – ihr Freund – ein Deutscher, achtzehn. Wir waren schon zweimal aus und demnächst will Richard mir einen „supernetten" Kumpel vorstellen. Ich glaube, die wollen mich mit ihm verkuppeln ... *rotwerd*

Das College ist auch easy. Ich komme gut mit. Das Beste ist, dass so viele kreative Fächer angeboten werden, zum Beispiel Kunst, Theater oder Design. Ich habe mich natürlich für den Theaterkurs entschieden ... ist doch klar!

There's no business like show business ...

Noch bevor sie den Satz ganz zu Ende gelesen hatte, tönte schon die Melodie in Kats Kopf und sie summte leise vor sich hin. Das waren noch Zeiten gewesen! Der Herbst leuchtete golden und voller Sonne, die Luft trug einen Geruch nach frischer Wäsche und sie hatte die Freiheit in vollen Zügen genossen.

Bis nach Weihnachten war das so weitergegangen. Erst im April hatten sich die Dinge verändert, und dann war das passiert, was ihr ganzes Leben auf den Kopf gestellt hatte. Seitdem war alles anders. Und gerade als Kat es fast geschafft hatte, das Ganze nur noch als ferne Erinnerung in ihrem Kopf abzuspeichern, war er aufgetaucht. Kat fröstelte und vertrieb die Gedanken, die in ihr aufkeimen wollten. Mittlerweile war es schon nach ein Uhr. Sie sollte für heute Schluss machen. Morgen würde in Tannau die Hölle los sein, und sie wollte von Anfang an beobachten, was geschah.

17. Mai

24

17. Mai, 09:30 Uhr

Ich bin vielleicht müde! Natürlich konnte ich gestern nicht sofort einschlafen. Meine Gedanken kreisten immer wieder um meinen Verfolger und wie ich ihm entkommen kann. Fürs Erste ist das hier ein sicheres Versteck, aber ewig kann ich nicht bleiben, irgendwann kommt auch der *Alte Spanner* zurück. Bis dahin brauche ich einen Plan. Und zwar einen besseren als die vorgetäuschte Entführung, denn die bringt mir nur mehr Zeit.

Nach zwei Uhr bin ich dann endlich eingeschlafen, war aber schon um sieben wieder hellwach, als mir einfiel, was heute geschehen wird. Die kalte Dusche hat die bösen Geister der Nacht vertrieben, aber frühstücken konnte ich trotzdem nicht.

Alle zehn Minuten habe ich Moms Facebookprofil aktualisiert und zwischendurch bei den Mädels die Postings gecheckt.

Exakt um neun Uhr drei erschien dann die Nachricht. Mir wäre vor Aufregung fast die Milch wieder hochgekommen, die ich mir hineingezwungen hatte.

„Ich weiß gar nicht, was ich schreiben soll ... Aber ich will wenigstens zeigen, dass ich hier bin."

Was zum Teufel soll der Quatsch bitte bedeuten? Mindestens zehn Minuten habe ich wie ein Schaf auf den Bildschirm gestarrt, ehe ich begriffen habe, dass Mom keine Ahnung hatte, was sie posten sollte.

Das bedeutet also, dass die ersten beiden Briefe tatsächlich nie angekommen sind. Hat mein Verfolger sie etwa abgefangen? Der Typ hat wahrscheinlich schon länger unser Haus überwacht. Bei dem Gedanken bekomme ich eine Gänsehaut. Was für ein Glück, dass er am Montagabend nicht mitbekommen hat, wie ich davongeschlichen bin. Bloß gut, dass ich das dritte Schreiben gleich an die Kripo geschickt habe!

Meine Erleichterung darüber, dass die Sache jetzt endlich ins Rollen kommt und alle erfahren, dass ich entführt wurde, hielt leider nicht lange an, denn schon tat sich das nächste Problem auf: Die Lösegeldforderung, die im zweiten Brief stand, ist natürlich auch nicht angekommen! Mein Magen hat sich sofort wieder verkrampft.

Natürlich kann ich Mom nicht als der Entführer bei Facebook antworten – das checkt die Polizei doch sofort. Es muss also wieder die gute alte Snailmail sein. Ob Daddy inzwischen informiert wurde? Ich hoffe zwar, dass sie ihn da rausgelassen haben, weil er sich bestimmt noch mehr aufregt als Mom, aber dass er nichts von der Sache weiß, ist äußerst unwahrscheinlich.

Und was wird Sarah denken? Meine eigenwillige kleine Schwester wird bestimmt ihre Sorgen um mich gut verbergen. Bloß keine Gefühle zeigen! Man könnte sich ja damit angreifbar machen! Sarah ist so anders als ich, dass es mich manchmal wundert, dass wir tatsächlich Schwestern sind. Und dass sie jetzt ganz allein für Mom da sein muss, ist bestimmt ziemlich hart. Tut mir leid, Schwesterlein.

Und nun muss ich den neuen Brief aufsetzen, in dem stehen wird, wo und wann die Lösegeldübergabe stattfinden soll. Zusätzlich werde ich Kopien der ersten beiden Briefe dazulegen, damit auch jeder Dummkopf sieht, dass jemand sie vernichtet haben muss. Das Beste wäre, wenn sie meinem Verfolger dadurch irgendwie auf die Schliche kommen und ihn schnappen würden. Dann könnte ich ihm, wenn ich es geschickt anstelle, vielleicht sogar die Entführung anhängen. Wenn ich aussage und ihn beschuldige, kann er nicht viel dagegen machen. Ich füge mir noch ein paar Verletzungen zu und behaupte, dass er es war. So schwierig ist das nicht, ich habe es ja schließlich schon ausprobiert.

Bei dem Gedanken spüre ich die Schnittwunde am Oberschenkel, obwohl sie mittlerweile schon gut verheilt ist. Aber ich habe wohl doch etwas tiefer geschnitten, als ich musste. (Memo an selbst: Das mit den Schnittwunden lassen wir lieber! Ein paar blaue Flecken tun es auch.)

Alles wird gut ☺

Kat

*

Rums!

Katharina fuhr hoch und unterdrückte einen Schrei. Ihr Herz pumpte wie das eines Marathonläufers, noch ehe sie die

Beine aus dem Bett geschwungen hatte und zum Fenster geschlichen war. Sie schob die Gardine ein wenig beiseite und
kniff die Augen zusammen. Noch immer tauchte der Mond
den Wald in ein unwirkliches Zwielicht. Nichts rührte sich,
alles war still.

Wer oder was hatte den Alarm ausgelöst? Welche Falle war
es gewesen – die an der Vorder- oder die an der Hintertür?
Und was sollte sie jetzt tun? Vorsichtig schlich sie im Finstern
die Treppe hinunter. Ihr Puls raste noch immer. So musste es
sein, wenn man kurz vor einem Herzinfarkt stand.

Am Treppenabsatz hielt Kat inne. Sie hatte mal wieder nicht
zu Ende gedacht.

Das mit den Stolperfallen war ja eine nette Idee, aber wenn
sich da draußen ein ungebetener Gast herumtrieb, konnte
ihm der Lärm nicht verborgen geblieben sein, und er wusste
jetzt natürlich auch, dass irgendjemand diese Falle gebaut hatte. Was wiederum hieß, dass demjenigen nun auch klar war,
dass sich jemand im Haus aufhielt. Katharina schlüpfte in ihre
Turnschuhe.

Hatte ihr Verfolger sie bereits gefunden? Wusste er Bescheid und wartete nun draußen auf den perfekten Moment,
um sie aus dem Weg zu räumen? Katharina atmete tief durch.
Sie hatte auf alles geachtet. Es musste ein Tier gewesen sein.
Wenn es jedoch ein Einbrecher war, dann rechnete er sicher
nicht damit, dass sich hier ein siebzehnjähriges Mädchen allein
aufhielt. Sie presste ihr Ohr an die Hintertür. Alles still.

Vorder- und Hintereingang? Ihre Chancen standen fifty-fif-
ty. Sollte sie es wagen hinauszugehen, oder war es sicherer,
drinnen zu warten und sich zu bewaffnen, falls jemand herein-

wollte? Leise Panik stieg in ihr auf und sie schlang hilflos die Arme um sich.

Es konnte ja auch ein Tier gewesen sein, das den Alarm ausgelöst hatte. Und ein Einbrecher würde sich wahrscheinlich gleich wieder vom Acker machen, wenn er das Haus für bewohnt hielt. Katharina tappte in die Küche und schaltete ihre Taschenlampe ein. Auch wenn die Rollläden heruntergelassen waren, wollte sie kein Risiko eingehen.

Andererseits – was, wenn der nächtliche Besucher darauf wartete, dass sich im Haus etwas regte? Würde ihn das Licht davon überzeugen, dass jemand hier war, und ihn in die Flucht schlagen? Dann hätte sie jedoch die Lampen gleich nach dem Krach einschalten müssen. Und zwar oben – wo er nicht in die Fenster hineinsehen konnte.

Fragen über Fragen.

Katharina leuchtete in der Küche herum und betrachtete die Gegenstände. Womit konnte man sich gegen einen potenziellen Angreifer wehren? Sie brauchte etwas mit Fernwirkung und etwas für die Nähe. Wobei sie sich einen Zweikampf lieber gar nicht ausmalen wollte. Als sie die Putzutensilien im Schrank unter der Spüle betrachtete, hatte sie eine Idee. Katharina hielt die Luft an und zählte bis zehn, wobei sie auf Geräusche von draußen lauschte, aber alles blieb still.

Erst dann griff sie nach einer der versammelten Sprühdosen und betrachtete das Etikett. Beschlag-Spray … *Wartungs- und Pflegemittel für alle beweglichen Teile an Fenstern, Türen, Toren, Autoscharnieren und Schließsystemen.* Wieder was gelernt. Doch erst der Warnhinweis überzeugte sie, dass sie auf Anhieb das Richtige gegriffen hatte: *Extrem entzündbares Aerosol.* Genau richtig. Streichhölzer lagen auf dem Kaminsims im Wohnzimmer. Kat dachte an den Horrorfilm, den sie sich vor einiger Zeit mit ihren Mädels angeschaut hatte. Ein Junge hatte sich mithilfe einer solchen Sprühdose vor den heranrückenden Zombies gewehrt.

Man musste sprühen, gleichzeitig das Streichholz entzünden und es an den Sprühknopf halten.

Was drei Hände erforderte.

So viel also zu den Erkenntnissen aus Horrorfilmen. Sie brauchte ein Feuerzeug. In der rechten Hand die Sprühdose, in der linken das Feuerzeug und WUSCH – schon hatte man einen prima Feuerwerfer. Aber wo sollte sie auf die Schnelle ein Feuerzeug herbekommen? Sie brauchte etwas, womit sie sich jetzt sofort wehren konnte. Kat stellte die Dose zurück zu den anderen Putzmitteln und hielt erneut die Luft an, um zu lauschen. Totenstille. Niemand rumpelte herum, niemand trampelte ums Haus. Inzwischen war sie sich sicher, dass ein Tier den Alarm ausgelöst hatte und verschreckt durch den Lärm geflüchtet war. Sie spürte, wie sich ihr Herzschlag beruhigte.

Auch wenn die vermeintliche Gefahr vorüber war, würde sie sich trotzdem bewaffnen. Und sie musste darüber nachdenken, was in Zukunft zu tun war, falls so etwas erneut geschah. Das Tier hatte wahrscheinlich die Schnur zerrissen, sodass die Falle nun nicht mehr funktionierte. Falls jetzt ein Einbrecher kam, würde gar nichts mehr scheppern. Das sollte ihr eine Lehre sein. Planung schön und gut, aber man musste die Dinge zu Ende denken. Und alles mehrfach ausprobieren. Eigentlich müsste sie jetzt die Falle reparieren. Katharina biss sich auf die

Zunge und horchte. Noch immer kribbelte es in ihren Fingerspitzen, und wenn sie ganz leise war, konnte sie das Blut in den Ohren rauschen hören. Sie konnte jetzt nicht da raus. Was, wenn das Wesen, das die Schnur zerrissen hatte, wiederkam? Was, wenn es kein süßer Hase, sondern ein glutäugiges Monster war, das in den Büschen hockte, bereit, sich auf sie zu stürzen?

Das war der große Nachteil von Horrorfilmen: Fast immer gerieten junge, hübsche Mädchen, die ganz zufällig allein waren, in Gefahr. Auf dem Sofa konnte man mit seinen Freundinnen über die schlimmsten Szenen lachen, aber jetzt wo sie selbst sich in so einer Lage befand, war es überhaupt nicht mehr lustig. Zum Fürchten, um ehrlich zu sein.

Katharina griff nach dem größten Messer aus dem Designer-Block und verließ die Küche. Wenn ihr ein Einbrecher so nahe kam, dass sie das Messer benutzen musste, würde es eh zu spät sein, aber sie fühlte sich damit besser, und das war das Wichtigste. Vielleicht fiel ihr später noch etwas Besseres ein, das sich als Nahkampfwaffe verwenden ließ.

Nach diesem Schreck war klar, dass sie einiges verbessern musste. Die Fallen draußen mussten so umgebaut werden, dass sie sofort wusste, welche angeschlagen hatte. Mit verschiedenen Geräuschen zum Beispiel. Dann brauchte sie einen sicheren Fluchtweg. Nicht durch die Vorder- und nicht durch die Hintertür, das wäre viel zu gefährlich, falls tatsächlich jemand dort lauerte. Da es keinen separaten Kellereingang gab, blieb eigentlich nur eins der Fenster an den Seiten des Hauses, wenn sie sich nicht aus dem ersten Stock abseilen wollte.

Gründlich begutachtete sie die Stolperfalle im Flur hinter

der Eingangstür und begab sich wieder nach oben. Sie zog die Tür hinter sich ins Schloss und legte das Messer aufs Nachtschränkchen, ehe sie sich zur Gardine vortastete. Das vorhin war bestimmt kein Mensch gewesen. Zur Sicherheit wollte sie aber noch ein wenig durch die Fenster spähen. An Schlaf konnte sie gerade sowieso nicht denken.

Eine halbe Stunde später, der kalte Schweiß auf ihrer Stirn war getrocknet, entschied sie, dass sie nichts mehr zu befürchten hatte. Was auch immer da gewesen sein mochte – jetzt war es weg. Doch Müdigkeit wollte sich noch immer nicht einstellen. In ihrem Kopf purzelten die Gedanken durcheinander. Selbst wenn sie sich jetzt hinlegte, würde sie nicht einschlafen können.

Stattdessen griff Kat nach ihrem Tablet. Irgendwie musste sie eine Lösung für ihr Problem finden.

*

12. November 2013, 21:00 Uhr
Heute waren wir mit Richards Auto on tour.
Canterbury haben wir schon erkundet. Die Cathedral, das ehemalige normannische Canterbury Castle mit dem Bergfried, Greyfriars Chapel and Franciscan Gardens, St. Martin's Church und so weiter und so weiter. So viele Kirchen wie hier habe ich noch nie auf einem Haufen gesehen.
Ab jetzt, so hat Claire beschlossen, werden wir die Umgebung erforschen. Jedes Weekend geht's woandershin und jedes Mal darf ein anderer das Ziel aussuchen.

Ach, das habe ich noch gar nicht geschrieben: Wir sind jetzt zu viert unterwegs. Claire und Richard hatten ja schon länger angekündigt, dass ein Kumpel von Richard sich uns anschließen wollte. Und vor zwei Wochen ist er das erste Mal aufgetaucht: Edward-Blue.

So habe ich ihn wegen seiner blauen Augen getauft. Und weil er wie Edward aus der Twilight-Saga gewirkt hat. Am Anfang zumindest. Erst fand ich ihn ziemlich langweilig. Er hat kaum was gesagt, und ich hatte den Eindruck, dass ihm das Ganze unangenehm ist. Aber dann hat er sein Schweigen schnell abgelegt, und schon beim nächsten Treffen habe ich herausgefunden, dass er viel liest und das Theater liebt (genau wie ich). Wir waren beim Canterbury Norman Castle – nichts als eine verfallene Burg, nur aufeinandergehäufte Steine. Claire hat uns was von den Normannen und der Eroberung Englands im 11. Jahrhundert erzählt. Claire ist ganz heiß auf Kultur. Wenn es nach ihr ginge, würden wir jede Kirche, die am Wegesrand liegt, besichtigen. Die Jungs sind nicht wirklich scharf darauf. Ich finde, ein bisschen Bildung kann uns allen nichts schaden, aber man muss es ja nicht übertreiben. Heute war Leeds Castle dran. Das hat sich Edward-Blue gewünscht. Wir sind fast anderthalb Stunden hierhergefahren! An den Linksverkehr werde ich mich wohl nie gewöhnen.

Zum Glück hat das Wetter mitgespielt. Im Frühjahr muss es hier traumhaft sein, aber auch im Winter erschlägt einen das »Schönste Schloss der Welt«, wie es die Engländer ganz bescheiden nennen, mit seiner Pracht. Auf der Rückfahrt haben wir noch fish and chips gegessen und nun bin ich wieder in meinem Zimmer und werde gleich schlafen gehen.

Schade, dass Claire nicht mit in meinem Haus wohnt. Ich mag ihren französischen Akzent. Valentina, meine Mitbewohnerin, ist eine eingebildete Zicke. Ihre Eltern haben einen Haufen Knete und sie interessiert sich nur für die neuesten Trends und wie sie an die aktuelle Louis-Vuitton-Tasche oder Pumps von Christian Louboutin kommt. Man kann sich nicht mit ihr unterhalten. Es gibt eine Menge arroganter Leute hier, aber dafür ist es ja schließlich eine Privatschule. Manchmal kann ich mein Glück kaum fassen, dass Mom mich hierher gelassen hat.

Denn dann hätte ich Edward-Blue niemals kennengelernt! Dass ich ihn mehr als nur nett finde, muss niemand wissen. Sich zu verlieben, steht sowieso nicht auf meiner To-do-Liste ☺

Kat

18. Mai

25

Kat blieb stehen, beugte sich nach vorn und stützte die Hände auf die Oberschenkel. Ihr heftiges Keuchen hallte in ihren Ohren wider. Unter dem Kissen lief ihr der Schweiß über den Bauch. Die Federn verhinderten jeglichen Luftaustausch, aber sie konnte auf die Verkleidung nicht verzichten. Das war ihr neues Fitness-Programm: täglich einmal in die Stadt und zurück. Laut Google maps insgesamt 24,4 Kilometer, davon etwa zehn zu Fuß.

Wenigstens etwas Gutes hatte die Sache jedoch: Sie würde mit durchtrainiertem Body wieder nach Hause kommen. Heute musste sie in die Stadt, um den nächsten Brief einzuwerfen. Das Problem mit dem Foto war nicht so leicht zu lösen gewesen. Bis jetzt hatte sie auf die Kopien ihrer mitgebrachten Bilder zurückgreifen können, aber für den heutigen Brief hatte sie ein neues knipsen müssen. Schließlich sollte das aktuelle Datum mit aufs Bild, um ihrer Familie und der Polizei zu zeigen, dass sie noch am Leben war. Dafür wollte sie das Tablet nutzen und einen Nachrichtensender, bei dem in der unteren Ecke immer Datum und Uhrzeit angezeigt wurden, einstellen.

Ihr Handy traute sie sich nach wie vor nicht anzuschalten. Zwar hatte sie keine Ahnung, wie schnell die Polizei es orten konnte, aber in den Filmen dauerte es nur wenige Minuten, bis der Computer den ungefähren Standort hatte. Filme jedoch konnten lügen, und die Kripo würde einen Teufel tun, herauszuposaunen, dass sie es schneller konnte.

Und selbst wenn sie sich traute und schnell ein Selfie von sich schoss, musste das ja schließlich noch aufs Papier.

Als ihr die Lösung eingefallen war, hatte sich Kat mit einem Kichern die Hand vor die Stirn geschlagen. Das Tablet machte auch Fotos. Nachdem sie sich mit Schminke eine Wunde an die Stirn gezaubert und dunkle Augenringe angemalt hatte, hatte sie sich vor Zweigerts riesigem Fernseher platziert und n-tv eingeschaltet. Sie musste nur aufpassen, dass nichts außer ihr und dem Gerät am Bildrand auftauchte, denn das hätte sie womöglich verraten. Nach ein paar Fehlversuchen war ihr ein schönes gruseliges Foto gelungen, das sie mit Zweigerts Drucker in Schwarz-Weiß ausgedruckt hatte.

Katharina lächelte bei der Erinnerung an ihr kurzzeitiges Zombie-Dasein, dann schob sie die Zweige und das Laub beiseite und griff nach dem Fahrrad.

Für heute reichte es. Sie hatte den ganzen Vormittag damit zugebracht, die Alarmfalle zu reparieren und sich auszudenken, wie man unterschiedliche Geräusche produzieren konnte. Das Problem mit der nächtlichen Reparatur einer von einem Tier zerrissenen Schnur war noch nicht gelöst, aber auch dazu würde ihr noch etwas einfallen. Zeit genug hatte sie schließlich. »Überlegen macht überlegen«, wie Claire immer gesagt hatte.

Claire … Magensäure stieg Katharina den Hals hinauf. Die süße kleine Claire mit ihren hellblonden Haaren, die Antoine de Saint-Exupéry verehrte.

Das Rad holperte über Wurzeln und Katharina umgriff den Lenker fester und biss die Zähne zusammen. Wo war die fröhliche Kat abgeblieben? Würde ihr Leben jemals wieder so unbeschwert und voller Freude auf die Zukunft sein? Seit über einem Jahr war sie nur noch eine »Persona«, die im antiken griechischen Theater von den Schauspielern verwendete Maske, hinter der sich ein trauriges Gesicht verbarg. Komisch, dass das bisher niemandem aufgefallen war. Anscheinend spielte sie ihre Rolle perfekt.

Das hier war ihre letzte Chance, sich von dem Albtraum zu befreien. Wenn sie es richtig anstellte.

Leises Gelächter schallte zwischen den Bäumen hindurch, und Katharina bremste so heftig, dass sie beinahe das Gleichgewicht verlor. Hastig schob sie das Rad zwischen den Sträuchern hindurch in den Wald. Niemand sollte sie aus der Nähe sehen. Sie legte das Fahrrad in einer Kuhle ab und hockte sich daneben, bis wenige Minuten später die Familie mit den beiden kleinen Kindern verschwunden war.

Noch ungefähr zwanzig Minuten, dann wäre sie zurück im *Château de bois* und konnte sich ausruhen.

Dafür würde sie morgen nicht durch den Wald radeln müssen. Morgen, wenn die Dinge in Tannau sich zuspitzten. Mom tat ihr jetzt schon leid, wenn sie daran dachte, wie sie den Brief las. Ihre Mutter sollte glauben, dass ihre Tochter sich in Lebensgefahr befand und sterben würde, wenn sie am Sonntag nicht das Geld übergab. Was ja auch so geplant war. Aber der Kummer musste immens sein! Katharina hoffte, dass Mom ihr das irgendwann verzeihen konnte. Wenn sie erfuhr, was wirklich dahintersteckte und dass ihre Tochter *tatsächlich* in Lebensgefahr gewesen war, wenn auch nicht so, wie sie dachte, würde Mom sie verstehen. Kat trat wieder in die Pedale.

Hundert Meter vor dem Haus hielt sie an und schob das Rad. Hier schien der Wald am dichtesten. Niemand, der sich nicht genauestens auskannte, würde in dieser Einöde ein Haus vermuten. Trotzdem hatte sie sich vorgenommen, bei ihrer Rückkehr immer erst zu checken, ob alles in Ordnung war. Ein Schatten vor dem Haus ließ sie erstarren. Bewegte sich da etwas? Das erboste Krächzen eines Eichelhähers ließ Kat durchatmen. Da war niemand. Nur ein großer Vogel, der die Waldpolizei spielte. Trotzdem: Wie hatte sie eigentlich bisher immer das Haus verlassen? Überall waren Spuren von ihr! Was, wenn der von Zweigert Beauftragte nicht nur außen, sondern auch drinnen kontrollierte? Jeder Schwachkopf würde doch sofort merken, dass sich hier jemand eingenistet hatte.

Sie formulierte ein Memo an sich selbst, das Haus immer so zu verlassen, als sei es unbewohnt. Was *aufräumen* bedeutete. Kat verkniff sich ein Seufzen.

*

18. Mai, 17:00 Uhr

Ich bin wieder hier. Alles erledigt. Kommende Nacht werde ich wahrscheinlich wieder kein Auge zutun können. Ich denke schon die ganze Zeit an morgen. Die Sache ist ziemlich verfahren. Heute fiel mir ganz plötzlich wieder einer von Claires Sprüchen ein und ich hätte fast geheult. Lovely Claire! I miss you so much!

Die Erinnerung zwang mich dazu zu überlegen, wie es jetzt weitergehen soll. Morgen bekommt Mom den Brief und am Sonntag soll das Lösegeld übergeben werden. Was natürlich nicht geschehen wird. Ich kann ja schlecht selbst dort auftauchen und es einkassieren. Die Polizei überwacht bestimmt alles! Selbst wenn ich mit dem Geld davonkäme, hätten sie mich mit ihren GPS-Geräten schnell aufgespürt. Ich kann ja auch schlecht jemand anderen hinschicken.

Also muss das Geld an Ort und Stelle bleiben. Obwohl ich es gut gebrauchen könnte! Sorry, Mom! Mir wird ganz mulmig, wenn ich nur daran denke. Ich weiß einfach nicht, wie es weitergehen soll. Ewig kann ich mich hier nicht verstecken und meinen Verfolger über meinen wahren Zustand täuschen. Spätestens wenn ich zurückkehre, wird er mir doch wieder auf die Pelle rücken!

Fürs Erste hilft es jedoch nichts, ich muss das Ding noch eine Weile durchziehen. Mom und bestimmt auch Daddy, Sarah und Gerda werden mir vergeben, wenn sie die Wahrheit erfahren. Ich hoffe es so sehr. Was wiederum bedeutet, dass ich ihnen alles gestehen muss. Scheiße! Bis Sonntag habe ich zumindest Zeit, über alles nachzudenken.

Womöglich bleibt mir keine andere Wahl, als meinen Tod vorzutäuschen ... Aber würde das Mom und den anderen nicht das Herz brechen? Und wie soll ich es danach anstellen, urplötzlich wieder zum Leben erwacht, bei ihnen aufzutauchen?

Aber Moment … Was, wenn ich die gesamte Sache meinem Verfolger in die Schuhe schiebe? Ich müsste vortäuschen, dass er mich entführt und getötet hat, und eindeutige Hinweise produzieren. Wenn die Kripo ihn dann schnappt und er verhaftet wird, kann ich ziemlich lädiert wieder auftauchen und so tun, als sei ich ihm in letzter Sekunde entkommen.

Bei den schrecklichen Dingen, die er schon getan hat, wird er bestimmt lebenslänglich bekommen. Die Polizei wird das alles aufdecken. Meine Notlüge mit der Entführung wird dann hoffentlich nicht mehr ins Gewicht fallen.

Eigentlich klingt dieser Plan ganz vernünftig. Ich muss ihn zwar noch exakt ausarbeiten und von hier aus wird das schwierig, aber es könnte funktionieren.

Kat

26

Katharina nagte an einem Hautfetzen an ihrem Daumennagel und überlegte, ob sie es wagen konnte, sich in ihren E-Mail-Account einzuloggen. Zeichnete das Programm den letzten Log-in auf? Falls jemand ihr Passwort kannte, konnte derjenige dann sehen, dass sie noch nach ihrem Verschwinden dort gewesen war. Aber ihr Passwort kannte niemand, nicht einmal die *Darlins*. Sie konnte es ja gleich nach dem Anmelden ändern, dann kam niemand mehr an ihre Mails.

Schnell tippte sie die Buchstaben- und Zahlenkombination ein und wartete aufgeregt, bis die Seite geladen war.

32 neue Mailnachrichten.

Der Hautfetzen riss ab, und ein Tropfen Blut trat hervor, ohne dass Katharina es bemerkte. So viele Mails bekam sie sonst den ganzen Monat nicht. Per Facebook oder Twitter ging der Informationsaustausch einfach viel schneller. Trotzdem hatten Luisa und Nele gleich mehrere E-Mails geschrieben, jeden Tag mindestens zwei, und sogar von Alina gab es eine.

Luisas Ton war von Tag zu Tag drängender geworden. Zuerst hatte sie nur nachgefragt, ob alles okay wäre, aber schon in der nächsten Mail klang sie besorgt und hatte mit dem Satz geendet: »Mir kannst du vertrauen, ich werde schweigen wie ein Grab.« Gestern schließlich hatte sie geschrieben: »Wenn du irgendwie an deine Mails kommst und das liest, gib mir ein Zeichen! Wir vermissen dich!«

Nele hatte ziemlich das Gleiche geschrieben und hinzugefügt, dass sie mit den anderen geredet habe und sie ihr gern beistehen wollten, falls sie wegen irgendwelcher Probleme abgehauen sei.

Heute schließlich waren gleich drei Nachrichten von Luisa eingegangen. Eine am Nachmittag und zwei am Abend. Die *Darlins* hatten sich bei Nele zu einer »Lagebesprechung« getroffen. Irgendwie war ihnen die Sache wohl inzwischen unheimlich geworden, zumal die Kripo sie verhört und komische Fragen gestellt hatte, und nun zweifelten sie ihre eigene Version von Katharinas Flucht an.

Kat konnte sie vor sich sehen, wie sie zu dritt auf Luisas riesigem Himmelbett saßen und diskutierten. Am liebsten hätte sie sich zu ihnen gebeamt.

Es tat gut, zu wissen, dass die Mädels sich um sie sorgten. Kat schloss das E-Mail-Programm und loggte sich über ihren Fake-Account bei Facebook ein, aber es gab nichts Neues. Jetzt musste sie also doch das tun, wovor sie sich schon die ganze Zeit drückte: ihren Blog von GB weiterzulesen. Kat nahm noch einen Schluck Cola – heute brauchte sie den Zucker und das Koffein.

Die Einträge wühlten alte Erinnerungen auf, die sie nie wieder hatte hervorholen wollen, aber es nützte nichts. Wenn ihr

Plan, die Entführung ihrem Verfolger in die Schuhe zu schieben, aufgehen sollte, musste sie sich noch einmal in die Aufzeichnungen von damals vertiefen. Sie brauchte *alles*.

14. Dezember 2013, 00:30 Uhr
Ich musste noch einmal aufstehen. Valentina ist schon wieder auf irgendeiner Party, und obwohl es bei uns auf dem Flur ganz ruhig ist, kann ich nicht schlafen. In meinem Kopf geht's drunter und drüber: Edward-Blue hier, Edward-Blue da. Die ganze Zeit verfolgen mich seine blauen Augen. So ein tiefes Blau habe ich, glaub ich, noch nie gesehen. Really not!
Claire zieht mich schon auf. Du kannst ja den Blick gar nicht mehr von ihm abwenden, hat sie mir vorgestern ins Ohr geflüstert. Andersherum aber auch nicht, zumindest kommt es mir so vor. Aber das hat Claire natürlich nicht bemerkt! Ich habe auch das Gefühl, dass er jede Gelegenheit nutzt, mich ganz zufällig zu berühren. Bei unseren Ausflügen sitzt er manchmal mit mir auf der Rückbank und letzte Woche hat er den Arm um mich gelegt! Ich hatte ja eigentlich nicht vor, mich zu verlieben, aber jedes Mal, wenn ich Edward-Blue sehe, klopft mein Herz schneller. Was soll ich nur tun?

Kat wandte den Blick von ihren Notizen ab. Sie hasste sich noch immer dafür, dass sie auf diesen Blender hereingefallen war. Aber am Anfang war alles so super gewesen. Wie in all den Filmen, die sie mit den *Darlins* im Kino gesehen hatte, genauso wie in den Vampir-Büchern, die sie nacheinander verschlungen hatten, um sich dann wochenlang darüber zu streiten, ob Edward Cullen oder Jake Black heißer war.

Aber sie schweifte schon wieder ab. Vielleicht hatte Edward-Blue anfangs wirklich Interesse an ihr gehabt, hatte sie hübsch und liebenswert gefunden. Sein wahrer Charakter war erst nach und nach ans Licht gekommen.

3. Januar 2014, 16:30 Uhr
Da bin ich wieder. Weihnachten daheim war nice, aber ich habe mich die ganze Zeit nach den anderen gesehnt. Richard ist mit zu Claire gefahren und Edward-Blue war bei seinen Eltern zu Hause. Mom hat darauf bestanden, dass ich noch über Silvester bleibe, obwohl ich lieber in GB feiern wollte, aber es ging kein Weg daran vorbei. Irgendwann muss sie doch mal merken, dass ich kein kleines Mädchen mehr bin! Den ganzen Abend mit seiner Mutter, der jüngeren Schwester und der Haushälterin auf der Couch zu sitzen und Retro-Sendungen anzusehen, um sich dann um zwölf um den Hals zu fallen, ist wirklich nicht mehr mein Ding.
Na, jedenfalls habe ich es durchgestanden und nun kann Mom wieder Sarah bemuttern. Das College geht erst am Montag wieder los und wir wollen morgen eine kleine New-Year-Party feiern. Richard hat gesagt, er lädt noch ein paar friends von ihm und Claire ein. Bin gespannt! Und übernächste Woche geht's zu den Reculver Towers and Roman Fort – direkt an den Sandsteinklippen!

Katharina setzte das Glas an und trank den Rest Cola. Es schmeckte schal. Inzwischen war es nach eins und sie konnte vor Müdigkeit kaum noch die Augen offen halten. Der Sportexzess forderte seinen Tribut. So würde sie nicht weiterkommen. Sie konnte nicht stundenlang in Retrospektiven an bessere Zeiten schwelgen, um Claire trauern und dabei ihr Ziel aus den Augen verlieren. Damit schob sie die Erinnerung an das nachfolgende Grauen nur vor sich her.

Mit einem Gähnen betrachtete sie den Text von Januar letzten Jahres. Sie wusste genau, wo der Horror versteckt war: In ihrem Referat über die *National Union of Mineworkers*.

April 2014. Und genau dort würde sie morgen weitermachen. Nachdem sie sich ausgeruht hatte. Vormittags musste sie topfit sein, um nichts zu verpassen.

*

Rums!

Katharina fuhr hoch, unterdrückte einen Schrei. Noch während ihr Herz losraste, registrierte sie, dass das Krachen eher ein Scheppern gewesen war und sie kein Déjà-vu hatte. Etwas hatte schon wieder die Stolperfalle ausgelöst. An der Hintertür. Dort, wo statt des Topfdeckels die Konservendose mit den rostigen Nägeln am Strick hing. Wollten die Viecher sie jetzt jede Nacht aus dem Schlaf reißen? Sicher hatte wieder ein Fuchs oder ein Waschbär die Schnur zerrissen. Und doch konnte sie den Alarm nicht ignorieren. Mit einem Seufzen schlüpfte Katharina aus dem Bett und schauderte, als die Füße den kalten Boden berührten. Sie hatte sich gestern genau zurechtgelegt, was beim nächsten Alarm zu tun war. Wenn sich etwas an der Hintertür herumtrieb, würde sie das Haus durch die Vordertür verlassen und in einem großen Bogen durch die Sträucher nach hinten laufen. Schepperte es vorn, dann umgekehrt.

Schnell schlüpfte sie in ihre Jogginghose und zog die Schuhe an. Dann schlich sie nach unten und drückte vorsichtig die Tür auf.

Katharina spähte durch den Spalt und versuchte, etwas zu erkennen, aber da war nichts. Im letzten Moment fiel ihr ein, den Schlüssel abzuziehen und mitzunehmen, dann zog sie die Vordertür ins Schloss und lauschte ein paar Sekunden in die Nacht. Zum Glück war der Himmel auch heute wolkenlos und so tauchte der Mond genau wie gestern alles in ein fahles Licht.

Schnell tastete sie sich an der Hausmauer entlang bis zur rückwärtigen Front, wobei sie den Hals reckte und die Gegend mit Blicken absuchte. Das feine Rascheln der Blätter untermalte ihre leisen Schritte. Kat spürte die Taschenlampe in ihrer Hosentasche, die sie zur Sicherheit eingesteckt hatte. Doch die Hintertür lag verwaist im Mondschein, nichts tummelte sich auf den Gehwegplatten, die zu dem Gebüsch vor den Fichten führten. Alles war still. Und doch hatte Katharina das Gefühl, von unzähligen Augen angestarrt zu werden. Ganz sicher hatte wieder ein Tier den Alarm ausgelöst und längst die Flucht ergriffen. Sie überlegte kurz, griff in die Tasche und schaltete die Lampe ein. Hell bohrte sich die Lichtsäule in den Wald.

Kat schwenkte den Strahl hin und her und fand ihre Vermutung bestätigt: Da war nichts. Sie konnte die Schnur neu spannen und sich wieder zurück ins Haus begeben. Hoffentlich fand sie nach dieser Aufregung schnell wieder in den Schlaf. Und hoffentlich passierte so etwas nicht jede verdammte Nacht!

19. Mai

27

19. Mai, 11:00 Uhr

Ich hätte fast verschlafen! Nachdem ich heute Nacht wieder rausmusste, weil die Alarmfalle angeschlagen hatte, hat es eine ganze Weile gedauert, bis ich wieder eingenickt bin. Doch dann hat die Erschöpfung so richtig zugeschlagen. Unglaublich, dass ich trotz der Aufregung so lange schlafen konnte. Nachdem ich auf die Uhr gesehen hatte, war ich hellwach. Ich habe es nicht mal geschafft, Kaffee zu trinken, mein Magen ist immer noch wie zugeschnürt.

Aber kommen wir zum Eigentlichen: dem vierten Brief. Ich konnte nicht herausfinden, ob er wirklich bei der Polizei angekommen ist, was mich ziemlich enttäuscht hat, bis ich mir gesagt habe, dass sie das bestimmt geheim halten. Wenn jeder von der Lösegeldübergabe morgen wüsste, würde es an der *Bärenschänke* bestimmt von Presse nur so wimmeln. Irgendwie pirschen die sich doch überall ran, selbst wenn die Kripo alles absperrt. Also gibt es leider keine Gewissheit, dass der Brief zugestellt wurde, aber ich gehe davon aus.

Allerdings habe ich eine andere Entdeckung gemacht: Nach mir wird jetzt offiziell gefahndet! Es ist ein komisches Gefühl, wenn man sein eigenes Foto samt Personenbeschreibung sieht und liest, dass »sachdienliche Hinweise« gesucht werden. *Wer hat Katharina Brunner seit Dienstag, dem 15. Mai, gesehen?*

Ich hoffe doch, niemand! In meinem Bauch gluckert noch immer das halbe Glas Milch, das ich mir vorhin reingewürgt habe, während ich hier sitze und mit schlechtem Gewissen an Mom und Sarah, Daddy und sogar an Gerda denke. Aber ich kann einfach nicht zurück! Nicht mehr nach dem, was alles passiert ist.

Nachher werde ich mich an die falschen Spuren machen. Ich habe auch schon ein paar Ideen:

· Beweise für meinen Tod faken.

· Das Ganze als Reaktion auf das nicht abgeholte Lösegeld deklarieren.

· Beweise an die Öffentlichkeit bringen. (*Würde ein Täter sowas tun? Eher nicht, oder? Also müssen diese Hinweise irgendwie vom Opfer selbst – also von mir – kommen.*)

· Gleichzeitig versteckte Fingerzeige darauf geben, wer mein Entführer ist, damit die Kripo ihm auf die Schliche kommt.

Katharina hielt inne. Über mögliche Anspielungen auf ihren Verfolger hatte sie schon vorhin nachgedacht. An seine DNA kam sie nicht heran. Aber es gab eine andere Möglichkeit. In einem Film hatte sie gesehen, dass die Kripo durchgedrückte Spuren auf Papier wieder sichtbar machen konnte. Was, wenn sie so etwas fabrizierte und dabei Hinweise auf ihren Entführer gab? Seine Adresse oder Handynummer, zum Beispiel. Man schrieb den Text auf das obere Blatt, welches dann vernichtet wurde, und die Buchstaben drückten sich dabei unsichtbar auf das darunterliegende Papier durch. Darauf würde sie dann die »Todesankündigung« drucken.

Um das Ganze noch glaubhafter und dramatischer zu machen, könnte sie am Montag bei der Polizei anrufen und so tun, als habe er ihr Handy liegen lassen und sie hätte es sich gegriffen und schnell angerufen, bevor er zurückkam.

Ein Hilferuf. Ganz schwach und dem Tode nah. Noch bevor man ihr Fragen stellen konnte, musste sie das Handy schnell wieder abschalten und den Akku entfernen. Sie konnte ja so tun, als käme er just in dem Moment zurück. Dann würde die Kripo glauben, er habe ihr das Handy weggenommen. Mit etwas Schauspielerei würde das bestimmt funktionieren. Katharina lächelte bei der Vorstellung, wie sie am Telefon röchelte und entsetzt um Hilfe flehte, wurde aber sofort wieder ernst, als ihr ihre Eltern einfielen. Manchmal vergaß sie fast, dass das hier kein Detektivspiel war.

Der Bildschirmschoner schaltete sich ein, und Kat beschloss, ihre Aufzeichnung fürs Erste zu beenden. Leider musste sie sich heute noch einmal in die Stadt begeben, denn der Brief mit ihrer Todesnachricht und den Hinweisen auf den Entführer sollte am Montag in Tannau ankommen.

Im gleichen Augenblick schlug sie sich mit der Hand gegen die Stirn. Der Schlafmangel hatte ihr Gehirn anscheinend mehr vernebelt, als sie dachte. Wie konnte denn der Entführer heute – am Samstag – schon wissen, dass die Lösegeldübergabe morgen scheitern würde?! Wenn sie ab jetzt nicht bei allem, was sie tat, höllisch aufpasste, würde der ganze Schwindel auffliegen.

Der Brief mit ihrer Todesnachricht durfte frühestens Sonntagabend entstanden sein. Dann bekämen sie ihn zwar erst am Dienstag, was ihr jedoch andererseits etwas mehr Zeit verschaffte, um noch einmal über alles nachzudenken.

In den nächsten Stunden würde nicht viel passieren. Kat wusste, was sie in dieser Zeit tun musste. Mit zitternden Fingern öffnete sie den Ordner mit den Referaten.

»… The 1830s saw a growing market for coal. This improved the bargaining position of …«

Kat wusste noch genau, wo sie das Referat im Internet geklaut hatte. Verfremdete man die so kopierten Texte, fiel den Lehrern kaum auf, dass es keine Eigenproduktionen waren.

Gleich nach dem Absatz, der mit »With the development of the railways …« begann, hatte sie den entscheidenden Eintrag versteckt. Und obwohl das Ganze jetzt schon über ein Jahr her war, kam sofort der Brechreiz zurück, den Katharina damals tagelang verspürt hatte. Sie schluckte mehrmals.

Den Trick mit dem ausgeblendeten Text hatte ihr Richard gezeigt. Eigentlich war es ganz leicht. Man klickte in der Menüleiste auf »Überprüfen« und dann auf »Änderungen nachverfolgen«. Word markierte dann den gesamten eingefügten Text rot oder blau, wie man wollte. Anschließend musste man auf »Original« klicken. So wurde das Dokument ohne die eingefügten Änderungen angezeigt, welche aber trotzdem noch vorhanden waren. Fast niemand kannte diesen Kniff, und seit Richards Crashkurs in Canterbury verwendete Katharina die

Methode, um Texte zu verstecken, die keiner außer ihr sehen sollte.

Sie holte sich aus der Küche ein Glas Wasser und kehrte zum Bett zurück. Die Übelkeit war noch immer da und würde wohl auch die nächsten Stunden nicht verschwinden, wenn sie es nicht endlich hinter sich brachte.

10. April 2014, 02:30 Uhr

OMG! Ich hab schon dreimal gekotzt und es kommt nur noch saure Brühe. Die ganze Zeit denke ich, dass das nur einer dieser furchtbaren Albträume sein kann, eine unheimlich realistische Illusion, der ich ganz schnell entfliehen werde, wenn ich aufwache, aber etwas in mir flüstert unentwegt, dass es dieses Mal kein Erwachen geben wird.

Es ist wahr!

Vorhin haben sogar meine Zähne geklappert. Vor Angst! Was soll ich nur tun? Ich bin ganz allein und weiß nicht, wie es weitergehen soll. Einerseits bin ich froh, dass Valentina übers Wochenende zu ihren Eltern gefahren ist, andererseits wäre mir jetzt nichts lieber, als mich von ihr zutexten zu lassen. Dann müsste ich vielleicht nicht die ganze Zeit an das schreckliche Ereignis denken ...

Dabei hat alles so gut angefangen! Dieser wunderbare Frühlingstag; wir hatten fast zwanzig Grad, und die Sonne brannte schon richtig, sodass Claire um ihre blasse Haut fürchtete. Bleich ist nobel, so ihre Devise.

Wir müssen raus in die Natur, hatte Richard schon am Freitag entschieden und einen Ausflug nach Dover Castle mit anschließender Besichtigung der berühmten White Cliffs of Dover vorgeschlagen. Die Kreidefelsen soll man ja bei der Überfahrt schon von Weitem sehen. Falls man nicht – wie ich – mit den Flieger kommt.

Alle waren einverstanden. Statt mit Richards Auto zu fahren, hatte Edward-Blue ein Cabrio für uns ausgeliehen, das nicht nur ziemlich schick war, sondern auch reichlich PS hatte. Es wunderte mich nicht, dass er selbst am Steuer sitzen wollte. Der Vormittag war ein Traum. Claire und ich hatten hinten Platz genommen und uns mit Eulen-Sonnenbrillen und um den Kopf gewickelten Seidentüchern kostümiert – genau wie die mondänen Ladies in den alten Filmen.

Dover Castle hat uns umgehauen. Wir sind ungefähr drei Stunden dort herumgeschlendert, haben uns alles angesehen und Claires Belehrungen über uns ergehen lassen.

Dass Edward-Blue und Richard Bier getrunken haben, hat Claire natürlich kritisiert, aber ich habe abgewiegelt. Lass sie doch, habe ich gesagt. Auch als sie sich das zweite und dritte Glas bestellten, hab ich einfach so getan, als sehe ich es nicht. Claire war kurz sauer, hat sich aber schnell wieder eingekriegt. Der Tag war zu schön, um lange zu schmollen. Ich weiß bis heute nicht, ob die Jungs sich zusätzlich noch irgendetwas anderes eingeworfen haben, halte es aber in Anbetracht der späteren Ereignisse für möglich.

Gegen achtzehn Uhr sind wir zu den Klippen aufgebrochen. Und dann ist es passiert.

Katharina sah sich selbst, wie sie in ihrem Wohnheimzimmer in Canterbury saß, nachdem ihr Magen sich gedreht und gewunden hatte, als habe er den Bauch verlassen wollen, das verquollene Gesicht hatte sich im Bildschirm des Laptops widergespiegelt.

Es kam ihr vor, als spiele sich das Ganze noch einmal ab. Sie brauchte eine Pause. Und einen Pfefferminztee. Und eine Kopfschmerztablette.

Mit der Teetasse in der Hand begab Kat sich wieder nach oben. Ihr war schwindelig, und sie befahl ihrem Körper, sich zusammenzureißen. Nur dieses eine Mal noch würde sie sich auf jedes Detail jenes Tages konzentrieren müssen. Was später mit den Erinnerungen geschehen würde, war derzeit nicht von Belang. Sie stellte die Tasse ab, setzte sich wieder mit untergeschlagenen Beinen auf das Bett und nahm das Tablet auf den Schoß.

Edward-Blue hatte einen Weg abseits der Schnellstraße ausgesucht, um – wie er es formulierte – näher an die Klippen zu gelangen und den Ausblick genießen zu können. Von der Upper Road ging es auf einen schmalen Weg, der direkt zur Küste führen sollte. Edward-Blue ist viel zu schnell gefahren. Anscheinend hatte der Alkohol ihm das Hirn so vernebelt, dass er nicht einmal mehr wusste, dass man in GB links fährt. Dauernd rasten wir auf der rechten Straßenseite entlang. Claire und ich haben noch versucht, ihn zur Vernunft zu bringen, aber bei dem extremen Fahrtwind hat er vorn nichts von unseren Rufen mitbekommen. Gleichzeitig hatten wir genug damit zu tun, uns festzuhalten, denn der Wagen schleuderte wie eine Flipperkugel hin und her und Claire und ich wurden wie Stoffpuppen von einer Seite auf die andere katapultiert.

Der Pfefferminztee wollte nach oben. Kat sprang aus dem Bett, rannte nach unten und schaffte es gerade noch rechtzeitig ins Bad. Würgend hing sie über der Toilette und kniff die Augen zusammen, doch das bewahrte sie nicht vor den Bildern, die aus ihrer Erinnerung hervorkamen. Sie und Claire hatten gerade versucht, ein Selfie von sich mit den wehenden Schals zu machen, als das Cabrio ins Schleudern kam und von links nach rechts schlingerte. Fast im selben Moment hatte ein dumpfes Geräusch das Auto erschüttert. Dann knirschte es, Edward-Blue fluchte, Claire schrie und die Bremsen kreischten.

Katharina löste die Hände von der Schüssel und richtete sich auf. Sie musste sich die Zähne putzen. Lange.

In ihrem Mund schien der Schaum immer mehr zu werden, und doch vermochte die Zahnpasta es nicht, den widerlichen Geschmack zu beseitigen. Kat spuckte hellblaue Flüssigkeit ins Waschbecken, spülte mehrfach und betrachtete sich dann im Spiegel. Sie war blass, und die Augen verrieten, welche Panik in ihr tobte. Kat stützte sich auf dem Waschbecken ab, während der Film in ihrem Kopf ohne Gnade weiterlief.

Nachdem sie zum Stehen gekommen waren, sich der Lärm gelegt hatte und nur Edward-Blue noch leise vor sich hin fluchte, hatte Kat es gewagt, sich umzudrehen. Hinter ihnen waren zwei schwarze Streifen auf der Fahrbahn. Sonst nichts.

»Scheiße, Mann, fuck!« Richard fuhr sich nervös durch die Haare. »Was war das?«

»Etwas ist gegen den Wagen geprallt.« Edward-Blue klang wie ein Roboter.

»*Etwas?*«

»Was weiß denn ich? Scheiße! Rührt euch nicht von der Stelle. Ich gehe nachsehen.« Edward-Blue stieß die Tür auf und stieg aus.

Katharina erinnerte sich nur zu genau daran, dass sie ihm sowieso nicht hätte folgen können. Ihre Beine wollten nicht gehorchen, und so hatte sie sich nur umgedreht und beobachtet, wie Edward-Blue in der Dämmerung die Straße entlangrannte. An der Stelle, an der die Bremsspuren begannen, hielt er an und sah sich erneut um, ehe er langsam zur Leitplanke ging und sich darüberbeugte. Schier endlose Sekunden stand er so, die Arme auf die Planke gestützt, und starrte reglos in die Tiefe.

»Ich schau mal, was da los ist.« Richard stieg nun ebenfalls aus und hastete zu Edward-Blue. Inzwischen war es fast dunkel.

Kat konnte nicht hören, über was die Jungen redeten, aber sie schienen sich zu streiten. Richard deutete nach unten und fuchtelte dann mit den Armen, Edward schüttelte den Kopf und stampfte mehrfach mit dem Fuß auf.

Noch immer erinnerte sich Kat an das ungute Gefühl, das bei dem Anblick der streitenden Jungs in ihr hochgekrochen war und sich schnell zu einem schrecklichen Verdacht verdichtet hatte. In Claires aufgerissenen Augen konnte sie sehen, dass sie das Gleiche dachte. Was oder *wen* hatten sie mit dem Auto erwischt?

Kat öffnete die Autotür. Sie musste herausfinden, was da

eben gegen den Wagen geprallt war. Wie in Trance stakte sie mit wackligen Beinen auf dem Asphalt voran, den Blick auf die beiden Streithähne gerichtet. Die laue Frühlingsluft trieb Wortfetzen heran. Edward-Blue hatte die Stimme erhoben und gestikulierte heftig.

»… tot … Zukunft denken … ist einfach hinuntergestürzt … niemand wird …«

Kat blieb stehen und betrachtete die Bremsspuren, während ihr Gehirn versuchte, die eben gehörten Worte zu etwas Sinnvollem zusammenzusetzen.

»He!« Edward-Blue hatte den Arm erhoben und kam herbeigeeilt, Richard folgte ihm widerwillig. »Steig wieder ein, Kat! Wir fahren weiter!«

»Aber wir haben eine Beule. Da!« Katharina zeigte auf die Autotür. »Irgendetwas muss dagegen geprallt sein!«

»Wenn, dann kann es nur ein Tier gewesen sein. Richie und ich haben hinuntergeschaut, aber da liegt nichts.«

»Liegt nichts …« Kat wiederholte die Worte.

Edward-Blue packte ihren Oberarm und zerrte sie zurück zum Auto. »Und nun steig wieder ein. Mach schon. Du auch, Rich!« Es klang herrisch. »Allerhöchste Zeit, dass wir hier wegkommen.«

Claire, die die ganze Zeit erstarrt im Auto gesessen und geschwiegen hatte, schüttelte sich und nickte. Und ehe sie es sich versahen, hatte Edward auch schon den Wagen gestartet und war losgefahren.

Im Nachhinein hatte Katharina immer wieder überlegt, ob er zu dem Zeitpunkt schon gewusst hatte, wie das alles weitergehen würde, oder ob diese Entscheidung erst später gefallen war.

Kat spürte die gleiche Fassungslosigkeit wie letztes Frühjahr emporsteigen, als sie hatte erkennen müssen, dass der faszinierende Edward-Blue, der Charming-Boy mit den strahlend blauen Augen, auf einmal zu einem kaltherzigen Monster mutiert war.

Kat öffnete die Augen, atmete tief durch und wartete darauf, dass die Übelkeit endlich verflog. Langsam ging sie wieder hinauf und legte sich aufs Bett. Auf dem Bildschirm des Tablets prangte noch immer der Satz, wie sie und Claire wie Stoffpuppen hin und her geschleudert worden waren.

Mehr hatte sie nicht aufgeschrieben. Der Eintrag vom 10. April endete damit. Was wirklich passiert war, hatte Kat erst kurz darauf herausgefunden. Genauer gesagt, einen Tag später, als Claire sie mit zitternder Stimme angerufen und etwas von einem verwackelten Handyfoto gestammelt hatte.

20. Mai

28

Katharina schob die Gabel in den Mund und kaute. Es gab Spaghetti bolognese. Fertigsoße, aber essbar. Eigentlich liebte sie dieses Gericht, aber heute schmeckte es nach nichts und wurde in ihrem Mund immer mehr. Die Nudeln waren zu weich. Aber sie zwang sich, den pappigen Brei weiter in sich hineinzuschaufeln. Ihr Körper brauchte Nährstoffe.

Sie musste den Brief mit den versteckten Hinweisen schreiben. Betrübt betrachtete sie den halb vollen Teller, stand auf und schaufelte die Reste in den Müllbeutel. Mehr ging beim besten Willen nicht. Vielleicht kam der Appetit zurück, wenn ihr Plan aufgegangen und ihr Verfolger verhaftet war.

»Mach dich an die Arbeit.« Ihrer Stimme nachlauschend, ging sie hinaus.

In ihrem Zimmer blendete das Licht. Kat betrachtete das Papier, das sie vorhin aus Zweigerts Drucker genommen hatte und zog erneut die Gartenhandschuhe über. Ihre Fingerabdrücke durften nicht auf das Schreiben gelangen.

Zuerst das Blatt mit der durchgedrückten Schrift. Kat schrieb »Ruf mich an: 0157/33354637890«, dann nahm sie das obere Blatt weg und hielt das darunterliegende gegen das Licht. Mit etwas Fantasie konnte man die durchgedrückte Schrift erkennen. Würde die Kripo die Nummer entdecken?

Was jedoch, wenn er inzwischen längst eine andere Handynummer hatte? Aber selbst wenn, würde man ihm diese hier zuordnen können. Die Polizei hatte Mittel und Wege. Eine Adresse zu hinterlassen, erschien ihr zu offensichtlich. Es musste ein subtilerer Hinweis sein, etwas, das sie erst entschlüsseln mussten, jedoch auch wiederum nicht zu kompliziert, damit es nicht zu lange dauerte. Schließlich hatte sie keine Lust, noch Wochen in dieser Einöde zu verbringen. Was zu der Frage führte, wie sie es mitkriegen wollte, dass man ihn festgenommen hatte, um dann möglichst schnell aufzutauchen und der Kripo weitere Beweise für seine Täterschaft liefern zu können.

Aber die Medien schliefen nicht. Wenn ein vermeintlicher Täter in ihrem Entführungsfall gefasst wurde, würden sie gewiss berichten. Sie musste bloß die Nachrichten im Internet verfolgen. Mit etwas Glück war es Mittwoch schon vorbei. Noch drei Tage. Katharina holte tief Luft. Nun zur eigentlichen Botschaft.

SIE HABEN VERSAGT! UND NUN WIRD KATHARINA STERBEN!

Kat malte die Druckbuchstaben und bemühte sich dabei, seine Schrift nachzuahmen. Nicht zu viel, so als verstelle er sie, aber ein paar Anhaltspunkte konnten nichts schaden. Komischerweise wusste sie noch genau, wie seine Handschrift ausgesehen hatte: das ordentliche Schriftbild, diese perfekt scheinenden Buchstaben, die immer mit viel Druck zu Papier gebracht wurden. Viel Druck war gut.

Die Information, dass sie sterben würde, musste reichen. Dazu ihr Anruf Dienstagmorgen, in dem sie so tun würde, als sei er gerade dabei, sie zu töten, und es konnte keinen Zweifel mehr an ihrer Geschichte geben. Das Handgemenge und das anschließende Todesröcheln würde sie heute Abend noch ein wenig üben, damit die Szenerie echt klang. Katharina beschloss, übermorgen gleich die Notrufnummer der Polizei zu wählen. Zum einen, weil sie so geschwächt sein würde, dass es für mehr nicht reichte, zum anderen jedoch, um Mom nicht noch mehr zu schockieren. Es würde ihr das Herz brechen, wenn sie Kats Scharade anhören musste. Auch so war das Ganze schon grausam genug.

Kat betrachtete noch einmal die Nachricht, dann faltete sie das Papier und verstaute den Brief im Umschlag, bevor sie die Adresse der Kripo darauf kritzelte.

Sie fragte sich, ob ein Spezialist herausfinden konnte, dass der Verfasser gar nicht ihr vermeintlicher Entführer gewesen war. Doch es gab keine andere Möglichkeit. Es musste einfach funktionieren.

Katharina nahm den Brief mit nach unten und verstaute ihn in ihrem Rucksack, ehe sie die Gartenhandschuhe ablegte. In den Briefkasten würde sie ihn mit einem Zipfel ihres Tuchs befördern. Und selbstverständlich hatte sie weder die Lasche noch die Marke abgeleckt.

Die Uhr in Jan Zweigerts Küche zeigte halb vier. Ob Mom schon an der *Bärenschänke* war?

Unvermittelt stiegen Kat Tränen in die Augen. Arme Mom! Sie würde warten und von Minute zu Minute ängstlicher werden, ganz zu schweigen von der Heimfahrt und dem darauffolgenden Abend! Hoffentlich stand Sarah ihr zur Seite!

Heulen half nichts. Katharina warf einen letzten Blick zur Uhr und beschloss, wieder nach oben zu gehen. Das künstliche Licht hier unten verstärkte ihre Furcht nur. Außerdem brauchte sie Ablenkung.

Bei Facebook war allerhand los. Ihre Mädels hatten sich fleißig ausgetauscht und Vermutungen geäußert. E-Mails jedoch waren keine mehr angekommen. Was wahrscheinlich hieß, dass die drei inzwischen an die Entführung glaubten. Gut für sie.

Kat legte das Tablet beiseite und ging zum Fenster. Leises Vogelgezwitscher drang herein, und die Sonne malte helle Kringel auf den Trampelpfad, der zum Haus führte. Schade, dass sie den ganzen Tag drinnen hocken musste. Daheim hätte sie sich sicher schon längst auf die Terrasse gelegt, um ein bisschen Bräune zu erhaschen. Im Gegensatz zu Claire hielt sie sich gern in der Sonne auf. Mit winterblasser Haut sah man doch aus wie eine dieser lebenden Leichen! Bei dem Gedanken flackerten sofort die schlimmen Erinnerungen wieder auf und Kat drehte sich abrupt um und stakte zurück zu ihrem Bett.

»Seid ihr wirklich sicher, dass das eben ein Tier gewesen ist?« Auf der Rückfahrt von den Kreidefelsen hatte Claire sich plötzlich nach vorn gebeugt und Edward-Blue angestupst.

»Was denn sonst?« Er klang gereizt. »Ich habe doch gesagt, dass Richie und ich runtergeschaut haben. Und da war nichts.«

»Aber wenn dort nichts zu sehen war, wieso seid ihr euch dann so sicher, dass es ein Tier gewesen sein muss? Wir hätten uns mit eigenen Augen überzeugen müssen.«

»Quatsch. Sei nicht paranoid! Außerdem ist der Abhang viel zu steil. Da kannst du nicht einfach so runterklettern.«

»Vielleicht gibt es eine Stelle, wo es möglich ist. Lass uns zurückfahren, bitte.«

»Claire.« Richard drehte sich zu ihr um und legte die Hand auf ihren Unterarm. »Es ist schon dunkel.«

»Ich will, dass wir zurückfahren!« Claire hatte jetzt einen hysterischen Unterton.

»Du hast hier gar nichts zu wollen. Ich fahre und ich entscheide. Und jetzt halt endlich die Klappe.« Edward-Blues Stimme klang kalt.

Kat saß wie versteinert da und starrte aus dem Fenster, während die Worte von vorhin durch ihren Kopf wirbelten.

»Tot« und »einfach hinuntergestürzt« hörten sich nicht nach einem harmlosen Wildunfall an. Dazu das ominöse »an die Zukunft denken«. Was hatten die Jungs zu verbergen? Edward-Blue schien plötzlich ein anderer Mensch zu sein. Unnachgiebig und eiskalt. Richard hingegen wirkte krampfhaft bemüht, sich nichts anmerken zu lassen, aber Kat hatte spüren können, wie nervös er war. Nachdem Edward-Blue Claire angedroht hatte, sie auf der Stelle aus dem Auto zu schmeißen, war Ruhe eingetreten, und den Rest der Fahrt hatten sie ohne ein Wort zurückgelegt.

244

Richard hatte Claire mit zu sich genommen und Edward-Blue hatte Kat am Wohnheim abgesetzt, wo sie sich den Rest des Abends in ihrem Zimmer verkrochen und darüber gegrübelt hatte, ob es nicht doch besser gewesen wäre, zurückzufahren.

Am Sonntagmorgen hatten die Jungs das Auto zur Reparatur gebracht. Richard kannte einen Pfuscher, der bei seiner alten Mühle schon mehrfach Beulen ausgedellt hatte. Man brauchte ihm nur eine größere Summe zuzustecken, und der Typ würde den Mund halten, hatte er gesagt. Sonntagabend schließlich hatte Edward-Blue das Cabriolet ohne Spuren eines Unfalls wieder abgeben.

Und damit war die Sache erledigt gewesen.

Nun ja, nicht ganz …

Am Sonntagabend hatte Claire angerufen und gemeint, dass sie auf dem letzten Selfie von ihnen beiden im Cabrio etwas Merkwürdiges entdeckt habe. Sie wollte bei ihr vorbeikommen, damit sie es sich gemeinsam ansehen konnten. Richard sei mit Edward-Blue in irgendeinem Pub und würde sicher nicht vor Mitternacht zurückkehren.

Widerwillig hatte Katharina zugestimmt. Eigentlich wollte sie die gestrige Fahrt samt ihrem deprimierenden Ende ganz schnell aus ihrem Gedächtnis löschen, aber Claire hatte sich so hilflos angehört. Und irgendwie entsetzt.

Als ihre Freundin eine halbe Stunde später bei ihr eingetroffen war, hatte ihr Anblick Kat Angst eingejagt. Hohläugig und bleich stand Claire vor der Tür und ihre Hände zitterten. Endlose Minuten später saß sie endlich am Tisch und zeigte ihr das Bild. Kat hatte sofort erkannt, was sie meinte, und ihr war ein eisiger Schauder den Rücken hinabgelaufen. Sie hatten nicht *irgendein Tier* angefahren.

Das fragliche Bild war verwackelt und unscharf. Claire und sie mit ihren wehenden Seidenschals, die Münder erschrocken aufgerissen. Hinter ihnen das verwaschene Grau des Asphalts neben dem hellen Aluminium der Leitplanke. Über der gerade ein großer Schatten schwebte. Viel zu groß für irgendein Tier.

»Siehst du das auch?« Claires Stimme hatte gebebt. »Kann man das irgendwie schärfer machen?«

Kat hatte eine Weile überlegt, bis ihr der Computerfreak von gegenüber eingefallen war. Wie durch ein Wunder war Phil nicht mit Freunden unterwegs, sondern saß in seiner Bude und spielte irgendein Computerspiel. Er hatte ihnen erklärt, wie sie vorgehen mussten, um mit einem Bildbearbeitungsprogramm aus unscharfen Fotos noch etwas herauszuholen, und sich dann wieder seinem Bildschirm zugewandt.

Und tatsächlich: Nach mehreren Durchgängen kristallisierte sich aus dem Schatten ein Umriss heraus. Mit Armen und Beinen.

Immer wieder war in Kats Träumen das fassungslose Gesicht ihrer Freundin aufgetaucht, die das Foto auf dem Bildschirm angestarrt hatte.

Sie selbst hatte bestimmt nicht anders dreingeschaut. Edward-Blue hatte gestern einen *Menschen* überfahren. Höchstwahrscheinlich war ihm das auch spätestens, nachdem er allein über die Brüstung geschaut hatte, bewusst gewesen … Und Richard musste den Toten am Fuß der Klippen auch gesehen haben. Jetzt ergaben auch die Wortfetzen, die sie aufgeschnappt hatte, einen Sinn.

Kat stellte sich vor, wie dieser Mensch unten am Meer auf den Steinen lag und dass sie ihn vielleicht hätten retten können, wenn sie sofort Hilfe geholt hätten.

Gleich darauf war ihr Entsetzen in Zorn umgeschlagen. Edward-Blue hatte einen schrecklichen Unfall verursacht und gemeinsam mit Richard versucht, die Folgen zu vertuschen.

»Wir müssen mit den beiden reden. Ich rufe sie an.« Und schon hatte sie Edward-Blues Handynummer gewählt.

Als die Jungs zwanzig Minuten später aufgekreuzt waren, hatten sie ihnen das Selfie gezeigt. Kats irrationaler kleiner Hoffnungsfunke, dass alles noch eine natürliche Erklärung finden konnte, erlosch in dem Augenblick, in dem sie Richards Gesichtsausdruck sah.

»Schade, dass ihr das entdeckt habt.« Edward-Blue hatte sich die Haare glatt gestrichen und sie und Claire mit einem eisigen Blick gemustert.

»Wir müssen die Polizei informieren!« Claire hatte die Sprache wiedergefunden.

»Das wäre ziemlich dumm. Überlegt doch mal.« Edward-Blue war auf Claire zugegangen und hatte ihr einen Arm um die Schultern gelegt. »Was würde dann passieren?« Sein Blick richtete sich auf Richard und der antwortete wie ein braver Schüler.

»Die würden uns einbuchten.«

»Oder zumindest befragen. Unsere Schuld können wir nicht verleugnen, selbst wenn wir uns mit einem Wildunfall herausreden. Du und ich haben Alkohol getrunken.« Edward-Blue zeigte auf Richard und der blickte zu Boden. »Wir beide sind volljährig. Ihr wisst, was das bedeutet.«

»Gefängnis?« Claires Stimme zitterte.

»Genau. Sie nehmen uns mit und befragen uns. Dann kommen wir in den Knast. Stellt euch bloß mal vor, wie eure Eltern reagieren, wenn sie davon erfahren!«

Darüber hatte Kat noch gar nicht nachgedacht. Sie spürte, wie ihr schlecht wurde. Nie im Leben würde Mom das verkraften! Und Daddy erst!

»Na also. Wollt ihr das?«

»Natürlich nicht.« Richard schaute von einem zum anderen und hatte einen resignierten Zug um den Mund.

»Dann gibt es nur eine Möglichkeit, Leute.« Edward-Blue hatte sie alle drei nacheinander gemustert. »Niemand kann uns mit der Sache in Verbindung bringen. Wenn wir schweigen, wird uns nichts passieren.«

»Nein!« Claire hatte seinen Arm abgeschüttelt, und Kat erinnerte sich, wie sehr sie ihre Freundin für die Entschlossenheit bewundert hatte. Warum war sie damals nicht selbst so couragiert gewesen zu protestieren?

»Clairie, Schatz.« Richard zog seine Freundin an sich. »Sei vernünftig, bitte. Der Unfall kann uns das ganze Leben versauen. Wir haben keine Wahl.«

Die offizielle Sprachregelung lautete also jetzt »der Unfall«. Das musste Edward-Blue Richard heute eingetrichtert haben. Klar, er war auf ihre Kooperation und ihr Stillschweigen angewiesen. Schließlich war er derjenige gewesen, der betrunken gefahren war, und musste sich am meisten vor den Konsequenzen fürchten. Aber auch das hatte Kat erst viel später erkannt. Viel zu spät.

Eindringlich hatten die blauen Augen sie gemustert, und

Katharina hatte gedacht, dass sie tatsächlich keine Wahl hatten. Und genau das war Edward-Blues Absicht gewesen: sie alle zu Mittätern zu machen, die dem Ganzen aus eigenem Willen zugestimmt hatten.

Danach war nichts mehr wie vorher gewesen.

Die Tage und Wochen darauf hatte sie die Nachrichten verfolgt und gewartet, dass der ganze Schwindel aufflog, aber es war nie etwas Diesbezügliches passiert. Nichts von einer nicht identifizierten Leiche vor den Klippen, nichts von einem Unfall.

Nur ihr aller Leben hatte sich von einem Tag zum anderen verändert.

Es gab keine gemeinsamen Ausflüge und auch keine Treffen zu viert mehr. Ab und zu hatten Claire und sie sich noch belanglose Kurznachrichten geschrieben, aber auch das war zu Ende gewesen, als Claire vorzeitig zurück nach Frankreich gegangen war. Aus Krankheitsgründen. In Wahrheit hatte sie angefangen, Drogen zu nehmen, und ihre Eltern hatten sie zurückgeholt.

Richard war zwei Wochen später abgereist und Mitte Juni hatte auch ihr Austauschjahr sein Ende gefunden. Schon auf der Fähre hatte sich Kat vorgenommen, nie wieder nach Großbritannien zurückzukehren.

21. Mai

29

Nicht schon wieder. Noch ehe sie ganz wach war, saß Katharina auch schon auf der Bettkante und holte rasselnd Luft. Der Alarm war wieder losgegangen.

Lohnte es sich überhaupt nachzusehen? Sie haderte ein paar Sekunden mit sich, wusste aber, dass sie nicht wieder einschlafen würde, bevor sie nicht die Gewissheit hatte, dass da unten wirklich niemand war. Aufgebracht stapfte sie hinunter und warf sich die Sweatjacke über. Die blöden Viecher schienen das Haus zu lieben. Vielleicht gab es hier Speiseabfälle zu holen, wenn der *Alte Spanner* da war, und sie hatten sich das gemerkt. Was auch immer. Laut gähnend griff Kat nach der Taschenlampe und marschierte hinaus.

21. Mai, 02:45 Uhr

Ich wurde mal wieder unsanft geweckt und kann nicht einschlafen. Jede Nacht stolpert irgendein Tier über eine der Schnüre. Dabei bin ich erst nach eins eingeschlafen! Die Erinnerungen an die GB-Sache haben mich so aufgewühlt, dass auch zwei Tassen Kakao nichts geholfen haben. Dauernd gingen mir die Bilder von damals durch den Kopf, und ich sah den alten Mann über die Brüstung fliegen und im Meer versinken, obwohl ich das damals gar nicht beobachtet habe.

An Ruhe ist nicht zu denken. Oben kann ich ja kein Licht machen, also sitze ich in der Küche und schreibe zur Ablenkung ein bisschen. Der Brief mit der Ankündigung, dass ich sterben werde, ist im Kasten und wird morgen auf die Reise gehen. Den Müll habe ich gleich in der Stadt entsorgt. Und seit Freitag räume ich auch jedes Mal das Haus auf und entferne die Stolperfallen, wenn ich mich auf den Weg mache. Falls jemand nachsehen kommt, muss es so aussehen, als sei seit Wochen niemand hier gewesen. Einer genaueren Überprüfung würde es wohl nicht standhalten, aber für einen oberflächlichen Betrachter reicht es. Die Telefonszene habe ich gestern Abend auch noch geübt.

Heute wird ein langer Tag vor mir liegen. Ich werde das Netz durchforsten und schauen, ob man die Entführung jetzt glaubt. Allmählich wird es auch gefährlicher, sich nach draußen zu begeben. Mein Bild war schon in diversen Zeitungen und Internetportalen zu sehen, und sogar Nele und Luisa haben es auf Facebook gepostet und um Rückmeldung gebeten, falls mich jemand gesehen hat.

Meinen Plan, mir die Haare schwarz zu färben, kann ich leider nicht umsetzen, so nützlich das wäre. Aber auch hier habe ich nicht richtig nachgedacht. Wie soll ich später erklären, warum er das gemacht hat? Denn welchen Grund sollte ein Entführer haben, mir die Haare zu färben? Keinen. Es sei denn, dass ich auf der Flucht mit ihm nicht auffalle. Ich glaube aber, dass das kein Entführer machen würde, und deshalb muss ich es bleiben lassen. Plausibler wäre, dass er sie mir abgeschnitten hat, um mich für irgendetwas zu bestrafen. Aber dazu kann ich mich noch nicht durchringen. Es hat ewig gedauert, bis sie so lang waren. Ich muss einfach durchhalten und nicht rausgehen, bis sie ihm auf die Schliche gekommen sind und ihn festgenommen haben.

*

21. Mai, 14:00 Uhr
Das kommt davon, wenn man die Nacht durchmacht – man schläft anschließend bis Mittag.
Aber wenigstens *konnte* ich schlafen! Ich gebe zu, ich habe zuerst mit den Schlaftabletten aus Zweigerts Hausapotheke geliebäugelt, dann aber doch die Finger davon gelassen. Ich habe nämlich gehört, dass man damit komplett wegtritt, besonders wenn man noch nie Schlafmittel genommen hat, und das wollte ich nicht. Was, wenn gerade dann jemand gekommen wäre und mich scheintot im Bett vorgefunden hätte? Viel zu gefährlich.
Weil mein überreiztes Gehirn aber partout nicht zur Ruhe kommen wollte, habe ich eine Flasche Wein aus Zweigerts Vorratsschrank aufgemacht. Das Zeug war ekelhaft, aber es hat geholfen. Ich war ziemlich schnell weg.
Als ich vor einer halben Stunde aufgewacht bin, habe ich einen Riesenschrecken bekommen. Eigentlich wollte ich doch heute den ganzen Tag die Berichterstattung über die fehlgeschlagene Lösegeldforderung verfolgen!

Ich hab schon mal kurz ins Netz geschaut, allerdings mit wenig Erfolg. Der Sturm wird wohl erst losbrechen, wenn sie morgen den Brief und den Anruf kriegen. Vielleicht rufe ich besser heute Nacht an, dann wird die Nachricht des Entführers noch glaubhafter.

Wenigstens wurden inzwischen die Blutspuren bei uns im Haus gefunden. Das hat Alina an Nele geschrieben. Weiter so, Mädels! Ich bin sicher, mein Verfolger beobachtet alles, was ihr postet. Ich hoffe so sehr, dass das Blut mit der morgigen Botschaft und meinem Anruf dazu führen wird, dass er die Sache glaubt. Zumindest so lange, bis sie ihn haben. Das ist meine einzige Chance.

Wenn er mitbekommt, dass ich noch lebe, wird er auch mich umbringen. Genau wie Claire und Richard.

Edward-Blue, der Junge mit den übernatürlich blauen Augen.

Der im wahren Leben Jonas Gässchen heißt.

TEIL 3

21. Mai

30

Jonas legte den Finger auf die Lippen und nahm ihre Hand. »Echt sportlich, wie du da runtergeklettert bist, Prinzessin! Perfekt.«

Sarah, die noch immer nach Luft schnappte, ließ sich von ihm ins Dunkle ziehen. Ihr Puls raste.

»Deine Mutter ahnt nichts?«

»Ich habe gesagt, dass ich noch Hausaufgaben machen muss. In der nächsten halben Stunde wird sie nicht nach mir sehen, glaube ich.«

»Wir müssen uns trotzdem beeilen.« Er schob das Tor zu Zweigerts Grundstück auf, wartete, bis sie sich hindurchgetastet hatte, und folgte ihr. »Zum Glück ist es schön dunkel, da sieht uns keiner. Das Auto steht in der Seitenstraße. Komm.«

Wieder griff er nach ihrer Hand und Sarah spürte die Hitze an ihrem Hals nach oben steigen. Für ein paar selige Sekunden vergaß sie Katharina und dass Mama sie verdächtigte und kam sich vor wie in einem dieser Liebesfilme, in denen ein Mädchen mit ihrem Freund in die weite Welt floh, weil sich alle

gegen sie verschworen hatten. Was für ein Abenteuer! Jonas'
warme Finger waren mit ihren verschränkt und sie konnte die
Wärme seines Körpers an ihrer Seite fühlen.

Leider beendeten seine nächsten Worte die Träumerei.

»Hast du alles dabei, was wir besprochen haben?«

»Ja, ich hoffe.«

»Das Handy auch?«

»In meiner Hosentasche.« Sarah klopfte auf die Gesäßtasche ihrer Jeans. »Keine Angst, es wird nicht klingeln. Ich
habe es auf lautlos eingestellt.«

»Schalte es lieber aus. Oder noch besser: Nimm gleich,
wenn wir im Auto sind, den Akku raus. Dann können sie es
nicht orten und dich verfolgen. Es weiß doch niemand, dass du
mit mir zusammen geflohen bist?«

»Keine Menschenseele.«

»Gut.« Er beschleunigte seine Schritte. »Das ist unser Vorteil. Wenn sie nicht wissen, dass dir jemand hilft, werden sie
annehmen, dass sie dich leicht fassen können. Irgendwann
wird deine Mutter merken, dass du weg bist, und dann starten
sie eine groß angelegte Fahndung.« Jonas blieb an der rückwärtigen Ecke von Zweigerts Grundstück stehen. »Wir klettern über den Zaun. Kommst du mit einer Räuberleiter klar?«

»Natürlich.« Sie würde mit *allem* klarkommen, was er vor-
schlug. Schon stellte sie einen Fuß auf seine verschränkten
Hände, ließ sich nach oben schieben und schwang sich über
die Eisenstangen. Jonas folgte ihr.

»Und nun schnell ins Auto.« Sarah wunderte sich, dass er
es nicht mit der Fernbedienung öffnete, bis ihr einfiel, dass das
Blinken in der Nacht auffallen würde.

»Ist das deins?« Nachdem sie eingestiegen waren, schnallte Sarah sich an und betrachtete die Instrumente. Jonas dachte wirklich an alles. Er hatte sogar die Innenbeleuchtung deaktiviert, damit niemand erkennen konnte, wer da einstieg. »Luisa, eine von Kats Freundinnen, hat einen Mini.«

»Das ist ein Nissan Qashqai. Ich hab ihn mir von einem Kumpel geborgt. Fährt super, das Ding.« Als er kurz darauf Gas gab, wurde Sarah in den Sitz gepresst. »Wir müssen uns beeilen. Bis sie nach dir suchen, musst du an einem sicheren Ort sein. Dort beginnen wir dann mit deiner Verwandlung.«

»Verwandlung?« Sarah sah ihn erstaunt an. Jonas erwiderte ihren Blick, zwinkerte ihr zu und legte die Hände lässig auf das Lenkrad.

»Sie werden Fotos von dir veröffentlichen. Man darf dich also nicht wiedererkennen. Wenn du dein Aussehen nicht veränderst, wird dich irgendjemand identifizieren, und dann nehmen sie dich fest, bevor wir deine Schwester gefunden haben.«

Sarah beobachtete, wie sich die Scheinwerfer des Wagens in die Finsternis bohrten und das Ortsausgangsschild von Tannau am rechten Straßenrand gelb aufleuchtete. Dann waren sie auf der Landstraße in Richtung Süden.

»Wenn wir Katharina nicht aufspüren, kommst du in Teufels Küche«, fuhr Jonas fort. »Nach allem, was du mir erzählt hast, halten die Bullen dich für schuldig, und wir können den Verdacht nur ausräumen, wenn wir deine Schwester finden. Falls sie tatsächlich entführt wurde, müssen wir überlegen, wer dafür infrage kommt.«

Sarah grub die Zähne in die Unterlippe. Er hatte mit allem recht. Sein letzter Satz rief die Angst wieder hervor, die die ganze Zeit in ihr geschwelt hatte. Hoffentlich schaffte sie es mit Jonas' Hilfe, Kat zu finden, bevor ihr etwas geschah.

»Ich fürchte, wir werden dir die Haare abschneiden müssen. Und färben natürlich auch. Ich habe schon alles Nötige gekauft. Schade um dein schönes Haar. Ich liebe es.« Er deutete hinter sich in Richtung Kofferraum, während in Sarahs Kopf die letzten Worte die Befürchtungen um ihre Schwester kurzzeitig verdrängten. Er liebte ihre Haare! Dann liebte er hoffentlich auch alles andere an ihr.

»Wir können erst mal in die Wohnung eines Kumpels. Der macht gerade Urlaub auf Ibiza und hat mir den Schlüssel gegeben. Keiner wird es merken, wenn ich dich heute Nacht mit reinschmuggele. Und morgen siehst du schon ganz anders aus.« Er lächelte vor sich hin, und Sarah fragte sich, ob er vorhatte, mit ihr in einem Bett zu schlafen. Dazu war sie definitiv noch nicht bereit. Die Frage war nur, wie sie ihm das beibringen konnte. Jonas würde es verstehen, dass sie noch keinen Sex wollte. Noch nicht. Sie spürte, wie erneut die Hitze in ihr aufstieg.

»Hast du eigentlich meinen Vater erreicht?«

»Nein?« Es klang wie eine Frage.

»Ich hatte dir doch heute Nachmittag, als mich die Polizei auf dem Revier verhört hat, eine SMS geschrieben, dass du ihn anrufen sollst.«

»Das habe ich auch versucht. Aber er ist nicht rangegangen.« Jonas legte seine Rechte auf ihren Oberschenkel und sofort drang die Wärme seiner Hand durch den Stoff. »Vielleicht ist es besser so. Womöglich wäre er gleich hergefahren und du hättest dich nicht davonschleichen können.«

260

»Da hast du auch wieder recht.« Sarah gähnte. Wärme aus dem Fußraum breitete sich aus und hüllte sie ein wie eine warme Decke. Dazu das leise Singen der Räder auf dem Asphalt und das gedämpfte Brummen des Motors. Sie konnte Paps später eine SMS schicken, dass es ihr gut ging.

»Na, aufgewacht?« Jonas strich ihr über die Wange und lächelte. »Wir sind da.« Sarah rieb sich die Augen und schaute hinaus. Straßenlampen tauchten die Häuserfassaden neben dem Auto in ein unwirkliches orangefarbenes Licht. Sie hatte vorhin gar nicht gefragt, wo die Wohnung seines Kumpels lag. Die Uhr am Armaturenbrett blinkte: 01:05 Uhr. Sie waren über drei Stunden unterwegs gewesen.

»Setz das auf und dann lass uns hochgehen.« Er reichte ihr eine große Brille mit dunklem Rahmen sowie ein grünes Basecap und wartete, bis sie beides angelegt hatte. *Ich sehe damit bestimmt aus wie einer dieser Nerds.* Aber so konnte niemand ihr Gesicht sehen. Sarah stieg aus und warf sich ihren Rucksack über die Schultern. Sie wollte schon an der Fassade hinaufsehen, als ihr einfiel, dass sie den Kopf gesenkt halten musste, und so tappte sie, den Blick auf den Bürgersteig gerichtet, hinter ihm her.

»Es ist nur eine Studentenbude. Nichts Besonderes.« Jonas schloss auf und ließ sie eintreten.

»Du musst dich nicht entschuldigen. Es ist vollkommen okay.« Würden sie länger hierbleiben?

»Komm, wir trinken erst mal einen Tee, bevor wir dich umstylen.« Ohne zu zögern, öffnete Jonas zielstrebig eine Tür. Anscheinend war er schon öfter hier gewesen.

Sarah folgte ihm und musterte dabei die Wohnung. Gar nicht schlecht. »Wie heißt dein Kumpel?«

»Tim. Ich kenne ihn von der Schule.«

Auf welcher Schule war Jonas eigentlich gewesen? War er mit diesem Tim in eine Klasse gegangen? Sie hatten bis jetzt noch nie über die Zeit gesprochen, bevor er nach Tannau gekommen war.

»Woran denkst du, Prinzessin?«

»Ach, an nichts.« Sie hatten noch Zeit genug, sich über ihre Vergangenheit auszutauschen. Jetzt war die Zukunft wichtiger. »Welche Haarfarbe hast du eigentlich für mich ausgesucht?«

»Schwarz.« Er hob entschuldigend die Achseln. »Ich dachte, das ist der größte Kontrast zu deinen blonden Haaren.«

»Das ist cool. Ich bin gespannt, wie ich damit aussehe.« Sarah kicherte und bemerkte erst jetzt, dass sie noch die alberne Verkleidung trug. »Bin ich nicht schon verunstaltet genug?« Sie zeigte auf sich.

»Dich kann nichts entstellen.«

»Schleimer!« Sie beobachtete, wie er kochendes Wasser in zwei Tassen goss.

»Lass uns den Tee trinken und dann auf zur Vorher-Nachher-Show.«

»Du siehst ganz anders aus, Prinzessin!« Er nahm sie in den Arm und Sarah schloss die Augen. Würde er sie jetzt küssen? Doch noch bevor sie den Gedanken beendet hatte, ließ Jonas sie schon wieder los und legte die Schere beiseite. »Richtig cool. Noch ein bisschen Schminke morgen und niemand wird dich erkennen.«

Mit diesem schwarzen Strubbelkopf könnte ich sofort als Tochter der Schneekönigin durchgehen. Sarah strich sich die Haare glatt und musterte ihr Spiegelbild. »Ziemlich kurz …«

»Das wächst wieder. Komm, wir räumen hier auf, trinken noch einen Tee und dann ist Schluss für heute.« Schon verschwand er im Flur und kam gleich darauf mit einem Handfeger zurück. *Schluss für heute* – der Gedanke an die bevorstehende Nacht machte Sarah nervös. Als Jonas ihr vorhin die Wohnung gezeigt hatte, war ihr sofort die aufgeklappte Schlafcouch in dem winzigen Raum neben der Wohnküche aufgefallen, und ihr Herz hatte gehämmert, als wolle es gleich aus der Brust springen.

»Geh schon raus, ich komme gleich.« Sarah wartete, bis er die Badezimmertür geschlossen hatte, und betrachtete ihr gerötetes Gesicht. Was sollte sie nur tun? *Sag es ihm einfach. Wenn ihm wirklich etwas an dir liegt, wird er das verstehen.* Sie zog die Mundwinkel hoch und strich sich noch einmal über die Haare. *Wenn Mama das sieht, fällt sie in Ohnmacht.* Und was würde Mama erst davon halten, dass ihre minderjährige Tochter mit einem Jungen durchgebrannt war? Ob sie ihr Verschwinden schon bemerkt hatte? Sarah überlegte, ob sie ihr Handy kurz anschalten sollte, um nachzusehen, ob schon jemand versucht hatte, sie zu erreichen. Doch dann fiel ihr ein, dass das Telefon in ihrem Rucksack lag, der Akku daneben in einer Außentasche. Außerdem hatte Jonas gesagt, dass sie es nicht benutzen dürfe, weil man sie sonst orten könne, und er hatte recht. Sie zog die Spülung und ging in die Küche.

»Morgen kannst du ausschlafen, wenn du möchtest. Soll ich mich währenddessen durch die Dateien deiner Schwester arbeiten?« Er reichte ihr eine Tasse, aus der Dampf aufstieg. »Ein Gute-Nacht-Kakao. Magst du doch, oder?«

»Bist du denn gar nicht müde? Es ist schon halb drei.«

»Noch nicht. Und wenn mich der Schlaf überkommt, lege ich mich hier aufs Sofa.« Er zeigte auf die Couch vor dem Fernseher.

»Na gut.« Sarah nahm einen Schluck und genoss die Wärme des süßen Getränks. Die Erleichterung, dass er nicht vorhatte, zu ihr ins Bett zu kriechen, war immens, und sie hoffte, dass er es ihr nicht ansah.

»Brauche ich ein Passwort?«

»Für Kats Dateien? Ja.« Sie nahm noch einen tiefen Schluck. Der Kakao rann warm durch ihre Brust nach unten, und Sarah spürte, wie die Müdigkeit sie mit Macht überfiel.

»Schreib es mir auf, bitte.« Jonas griff nach einem Haftnotizblock und schob ihn über den Tisch. »Und dann bringe ich dich ins Bett. Du siehst total fertig aus.«

»Das bin ich auch.« Sarah kritzelte die Buchstaben auf den gelben Zettel und gähnte laut. »Das war echt ein bisschen viel heute.« Noch einen Schluck, dann würde sie sich wirklich hinlegen müssen. Jonas streichelte ihren Arm und lächelte, bevor er sich erhob. Ihre Beine waren inzwischen wie Pudding, und Sarah war froh, dass er einen Arm um sie legte und sie ins Nachbarzimmer brachte. Dass sie gar keinen Schlafanzug mitgenommen hatte, spielte keine Rolle mehr. Sie würde sich gleich so hinlegen.

22. Mai

31

22. Mai, 07:00 Uhr

Heute bin ich nicht die Schlafmütze vom Dienst. Im Gegenteil, seit vier Uhr liege ich wach und male mir aus, was nachher in Tannau los sein wird. Dabei wird mir ganz übel. Bis jetzt ist noch nichts passiert, aber es kann nicht mehr lange dauern, bis der Brief ankommt. Am liebsten hätte ich ihn zurückgeholt. Mir ist erst hinterher aufgegangen, wie schrecklich das für Mom sein muss.

NUN WIRD KATHARINA STERBEN. Niemand weiß, dass es mir eigentlich gut geht. Mein einziger Trost ist, dass ich den Brief nicht zu Mom nach Hause geschickt habe, und ich hoffe die ganze Zeit, dass die Kripo den Inhalt für sich behält. Und vor allem, dass sie die durchgedrückte Telefonnummer finden!!

Auf der anderen Seite war ja genau das der Plan. Jonas sollte überzeugt werden, dass ich wirklich entführt wurde und er mich nun nicht mehr verfolgen und töten muss. Es gibt keinen Zweifel, dass er genau das vorhatte. Er wollte mich umbringen und es wie einen Unfall aussehen lassen.

Als er Anfang April – fast auf den Tag genau ein Jahr nach dem schrecklichen Unfall – plötzlich in Tannau aufgetaucht ist, hielt ich das Ganze zuerst für eine Sinnestäuschung – sollte er nicht längst zum Studieren in den USA sein? Er sah ziemlich verändert aus, aber ich habe ihn trotzdem sofort erkannt.

Was für ein Zufall, dass ich an dem Wochenende mit den Mädels in einem Café war, in das wir sonst nie gehen! Luisas Schnapsidee habe ich es also zu verdanken, dass ich ihn dort entdeckt habe. Zum Glück hat er mich nicht bemerkt. Ich hatte auch nach den Ereignissen in GB kein Interesse daran, ihn wiederzusehen, geschweige denn, mich mit ihm abzugeben.

Meine innere Stimme hat mich die ganze Zeit gewarnt, dass an seinem Auftauchen etwas faul ist, aber erst zwei Wochen später ist mir aufgegangen, warum er noch nicht in die Staaten abreisen konnte: Er hatte noch etwas *zu erledigen* ...

Durch die unerwartete Begegnung ist mir Claire wieder ins Gedächtnis gerückt. Eigentlich hatten wir uns damals in GB geschworen, uns nicht aus den Augen zu verlieren, zu mailen und zu skypen. Das war allerdings vor dem Unfall an den Kreidefelsen gewesen ... Das unerwartete Auftauchen von Edward-Blue hat mein schlechtes Gewissen geweckt, und ich habe begonnen, nach Claire zu forschen. Es hat ein paar Tage gedauert, in denen ich in der Gegend herumtelefoniert und E-Mails geschrieben habe, aber dann habe ich erfahren, was aus meiner Freundin geworden ist: Die hinreißende Claire ist *tot*.

Schon seit Januar. Angeblich eine Überdosis. Man hat sie mit der Spritze im Arm gefunden, sagte mir ihr Bruder Jules am Telefon. Seit ihrer Rückkehr aus England sei sie nie mehr die Alte gewesen; die fröhliche, wissbegierige Claire war zu einem Junkie mutiert. Woher die Verwandlung kam, hat ihre Familie nie erfahren. Nur, dass Claire dauernd etwas von einem Selfie gefaselt habe und dass das Tier kein Tier gewesen sei.

Diese Nachricht hat mich ziemlich aus der Bahn geworfen. Tagelang habe ich nur an sie gedacht, daran, wie fröhlich wir in den Tagen vor dem Ausflug zu den Kreidefelsen gewesen waren und wie unbeschwert und glücklich Claire damals war. Manchmal war es mir vorgekommen, als leuchte sie von innen.

Gezweifelt habe ich an der Version von ihrem Tod nicht. Jedenfalls zu dem Zeitpunkt noch nicht. Jonas alias Edward-Blue schien auch wieder aus Tannau verschwunden zu sein, und nach ein paar Tagen war ich mir nicht einmal sicher, ob er es überhaupt gewesen war. Dass ich mich keinesfalls getäuscht hatte und er noch immer in der Stadt war, um mich zu beobachten, habe ich erst später erfahren, bei unserem zweiten Fast-Zusammentreffen.

Ich kann gar nicht mehr sagen, warum mir die Idee kam, mich nach Richard zu erkundigen. Vielleicht, weil mir die Sache mit Claire nicht aus dem Kopf ging und ich hoffte, er könnte mir mehr erzählen. Schließlich waren sie in Großbritannien ein Paar gewesen. Kurz entschlossen habe ich seine Handynummer rausgesucht und angerufen, doch auch nach mehrfachen Versuchen nie jemanden erreicht. Da hätte ich schon stutzig werden sollen, aber ich war zu dem Zeitpunkt einfach ein naives kleines Dummchen. Es hat über eine Woche gedauert, bis mir der Gedanke kam, dass da was nicht stimmen konnte.

Als ich dann erfahren habe, was mit ihm passiert ist, haben mir buchstäblich vor Angst die Knie geschlottert. Echt! Ich hätte nicht gedacht, dass an dieser Beschreibung was dran sein könnte. Meine sämtlichen Beinmuskeln waren auf einmal zu Gelee geworden, mein Magen rebellierte, und ich fühlte mich, als hätte ich Fieber.

Alarm!, schrie eine Stimme in meinem Kopf. Das konnte kein Zufall sein.

Richard war mit dem Motorrad verunglückt. Jemand hatte ihn von der Straße abgedrängt und er war einen steilen Abhang hinuntergestürzt. Das hatte die Analyse der Bremsspuren ergeben, stand im Internet. Man hat ihn erst viele Stunden später gefunden, da war er bereits verblutet. Der Drängler wurde nie gefasst.

So muss man sich fühlen, bevor der Wahnsinn ausbricht. Ich bin ein paar Tage herumgelaufen wie ein Aufziehmännchen und habe mir das Hirn zermartert, was ich tun soll.

Ob Claire und Richard an unserem Schweigegelübde zweifelten, habe ich leider nie erfahren. Aber nur das kann der Grund dafür gewesen sein, die beiden zu beseitigen. Wir hätten uns zusammentun und Jonas gemeinsam besiegen können. So aber hat jeder von uns versucht, allein mit der Sache fertigzuwerden – Claire durch Drogen, Richard anscheinend durch rasante Motorradfahrten und ich durch Verdrängung.

Dass ich inzwischen die Einzige bin, die weiß, was damals in

GB geschehen ist, die Einzige, die Jonas noch gefährlich werden könnte, die Einzige, die die ganze Wahrheit kennt, ist mir bald darauf bewusst geworden, und meine Angst wuchs. Das war vor ein paar Wochen, Anfang Mai. Einen Tag nach der Hiobsbotschaft mit Richards Tod ist mir Jonas dann erneut über den Weg gelaufen. Wieder einer dieser Zufälle. Ich hätte an diesem dritten Mai gar nicht in Tannau sein sollen, weil Dad Sarah und mich in den Frühjahrsferien für ein paar Tage zu sich eingeladen hatte, aber im letzten Moment hat Mom ihr Veto eingelegt, und wir durften nicht fahren. Angeblich, weil sie mit uns zusammen sein und die gemeinsame Zeit nutzen wollte. Ich war stinksauer. Sarah schien das Ganze besser zu verkraften. Sie wollte eh viel lieber zu ihrem Schreibkurs und etwas mit ihren Freunden unternehmen. *Mit ihren Freunden!* Die kleine Sarah! Sie hat nur *eine* richtige Freundin, Elodie Trautmann.

Die Fahrt zu Dad fiel also aus. All mein Betteln hat nichts genützt. Manchmal ist Mom wirklich egoistisch und gönnt uns rein gar nichts. Natürlich hatte sie dann doch keine Zeit für uns, weil sie ganz plötzlich zu einer *ungeheuer wichtigen* Verlagstagung nach Berlin musste. Als ob sie das nicht schon eher gewusst hätte! Aber egal, der einzige Vorteil unserer ausgefallenen Reise war der Fakt, dass ich ein bisschen mit den *Darlins* abhängen konnte. Wir sind mit Luisas Auto zum Shoppen gefahren. Und dort habe ich Edward-Blue ein zweites Mal gesehen. Vor dem Outletstore von *Bally*.

Da war klar, dass ich mich nicht geirrt hatte. Jonas liebt die sündhaft teuren Schweizer Schuhe. In GB hat er sich einmal drei Paar auf einmal gekauft!

Ich habe die Mädels weggezerrt, damit er mich nicht sieht. Von dem Tag an wusste ich, dass er etwas im Schilde führt. Zwei Tage später wäre Sarah fast verunglückt. Mit *meinem* Fahrrad! Die Bremsen waren defekt. Einen Tag vorher haben sie noch funktioniert. Klar kann es Zufall gewesen sein, aber ich glaube nicht daran. Unser Schuppen ist leicht zugänglich, da braucht man bloß abends über den Zaun zu klettern. Sarah vergisst manchmal abzuschließen, aber das Schloss kriegt auch so jeder Stümper auf.

Genau wie für Claire und Richard hatte Edward-Blue auch für mich einen „Unfall" vorgesehen, etwas, bei dem niemand eine Inszenierung vermutet hätte, etwas, das ganz natürlich wirkte. Ich habe nächtelang gegrübelt, was das sein könnte. Das mit dem Fahrrad hätte nicht sicher zu meinem Tod geführt, aber ich bin überzeugt, dass er dahintersteckt. Da Jonas nicht wissen konnte, dass ich ihn gesehen hatte, hat er ein bisschen herumexperimentiert. Wenn es beim ersten Mal nicht klappt – na dann eben beim zweiten oder dritten Versuch! Als ich mir am darauffolgenden Wochenende die Seele aus dem Leib gekotzt habe, ist mir erst später eingefallen, dass die Pralinen aus meiner Tasche vielleicht doch nicht von Alina waren. Sie steckt uns zwar manchmal eine kleine Überraschung in die Sportbeutel, aber von dieser hier wusste sie im Nachhinein nichts. Wie gut, dass Mom mich sofort mit dieser widerlichen Aktivkohle vollgestopft hat! Wahrscheinlich hat sie mich so vor dem Schlimmsten bewahrt!

Er hätte mich trotzdem erwischt, da bin ich mir sicher. Irgendwann hätte meine Aufmerksamkeit nachgelassen und dann wäre er zu Stelle gewesen. Außerdem habe ich gedacht, dass mir niemand die Geschichte geglaubt hätte. Jonas kann so schlagfertig argumentieren und dabei so charmant sein, dass er jeden überzeugt.

Meine einzige Alternative, Mom und Daddy einzuweihen, ihnen von dem Unfall und der Beseitigung der Leiche zu erzählen, war keine. Ich schäme mich so für mein damaliges Verhalten, dass ich nicht darüber reden konnte und mir nur eine Wahl blieb – diese fingierte Entführung. Die ich inzwischen zutiefst bereue. Aber ich komme aus der Nummer nicht mehr raus.

Wenn jedoch mein Plan klappt und sie Jonas als möglichen Kidnapper identifizieren und festnehmen, kann ich weitere Beweise beisteuern. Ich werde so tun, als hätte ich ihn in GB abgewiesen. Niemand kann das Gegenteil beweisen. Claire und Richard sind tot. Zudem könnte ich angeben, dass ich ihm vorgespielt habe, reich zu sein. Jonas lebt auf großem Fuß, gibt viel Geld aus. Und deshalb ist er zurückgekommen und hat mich gekidnappt. Irgendjemand wird ihn schon bei uns im Ort gesehen haben.

Kat

22. Mai, 15:30 Uhr

OMG!!

Was soll ich nur tun? Alles, was ich geplant habe, geht schief!! Seit vier Stunden sitze ich vor dem Rechner und weiß nicht, was ich machen soll. Eigentlich wollte ich nur schauen, ob der Brief angekommen ist, wie meine Mädels reagieren und ob es schon erste Hinweise auf den möglichen *Täter* gibt. Und dann entdecke ich diese Suchmeldung! Mir zittern noch immer die

Hände, wenn ich daran denke, wie Sarahs ernstes kleines Gesicht auf dem Bildschirm erschienen ist.

Sarah ist weg! Meine kleine Schwester ist letzte Nacht abgehauen! Ich verstehe das alles nicht. Sie wird gesucht! Der Wortlaut ist fast überall der gleiche: eine Beschreibung ihres Aussehens sowie von ihrer Kleidung und wo sie zuletzt gesehen wurde.

Auf verschiedenen Seiten habe ich gelesen, dass man Sarah verdächtigt, etwas mit meiner Entführung zu tun zu haben. Dafür gäbe es Anhaltspunkte, hat einer ihrer Mitschüler geschrieben.

Wer hat sich denn diesen Quatsch ausgedacht?! Zuerst hielt ich das Ganze für einen bösen Scherz, musste aber sehr schnell feststellen, dass die es ernst meinten. Sarah sei mehrfach von der Polizei verhört worden, stand dort. Und dass sie wohl deshalb geflüchtet ist.

Ich möchte wissen, wie das passieren konnte! So eine Scheiße! Wer kommt denn auf die hirnrissige Idee, meine Schwester könnte etwas mit meiner Entführung zu tun haben? Und warum überhaupt? Und wo steckt sie jetzt?

Ich muss Kontakt zu ihr aufnehmen. Ihr Handy hat sie bestimmt dabei. Aber ich darf meinen Standort nicht verraten. Am besten fahre ich in die Stadt. Wird eine SMS reichen, um sie zur Umkehr zu bewegen und gleichzeitig ihr Schweigen zu sichern?

Ich darf gar nicht an Mom denken. Sie muss vor Angst umkommen, jetzt wo auch noch ihre zweite Tochter spurlos verschwunden ist!

Das mit diesem Anruf und dem Todesröcheln lasse ich lieber.

Zumindest bis morgen. Wenn ich Glück habe, sind sie Jonas dann schon auf der Spur, und ich kann mir das schenken. Ich bringe es einfach nicht über mich, Mom noch mehr Schmerzen zuzufügen.

Kat

32

»Guten Morgen, Prinzessin!« Sarah hörte die fröhliche Stimme, doch es fiel ihr schwer, die Augen zu öffnen.

»Du kleine Schlafmütze ...« Die Stimme kam näher. »Willst du nicht langsam aufstehen? Es ist schon nach Mittag.« Erst jetzt realisierte sie, dass es Jonas war, der mit ihr sprach, und ganz langsam kam die Erkenntnis zurück, dass sie nicht in ihrem Bett lag, sondern weit weg von zu Hause war. Vorsichtig blinzelte sie. Zu den Fenstern schien helles Licht herein und blendete. Ihr Kopf dröhnte. Jonas stand vor ihrem Bett und grinste breit. »Wir haben noch einiges vor heute. Tut mir leid, aber ich musste dich aus deinen Träumen reißen.« Noch einen Schritt näher, dann streckte er den Arm aus und berührte ihr Gesicht. »Du siehst total süß aus, so verschlafen.« Das konnte auch nur jemand behaupten, der verliebt war. Nach dem Aufstehen sah sie keineswegs süß aus, sondern eher zerdrückt. Er hatte doch nicht vor, sie zu küssen? »Ich muss erst mal Zähne putzen.« Hastig schwang sie die Beine aus dem Bett und drängelte sich an ihm vorbei in den Flur. »Bin gleich wieder da!«

Aus dem Spiegel schaute sie ein schwarzhaariger Pumuckl mit weit aufgerissenen Augen an. Sarah erschrak, bis ihr einfiel, dass *sie* der Kobold war. Die neue Sarah mit kurzen Haaren und zerknitterter Haut. Sie seufzte und fragte sich gleichzeitig, wie Jonas sie in diesem Aufzug süß finden konnte. Außerdem hatte sie noch nie bis Mittag geschlafen. Höchstens bis um elf. An den Wochenenden.

Blauer Schaum verschwand im Strudel des Abflusses, und nachdem Sarah mehrfach gespült und sich anschließend das Gesicht mit viel kaltem Wasser benetzt hatte, klärte sich der Nebel in ihrem Kopf allmählich, und sie fühlte sich in der Lage, in die Küche zu gehen.

»Frische Brötchen und Kaffee. Gut, was?« Jonas sah von seinem Laptop auf.

»Wie spät ist es?«

»Kurz nach eins.«

»Mist!« Sarah setzte sich ihm gegenüber und sog den Duft des Kaffees ein. Sie hatte nicht geschlafen, sie hatte im *Koma* gelegen. »Warum hast du mich nicht eher geweckt? Kann man auch *zu viel* schlafen? Mir brummt jedenfalls der Schädel.«

»Das war eine furchtbare Woche für dich. Du hast die Ruhe gebraucht.«

»Ist inzwischen irgendwas passiert?«

»Nein. Ich habe die News die ganze Zeit im Auge gehabt.«

»Also ist Kat immer noch verschwunden?«

»Ich fürchte ja.«

»Gar keine Neuigkeiten?«

»Nichts. Das bedeutet aber auch: nichts Schlimmes, okay? Iss ein Brötchen.« Jonas schob ihr den Korb zu.

Sarah versuchte, die unruhevollen Gedanken zu bezähmen. Wenn Kat etwas passiert wäre, hätte das in allen Medien gestanden. *Keine* Nachrichten waren gute Nachrichten, daran wollte sie sich festklammern. Sie betrachtete den gedeckten Tisch.

»Warst du beim Bäcker?« Als er nickte, fielen ihr seine müden Augen auf. »Hast du überhaupt geschlafen?«

»Ein bisschen. Im Gegensatz zu dir bin ich aber auch nicht so ausgepowert.« Er beobachtete, wie sie etwas Butter auf die Brötchenhälfte schmierte und abbiss. Das Zeug schmeckte nach nichts. Wie Schaumstoff. Aber dafür konnte er nichts. Sarah spülte mit einem Schluck Kaffee nach, und ihr Blick fiel auf den gelben Zettel, der auf dem Tisch klebte. An seinen Rechner hatte er ihre neue Festplatte angeschlossen.

»Wie weit bist du denn mit Kats Dateien?«

»Ach …« Jonas seufzte. »Das sind Hunderte von Ordnern und Dokumenten, da steige ich in drei Jahren nicht durch. Bis jetzt ist mir jedenfalls nichts Aufregendes in die Hände gefallen.«

»Ich kann dir ja helfen.« Sarah schluckte den weich gekauten Klumpen hinunter. »Werde ich schon gesucht?«

»Ja. Warte, ich zeige es dir.« Er zog seinen Stuhl an ihre Seite und drehte den Rechner so, dass sie den Bildschirm sehen konnte. Da prangte ihr Foto: großformatig, ernster Blick, die blonden Haare leuchteten. Dazu eine Beschreibung, was sie als Letztes angehabt hatte. Sarah las den Text und blickte dann an sich herunter. »Ich muss was anderes anziehen.«

»Das besprechen wir gleich noch.«

»Was wollen wir denn jetzt unternehmen?« Sie versuchte,

die größer werdenden Zweifel an ihrer überstürzten Flucht zu unterdrücken. Mama musste außer sich sein, dass nun auch ihre zweite Tochter verschwunden war. Obwohl sie einen Zettel auf den Fußboden gelegt hatte: *Mach dir keine Sorgen, Mama, ich wurde nicht entführt.*

Das, was sie gestern noch für eine tolle Idee gehalten hatte, schien heute ein Riesenfehler zu sein. Wahrscheinlich hatte gerade diese Nachricht Mama mörderische Angst eingejagt.

Und nicht nur Mama, sondern auch Paps und Gerda. Und Elodie. *Was hab ich mir bloß dabei gedacht?* Sarah sah auf und begegnete Jonas' nachdenklichem Blick. Sie musste eine Möglichkeit finden, alle zu beruhigen. Einfach anzurufen ging nicht. Ihr Telefon daheim wurde sicher noch überwacht. Außerdem wollte sie Mama lieber nicht direkt kontaktieren. Ehrlich gesagt, graute es ihr ein bisschen vor ihrem Zorn. Und dass Paps auch wütend reagierte, wenn er erfuhr, dass sie einfach abgehauen war, war ziemlich sicher. Blieb eigentlich nur Elodie. Sarah biss noch ein Stück von dem Brötchen ab und kaute geistesabwesend. Sie konnte ihrer Freundin eine kurze Nachricht schicken, dass sie okay war und nach ihrer Schwester suchte, und sie bitten, Mama zu informieren. Nachdenklich nickte sie. Das könnte funktionieren.

»Was grübelst du? Denkst du an deine Schwester?« Jonas' Stimme riss sie aus ihrer Versunkenheit.

»Ich mache mir Sorgen um Mama. Sie ist bestimmt verrückt vor Angst, jetzt wo ich auch noch weg bin. Und ich überlege, ob ich nicht wenigstens ein Lebenszeichen von mir geben sollte.«

»Lieber nicht.« Die braunen Augen musterten sie eindringlich. »Wir müssen tierisch aufpassen, dass man uns nicht aufspürt. Sobald wir deine Schwester gefunden haben, fahre ich dich wieder nach Hause und dann ist alles gut.«

Irgendwie war ihr klar gewesen, dass er dagegen sein würde. Und damit hatte er auch recht. Und doch ... Elodie zu informieren, schien ihr nicht so gefährlich. Sie konnte es Jonas ja später beichten. Wie schnell konnte die Polizei ein Handy orten? Es dauerte doch sicher ein paar Minuten?

Wenn sie die SMS abschickte, kurz bevor sie hier aufbrachen, und dann den Akku sofort wieder entfernte, konnte die Kripo vielleicht dieses Haus orten, aber sie und Jonas wären längst über alle Berge. Dazu musste sie nur noch wissen, ob er vorhatte, hierher zurückzukehren. Sarah legte das angebissene Brötchen, das sie die ganze Zeit in der Hand gehalten hatte, zurück. Noch immer sah Jonas sie an. Irgendwie prüfend. Sie hasste es, Geheimnisse vor ihm zu haben.

»Hast du schon eine Idee, wie wir meine Schwester finden sollen?«

»Wenn wir davon ausgehen, dass Katharina ihre Entführung inszeniert hat, mit wem würde sie wohl am ehesten Kontakt aufnehmen?«

»Mit ihren Mädels wahrscheinlich.«

»Gut. Wie viele sind das?«

»Drei.« Sarah zählte die Namen auf.

»Könnte sie bei einer von ihnen sein?«

»Nein.« Sarah berichtete ihm von den Pausengesprächen der *Darlins* und dass sie nicht den Eindruck gehabt hatte, die drei wüssten etwas.

»Und wem von denen vertraut sie am meisten?«

»Luisa, glaube ich.«

278

»Die könnte also am ehesten wissen, was los ist, oder?«

»Ja, aber ich habe ihr Facebookprofil schon tausendmal überprüft und nichts gefunden.«

»Glaubst du denn, diese Luisa würde dort öffentlich posten, dass sie weiß, wo deine Schwester steckt?«

Da hatte er auch wieder recht. Sarah lächelte entschuldigend.

»Wenn es niemand wissen soll, könnten sie sich zum Beispiel per E-Mail austauschen. Kennst du das E-Mail-Passwort deiner Schwester?«

»Es ist das Gleiche wie für ihre Dateien.«

»Das ist ziemlich dämlich, aber gut für uns!« Jonas' Augen leuchteten. »Dann schaue ich als Erstes in ihre Mailbox.«

»Und was soll *ich* in der Zwischenzeit machen?«

»Du kannst mit meinem Handy im Netz nach Neuigkeiten forschen.«

Mit einer schnellen Bewegung vergrößerte Sarah ihr Foto. Es tauchte inzwischen an allen möglichen Stellen auf. In den News, auf Zeitungsseiten, in Blogs, sogar in den Facebook-Accounts der *Darlins*. Der Wortlaut war fast überall der gleiche: Sie hatten eine ziemlich genaue Beschreibung ihrer Kleidung hinzugefügt und geschrieben, dass sie seit heute Nacht vermisst wurde. Nichts davon jedoch, dass sie etwas mit dem Verschwinden ihrer Schwester zu tun hätte.

Jonas, der die ganze Zeit stumm am Rechner gesessen hatte, schüttelte den Kopf und erhob sich.

»Hast du was gefunden?«

»Noch nichts, was uns weiterhelfen könnte.«

Plötzlich hielt Sarah inne. Obwohl das Bild inzwischen weitergerollt war, hatte ihr Unterbewusstsein etwas wahrgenommen. Hastig wischte sie mit den Fingern über das Glas, bis das Foto zurückkehrte.

Mamas Gesicht in Großaufnahme. Rot geweinte Augen, struppige Haare, ein schmerzverzerrter Mund. Direkt auf ihrer Nase war ein blaues Dreieck. Ein Video.

Ohne nachzudenken, klickte Sarah auf den Pfeil.

»… spricht nun die Mutter von Sarah Brunner …«

»Sarah?!« Jonas' Stimme riss sie aus ihrer Bestürzung. »Was hast du da?«

»Meine Mama. Sie spricht zu mir.«

»Sie macht was?« Schnell kam er zu ihr und sie zeigte ihm das Handydisplay. »Eine Videobotschaft an mich.« Ihre Stimme zitterte. »Ich muss mich bei ihr melden!«

»Warte erst einmal. Kann ich das Video mal sehen?«

Stumm reichte sie ihm das Handy und lauschte den Worten ihrer Mutter, die erneut durch die Wohnküche schallten.

»Komm wieder nach Hause, Sarah, bitte. Niemand wird dir etwas tun. Falls du denkst, dass ich dich für mitschuldig am Verschwinden deiner Schwester halte, irrst du dich. Wir machen uns große Sorgen! Bitte melde dich!« Sarah musste nicht hinsehen, um zu wissen, was als Nächstes kam: ein Polizist, der ihre Beschreibung wiederholte, dazu ihr eigenes Foto.

»Oh Mann.« Jonas schnaufte und strich ihr dann sanft über die Haare. »Das werden ihr die Bullen eingeredet haben, Prinzessin.«

»Meinst du?«

»Zumindest den Teil, dass niemand dich für schuldig hält.

Sie wollen, dass du reumütig heimkommst, und dann schnappt die Falle zu.«

»Glaubst du wirklich, dass meine Mama da mitmacht?« Tränen stiegen ihr in die Augen.

»Sie hat Angst um dich. Deshalb würde sie wahrscheinlich alles tun, um zu erfahren, wo du steckst. Tut mir echt leid.« Er neigte sich nach vorn und drückte ihr einen Kuss auf den Hals. Sofort wurde der Kummer in Sarah von einem Wirbel feinster Kirschblüten abgelöst.

»Kannst *du* nicht bei ihr anrufen und ihr sagen, dass es mir gut geht?«

»Die würden mir doch niemals glauben, weil du ja niemandem von mir erzählt hast, oder?«

»Richtig.«

»Gib uns bis morgen Zeit, Prinzessin. Bis dahin haben wir bestimmt herausgefunden, wo deine Schwester steckt, und dann meldest du dich sofort bei deiner Mutter. Einverstanden?« Sarah versank in seinen Augen und nickte wie in Trance.

»Gut. Dann erzähle ich dir mal, was in den E-Mails stand.« Er nahm ihr das Handy aus der Hand und legte es auf den Tisch. »Eigentlich nicht viel Interessantes. Anscheinend wissen die Freundinnen deiner Schwester auch nicht, wo sie ist.«

»Und jetzt?« Ihnen lief die Zeit davon.

»Wir müssen gemeinsam überlegen, wo sich deine Schwester verstecken könnte. Dann schließen wir einen Schlupfwinkel nach dem anderen aus und machen uns auf den Weg zu dem, der am wahrscheinlichsten ist. So viele werden es wohl kaum sein.«

»In Ordnung. Aber wir dürfen nicht vergessen, neue Sachen

für mich zu besorgen.« Sarah zeigte auf ihr grün-rot geringeltes Shirt. »Meine Jacke ist auch dunkelrot. Blöd von mir, dass ich nichts Unauffälligeres eingepackt habe.«

»Hast recht. Ich ziehe gleich los und besorge etwas. Und du schreibst inzwischen alle Personen auf, zu denen deine Schwester gegangen sein könnte, und alle Orte, die dir als Versteck einfallen. Wenn ich wieder hier bin, gehen wir die Liste systematisch durch. Wäre doch gelacht, wenn wir deiner Schwester nicht auf die Spur kommen.«

33

»Jemand zu Hause?«, rief Elodie in den Hausflur und streifte ihre Schuhe ab. »Ich bin's!« Sie lauschte kurz und richtete
dabei ihr Haarband im Spiegel. »Matt? Bist du da?« Ihr Vater
wollte, genau wie ihre Mutter, mit dem Vornamen angespro-
chen werden. Matt und Mel. Eigentlich hießen sie Matthias
und Melanie. Die beiden waren verspätete Hippies und nie
aus ihrer aufrührerischen Phase herausgewachsen. Manchmal
dachte Elodie, dass sie die einzige Erwachsene in diesem Haus
war.

Als niemand antwortete, marschierte sie an der Küche vorbei
ins Atelier ihres Vaters, doch sein Schreibtisch war verwaist.
Vielleicht hatten ihn die Frühlingsgefühle gepackt und er spazierte durch das Stadtwäldchen. Ihre Eltern waren unberechen-
bar. Richtige Künstler eben. Matt illustrierte Kinderbücher,
und Mel kreierte Schmuck, den sie dann auf Märkten und im
Internet vertickte. Geld kam so zwar nicht viel herein, aber die
beiden waren glücklich mit ihrem Selbstverwirklichungstrip.
Was bedeutete, dass sie auch ihr ziemlich freie Hand ließen.

Kontrolle gab es kaum, Elodie durfte sich genau wie sie »verwirklichen«, wann immer sie es wollte. Nur wollte sie das meist gar nicht. Sie wünschte sich nichts sehnlicher als ein stinknormales Elternhaus mit Vater und Mutter, die nicht jeden Monat überlegen mussten, wo sie die Knete für Miete und Essen hernehmen sollten. Und Geschwister. Aber das war wohl vorbei.

Dafür hatte sie ja Sarah. Und genau über die wollte sie jetzt mit ihrem Vater reden: Ihre beste Freundin war verschwunden. Das ganze Clara-Wieck-Gymnasium hatte heute früh gesummt und gebrummt wie ein Bienenstock und sogar Katharinas blöde Tussi-Freundinnen hatten ihr falsches Lächeln verloren. Die Gerüchte waren von Pause zu Pause unglaubwürdiger geworden und gipfelten in der Vermutung, Sarah habe ihre Schwester umgebracht, und um die Tat zu vertuschen, eine Entführung inszeniert. Noch immer tobte in Elodie die Wut darüber, dass ihre Mitschüler solchen Quatsch erzählten. Kein Wunder, dass Sarah abgehauen war. Niemand verkraftete so eine Hetze. Zwar hatte die Kripo in ihrer Fahndung nur geschrieben, dass sie vermisst wurde, aber wenn an dem Gerede auch nur ein bisschen Wahrheit dran war, suchten sie sie, um ihr Kats Verschwinden anzuhängen. Schließlich hatten sie Sarah mehrfach verhört, da konnte man schon auf dumme Gedanken kommen.

Inzwischen hatte sie schon mindestens zehn SMS an ihre Freundin geschickt und in jeder Pause angerufen, nur um zu hören, dass sie *not available* sei.

Elodie brauchte jetzt Matts Rat, wie sie ihrer Freundin beistehen konnte. Aber ihr Vater war nicht da. Sie musste sich allein helfen.

Ob ein Dementi im Netz das Richtige war? Wahrscheinlich goss man damit nur Öl ins Feuer.

Ihr Handy pfiff und sie nestelte es auf dem Weg zu ihrem Zimmer aus der Umhängetasche. Eine Kurznachricht. Beim Blick auf den Absender blieb sie stehen und atmete tief durch.

€lo, bin okay. Suche nach Kat. Sag meiner Ma Bescheid, dass es mir gut geht, aber sonst nichts! melde mich wieder. Thanks S@rah

Die SMS kam von Sarah. Elodie las den Text noch einmal. Wieso gab Sarah ihrer Mutter nicht selbst Bescheid? Weil deren Telefon überwacht wurde? Und was sollte sie Frau Gessum sagen, wie Sarah mit ihr Kontakt aufgenommen hatte? Warum hatte sie nicht angerufen, statt nur eine SMS zu schicken? Vielleicht hatte sie Angst, dass man ihr Handy orten konnte. Die Arme! Und wo blieb eigentlich ihr Vater, wenn man ihn schon mal brauchte? Fragen über Fragen. Sie marschierte in die Küche und öffnete den Kühlschrank. Sarah hatte sie darum gebeten, ihre Mutter zu informieren. Bestimmt, weil sie ahnte, wie sehr diese unter dem Verschwinden ihrer zweiten Tochter leiden musste. Gedankenverloren griff Elodie nach der Colaflasche. Hingehen war Mist. Man würde ihr ansehen, dass sie etwas verschwieg. Wenn sie log, begann ihr Gesicht schon nach wenigen Sekunden zu glühen. Blieb nur, Frau Gessum anzurufen. Nur was sollte sie sagen? Dass sie eine SMS bekommen hatte, brauchte Sarahs Mutter nicht zu wissen.

Dann würde es aber bestimmt nicht lange dauern, bis die Kripo bei ihr zu Hause auftauchte. Elodie nahm einen Schluck Cola und rieb sich mit der freien Hand über die Stirn. Das war ganz schön kompliziert. Weder Frau Gessum noch die Polizei würden sich mit einer knappen Mitteilung abspeisen lassen.

»Verdammt! Wie soll ich das denn nur anstellen?«

»Was?« Ohne dass sie es bemerkt hatte, war ihr Vater hereingekommen und betrachtete sie mit schief gelegtem Kopf. Elodie überlegte kurz und entschied dann, ihn in ihr Dilemma einzuweihen. Papa war zwar unkonventionell, aber gleichzeitig auch cool, er würde sie nicht verraten.

»Das ist tatsächlich ein scheinbar unlösbares Rätsel.« Er strich ihr die Haare glatt. »Ich liebe unlösbare Rätsel! Lass mich überlegen … Als Erstes schlage ich vor, dass du deiner Freundin auf die Nachricht antwortest.«

Natürlich! Das Simpelste war ihr nicht eingefallen. Elodie klopfte ihrem Vater auf die Schulter und zog ihr Handy aus der Hosentasche.

*

Sarah murmelte die Zahl vor sich hin. *Vierunddreißig Nachrichten.* Und sie konnte nicht eine davon lesen. Dazu zweiundzwanzig verpasste Anrufe. Das war Rekord. Fahrig klappte sie die Handyschale auf und nahm den Akku heraus. Zwanzig Sekunden hatte das Tippen und Versenden gedauert. Konnte die Polizei in so kurzer Zeit das Handy orten? Hoffentlich nicht.

Vor zehn Minuten war Jonas aufgebrochen, um neue Klamotten kaufen.

Womit würde er wiederkommen? Mit dunklen, weiten Sachen, die ihre Figur verbargen? Wenn sie so weitermachte, verwandelte sie sich noch in eins dieser Emo-Mädchen.

Ihr Blick schweifte durch die Wohnküche und blieb am Tisch hängen, wo Kugelschreiber und Block lagen. Jonas hatte gesagt, sie solle Personen und Orte notieren, wo sich Kat aufhalten könnte. Sarah setzte sich und griff nach dem Stift. Seinen Rechner hatte Jonas zugeklappt.

Kurz dachte sie darüber nach, ihre Mails zu checken, doch dann hielt sie sich zurück. Die Polizei hatte ganz genau gewusst, wann ihre Schwester zuletzt ihren Laptop benutzt und welche Ordner sie sich angeschaut hatte. Wenn man sehen konnte, wann eine *Datei* zuletzt geöffnet worden war, dann galt das sicher auch für Postfächer. So schwer es ihr fiel, sie konnte ihre E-Mails jetzt nicht lesen.

Dann die News! Vielleicht gibt es Neuigkeiten! Sarah schaute zur Uhr und beschloss, sich exakt zehn Minuten zu geben, bevor sie sich der Liste zuwandte. Womöglich war Kat inzwischen wieder aufgetaucht und sie konnten die Suche nach ihr abblasen? Den Gedanken, dass das reines Wunschdenken war, verscheuchte sie schnell wieder. Sarah klappte den Laptop auf und drückte die Starttaste. Dann betrachtete sie erstaunt den Anmeldebildschirm. Das Ding wollte ein Passwort von ihr. *Dann eben nicht!*

»Prinzessin?« Jonas' Stimme drang aus dem Flur zu ihr und Sarah bemühte sich um einen gelassenen Gesichtsausdruck. Ihr ekstatisches Grinsen, sobald er auftauchte, war echt peinlich.

»Schau mal, was ich dir mitgebracht habe!« Er kam herein und schwenkte eine Tüte von einem Billig-Discounter. »Lauter schicke Sachen!« Mit einem Lachen warf er ihr den Beutel zu und blieb dann stehen, um sie beim Auspacken zu beobachten. Sarah zog zwei blaue Baumwollshirts und eine olivgrüne Leinenhose hervor, die ihr drei Nummern zu groß war.

»Äh … echt klasse!« Sie schlenkerte eins der Shirts in der Luft herum. »Und die Farbe … echt schön!« Konnte er die Ironie hören?

»Wusste ich doch, dass dir das gefällt.« Er kam näher und beugte sich über den Tisch. »Viel hast du ja noch nicht aufgeschrieben …«

»Mir ist einfach nichts eingefallen. Dort, wo ich Kat vermuten würde, zum Beispiel bei Paps oder ihren Mädels, ist sie ja nicht. Das da«, sie zeigte auf ihre Notizen, »sind ein paar Verwandte. Ich glaube nicht, dass sie bei einem von denen ist.«

»Irgendwo muss sie stecken! Denk nach!« Sein Tonfall war jetzt drängender. »Wo würdest du hingehen, wenn du dich so verstecken willst, dass dich keiner findet?«

»Ich bin ja mit *dir* abgehauen.« Er erwiderte ihr Lächeln nicht. »Moment …«, murmelte sie. »Kat hatte mal einen Freund. Ist aber schon länger her, deshalb habe ich nicht gleich daran gedacht.«

»Sie hatte was?« Jonas hatte kurz die Augen aufgerissen und runzelte jetzt die Stirn. Sarah war erstaunt über seine heftige Reaktion.

»Wie hieß der Typ?«

»Philipp.«

»Philipp, aha. Aus Tannau?«

»Die Familie ist vor knapp zwei Jahren weggezogen.«

»Kennst du seinen Nachnamen?«

»Irgendwas mit Natur …«

»Wald, Wiese, Baum, Blume?«

»Warte kurz.« Sarah hob die Hand. »Gleich fällt es mir ein. Ein Baum … Bucher! Philipp Bucher.«

288

»Super. Weißt du auch, wo er hingezogen ist?«

»Ich glaube, er studiert in München, aber sicher bin ich mir nicht. Wir könnten ihn googeln.«

»Gute Idee.« Jonas, der seinen Rechner aufgeklappt hatte, tippte schon. »Da haben wir gleich mehrere. War ja klar. Ich füge mal München hinzu. Ging er auf euer Gymnasium?« Sarah nickte und beobachtete fasziniert, wie schnell seine Finger über die Tasten huschten. »Man könnte da anrufen und sich als alte Freunde ausgeben.«

»Die Sekretärin gibt bestimmt keine vertraulichen Daten raus.«

»Brauchen wir auch nicht. Hab ihn!« Triumphierend drehte er den Bildschirm und zeigte ihr ein Foto. »Ist er das?«

»Ein bisschen älter als damals, aber ja.«

»Noch so ein Trottel, der seine kompletten Daten bei Facebook veröffentlicht.« Jonas schüttelte den Kopf. »Ich werde ihn anrufen und ein bisschen aushorchen. Du könntest dich inzwischen umziehen.« Er grinste und zeigte auf die Schlabberhose. »Stell dir vor, deine Schwester ist bei ihm und wir finden sie! Das wäre doch der Knaller, oder?«

Das wäre es tatsächlich. Kat gesund und munter bei einem Exfreund. Sarah schnappte sich die Klamotten, bemüht darum, die Euphorie nicht zu hoch schwappen zu lassen, und ging ins Bad.

»Voll krass!« Jonas musterte sie von oben bis unten. »Du siehst aus wie eine dieser Schlampen aus den Talkshows!«

Schlampen aus Talkshows? Wie redete er denn mit ihr? Doch bevor sie etwas erwidern konnte, sprach er schon weiter.

»Dieser Philipp Bucher ist telefonisch nicht erreichbar. Aus Mangel an Alternativen schlage ich vor, dass wir nach München fahren und uns bei ihm umsehen. Was denkst du, kleine Schmuddelprinzessin?«

Noch bevor sie es verhindern konnte, zogen sich Sarahs Mundwinkel nach unten und die Unterlippe schob sich nach vorn. Jonas kam herüber und legte ihr die Hände um die Wangen. »Das war nur doch nur Spaß. Seit wann bist du denn so empfindlich?«

»Ist alles ein bisschen viel grad.« Sie schluckte die Tränen schnell hinunter. »Mir fehlt Mama und ich mach mir Sorgen um Kat.«

»Ich weiß, Prinzessin. Dann lass uns am besten sofort aufbrechen, um deinem Kummer ein Ende zu bereiten.« Schon lösten sich seine Hände. Kein Kuss.

»Kommen wir wieder hierher?«

»Glaube nicht. Wir nehmen alles mit. Hol deine Sachen und dann fahren wir los.«

»Wir könnten vorher noch mal schnell in die Nachrichten schauen. Vielleicht gibt es Neuigkeiten …«

»Das mach ich. Während du packst.« Mit einer wischenden Handbewegung gab er ihr zu verstehen, dass sie gehen sollte und schon wieder wollte sich die Traurigkeit nach oben drängeln. Jonas verhielt sich komisch. Streng und abweisend. Ging sie ihm auf den Geist? Wahrscheinlich jedoch war er nur genauso gestresst wie sie. Sarah schloss die Badezimmertür und legte ihre Klamotten zusammen, die sie wahrscheinlich eine Weile nicht mehr tragen würde.

Ob Elodie ihre Nachricht erhalten und Mama informiert

hatte? Wenn sie nicht wieder hierherkamen, konnte sie ihr Handy noch einmal benutzen, um nachzusehen, was ihre Freundin geantwortet hatte. Wenn die Kripo hier eintraf, wären Jonas und sie schon längst weg. Sie setzte sich auf den Toilettendeckel und holte ihr Handy aus der Hosentasche der Jeans, in der sie es beim Umziehen vergessen hatte. Schnell legte sie den Akku ein.

Gleich nach dem Eingeben der PIN piepste es mehrfach und Sarah legte erschrocken die Hand auf das Gerät. Jonas wollte nicht, dass sie das Handy benutzte, und vermutlich würde er wütend werden, wenn er herausfand, dass sie es doch tat. Als sie auf das Display schaute, begann ihr Puls zu rasen, und sie schnappte nach Luft. Ihre Finger zitterten so stark, dass ihr das Handy fast aus der Hand gerutscht wäre. Erst nach mehrmaligem Berühren des Displays gelang es ihr, die Nachricht ihrer Schwester zu öffnen.

Go home, Sarah, please. Ich wurde nicht entführt!! bin bald zurück. mir geht's gut, really. bis dahin darf NIEMAND wissen, dass ich noch lebe, NOBODY, PLEASE!! Peril of death! K.

Bevor die Tränen, die sich schon hinter ihren Lidern versammelt hatten, herausstürzen konnten, las Sarah den Text noch einmal, Wort für Wort. Kein Zweifel, das hatte Kat geschrieben. Diese unnachahmliche Mischung aus Englisch und Deutsch stammte von ihrer Schwester. Kein Entführer würde wissen, wie sie sich ausdrückte. Jetzt rannen die Tränen die Wangen hinab. *Katie, Katie, was hast du nur getan?!*

»Peril of death« hatte ihre Schwester geschrieben. Das bedeutete Lebensgefahr. Was war passiert, dass Kat sich versteckt hatte und sich nicht hervortraute, obwohl sie wusste, dass sie Mama und Paps und auch ihr Riesenkummer zufügte? Sie hätte fast das Handy fallen lassen, als es plötzlich klopfte.

»Sarah? Geht's dir gut?« Für ein paar Sekunden hatte sie ganz vergessen, wo sie war und dass Jonas draußen wartete. Und vor allem, dass sie den Akku schnellstens wieder entfernen musste.

»Ja, alles klar. Komme sofort!« Hastig öffnete Sarah ihr Telefon. Die Fahrt zu Philipp Bucher war nun überflüssig. Sollte sie Jonas einweihen? Aber Kat hatte geschrieben, dass niemand davon wissen dürfe. *Zweimal.* In Großbuchstaben. Sie erhob sich und betrachtete ihr Spiegelbild. Ganz toll – die Schmuddelprinzessin hatte jetzt auch noch verheulte Augen.

Sie beschloss, die Entscheidung später zu treffen. Zuerst musste sie die Nachricht verdauen, dass es ihrer Schwester gut ging. Katharina war nicht entführt worden. Vielleicht war es das Beste, erst einmal nichts zu sagen, einfach so zu tun, als sei nichts Besonderes geschehen, und mit Jonas nach München zu fahren. Auf dem Weg dorthin konnte sie weiter darüber nachdenken. Katharina war sicher nicht dort. Aber wo steckte sie dann?

34

22. Mai, 20:30 Uhr

Hoffentlich hat Sarah meine SMS gelesen! Ich kann frühestens morgen, wenn ich in der Stadt bin, nachschauen, ob sie geantwortet hat.

Ich habe Moms Botschaft in den Nachrichten gesehen. Das war echt schwer zu ertragen. Ich finde gar keine Worte, um zu beschreiben, wie ich mich dabei gefühlt habe. Mies ist komplett untertrieben! Beschissen trifft es eher. Beschissen, traurig, niedergedrückt.

Hoffentlich hört Sarah auf mich und kehrt schnellstens wieder nach Hause zurück. Ich denke darüber nach, ob ich sie anrufen soll. Morgen aus der Stadt von einer Telefonzelle. Ich will wissen, wo sie steckt. Das Ganze ist total verfahren. Es gibt nur noch die Chance, dass die Polizei tatsächlich meine Hinweise auf Jonas entdeckt hat und ihn als Täter in Betracht zieht. Dann kann ich auftauchen und alles auf ihn schieben.

Kat

Katharina hörte ihren Atem. Die Dämmerung tönte das Schlafzimmer in ein dunkles Rosa und am Himmel über dem Wald schwebten kleine pinkfarbene Wolken mit orangefarbenem Bauch. Allmählich wurde es Zeit hinunterzugehen. In einer halben Stunde war es hier oben finster, und sie wollte nicht, dass der Schein ihres Bildschirmes nach draußen drang. Außerdem hatte sie Hunger. Inzwischen kotzte das Haus sie an. Die klinische Einrichtung verbreitete Kälte; und die Sehnsucht nach ihrem Zimmer daheim, nach Mama, Gerda und Sarah war kaum noch zu ertragen.

Schnell öffnete sie den Kühlschrank und betrachtete das angebrochene Glas Tomatensoße, das neben einem verwelkten Salatkopf stand. Sie hatte Appetit auf etwas, das Gerda gekocht hatte. Eierkuchen, selbst gemachte Spaghetti bolognese oder Hühnerfrikassee mit Reis. Alles, nur nicht das hier. Katharina schloss den Kühlschrank wieder. Wenn sie es sich recht überlegte, hatte sie gar keinen Hunger.

Mit einem Glas Cola in der Hand nahm sie am Küchentisch Platz und begann, die Nachrichten zu durchforsten.

*

»Danke, Matt.« Elodie wickelte sich das Tuch um den Hals und folgte ihrem Vater auf den Gehweg. »Ohne dich hätte ich das nie geschafft.«

»Nur, dass du dein Handy danach verlegt hast und in der Aufregung nicht weißt, wo es sein könnte, hat keiner von denen geglaubt.« Er kicherte. »War ja auch zu durchsichtig. Aber machen können sie dagegen nichts.«

Elodie bohrte die Fäuste in die Taschen und stapfte neben ihm her. Ihr Vater hatte sich Sarahs Zeilen wieder und wieder durchgelesen und vor einer Stunde verkündet, dass er Elodie zu Sarahs Mutter begleiten werde. *Er* würde Frau Gessum von der Nachricht erzählen und alle Fragen beantworten, sie solle lediglich dabei sein und furchtsam schweigen.

»Kannst du das?«, hatte er gefragt und Elodie hatte genickt. Sie würde *alles* können, nur um aus dieser Nummer rauszukommen.

Die Erleichterung, Sarahs Wunsch erfüllt und ihre Mutter informiert zu haben, war so groß, dass sie mehrmals laut Luft ausblies. Heide Gessum hatte sie regelrecht mit Fragen bombardiert, aber wie abgemacht hatte sie geschwiegen, sich um einen ängstlichen Gesichtsausdruck bemüht, ihren Vater reden lassen und nur ab und zu bestätigend genickt.

»Gar nicht so einfach, was?« Ihr Vater sah sie an und zwinkerte. »Aber wie ich vorhin schon sagte – Notlügen sind ab und zu erlaubt.«

»Die Kripobeamtin hat uns angesehen, als würde sie uns kein Wort glauben ...« Elodie schaute nach oben. Erste Sterne erschienen am smaragdgrünen Himmel. Abendkühle streifte ihre Oberarme und ließ sie frösteln.

»Wichtig ist doch, dass Sarahs Mutter uns glaubt. Natürlich war sie zuerst skeptisch, aber sie weiß jetzt, dass es ihrer Tochter gut geht, und das war doch das Ziel der Aktion. Wenn Sarahs Vater nachher kommt, wird auch er beruhigt sein.«

»Zumindest wegen *einer* Tochter.« Elodie schnaufte erneut. Schon hatte sich der Nachtmahr wieder auf ihre Schultern gesetzt. Auch wenn Sarahs Schwester ihr nicht so nahestand,

295

hoffte sie doch, dass auch Kat wohlbehalten wieder auftauchte. Und hatte Sarah nicht geschrieben, sie würde nach ihr suchen? Das hieß doch, dass sie davon ausging, es gehe ihr gut. Allerdings bedeutete das auch, dass ihre Freundin nicht wusste, wo sich ihre Schwester aufhielt.

»Soll ich Sarah wirklich bitten, sich zu Hause zu melden, wie es diese Kripotante verlangt hat? Die wollen doch sicher nur ausspionieren, wo sie steckt!«

»Schaden kann das nichts, Elodie. Deine Freundin kann immer noch selbst entscheiden, ob sie das tun will. Egal, was du denkst, das Ganze ist kein Spiel. Sarahs Schwester wurde entführt und nun ist sie selbst auch noch weg. Das muss furchtbar für die Eltern sein. Das verstehst du doch, oder? Schreib ihr, dass ihre Mutter sich große Sorgen macht.«

»Okay. Hast du einen Rat für mich, was ich noch tun kann, um ihr zu helfen? Und lauf bitte ein bisschen langsamer, meine Beine sind kürzer als deine.«

»Sorry. Das hab ich ganz vergessen, du kleiner Wurzelzwerg!« Er lachte laut. »Erzähl mir noch mal alles von Anfang an.«

Während sie die Ereignisse seit Katharinas Verschwinden vor einer Woche chronologisch schilderte, ordneten sich die Dinge auch in ihrem Kopf. Kurz vor ihrer Haustür war sie fertig.

»Ich habe ganz vergessen, Info-Hub nach diesem Überarbeitungsmodus von Word zu fragen.«

»Deinen Informatiklehrer? Wozu brauchst du das?«

»Angeblich hat Sarahs Schwester geheime Informationen in ihren Dateien versteckt. Man kann sie damit sichtbar machen.«

»Sehr schlaue Idee!« Ihr Vater zog seinen Schlüsselbund aus
der Hosentasche

»Du weißt wohl, was das ist?«

»Klar, Schätzchen! Gibt es was, das Matt nicht weiß?«

»Hm …« Elodie grinste, wurde aber schnell wieder ernst.
»Kannst du mir das so erklären, dass ich es verstehe?«

»Aber klar doch. Komm rein und hol deinen Laptop.«

Elodie kickte ihre Schuhe in eine Ecke, wobei sie versuchte,
den Kopf nicht zu schütteln. Es war verblüffend, aber anscheinend kannte sich ihr Künstlervater mit dem Office von Micro-
soft aus.

»So, hast du alles kapiert?« Ihr Vater trank den letzten Schluck
Rotwein und wirkte zufrieden.

»Kapiert und notiert. Jetzt muss ich nur noch eine Möglichkeit finden, Sarah das in Kurzform mitzuteilen. Dann kann sie
in den Dateien ihrer Schwester nach versteckten Botschaften
suchen.«

»Wäre nützlich, wenn deine Freundin ungefähr wüsste, *wo*
sie suchen muss. Ich nehme an, dass ihre Schwester Hunderte, wenn nicht gar Tausende von Word-Dokumenten auf ihrer
Festplatte hat.«

»Guter Tipp, aber ich fürchte, sie wird sie alle durchforsten
müssen. Kat kann sie ja schlecht fragen.«

»Nicht wirklich. Gut, Töchterlein. In einer halben Stunde
kommt Mel, dann schmeißen wir was zu essen auf den Herd.«

»Alles klar. Ich kümmere mich inzwischen um die Nachricht an Sarah.« Elodie sah ihm nach und griff dann nach ihrem Handy.

35

Sarah lehnte sich auf dem Beifahrersitz zurück. In ihrer rechten Hosentasche spürte sie das Handy. Den Akku hatte sie auf der anderen Seite. Es war ihr vorhin nicht gelungen, beides wieder in den Rucksack zu schmuggeln, ohne dass es Jonas aufgefallen wäre. Noch immer hatte sie keine Ahnung, ob sie ihm von Kats SMS erzählen sollte. Ob er sauer werden würde, dass sie umsonst nach München fuhren? Sie sah zu ihm hinüber. Mit angestrengtem Gesichtsausdruck starrte er auf die dunkle Straße. Den Wunsch, dass er nicht so rasen sollte, sprach Sarah nicht aus.

»Gab es eigentlich was Neues in den Nachrichten? Du hast doch vorhin, als ich gepackt habe, noch mal reingeschaut?«

»Nichts von Bedeutung.«

»Wir könnten das Radio einstellen.« Sarah streckte die Hand aus, aber Jonas fuhr sofort dazwischen.

»Nein!« Etwas weniger heftig setzte er hinzu: »Mich macht das kirre. Außerdem lenkt es vom Fahren ab. Unterhalten wir uns lieber.«

»Ist gut. Was hast du eigentlich deinen Eltern gesagt, wo du bist?«

»Ach, ich muss sie nicht informieren. Die sind es gewöhnt, dass ich mich ein paar Tage lang nicht melde. Hast du Hunger?«

»Geht so. Ich müsste aber demnächst mal auf Toilette.« Sie waren jetzt schon eine ganze Weile unterwegs und bis München war es noch weit.

»Dann fahren wir am besten an eine Tankstelle. Du bleibst im Auto, ich gehe rein und hole den Toilettenschlüssel. Wenn ich irgendwo am Rand parke, dürfte dich keiner sehen. Ich besorge uns in der Zwischenzeit Futter.« Er gab wieder Gas. »Heute Nacht schlafen wir im Auto. Das wird ein Abenteuer!«

Sarah schaute schnell aus ihrem Fenster, damit er ihren Gesichtsausdruck nicht sah. Ein *Abenteuer*?! Dicht an dicht mit Jonas auf der winzigen Liegefläche dieses kleinen Sportwagens? Schon kroch die Furcht, er würde mehr als nur ein paar Küsse von ihr wollen, wieder nach oben. »Warum fahren wir denn nicht durch?«

»Wir können ja schlecht um drei Uhr morgens bei diesem Philipp aufkreuzen und ihn aus dem Schlaf klingeln. Außerdem schlaucht die Fahrerei und ich möchte nicht übermüdet am Steuer sitzen. Deshalb hatte ich gedacht, dass wir bis kurz vor München fahren, uns erst einmal ausruhen und dann gleich morgen früh in die Stadt aufbrechen.« Sie fühlte seinen Blick, ehe er wieder auf die Straße sah. »Im Kofferraum sind zwei Decken.«

Wenigstens für jeden eine! Sarah legte die Hand auf das Kästchen in ihrer Hosentasche. Nun würde sie das Handy wohl erneut auf der Toilette anschalten müssen. Das wurde allmählich zu einer unschönen Gewohnheit, aber es ging nicht anders. Sie musste Kat antworten und schauen, ob Elodie ihre Nachricht erhalten und Mama informiert hatte. *Ich muss ihm endlich sagen, dass es Kat gut geht und sie nicht in München ist!*

Von Minute zu Minute türmte sich die Hürde höher. Jetzt ging es nicht mehr nur darum, Jonas zu erklären, dass sie eine SMS von ihrer Schwester erhalten hatte, sondern auch, warum sie so lange gezögert hatte, ihm das mitzuteilen. Die Worte »peril of death« rumorten in ihrem Kopf und mischten sich mit »NIEMAND«. Kat musste einen triftigen Grund haben, sich so vehement zu äußern.

»Im nächsten Ort gibt es eine Tanke.« Er tippte mit dem Zeigefinger auf den Bildschirm des Navis. »Da halten wir, abgemacht?«

Sarah nickte und zwang sich ein Lächeln ins Gesicht. Hoffentlich konnte Jonas ihr jemals verzeihen, dass sie ihn nicht eingeweiht hatte. Spätestens morgen würde sie die Sache aufklären müssen. *Ich tue einfach so, als sei Kats Nachricht gerade erst gekommen.* Eigentlich musste sie nicht einmal das. Er würde ja nicht wissen, dass sie die SMS schon gelesen hatte. Nun musste sie sich nur noch eine Ausrede einfallen lassen, warum sie ihr Handy einschalten wollte.

»Da wären wir. Möchtest du etwas Bestimmtes zu essen?«

»Ein Baguette vielleicht?« Als hätte er nur auf das Kommando gewartet, begann Sarahs Magen zu grummeln. »Mit Käse. Und eine Flasche Wasser. Nichts Süßes bitte.«

»Geht klar.« Jonas bog ab und fuhr seitlich an der Tankstelle vorbei, dann sah er sich um. »Die Toilette ist dort drüben. Du wartest hier, bis ich dir den Schlüssel bringe. Wenn du in diesem Bereich bleibst, erfassen dich die Überwachungskameras nicht.«

Überwachungskameras? Sarah riss die Augen auf. Das Ganze glich allmählich einem Gangsterfilm.

»Bin gleich wieder da!« Er zog den Zündschlüssel ab.

»Bringst du mir noch eine Zeitung mit?«

»Eine Tageszeitung?« Jonas stieg aus. Im Schein der Innenbeleuchtung konnte Sarah sehen, dass er die Stirn runzelte.

»Nein, irgendetwas anderes zur Ablenkung.«

»Ich schau mal.« Er schlug die Tür zu und Sarah tastete nach dem Handy.

*

KAT! Wo bist du? Ich verrate es wirklich niemandem, versprochen! Und wovor versteckst du dich? Ich will dir helfen!
Sarah

Aufgeregt schickte Sarah die Nachricht ab und atmete tief durch. Auf diesem Tankstellenklo stank es, aber das spielte jetzt keine Rolle. Nur noch schnell nachschauen, was Elodie geschrieben hatte, und dann war die Zeit um. Jonas durfte nicht auf die Idee kommen, dass sie hier drin Dinge tat, die er nicht gut fand.

S@rah, deine Ma weiß Bescheid, hoffe, du bist O.K. Überarbeitungsmodus Word: Menüleiste: Überprüfen: Änderungen nachverfolgen: Markup anzeigen: »Einfügen und Löschen«

anklicken, eingefügter Text wird farbig sichtbar. Wo bist du?
€lo

Was für ein Glück, Elodie hatte Mama informiert! Sarah bewegte die Schultern. Ihre ganze Nackenmuskulatur war verspannt.

Das mit dem Überarbeitungsmodus und Kats versteckten Dateien hatte sie in der Aufregung total vergessen! Sie prägte sich Elodies Anweisungen ein und öffnete dann das Handy, um den Akku herauszunehmen. *Und nun schnell zurück!* Jonas würde wahrscheinlich schon warten.

»Das hat ja gedauert …« Ein angebissenes Brötchen in der Hand, stand er neben dem Auto und beobachtete, wie sie näher kam.

»Mir ist die Aufregung wohl auf den Darm geschlagen.« Eine blöde Ausrede, aber wenn sie später mal wieder ihre Nachrichten checken wollte, eigentlich perfekt.

»Gib mir den Schlüssel, ich bringe ihn weg. Dein Baguette ist in der Tüte auf dem Rücksitz.« Jonas marschierte los und Sarah stieg ein. Der Gedanke, etwas unternommen zu haben, schien ihre Eingeweide zu beruhigen, und plötzlich war auch der Hunger da. Vielleicht wurde doch noch alles gut. Wenn Kat ihr schrieb, wo sie steckte, konnte sie mit Jonas zu ihr fahren. Zu dritt würden sie der namenlosen Gefahr, in der sich die Schwester zu befinden glaubte, schon entgegentreten können. Jonas wäre ihr Retter und die beiden Schwestern würden wohlbehalten wieder daheim landen. In den Armen ihrer überglücklichen Mutter.

»Träumst du?« Jonas stieg ein und beugte sich vor.

»Ich habe mir gerade vorgestellt, wie alles gut wird. Wir finden meine Schwester und fahren nach Hause.«

»Das werden wir. Ich verspreche es.« Sanft berührten seine Lippen ihre Wange und das Glücksgefühl überwältigte Sarah fast. Schnell nahm sie einen Schluck Wasser.

»Fahren wir weiter. Noch ein Stündchen, dann suche ich uns abseits der Straße einen netten Platz zum Schlafen.«

»In Ordnung.« Außer der schmalen Liegefläche gab es noch ein weiteres Problem. »Abseits der Straße« hieß wohl, dass Jonas irgendwo in der Prärie campieren wollte. Logisch, wenn man bedachte, dass sie gesucht wurde. Aber wo sollte sie auf Toilette gehen? Sie konnte sich doch nicht einfach so neben das Auto hocken. Schon gar nicht mit dem Handy in der Hand. Und im Finstern in irgendeinen Wald hineinzuwandern, nur um unbeobachtet pinkeln zu können, war beängstigend. Aber vielleicht machte sie sich auch einfach zu viele Gedanken. Sie würden sich schon arrangieren. Jonas war ein rücksichtsvoller Junge.

Elodie hatte ihr die gewünschte Information zu den versteckten Informationen gesimst. Um jedoch Kats Referate durchsehen zu können, musste sie ihre Festplatte an Jonas' Rechner anschließen, und der war passwortgeschützt. Sarah überlegte, ob sie das überhaupt noch brauchte, jetzt wo sie wusste, dass es ihrer Schwester gut ging. Andererseits war damit noch lange nicht geklärt, *warum* sich Kat versteckte. Vielleicht konnte sie ihr mit den gefundenen Hinweisen helfen! Sie holte tief Luft. Einen Versuch war es wert.

»Mir fällt da gerade etwas ein.«

»Was denn?« Jonas schaute kurz zu ihr.

»Ist dein Laptop aufgeladen?«

»Denke schon. Was willst du damit?«

»Ich habe doch Kats Dateien auf meiner Festplatte. Du hast die ja schon durchgesehen, als wir in der Wohnung von deinem Kumpel waren.«

»Ja, aber nichts gefunden, leider.«

»Es gibt noch eine Möglichkeit …«

»Was?« Seine Stimme klang höher als sonst. Während sie Jonas die Sache erklärte, betrachtete sie ihn von der Seite. Rotes Licht von den Anzeigen am Armaturenbrett zauberte etwas Ernsthaftes und gleichzeitig Geheimnisvolles auf sein Gesicht. Als sie fertig war, schüttelte er den Kopf wie ein Hund, der sich von Wasserstropfen befreien will.

»Das ist ja unglaublich! Und deine Schwester hat dort geheime Texte geparkt? Hast du eine Ahnung, was das ist?«

»Nein. Ich wusste nichts von dieser Methode, und auch nicht, wie man so etwas wieder sichtbar machen kann, bis …« Hastig verschluckte Sarah den Rest des Satzes. »… bis es mir eben wieder einfiel.«

»Und die Infos sind in ihren Referaten?«

»Ja. Wahrscheinlich ist es nur irgendwelcher Quatsch und wir verschwenden unsere Zeit damit.«

»Könnte sein.« Er blickte auf das Navi. »Weiter vorn kommt ein Wäldchen. Da könnten wir anhalten und eine Runde schlafen.«

»Ich bin noch gar nicht müde.«

»Das kommt schon, warte nur.« Er tätschelte ihr Knie. »Ich habe dir als Überraschung einen kleinen Gute-Nacht-Trunk von der Tankstelle mitgebracht. Kakao.«

»Das ist ja lieb von dir.« Sarah horchte in sich hinein und genoss das glückliche Gefühl. Jonas war so fürsorglich! Und das mit dem Schlafen im Auto würden sie schon irgendwie hinkriegen.

23. Mai

36

23. Mai, 08:30 Uhr

Zurück aus Goslar. Ich hab eingekauft und mein Handy gecheckt. Sarah hat geantwortet. Es sieht nicht so aus, als würde sie meinen Rat befolgen und heimkehren. Stattdessen hat sie geschrieben, dass sie mir helfen will und ich ihr sagen soll, wo ich bin. Ob das eine gute Idee ist? Ich weiß nicht, ob sie dichthalten kann, deshalb habe ich ihr noch nicht geantwortet.

Überhaupt verblüfft es mich, dass meine kleine Schwester ganz allein abgehauen ist. Das hätte ich ihr gar nicht zugetraut! Wohin ist sie wohl gegangen? Sicher nicht zu Bekannten. So viele Freundinnen hat sie auch nicht, eigentlich nur die durchgeknallte Elodie. Und bei der wird sie wohl kaum sein, weil jeder dort als Erstes nach ihr suchen würde. Ich mache mir echt Sorgen um die Kleine! Sie ist noch nicht mal sechzehn, und auch wenn sie das denkt, kennt sie sich doch nicht so gut aus. Überall lauern Gefahren. Ich kann ein Lied davon singen! Und warum hat sie noch niemand gesehen? Ihr Bild war doch – genau wie meins – in allen Medien! Aber vermutlich hat sie sich genau wie ich verkleidet, sie ist ja nicht blöd. Nur naiv.

Ich hatte gehofft, dass es endlich den ersehnten Hinweis auf Jonas gibt, dass die Kripo die durchgedrückte Telefonnummer auf dem letzten Brief gefunden hat, aber bis jetzt war davon noch nichts in den Nachrichten. Sollte mein Plan aufgehen, könnte ich morgen auftauchen und ihn beschuldigen. Noch besser wäre es, sie würden Jonas vor meiner Rückkehr festnehmen. Dann könnte ich ganz sicher sein, dass er mir nichts mehr tun kann. Über die Geschichte, die ich dann erzählen werde, muss ich noch gründlich nachdenken. Alles muss stimmig sein. Jonas hat mich entführt, und als das mit dem Lösegeld nicht funktioniert hat, wollte er mich töten. Ich konnte im letzten Moment entkommen, weil er nicht wieder beim Versteck aufgetaucht ist.

Wohin er mich verschleppt hat? Keine Ahnung. Es war ein fensterloses Verlies. Ein Keller. Da kann die Kripo lange suchen! Ich kann ja nirgends Spuren legen, und das Château kann ich nicht nehmen, weil dann bestimmt rauskommt, dass ich alleine hier war. Also muss es woanders gewesen sein. Und ich muss vor meiner überraschenden Rückkehr weit fahren. In seine Heimatgegend. Außerdem muss ich ramponiert aussehen. Schmutzig und zerlumpt.

Das heißt, dass es ab jetzt keine Dusche mehr gibt. Meine Klamotten kann ich draußen mit Dreck beschmieren. Echt eklig, aber es geht nicht anders. Wie gut, dass ich abgenommen habe! An Hand- und Fußgelenke werde ich mir nachher Stricke binden und ein bisschen daran zerren, sodass Abschürfungen entstehen. Ein paar blaue Flecken dazu, das sollte reichen, um als Entführungsopfer durchzugehen. Mein Handy werde ich irgendwo wegschmeißen.

Heute Nacht war das Tier wieder da. Jedes Mal das gleiche Theater! Es scheppert, ich schieße mit Herzrasen hoch und schaue aus dem Fenster – um nichts zu sehen. Ich glaube, es ist ein Fuchs oder ein Marder. Ich hatte nämlich ein Stück Wurst auf den Weg gelegt, das heute früh weg war. Im Nachhinein betrachtet eine blöde Idee, weil das Vieh nun bestimmt jede Nacht in der Hoffnung auf Nachschub wiederkommt.
Dieses Mal bin ich gar nicht erst runter. Es reicht, wenn ich die Stolperfalle später repariere. Der *Alte Spanner* ist in Thailand und sonst verirrt sich niemand in diese gottverlassene Gegend. Schon gar nicht nachts.

Hoffentlich werden die Spuren auf dem Brief bald gefunden, damit das hier ein Ende hat!
Kat

*

Sarah bewegte mit geschlossenen Augen langsam den Kopf hin und her. Im Nacken knackte es. Und ihre Beine waren taub. Neben ihr stöhnte jemand. Es dauerte ein paar Sekunden, bis sie realisierte, dass das Stöhnen von ihr selbst gekommen war.

Ihr Mund glich der Wüste Gobi. Nur trockener. Nach weiteren Sekunden, in denen sie sich fragte, ob sie womöglich krank war, gelang es ihr endlich, die Augen zu öffnen, aber sie schloss sie sofort wieder. Das grelle Sonnenlicht bohrte sich direkt in ihr Gehirn und verursachte ein schmerzhaftes Pulsieren.

»Mist!« Ein Krächzen. Definitiv, sie musste krank sein. Mit der Handfläche über den Lidern öffnete Sarah die Augen erneut und wartete, bis sie sich an die Helligkeit gewöhnt hatte. Sie sah sich um, und ihr fiel ein, wo sie war: in Jonas' Auto, in dem sie beide übernachtet hatten. Leider fehlte ihr jegliche Erinnerung daran. Erschrocken hob sie die karierte Decke und stellte mit einem erleichterten Seufzer fest, dass sie komplett angezogen war. Sie musste gestern Nacht so erledigt gewesen sein, dass sie sofort eingeschlafen war, nachdem Jonas das Auto auf dem Waldweg abgestellt hatte. Ein paar wenige Schlucke von dem schönen süßen Kakao hatten scheinbar genügt, um einzuschlafen.

Normalerweise müsste sie ausgeruht sein, aber anscheinend hatte der Schlaf nicht ausgereicht. Vorsichtig bewegte Sarah die Zehen und wartete, bis der Schmerz sich verflüchtigt hatte. Ziemlich unbequemer Schlafplatz.

Erst jetzt bemerkte Sarah, dass Jonas gar nicht neben ihr lag. Mit einem Ächzen richtete sie sich auf und schaute nach draußen. Er saß neben dem Auto auf einer Plastiktüte, den Laptop auf den Knien, und schaute gebannt auf den Bildschirm. Ab und zu tippte er, um dann wieder zu lesen. Nach und nach lichtete sich der Nebel in Sarahs Kopf. Entzückt beobachtete sie das Leuchten seiner Haare in der Sonne – die schon ziemlich hoch am Himmel stand. Wie spät war es? Schnell öffnete sie die Tür und schwang die Beine hinaus.

»Na, endlich erwacht?« Jonas klappte den Laptop zu, sah auf und zwinkerte ihr zu.

»Wie spät ist es?«

»Kurz vor zwölf.«

Das durfte doch nicht wahr sein! Er musste ihr die Verblüffung angesehen haben, denn er setzte schnell hinzu: »Du hast so süß geschlafen, da habe ich es nicht über mich gebracht, dich zu wecken.«

»Ich hab doch gestern schon bis Mittag gepennt … So viel Ruhe braucht doch kein Mensch!«

»Anscheinend schon.«

»Ich geh erst mal … wohin …« Sarah drehte sich um und stapfte über die Lichtung in Richtung Waldrand. In ihrem Kopf summte und brummte noch immer ein Bienenschwarm. Wieso schlief sie eigentlich seit Neuestem so lange? Erschöpfung und psychischer Stress hinterließen anscheinend auch bei ihr deutliche Spuren. Nachdem sie weit genug in die Schonung hineingewandert war, drehte sie sich um und vergewisserte sich, dass vom Auto nichts mehr zu sehen war, ehe sie die Hose herabließ und sich hinhockte.

Man konnte den Belag auf den Zähnen spüren, wenn man mit der Zunge darüberfuhr. Abenteuer in der Wildnis gut und schön, aber sie hätte gern Zähne geputzt und sich gewaschen.

Sarah seufzte und zog die Hose wieder hoch. Das hier war nichts für sie. Sicher würde Jonas nachher auf ihre Bitte hin an einer Tankstelle anhalten, damit sie sich frisch machen konnte. Bei dem Gedanken wurde sie nervös. Sie musste Jonas endlich von Kats SMS erzählen. Aber das durfte sie nicht. Und wenn sie es doch tat, stellte sich die Frage, wohin es dann gehen sollte. Ob Kat ihr inzwischen geschrieben hatte, wo sie steckte? Sarah stolperte über eine Wurzel und fing sich im letzten Moment. So oder so, es führte kein Weg daran vorbei, das Handy einzuschalten.

Jonas sah sie näher kommen, klappte den Laptop zu und stellte ihn ab. Aus der Fahrertür hing ein Kabel, das zu seinem Rechner führte.

»Ich habe geschlafen wie eine Tote.« Sarah gähnte. »Seit wann bist du schon wach?«

»Eine Stunde vielleicht. Ich war auch ziemlich müde.« Ihr Gähnen schien ihn angesteckt zu haben, denn er tat es ihr nach.

»Hast du schon was entdeckt?«

»Bis jetzt noch nicht.« Jonas rieb sich die Nase und kratzte sich dann am Hals. »Wie wäre es erst einmal mit einem verspäteten Frühstück?«

»Gute Idee. Ich habe vielleicht einen Durst!«

»Mit Kaffee kann ich leider nicht dienen.« Er stand auf und ging zum Kofferraum. »Aber ich habe vorgesorgt und gestern an der Tanke noch eingekauft. »Brötchen und Wiener. Isst du so was?«

»Klar.« Würstchen zum Frühstück waren eigentlich nicht ganz nach ihrem Geschmack, aber sie wollte ihn nicht enttäuschen. Sarah setzte sich neben Jonas ins Gras und griff nach der Coladose, die er ihr hinhielt. Zwei Minuten später hielt sie es nicht mehr aus.

»Ich würde gern mal mein Handy einschalten.«

»Warum?« Er hatte aufgehört zu kauen und sah sie an. Irgendwie durchdringend. »Ich glaube nicht, dass das eine gute Idee ist, Sarah. Du weißt doch, man kann Handys orten, sobald sie eingeschaltet sind. Und du willst doch nicht, dass die Bullen dir auf die Spur kommen, oder? Sie würden dich auf der Stelle mitnehmen. Und wer findet dann deine Schwester?«

»Ich weiß.« Sarah presste kurz die Lippen aufeinander. Er hatte recht. Aber sie konnte nicht länger warten. »Aber ich dachte, wenn wir eh gleich losfahren, und ich den Akku sofort wieder entferne, können sie doch diesen Standort hier ruhig orten. Wir sind doch dann längst über alle Berge. Bitte, Jonas! Ich möchte nur schnell nachschauen, ob Nachrichten für mich eingegangen sind.«

»Hm.« Er schien angestrengt nachzudenken. »Okay. Danach verschwinden wir aber sofort von hier. Bevor du das Telefon einschaltest, packen wir alles zusammen, damit wir startklar sind. Länger als ein, zwei Minuten darfst du es nicht benutzen.«

Fünf Minuten später waren sie so weit. Zum Glück war Jonas kurz in den Büschen verschwunden, so sah er nicht, dass sie ihr Handy aus der Hosentasche zog. Als er zurückkam, hatte Sarah ihren geöffneten Rucksack vor sich und tat so, als nehme sie es gerade heraus. Jonas stellte sich neben sie und beobachtete, wie sie den Akku einsetzte.

»Wie lautet eigentlich deine PIN?«

»Mein Geburtstag. Am dritten Juni werde ich sechzehn. In elf Tagen.«

Ob dann alles wieder in Ordnung war? Mit einem Piepton erwachte das Gerät zum Leben. Eilig tippte Sarah auf das Symbol mit dem Umschlag. Nicht dass er noch mitbekam, dass sie die vorhergehenden Nachrichten schon gelesen hatte!

»Oh mein Gott!« Sie versuchte, erleichtert zu klingen. War das überzeugend genug?

»Was ist?« Jonas stand so dicht neben ihr, dass sie seinen Atem spüren konnte.

»Eine SMS von Kat.«

»Von deiner Schwester? Mach sie auf, los!« Er atmete jetzt schneller. Sarah rief die Nachricht auf, tat so, als lese sie die wenigen Zeilen, und beobachtete Jonas dabei aus den Augenwinkeln. Auf seinen Wangen und am Kinn sprossen blonde Härchen. Mit dem Bartschatten wirkte er nicht mehr wie ein Junge, sondern wie ein erwachsener Mann.

»Habe ich es dir nicht gesagt?« Mit der geballten Faust boxte er in die Luft. »Deine Schwester wurde gar nicht entführt! Sie versteckt sich irgendwo!« Kurz schlug er die Handflächen vors Gesicht und fuhr dann fort. »Peril of death? Hast du eine Ahnung, weswegen sie abgehauen ist oder wovor sie sich fürchtet?«

»Nicht die geringste.«

Jonas atmete tief durch. »Sie muss diese Lösegeldbriefe tatsächlich selbst fabriziert haben …« Er legte ihr den Arm auf die Schulter. »Du musst herausbekommen, wo Katharina sich aufhält. Dann können wir zu ihr fahren und sie abholen. Von mir schreibst du lieber nichts, das würde sie nur erschrecken. Schließlich solltest du ja niemandem davon erzählen.«

»In Ordnung.«

Er ging zum Auto. »Beeil dich! Ich beseitige inzwischen unsere Spuren, dann fahren wir sofort los.«

Hastig rief Sarah die Liste der Nachrichten auf und löschte alles. Wenn Jonas sah, was Elodie geschrieben hatte, würde er sofort wissen, dass sie das Handy schon vorher benutzt hatte. Und sie wollte keinen Streit. Jetzt würde alles gut werden.

313

Kat! Ich mach mir Sorgen ☹ Schreib mir, wo du bist, bitte!!!
Ich verrate nichts!!! Will nur wissen, ob alles okay ist. Bitte!!!
Sarah

Wenn Katharina auf diese flehentliche SMS nicht antwortete, würde sie auch auf nichts anderes reagieren.

Jonas kam zu ihr, den Autoschlüssel um den Zeigefinger der Rechten schwenkend. »Fertig? Zeig mal.« Er nahm ihr das Handy aus der Hand und las die Nachricht. »Das sollte reichen. Schick sie ab. Und dann nehmen wir sofort den Akku wieder raus.«

»Alles klar.« Sarah klickte auf »Senden« und wartete auf die Bestätigung, bevor sie das Handy ausschaltete.

»Gib her. Ich mach das schon.« Hinter seinem Rücken zauberte Jonas eine Plastikflasche hervor. »Schau mal, von deinem Kakao gestern ist noch was übrig. Willst du den noch trinken? Kaffee gibt's erst an der nächsten Tankstelle.«

»Kakao ist super, danke.« Sarah legte den Kopf in den Nacken und genoss die herbe Süße. Die Wärme der Erleichterung strömte durch ihre Adern.

Sie und Jonas würden Kat finden und nach Hause bringen.

37

23. Mai, 18:00 Uhr

Ich bin vielleicht kaputt! Diese Fahrradfahrerei schlaucht unheimlich. Wenn ich so weitermache, bekomme ich noch Wadenmuskeln wie diese gedopten Tour-de-France-Heinis.

Aber ich musste noch einmal los. Dieses Mal bin ich in die andere Richtung gefahren. Fast 30 Kilometer. Ewig kann ich auch nicht mehr hierbleiben. Meine Idee von heute früh, die Entführte zu spielen, wird leider nicht funktionieren. Sarah weiß doch, dass es mir gut geht, weil ich ihr die SMS geschrieben habe! Da kann ich jetzt schlecht so tun, als hätte Jonas mich gefangen gehalten. Eine gute Stunde habe ich über die Lösung des Problems nachgedacht, aber es gibt nur eine Möglichkeit: Ich werde Sarah in die ganze Sache einweihen müssen. Dazu muss sie wissen, was in GB passiert ist und weshalb ich um mein Leben fürchte. Da ich das alles aber schlecht in eine oder mehrere SMS verpacken kann und auch mein Handy nicht dauernd benutzen will, muss sie herkommen. Wir werden uns gemeinsam überlegen, wie wir

Jonas drankriegen können. Außerdem möchte ich nicht, dass meine Schwester für etwas verantwortlich gemacht wird, das sie nicht begangen hat.

Deshalb habe ich ihr eine Nachricht geschickt, wo ich bin – zur Sicherheit allerdings ein wenig verschlüsselt, sodass nur sie etwas damit anfangen kann. Die kleine Sarah ist schlau. Sie wird herausfinden, was ich damit meine.

Ich hoffe, sie schafft es herzukommen. Bis morgen gebe ich uns noch Zeit. Wenn dann nichts passiert ist, haue ich hier ab und stelle mich.

Kat

*

Elodie rannte über die Straße und hörte überdeutlich ihr eigenes Keuchen. Rennen war einfach nicht ihr Ding. Hinter ihr hupte es, und sie hob mit ausgestrecktem Mittelfinger den Arm, ohne sich umzudrehen. Sarahs Schreibkurs begann um sieben und endete immer gegen neun. Wenn sie sich nicht beeilte, kam sie zu spät, und alle waren weg. Dabei wollte sie doch die Leute befragen, ob ihnen in den letzten Wochen etwas aufgefallen war. Ihr Vater hatte ihr den Tipp gegeben. Außerdem hatte sie heute Nachmittag gemeinsam mit ihm den Blog von Sarahs Schwester durchforstet, zumindest das, was Katharina veröffentlicht hatte. Ihr Vater hatte sie darauf gebracht, was an dem Online-Tagebuch nicht stimmte: Bis zum Frühjahr 2014 hatte Katharina fleißig gebloggt und dann war plötzlich nichts mehr erschienen. Erst letzten Sommer, nach ihrer Rückkehr aus Großbritannien, hatten die Einträge wieder angefangen.

»Diese Funkstille ist doch komisch, oder?«, hatte Matt gesagt, sie mit einem Funkeln in den Augen angesehen und hinzugefügt, dass in der Zeit von März bis Juli letzten Jahres möglicherweise etwas vorgefallen war, das Sarahs Schwester hatte geheim halten wollen. Nach einer Minute, in der er sich die Nasenwurzel massiert hatte, hatte er sie an ihre gestrige Frage nach dem Überarbeitungsmodus von Word erinnert und gewartet, bis der Groschen gefallen war. Ihr Vater liebte es, wenn sie von selbst auf die Dinge kam. Er gab die Anstöße und sie musste selbst nachdenken.

Eine Weile hatten sie darüber diskutiert, welche Informationen, die keiner erfahren sollte, Katharina in Dokumenten versteckt haben könnte. Da Elodie jedoch keine Ahnung hatte, wie sie an Kats Dateien kommen konnte, um die Theorie zu überprüfen, hatte ihr Vater schließlich vorgeschlagen, die sinnlosen Spekulationen zu beenden.

Elodie verlangsamte ihre Schritte und versuchte, wieder zu Atem zu kommen. Die Fenster im *Haus der Vereine*, in dem Sarahs Schreibkurs stattfand, waren hell erleuchtet. Sie reckte sich und versuchte hineinzuspähen. Da saßen mindestens zehn Leute und schauten nach vorn zu dem kräftigen Mann mit Adlernase, der vor einem Flipchart gestikulierte. Ganz links begann ein Typ mit geflochtenem Bärtchen, seine Sachen in eine abgeschabte Umhängetasche zu packen. Sah so aus, als seien die da drin gerade fertig. Elodie holte tief Luft, marschierte in den Hausflur und öffnete die Tür.

»Guten Abend«, begrüßte Adlernase sie und kam auf sie zu. »Wolltest du zum Kurs? Wir sind grade fertig. Ich bin Jürgen.« Er streckte die Hand aus.

317

»Elodie, hallo. Ich bin eine Freundin von Sarah.«

Das Geraschel und Gemurmel im Raum verstummte schlagartig, und Elodie hatte das Gefühl, ein riesiger Scheinwerfer richte sich auf sie. »Ich möchte mit euch über Sarahs Verschwinden sprechen.« Sie sah, wie der Kerl mit dem Bärtchen die Stirn in Falten zog, und setzte schnell hinzu: »Dauert nicht lange. Bitte!«

»Gern. Setzt euch doch noch mal hin, Leute. Oder muss jemand ganz dringend weg?« Jürgen schaute in die Runde, ehe er sich umdrehte. Elodie folgte ihm.

»Matt! Mel! Ich bin wieder da!« Elodie warf die Tür hinter sich ins Schloss. »Wo steckt ihr?« Sie stürmte in die Küche und da saßen ihre Eltern einträchtig nebeneinander auf der Eckbank und schauten gebannt auf den Bildschirm von Papas Rechner.

»Komm schnell her, Elodie!«

»Guckt ihr etwa *Fernsehen*?« Sie besaßen keinen Fernseher, weil ihre Eltern der Meinung waren, dass das nur zur »Verblödung der Menschheit« beitrug. Ganz selten einmal schauten sie eine DVD am Laptop. Sie beeilte sich, zum Tisch zu kommen.

»Pst!« Mama legte den Finger auf die Lippen und Elodie schlüpfte neben ihr auf die Bank. Auf dem Bildschirm erklärte gerade ein ernst aussehender Mann mit Schnauzbart den Zuschauern, dass die beiden Schwestern Katharina und Sarah Brunner aus Tannau gesucht würden. Im Hintergrund wurde zuerst ein Foto von Kat und dann eins von Sarah eingeblendet, dann kamen zwei Schaufensterpuppen ins Bild, an denen

318

ähnliche Klamotten drapiert waren, wie die beiden sie zuletzt getragen hatten. Im Anschluss erklärte der Polizist Details zum Verschwinden der beiden und dass es sich bei Katharina wahrscheinlich um Entführung handele, während man bei ihrer Schwester eher von einer Flucht ausging. Noch einmal wurden die Fotos gezeigt, und Elodie wünschte sich inständig, dass Kat nichts passiert war und dass Sarah schnellstens zurückkam.

Zum Schluss wurde eine Luftaufnahme von Goslar eingeblendet, ein Kreis zog sich um den Ort und die angrenzenden Wälder. Der Moderator gab an, dass Katharina Brunners Handy kurzzeitig im Umkreis von Goslar geortet worden sei, und bat um Hinweise aus der Bevölkerung.

»Ich werd verrückt!« Elodie kratzte sich heftig am Kopf. »Jetzt sind die beiden schon in *Aktenzeichen XY*!« Nur dass es sich hier um keine Inszenierung mit Schauspielern handelte, sondern dass die Sache ernst war. *Sehr* ernst, um korrekt zu sein. »Das ist ja gruselig!«

»Ich hätte ein anderes Wort gewählt, aber du hast recht. Möchtest du auch einen Tee?« Ihre Mutter erhob sich und setzte zu Matt hinzu: »Und nun mach den Rechner aus, bitte. Wir können auch ohne das Ding darüber reden.«

»Bis auf diese Handyortung scheint es keine Spur von Katharina zu geben.« Ihr Vater warf zwei Stückchen Kandiszucker in seine Tasse und rührte abwesend. »Goslar liegt im Harz und ist über dreihundert Kilometer von hier entfernt! Ob sich der Entführer mit ihr dort aufhält? Warum aber war er dann so blöd und hat das Handy eingeschaltet? Oder ist das eine Finte?«

»Das dachte ich auch schon.« Ihre Mutter kam mit einer

Tasse zurück und nahm wieder Platz. »Der wird doch kaum so dumm sein und seinen Standort verraten.«

»Was, wenn es Kat selbst war?« Elodie betrachtete die hellbraune Flüssigkeit.

»Du glaubst noch immer an eine Flucht? Und was ist dann mit dieser Lösegeldforderung?« Ihr Vater hatte das Ruder wieder an sich gerissen. Er diskutierte mit ihr, während ihre Mutter schwieg und ab und zu einen Schluck Tee trank.

»Weiß ich auch nicht. Sarah ist jedenfalls der Überzeugung, dass ihre Schwester abgehauen ist, und sucht sie.«

»Und du bist nach wie vor sicher, dass es Sarah gut geht? Hat sie dir eigentlich auf deine SMS geantwortet?«

»Bis jetzt noch nicht.«

»Hast du denn in ihrem Schreibkurs was herausgefunden?«

»Oh, gut, dass du mich daran erinnerst.« Elodie sah die erwartungsvollen Gesichter der Kursteilnehmer wieder vor sich. »Sarah war offensichtlich in einen Jungen aus dem Kurs verknallt. Jonas heißt er. Ein Typ namens Andreas hat die beiden letztes Wochenende abends zusammen gesehen.«

»War dieser Jonas heute auch da?«

»Nein, leider nicht.«

»Hast du eine Adresse oder eine Telefonnummer von ihm? Wir könnten Kontakt aufnehmen, vielleicht weiß er mehr.«

»Gute Idee, Matt, aber die aus dem Kurs haben keine Ahnung. Nicht mal der Leiter kennt die Adresse.«

»Dann müssen wir wohl wieder Google befragen. Wenn wir ihn finden, kannst du ihn anrufen.«

»Alles klar. Aber zuerst versuche ich, Sarah zu erreichen. Glaube zwar nicht, dass sie rangeht, aber ich *muss* mit ihr reden. Ich werde ihr eine SMS schicken, die sie einfach nicht ignorieren kann. Ob sie die Sendung eben auch gesehen hat? Vielleicht weiß sie, was Kat in der Nähe von Goslar macht und wo sie sich konkret aufhält, und ist schon auf dem Weg dorthin!« Elodie ging in den Flur, um ihr Handy aus der Umhängetasche zu holen.

38

Der weiße Strand von Rethimno. Schmerzblauer Himmel mit weißen Wölkchen. Wellen rauschen ans Ufer, flüstern und wispern. Irgendjemand ruft ihren Namen, aber sie kann nicht sehen, wer.

»Sarah! Wach auf! Sarah!«

Das Rufen wurde lauter, kam näher. Sarah wollte antworten, dass sie am Strand liege und nicht gestört werden wollte, aber der Rufende gab nicht auf, wiederholte immer wieder ihren Namen.

Langsam hob Sarah die Lider und blickte direkt in zwei braune Augen.

»Sarah?«

Jonas. Der Rufende war Jonas.

»Komm zu dir, bitte.« Sie fühlte, wie ihre Wangen getätschelt wurden.

»W… Wasch isch?« Ihre Zunge fühlte sich wie ein aufgedunsener Fleischklumpen an. Und genauso bewegte sie sich auch im Mund hin und her.

»Ich glaube, du bist krank.« Er strich ihr über die Stirn.
»Aber du musst jetzt aufwachen.«

»Wo sch… wo sind wir?«

»Unterwegs. Du hast ganz fest geschlafen.«

Schon wieder? Allmählich klärte sich der Nebel in ihrem
Kopf. Wieso schlief sie die ganze Zeit? Sie musste doch ihre
Schwester suchen!

»Ich hab dir einen Kaffee besorgt. Schön stark. Der wird
dich wieder munter machen.« Ein großer Becher mit Deckel
kam ins Bild. »Warte, ich stelle deine Lehne hoch.« Jetzt sah
Sarah, dass Jonas neben ihr in der geöffneten Autotür stand.
Am flaschengrün getönten Himmel leuchteten ein paar rosa
Wolken. Warum wurde es schon dunkel? Eben war sie doch
noch im Wald pinkeln gewesen und hatte Kat eine SMS geschickt, während die Mittagssonne ihre Schultern erhitzt hatte.

»Ich glaube, ich bin echt krank.« Sie sog an dem Strohhalm,
der Kaffee rann in ihrer Kehle nach unten und kurz darauf
spürte Sarah die belebende Wirkung. Vor den Autofenstern
schwenkten mächtige Nadelbäume ihre Zweige.

»Bist du die ganze Zeit gefahren?«

»Ja. Ich wusste zwar nicht so recht, wohin, wollte aber nicht
an einer Stelle bleiben.« Er beobachtete, wie sie trank, und
nickte zufrieden. »Schon besser, was? Wir kriegen dich schon
wieder auf die Beine. An der nächsten Apotheke hole ich dir
etwas.«

»Ich habe Hunger.« Sarahs Magen war durch den Kaffee erwacht und meldete sich lautstark grummelnd zu Wort. Wann
hatte sie eigentlich zuletzt etwas gegessen?

»Gleich gibt es was. Aber wir sollten zuerst nachsehen, ob

deine Schwester geantwortet hat, damit wir wissen, wo sie ist, und sie ganz schnell finden.« Er schloss die Beifahrertür, lief um das Auto herum und setzte sich neben sie. »Dann kann ich schon losfahren und du isst etwas.« Schon zauberte er ihr Handy aus seiner Tasche, setzte den Akku ein und gab es ihr. Sarah wartete darauf, dass das Telefon zum Leben erwachte, und tippte ihre PIN ein. Die Aufregung kroch in ihre Beine und ließ die Fingerspitzen kribbeln. Gleich würde sie erfahren, wo Kat sich versteckte, gleich …

Mit halb offenem Mund starrte sie auf die Nachricht. Jonas sah sie an, als warte er auf etwas, bevor er sprach. »Was schreibt sie?«

»Es ist verschlüsselt.« Sarah gab ihm das Telefon. »Ich muss nachdenken.« Katharina hatte lediglich vier Worte geschrieben: GNTM – Bikini – Terrasse – *Alter Spanner*.

GNTM war klar – das stand für *Germanys Next Topmodel*. Und die Anspielung auf Bikini, Terrasse und den *Alten Spanner* ließ in Sarahs Erinnerung den Sommertag wieder auferstehen, als Kat und sie sich einen Spaß daraus gemacht hatten, Jan Zweigert zu ärgern.

Kat war in Mamas roten High Heels mit ihrem knappsten Bikini auf der Terrasse auf und ab stolziert und hatte gepost wie die magersüchtigen Girls aus der Modelshow. Nur Sekunden später war Zweigert mit seiner Alibi-Laubharke erschienen, hatte sich mit hochrotem Kopf am Zaun festgehalten und nicht wegschauen können.

Sarah lächelte bei der Erinnerung, wie Kat jedes Mal, wenn sie dem Nachbarn auf ihrem Weg in Richtung Terrassentür den Rücken zugewandt hatte, die Zunge herausgestreckt und wie ein Hund gehechelt hatte, während sie selbst hinter der Gardine von unterdrücktem Lachen geschüttelt worden war.

Nur drei Tage später hatte Zweigert Kat in sein Ferienhaus eingeladen. Die Schwester hatte Sarah angewidert erzählt, wie der *Alte Spanner* ihr das Domizil und die »idyllische, abgelegene Gegend« in den glühendsten Farben geschildert hatte. »Der muss doch jeglichen Bezug zur Realität verloren haben, wenn er denkt, dass ich mit ihm allein dorthin fahre! Bescheuert, der Typ!« Mit diesen Worten war die Sache erledigt gewesen. Und es hatte auch keine *Germanys next Topmodel*-Vorführungen mehr gegeben.

Kats Nachricht konnte also eigentlich nur eines bedeuten: dass ihr Aufenthaltsort etwas mit Jan Zweigert zu tun haben musste. In seinem Haus neben ihrem war Katharina jedoch nicht gewesen; nicht, als Sarah selbst drüben gewesen war, und nicht, als die Kripo dort nach Spuren gesucht hatte. Ihre Schwester musste also woanders stecken. Wenn ihr Gehirn nur richtig funktionieren würde … Noch immer schwebten Wattebällchen durch ihren Kopf und vernebelten die Gedanken. *Was hat Kat mit Zweigert zu schaffen?*

Als es ihr einfiel, stieß sie einen überraschten Ton aus und schlug die Hand vor den Mund. Eigentlich war es ganz simpel.

»Hast du es?« Jonas hatte sie die ganze Zeit nicht aus den Augen gelassen. Jetzt legte er ihr die Hand auf den Arm und lächelte aufmunternd.

»Es gibt eigentlich nur eine Möglichkeit.« Sarah sog nachdenklich an dem Strohhalm. Noch immer nagten leise Zweifel an ihr. War es richtig, ihm zu verraten, wo Kat steckte? Aber warum nicht? Mit seinem Auto konnten sie zu ihrer Schwester fahren und ihr bei allem, wovor sie Angst hatte, beistehen.

»Wo sind wir eigentlich?«

»In der Nähe von Ingolstadt.«

Nördlich von München also. Sarah überlegte kurz, warum sie seit heute Mittag nicht weiter gekommen waren und wo Jonas überhaupt hingewollt hatte, wurde aber unterbrochen.

»Wo steckt sie denn jetzt?«

»Im Ferienhaus unseres ehemaligen Nachbarn.« Sie erklärte ihm, wer Jan Zweigert war und woher sie und Kat von diesem Domizil wussten. Jonas rutschte auf dem Sitz hin und her, strich dabei die Handflächen aneinander und verschränkte schließlich die Finger.

»Und du bist dir sicher, dass deine Schwester dort ist?«

»Hundertprozentig. Eine andere Erklärung für die SMS gibt es nicht.«

»Das ist toll!« Seine Hand war wieder auf ihrem Arm gelandet. Etwas nachdenklicher sprach er vor sich hin. »In der Nähe von Goslar also. Das sind über vierhundert Kilometer.«

»Vier Stunden Fahrt etwa?« Sarah sah ihn an. Jonas hatte den Unterkiefer nach vorn geschoben. Seine Bartstoppeln waren inzwischen deutlich zu sehen, und sie fragte sich, wie es sich wohl anfühlen mochte, wenn er sie damit küsste.

»Ungefähr.«

»Wir werden mitten in der Nacht ankommen.«

»Macht nichts. Fahren wir erst einmal los, Prinzessin. Sobald wir in der Nähe sind, halte ich, und wir entscheiden, ob wir bis zum Morgen warten, um deine Schwester nicht zu erschrecken.«

Irgendwie war das alles schon mal da gewesen. Das Gleiche hatte er gestern erzählt, als sie auf dem Weg nach München gewesen waren. »Gute Idee.« Sarah lehnte sich zurück. Alles würde gut werden. Nur noch ein paar Stunden, dann konnte sie Kat in ihre Arme schließen, der ganze Scheiß würde sich aufklären und sie konnten nach Hause zurückkehren.

»Gib mir den Becher.« Jonas löste seine Rechte von ihrem Arm und langte nach dem Gefäß. »Ich fülle dir noch etwas Kakao auf.« Dass eine volle Flasche in der Dosenhalterung zwischen den Sitzen steckte, war ihr gar nicht aufgefallen. Er musste Nachschub gekauft haben, während sie geschlafen hatte.

»Warte! Gib mir bitte das Handy zurück. Ich möchte Kat antworten.«

»Gleich.« Er lächelte sie zärtlich an, neigte den Kopf herüber und berührte mit den Lippen sanft ihre Wange. »Trink erst noch einen Schluck. Du brauchst Flüssigkeit.« Schon reichte er ihr den Becher. Wie besorgt er um sie war! In Sarahs Bauch erwachte das leise Glühen. Süß umschmeichelte der Kakao ihre Zunge. Sie schloss kurz die Augen. Elodie hatte gar nichts geschrieben. Nicht eine einzige Nachricht. Komisch. Sanfte Finger nahmen ihr den Becher aus der Hand, doch Sarah ließ die Augen geschlossen. Es war gemütlich hier mit Jonas im Auto. Sie wollte für immer hier bei ihm bleiben.

Bevor sie wegdämmerte, dachte sie noch, dass ihr dieser übersüße Kakao langsam zum Hals heraushing. Dann verschwand die Außenwelt und eine dunkle Wärme hüllte Sarah wie ein weicher Samtmantel ein.

*

23. Mai, 23:15 Uhr

Da bin ich noch mal. Es ist so langweilig hier, und mittlerweile habe ich auch keine Lust mehr, im Netz zu surfen oder dauernd Nachrichten zu lesen. Meine Mädels überbieten sich mit den wildesten Vermutungen, was mit mir und Sarah geschehen sein könnte, eine davon grausiger als die andere. Das reicht von einem Serienkidnapper bis hin zu gemeinsamem Selbstmord, zerstückelten Leichen und anderem Quatsch. Die haben echt zu viele Horrorfilme gesehen!

Ich bin schon auf ihre Gesichter gespannt, wenn Sarah und ich plötzlich unversehrt wieder in Tannau landen. Ich muss mir noch überlegen, wie Sarah mir beim Fälschen von Beweisen gegen Jonas behilflich sein kann. Wenn sie überhaupt mitmacht! Meine kleine Schwester ist doch so gewissenhaft und möchte immer korrekt sein. Aber uns wird schon etwas einfallen – together we are strong!

Die Frage, ob sie meine SMS gelesen und verstanden hat, hat mich nicht losgelassen, aber ich wollte das Handy auf keinen Fall in der Hütte anschalten. Die Kripo weiß nämlich schon, dass mein Telefon in der Nähe von Goslar angeschaltet worden ist, das habe ich vorhin in den News entdeckt. Sogar bei *Aktenzeichen XY* wurde heute über Sarah und mich berichtet!!! Ich hab mir sofort Details aus dem Netz gesaugt und geschaut, was sie alles wissen. Ob sie zusätzliche Informationen geheim halten, kann ich nicht einschätzen, könnte durchaus sein. Ewig habe ich jedenfalls nicht mehr Zeit, das hier zu Ende zu bringen. Ich hatte sogar kurzzeitig daran gedacht, Jonas herzulocken, ihn irgendwie zu betäuben oder unschädlich zu machen, und dann so zu tun, als habe er mich die ganze Zeit hier gefangen gehalten. Aber das ist aus zwei Gründen unmöglich: Erstens fürchte ich mich unendlich vor ihm und bin sicher, dass er jede Möglichkeit nutzen würde, um mich zu überwältigen. Ich säße in diesem Haus wie ein Tier in der Falle. Zweitens könnte ich zwar vielleicht in meiner Fantasie jemanden überwältigen und fesseln oder sogar umbringen, aber niemals im richtigen Leben. Deshalb bleibt mir nur, auf mich selbst zu vertrauen. Und vielleicht auf Sarah, wenn sie wirklich herkommt.

All diese Überlegungen haben zu einem einzigen Ergebnis geführt – ich musste nachsehen, ob Sarah meine SMS bekommen und was sie darauf geantwortet hat. Also bin ich mit dem Rad durch die Finsternis gekurvt, obwohl mir langsam alle Knochen wehtun ... Gerade noch rechtzeitig ist mir eingefallen, dass es nicht gut wäre, wieder in eine andere Richtung zu fahren. Dann bräuchte die Kripo nämlich bloß die Punkte zu verbinden, an denen mein Handy bisher geortet wurde, und findet mich genau in der Mitte. Am Stadtrand von Goslar hingegen können sie sich kaputtsuchen. Klar weiß ich, dass sie irgendwann darauf stoßen werden, dass der *Alte Spanner* hier ein Ferienhaus hat, aber bis es so weit ist, habe ich hoffentlich alles überstanden.

Jedenfalls kann ich nun etwas beruhigter sein. Genau wie ich es mir gedacht habe, hat Sarah schnell kapiert, wo ich mich verstecke. Und nun ist sie auf dem Weg hierher, um mir beizustehen, hat sie geantwortet. Morgen Vormittag wird sie ankommen. Möchte wissen, wo sie in der Zwischenzeit gesteckt hat! Bis morgen früh bin ich hier sicher.

Kat

24. Mai

39

Ihr wart im Fernsehen, werdet gesucht, sei vorsichtig, kann sein, dass die dein Handy orten! Muss unbedingt mit dir reden!! Es ist DRINGEND! Ruf mich schnell von einem öffentlichen Telefon aus an, nicht warten – no spy here! €lo

Diese vielen Ausrufezeichen … Es war Elodie scheinbar ziemlich wichtig, Kontakt aufzunehmen. Aber was hatte sie so Wichtiges zu erzählen? Schnell glitt der Daumen über die Buchstaben und die Antwort erschien auf dem Display.

Elodie, ich ruf später an, bin auf dem Weg zu Kat, sie braucht meine Hilfe, kannst du mir nicht simsen, was los ist? Melde mich wieder, Sarah :-*

Jonas schickte die SMS ab und atmete tief durch. Dann löschte er alle empfangenen und gesendeten Nachrichten und entfernte den Akku. Hoffentlich gab Elodie jetzt Ruhe. Unternehmen konnte sie nichts, sie hatte ja keinen Plan, wo ihre Freundin steckte. Interessant war nur, was sie Sarah so dringend mitteilen wollte.

Er sah nach hinten, wo Sarah unter einer Decke auf der Rückbank schlief. Gut, das war vielleicht nicht ganz der richtige Ausdruck. Jonas grinste. Bevor er Katharina einen Besuch abstattete, musste er Sarah noch ein bisschen Kakao einflößen, damit sie nicht aufwachte, bevor er zurückkam.

Hier im Wald war das Auto sicher und die liegende Gestalt auf dem Rücksitz in der Dunkelheit nicht zu erkennen. Mit Daumen und Zeigefinger rieb er sich die Nase, wobei sein Blick nach draußen in die Finsternis glitt.

Nun wurden die beiden Schwestern also schon übers Fernsehen gesucht. Schade, dass er gerade jetzt keine Zeit hatte, sich ein unverschlüsseltes Netz zu suchen und die Sendung im Internet anzusehen. Was wussten die Bullen inzwischen? Er jedenfalls wusste nur eines: dass es eilte. Jonas betrachtete die Leuchtziffern der Uhr am Armaturenbrett. Zwei Uhr dreißig. Eine halbe Stunde würde er noch warten, bevor er loszog, um Katharina in ihrem Versteck zu besuchen. Um diese Zeit schliefen die meisten Menschen tief und fest und erwachten nur schwer.

Er musste sich, wenn er sie überwältigte, nur in Acht nehmen, dass sie ihn nicht kratzte oder irgendwie verletzte. Man durfte keinerlei DNA-Spuren von ihm in diesem Haus finden. Katharinas Verletzungen hingegen würde man natürlich auf den Entführer zurückführen, der sie letztendlich auch umgebracht hatte. Ganz simpel. Das kleine Dummchen hatte ja die ganze Geschichte wunderbar selbst inszeniert und ihm damit einen hervorragenden Grund für ihren Tod geliefert. Er brauchte sich gar nicht erst etwas auszudenken, das wie ein Unfall wirkte. Viel einfacher als bei Claire und Richard. Wenn er jetzt keinen Fehler beging, würde sich alles doch noch zum Guten wenden. Anfangs hatte es ja nicht so ausgesehen, aber mittlerweile hatte er die Sache wieder im Griff. Sein ursprünglicher Plan, Katharinas Gewohnheiten mithilfe ihrer kleinen Schwester auszuforschen, um auch für Kat einen passenden Unfall inszenieren zu können, hatte nicht so ganz funktioniert, obwohl er es zweimal versucht hatte. Beim ersten Versuch war ausgerechnet Sarah mit dem Fahrrad gefahren, an dem er die Bremsen manipuliert hatte, und auch die Pralinen, die er so sorgfältig präpariert und während des Sportunterrichts in Kats Tasche deponiert hatte, schien sie nicht gegessen zu haben.

Und dann war Katharina plötzlich von einem Tag auf den anderen verschwunden. Sie musste etwas geahnt haben, obwohl er die ganze Zeit aufgepasst hatte, ihr nicht über den Weg zu laufen. Dass Sarah nichts von ihm herumerzählen würde, war sehr schnell klar gewesen. Der kleine Trampel war eher verschlossen und behielt vieles für sich. Nicht einmal diese komische Elodie hatte von ihm gewusst. Jonas nahm die Plastikflasche mit dem Kakao in die Hand und schüttelte die Flüssigkeit. Genug für ein paar weitere Stunden Tiefschlaf. Sarah hatte die ihr zugedachte Aufgabe, ohne es zu wissen, gut gemacht. Auch wenn das für ihn nicht immer leicht gewesen war.

Wenn er nur an diesen idiotischen Schreibkurs und das pseudointellektuelle Geschwafel des Kursleiters dachte, kam ihm noch immer die Galle hoch. Die Typen dort hielten sich doch echt für angehende Schriftsteller! Was für ein Scheiß! Nicht nur einmal hatte er sich ein verächtliches Grinsen verkneifen müssen. Genauso wie in dem Moment, als er Sarah das erste Mal »Prinzessin« genannt hatte. Das einfältige Ding hatte verschämt weggeschaut und war knallrot geworden. Erneut blickte er nach hinten. Sarah rührte sich nicht.

Katharinas angebliche Entführung hatte ihm dann jedoch die Tour ganz schön vermasselt und ziemliches Kopfzerbrechen bereitet, obwohl er von Anfang an geahnt hatte, dass alles nur vorgetäuscht war.

Draußen raschelte, wisperte und knackte es. Der Wald schlief nicht, sondern lebte. Jonas drehte den Zündschlüssel und ließ das Fenster nach oben surren. Allmählich wurde es kühl.

Wäre Katharina tatsächlich entführt worden, hätte er den Dingen einfach ihren Lauf lassen und abwarten können, ob der Kidnapper die Arbeit für ihn gleich mit erledigte. Aber dann hatte sich herausgestellt, dass Kat geflüchtet war, und zwar vor ihm. Noch immer konnte er die Erleichterung fühlen, die sich in ihm ausgebreitet hatte, als Sarah die SMS von ihrer Schwester bekommen hatte.

Jonas fuhr mit den Fingerspitzen über die Brauen. Seine Augen juckten. Eigentlich benötigte er die braunen Kontaktlinsen jetzt nicht mehr. Es war egal, ob Sarah mitbekam, dass er in Wirklichkeit blauäugig war, aber zur Sicherheit würde er sie noch ein bisschen länger tragen. Die roten Ziffern leuchteten: 02:45 Uhr. In fünf Minuten musste er losfahren.

Nachdem klar war, dass er von Anfang recht gehabt hatte und Kat sich irgendwo vor ihm versteckte, war er mit der weggetretenen Sarah durch die Gegend gefahren und hatte ab und zu ihr Handy gecheckt. Es war fast schon zu einfach gewesen,

Sarah Informationen zu entlocken. Kat hingegen war schlauer, denn anstatt eine Adresse zu nennen, hatte sie diese kryptische Botschaft geschickt. Ihm war also nichts anderes übrig geblieben, als Sarah mit viel Kaffee aus ihrem »Dornröschenschlaf« zu erwecken. Und auf seine Prinzessin war Verlass: Die einzige Zeugin, die ihn noch mit dem Unfall in Großbritannien und dem Tod von Claire und Richard in Verbindung bringen konnte, steckte im Ferienhaus ihres ehemaligen Nachbarn. Die Adresse herauszufinden, war dank Google kein Problem. Zur Sicherheit hatte er Kat über Sarahs Handy geantwortet, dass sie morgen früh da wäre. Katharina würde sich also sicher fühlen.

Jonas startete den Motor und startete das Navi. Langsam holperte das Auto über den Waldweg zurück auf die Straße. Wenn er Kat erledigt hatte, würde er Sarah holen. Die Geschichte war absolut plausibel. Das unvernünftige Ding hatte sich auf den Weg gemacht, um ihrer großen Schwester beizustehen, und war dabei dem bösen Entführer direkt in die Arme gelaufen. Dass sie unterwegs ab und zu ihr Handy eingeschaltet hatte, war nur nachvollziehbar. Alle glaubten schließlich, sie sei allein abgehauen, das hatte sie ihm wieder und wieder versichert.

Er musste nur am Ende die Nachrichten von Katharinas Handy löschen. Wenn er es einfach anließ, konnten die Bullen es orten und die zwei toten Schwestern finden. Inzwischen wäre er über alle Berge. Ganz simpel.

40

Leise schlich Jonas durch den Wald, wobei er den Strahl der Taschenlampe mit der Hand abschirmte. Er war so nah wie möglich an das Ferienhaus herangefahren, den letzten Kilometer mit ausgeschalteten Scheinwerfern. Als er die Umrisse des Hauses in der Nacht erahnen konnte, machte er halt, nahm den Rucksack von den Schultern und leuchtete hinein, um sich ein letztes Mal zu vergewissern, dass alle Utensilien an Ort und Stelle waren, ehe er auch die Taschenlampe ausschaltete.

Jonas spürte, wie sich die Härchen an den Armen aufrichteten. Ein kalter Hauch strich über sein Gesicht und den Hals und ließ ihn erschauern. Seine Füße tasteten sich wie von selbst voran, der schwarze Umriss des Hauses rückte näher. Nicht mehr lange, dann war der ganze Zirkus Geschichte und sie samt ihrer dummen kleinen Schwester auch.

Jonas stellte sich vor, wie Katharina im Bett lag. Mit einer schnellen Bewegung würde er der blonden Kratzbürste ein Kissen aufs Gesicht drücken. Gefangen unter der Decke würde ihr eine Gegenwehr schwerfallen.

335

Nach dieser letzten »Säuberungsaktion« hier würde er ganz schnell verschwinden und sein Studium im Ausland antreten. Seine Eltern waren bereits informiert, dass er gern schon vor dem eigentlichen Start in die USA fliegen und sich vorbereiten wollte. Würde der Reiseantritt eben noch etwas vorgezogen. Spätestens nächste Woche war er weg.

Seine Füße ertasteten Steinplatten und Jonas blieb stehen. Er war angekommen. Noch im Dunkeln der umgebenden Sträucher verborgen, betrachtete er das Domizil von Kats und Sarahs Nachbar im Zwielicht von Mond und Sternen. Der Typ schien Geld zu haben. Das hier war keine simple Blockhütte, sondern ein richtiges Gebäude, zweistöckig, fest gemauert. Jonas legte den Kopf in den Nacken und prüfte die Fenster. Im Erdgeschoss waren die Jalousien herabgelassen. Alle Fenster waren dunkel, das Haus wirkte unbewohnt.

Jonas beschloss, erst einmal um das Haus herumzugehen. Eine Hintertür wäre sicher leichter zu knacken. Auf der gegenüberliegenden Seite fand er tatsächlich einen weiteren Eingang. Jonas blieb stehen. Während er in die Dunkelheit lauschte, zählte er bis hundert. Dann nahm er vorsichtig den Rucksack ab und tastete nach den Handschuhen und dem Werkzeug. Licht würde er keines brauchen, er hatte die Technik so oft geübt, dass er die Tür auch blind öffnen konnte.

Jonas streifte die dünnen Gummihandschuhe über und strich dann mit der Rechten über das Türblatt. Ein leiser Schreckenslaut entfuhr ihm, er ließ seine Fingerspitzen noch einmal über die glatte Oberfläche gleiten und gab der Tür einen Stups. Geräuschlos bewegte sie sich ein paar Zentimeter nach innen. Er fühlte, wie ihm ein kaltes Rinnsal über den Rücken lief, und ließ die Hand sinken. Hier stimmte etwas nicht. Wieso war die Haustür nur angelehnt? Erwartete man ihn etwa schon?

Nach endlosen Minuten reglosen Verharrens, in denen kein Geräusch zu hören war, entschied sich Jonas dazu, nachzusehen. Behutsam stieß er die Tür weiter auf, zwängte sich durch den Spalt und drückte die Tür wieder zu. Sogleich ergriff eine allumfassende Schwärze von ihm Besitz und auch nach sekundenlangem angestrengtem Starren gelang es ihm nicht, etwas zu erkennen. Was jetzt? Konnte er es wagen, die Taschenlampe einzuschalten? Wenigstens für einen kurzen Augenblick? Ohne Licht würde er womöglich stolpern und Lärm machen. War Katharina wirklich so leichtsinnig gewesen, die Tür nicht abzuschließen? Schon hatte er die Stablampe angeknipst und den Lichtstrahl auf den Boden gerichtet. Das Erste, was Jonas erblickte, waren unzählige tiefrote Flecken.

Verteilt auf dem hellen Parkett, bildeten sie ein unregelmäßiges Muster, das zur Tür hin dichter wurde. Hier waren die Rinnsale zu einer Pfütze aus Blut zusammengeflossen. Zu einer *ziemlich großen* Pfütze. Noch ein Schritt weiter im Dunkeln, und er wäre hineingetreten. Jetzt nahm er auch den metallischen Geruch wahr. Auch an den Wänden befanden sich rote Sprenkel.

Direkt an der Fußbodenleiste lag ein großes, ebenfalls blutbeschmiertes Filetiermesser, daneben eine silberfarbene Sprühdose. Er ging in die Knie und stieß den Behälter mit der Taschenlampe an, sodass dieser herumrollte und den Blick auf das Etikett freigab. *Beschlag-Spray zur Wartung von Schlössern.* Hatte Katharina das Türschloss imprägniert? Warum aber lag die Sprühdose dann achtlos am Boden?

Jonas berührte mit dem behandschuhten Zeigefinger einen der kleineren Blutstropfen. Noch nicht ganz trocken. Die blutende Person konnte noch nicht lange weg sein. Oder befand sich noch im Haus? Wieder lauschte er, doch alles blieb still. Der Wahrscheinlichkeit nach war niemand mehr im Haus, aber die *Wahrscheinlichkeit* reichte nicht.

Er musste sich vergewissern, dass Katharina nicht hier war. Und auch sonst niemand. Zeugen konnte er nicht gebrauchen. Jonas seufzte unhörbar. Nun war er seinem Ziel so nah gewesen und jetzt das! Bevor er etwas unternahm, musste er kurz nachdenken. Es gab noch eine andere Möglichkeit: Jemand war ihm zuvorgekommen, hatte ihm die Arbeit abgenommen und Kat verletzt – hoffentlich schwer. Vielleicht lag sie, wenn er Glück hatte, irgendwo im Sterben oder war bereits tot, und der Eindringling war geflohen. Dann brauchte er nur noch Sarah umzubringen und hierherzubringen und alles war geritzt.

Eine Dreiviertelstunde später war er mit der Inspektion des Hauses fertig. Außer in den Zimmern hatte er auch sämtliche großen Schränke und andere möglichen Verstecke kontrolliert. Das Haus war leer. Eins jedoch konnte er nun mit Sicherheit sagen: Katharina war definitiv hier gewesen. In einem Zimmer im Obergeschoss war das Bett zerwühlt und im Abfalleimer unter der Spüle hatte er außer einem leeren Pizzakarton einen Einkaufszettel in ihrer Handschrift gefunden. Sonst nichts. Keine Klamotten, kein Handy. Und auch kein weiteres Blut. Was bedeutete, dass sie ihm erneut entwischt war. Kat war weg, sein schöner Plan mit den zwei toten Mädchen würde nicht funktionieren. Die Variante, dass jemand hier eingedrungen war, sie überrascht und verwundet hatte und ihr dann nach draußen gefolgt war, um sie im Wald umzubringen, nützte ihm nicht viel. Jonas schlug mit der Faust gegen die Wand. Er konnte nicht ewig hierbleiben. Zwar wusste Katharina nicht, dass er ihr schon so dicht auf den Fersen gewesen war, aber das war kein Trost. Er hatte keine Ahnung, wohin sie sich auf den Weg gemacht hatte.

Außerdem hatte er jetzt ein neues Problem: Katharinas unwissende Schwester lag in seinem Auto, und er hatte keinen Plan, was er mit ihr machen sollte.

41

»Matt? Bist du schon wach?« Elodie trat einen Schritt ins Schlafzimmer ihrer Eltern und betrachtete die Gestalt ihres Vaters unter der Decke.

»Matt?« Sie ging näher ans Bett und hörte dabei, wie ihr Vater unwillig stöhnte. »Sorry, aber ich muss mit dir reden. Es ist dringend.«

»Alles in Ordnung mit dir?« Mama schob die Schlafbrille auf die Stirn und blinzelte.

»Ja, mit mir schon. Leg dich wieder hin. Ich muss mit Matt sprechen.«

»Matt? Elodie braucht dich.« Mama schlug auf seine Bettdecke, zog dann die Schlafbrille wieder über die Lider und sank mit einem Seufzen zurück auf ihr Kissen.

»Was ist denn?« Ihr Vater hatte endlich die Augen geöffnet.

»Steh auf, ich muss etwas mit dir besprechen. Bitte.« So langsam reichte es ihr. Künstlereltern waren echt anstrengend! Anstatt nachts zu arbeiten, könnten sie, wie alle anderen auch, tagsüber Geld verdienen und nachts schlafen.

340

Papa schien die unbehaglichen Schwingungen gespürt zu haben, denn er schwang sich aus dem Bett, zog die Pyjamahose hoch, schlüpfte in seine Schlappen und trottete laut gähnend hinter ihr her. In der Küche schaltete er als Erstes die bereits vorbereitete Kaffeemaschine an und setzte sich dann zu ihr an den Tisch.

»So, mein Engelchen. Was gibt's denn?«

»Ich habe eine SMS bekommen. Lies selbst.«

Elodie ignorierte das kindische »Engelchen« und gab ihrem Vater das Handy, sodass er Sarahs Nachricht lesen konnte.

»Zwei Uhr dreißig. Mitten in der Nacht?«

»Das meine ich nicht. Ich hatte ihr gesimst, dass sie mich unbedingt anrufen sollte. Du weißt schon, wegen Aktenzeichen XY und so.«

»Und als Antwort kam diese SMS?«

»Genau.« Noch einmal überflog Elodie den Text. »Sarah hat unseren Code nicht benutzt! Sie hat weder das €-Zeichen bei meinem Namen noch das @-Zeichen bei ihrem gemacht. Und dann hat sie auch noch einen Kuss-Smiley geschickt – das passt überhaupt nicht zu ihr.«

»Du meinst also, die SMS ist gar nicht von Sarah? Sondern von jemandem, der sich als Sarah ausgeben wollte und deine Nachricht gelesen hat?«

»Könnte doch sein, oder? Aber warum?«

»Engelchen, du bist doch sonst nicht so begriffsstutzig!« Papa stand auf, um den Kaffee zu holen. »Du sollst natürlich ruhiggestellt werden. Leider hat der Absender den Code nicht begriffen. Oder besser gesagt, zum Glück hat er ihn nicht begriffen, denn so weißt du, dass nicht deine Freundin die SMS geschickt hat.« Er nahm einen Schluck Kaffee und seufzte wohlig. »Ist dir klar, was das bedeutet?«

Elodie spürte, wie Panik sich in ihr ausbreitete. »Jemand hat ihr Handy und verschickt in ihrem Namen Nachrichten.« Mehr musste sie nicht sagen. Der Rest ergab sich von selbst.

»Was sollen wir denn jetzt tun?«

»Ich schlage vor, wir beide fahren sofort zu Sarahs Mutter und reden mit ihr. Bestimmt hat die Polizei jemanden vor Ort.« Er strich sich die Haare glatt. »Vielleicht hätten wir bei Sarahs erster Nachricht gleich die ganze Wahrheit sagen sollen. Aber dafür ist es jetzt zu spät.« Mit einem Poltern landete die Tasse auf dem Tisch. »Ich geh mich anziehen.«

*

»Scheiße!« Elodie schnallte sich an und sah dabei zurück zum Haus der Brunners. Der Polizist schloss gerade die Tür. »Fahr schon, Matt.« Kopfschüttelnd setzte sie hinzu: »Ich raff's nicht! Das ist wie in einem dieser Kriminalfälle!«

»Nur in echt.« Ihr Vater gab Gas und das Auto schlingerte davon.

»Wie weit ist es bis zu diesem Bethlehemstift?«

»Fünfunddreißig Kilometer. Wir sind in einer halben Stunde dort. Und nein«, er sah sie streng an, »ich werde die Geschwindigkeit nicht übertreten, falls du das vorschlagen wolltest.«

»Hatte ich nicht vor.« Elodie sah nach draußen. Die Kirschblüten waren fast alle abgefallen. Sarah liebte den Frühling über alles. Ständig zitierte sie Gedichte, die mit der Jahreszeit zu tun hatten, und versuchte, all die besonderen Gerüche und

Farben zu beschreiben und in ihren Texten unterzubringen. Die poesievolle Sarah. Ihre einzige echte Freundin. Elodie schniefte. Hoffentlich ging es Sarah gut. »Verflucht!«

»Ich weiß, Engelchen, ich weiß.« Papa zog ein Taschentuch aus der Hosentasche und reichte es ihr. Im Moment störte sie nicht mal das »Engelchen«. Die Angst wollte nicht weichen, fraß und nagte in ihrer Brust mit spitzen Zähnchen.

Den Rest der Strecke legten sie schweigend zurück. Ihr Vater fuhr nun doch schneller als erlaubt. Häuser und Bäume huschten vorbei, Lichtbalken streiften die Scheiben in schneller Folge. Erst als das Auto auf den Parkplatz des Krankenhauses einbog, räusperte er sich. »Dann wollen wir mal.«

»Sie ist auf Station vierunddreißig.« Elodie ging neben ihrem Vater her, und obwohl ihr vor Sorge fast schlecht war, versuchte sie, optimistisch zu sein. »Hoffentlich lassen sie uns zu ihr.«

»Das hat der Polizist versprochen.« Papa ging auf eine Glastür zu, die daraufhin lautlos aufglitt. Auf dem Flur roch es nach Desinfektionsmitteln und Zitrone. Eine Schwester schob einen Metallwagen mit Essen, dessen Räder leise klackten, an ihnen vorbei. Mit dem Fahrstuhl fuhren sie in die dritte Etage und fanden schnell die richtige Station.

»Hier ist es.« Ihr Vater war stehen geblieben, klopfte und öffnete dann langsam die Tür. Elodie spürte, wie die Beine ihr nicht gehorchen wollten. Am liebsten wäre sie draußen auf dem Gang geblieben, aber es nützte ja nichts.

»Guten Morgen, Frau Gessum.« Ihr Vater gab Sarahs Mutter die Hand, und Elodie versuchte, um die beiden Erwachsenen herum auf das Bett zu schielen.

343

»Ich bin froh, dass Sie gleich gekommen sind. Eigentlich darf niemand zu ihr, aber bei Ihnen und Ihrer Tochter machen die Ärzte eine Ausnahme.«

Die Polizeibeamtin, die sich die ganze Zeit im Hintergrund gehalten hatte, kam näher und streckte die Hand aus. »Ich bin KK Schuster.«

»Sie haben Sarah verhört!« Elodie ärgerte sich sofort, dass ihr der Satz entschlüpft war.

»Hat sie das so genannt?« Die Polizistin hatte ein entschuldigendes Lächeln aufgesetzt. »Eigentlich waren es Gespräche, aber wir sind ihr wohl feindselig vorgekommen. Im Nachhinein mache ich mir Vorwürfe, weil ich so streng war.«

»Wie geht es ihr denn?« Papa, der leise redete, hatte ihre Schultern umfasst, und beide zuckten synchron zusammen, als eine Mädchenstimme vom Bett her antwortete.

»Ich bin in Ordnung. Keine Ahnung, warum die so ein Theater machen. Es sind nur ein paar blaue Flecken und eine Platzwunde.« Katharina wedelte mit den Händen und fuhr fort. »Und daran bin ich auch noch selbst schuld. Ich bin in der ganzen Aufregung voll gegen einen Pfeiler gerannt. Diesen blöden Einbrecher hat es schlimmer erwischt. Ich war nämlich gut vorbereitet. Obwohl es fast schiefgegangen wäre! Als der Kerl die Stolperfalle ausgelöst hat, habe ich zuerst gedacht, dass es wieder ein Tier ist, so wie die Nächte vorher, und habe nicht reagiert. Ihr könnt euch meinen Schreck vorstellen, als es plötzlich auch im Flur gescheppert hat! Aber ich bin ganz cool geblieben und habe mich mit Feuerzeug und Spraydose bewaffnet runtergeschlichen.« Stolz blickte sie in die Runde. »Der Typ war ziemlich überrascht, als er mich gesehen hat.

344

Er hat mit einem langen dünnen Messer rumgefuchtelt und wirres Zeug gebrabbelt. Ich habe ihm dann mit meinem selbst gebastelten Flammenwerfer ganz schön eingeheizt!«

Elodie schielte zu Katharinas Mutter. Die schien die Sache nicht ganz so relaxt zu sehen. Auf ihrer Stirn hatten sich zwei steile Längsfalten gebildet und sie presste die Lippen aufeinander.

»Jedenfalls hat der Kerl sich so erschreckt, dass er sich beim Herumfuchteln selbst geschnitten hat, bevor er rückwärts aus der Tür gefallen ist. Gleich darauf hat er sich aufgerappelt und ist im Wald verschwunden. Weit ist er aber nicht gekommen. Wie ich vorhin erfahren habe, wurde er in Goslar aufgegriffen. Die Brandblasen tun bestimmt ganz schön weh! Weil ich dachte, dass er vielleicht zurückkommt, hab ich meine Sachen geschnappt und bin gerannt, was das Zeug hielt.«

»Du bist verrückt, Kat.« Elodie war ans Bett getreten und betrachtete das Pflaster auf Katharinas Stirn. »Wann bist du denn hier gelandet?«

»Vor einer Stunde. Zum Glück musste ich in Goslar auf dem Bahnhof nicht ewig auf einen Zug warten. Ich bin vielleicht froh, dass ich wieder da bin! Und vor allem, dass Mom und Daddy noch mit mir sprechen, nach dem, was ich ihnen angetan habe.«

»Darüber reden wir noch, Katharina.« Heide Gessums Gesichtsausdruck hatte jetzt zu streng gewechselt. »Ich glaube nämlich nicht, dass dir klar ist, was du uns allen angetan hast.«

»Deine Mutter hat vollkommen recht. Das war kein misslungener Scherz. Es gibt reichlich Gesprächsbedarf.« Auch KK Schuster schien ihren Senf dazugeben zu wollen.

»Sie haben recht.« Kat klang für einen Augenblick lang kleinlaut, ehe sie sich wieder fasste. »Ich bin trotzdem erleichtert, dass das alles ein Ende hat. Jetzt müssen wir nur noch Sarah erreichen und ihr sagen, dass sie zurückkommen kann.«

»Ich fürchte, deswegen sind wir hier.« Elodie schaute einen nach dem anderen an. »Es gibt da ein Problem.«

»Sind Sie schon informiert?« Matt schaute zu der Polizistin, die unmerklich nickte.

»Ihre Tochter sollte kurz erklären, was ihr aufgefallen ist.«

Elodie schluckte ein paarmal. Ihre Kehle war wie zugeschnürt. Würde Sarahs Mutter böse auf sie sein, dass sie ein bisschen ungenau gewesen war, was den Kontakt mit Sarah anging? Sie holte tief Luft.

»Ich hatte Ihnen doch vorgestern von der SMS erzählt.« Heide Gessum nickte freundlich und Elodie fuhr erleichtert fort. »Und heute früh habe ich eine Nachricht von Sarah gefunden, die mitten in der Nacht abgeschickt wurde und bei der unser Code nicht stimmt.« Sie wartete, bis die Information eingesickert war. Kat reagierte zuerst.

»Wie meinst du das?«

»Na ja, sie hat unseren Code nicht verwendet.«

»Euren Code?«

»Das kann Elodie später erklären. Was stand denn in dieser Nachricht?« Heide Gessum runzelte die Stirn.

»Ich hatte ihr geschrieben, dass sie mich unbedingt anrufen soll. Sarah hat geantwortet, dass sie das auf später verschiebt, weil sie auf dem Weg zu Kat ist und sich wieder melden wird.«

»Dann hat sie meine Nachricht also entschlüsselt.« Kat schien noch nicht begriffen zu haben, worum es hier wirklich ging. »Ist jemand dort, um sie abzuholen?« Sie sah zu der Polizistin.

»Katharina, die SMS kann nicht von Sarah sein«, erklärte KK Schuster. »Jemand anders muss sie von ihrem Handy aus an Elodie geschickt haben.«

»Aber warum?«

»Das wissen wir nicht genau. Womöglich ist sie nicht allein geflüchtet. Könnte jemand bei ihr sein?« Die Polizistin schaute von Katharina zu deren Mutter.

»Ich glaube, sie hat einen Freund.« Elodie betrachtete beim Sprechen die halb volle Tasse auf dem Schränkchen neben Katharinas Bett. Sie hatte Durst.

»Sarah? Nie im Leben!« Kat schüttelte den Kopf. »Das hätten wir doch mitbekommen … oder?« Hilfe suchend sah sie zu ihrer Mutter, doch die zuckte nur die Schultern.

»Vielleicht doch«, erwiderte Elodie. »Ich war gestern in Sarahs Schreibkurs. Und die haben mir erzählt, dass sie dort einen Jungen kennengelernt hat und dass sie ziemlich verliebt gewirkt hätten. Sie sollen sogar zusammen ausgegangen sein. Einer von denen hat die zwei in einer Pizzeria gesehen.«

»Und nun denkt ihr, dass sie mit diesem Jungen durchgebrannt ist?« Noch immer wippte Katharinas Kopf von links nach rechts. »Wie heißt denn der Kerl?«

»Jonas.«

»Wie bitte?« Katharina hatte die Augen weit aufgerissen. »JONAS? Welcher Nachname?«

»Ich erinnere mich nicht mehr genau, Irgendwas mit ›G‹.« Bestürzt sah Elodie, wie Katharinas Gesicht sich verzerrte, bevor sie sich mit der Faust an die Stirn schlug und schluchzte.

42

»... *und befindet sich derzeit im Krankenhaus. Die Familie bittet Katharinas Schwester Sarah Brunner darum, sich umgehend daheim zu melden.*«

Jonas sah über die Schulter auf den Rücksitz, wo Sarah noch immer tief und fest schlief. Der Radiosprecher war inzwischen zu anderen Themen übergegangen. Noch einmal ließ er sich die Nachricht Wort für Wort durch den Kopf gehen. Katharina hatte einen Einbrecher überrascht und daraufhin hatte es in dem Haus einen Kampf gegeben. Das erklärte die Blutspuren, die ihm aufgefallen waren. Der Einbrecher sei noch in der Nacht in Goslar festgenommen worden. Mehr Informationen hatte der Sprecher nicht gehabt. Weder, von wem das Blut stammte, noch, wie es Katharina derzeit ging. War sie schwer verletzt? Wieder schaute Jonas auf den Rücksitz, dann schaltete er das Radio ab.

Es konnte nur so gewesen sein, dass der Einbrecher Katharina im Schlaf überrascht und verwundet hatte. Danach war er geflohen und hatte das verletzte Mädchen zurückgelassen, wo man sie nach seiner Ergreifung gefunden und ins Krankenhaus gebracht haben musste. Das Schicksal spielte einem doch immer wieder in die Hände.

Der Überfall musste kurz vor seinem Auftauchen stattgefunden haben. Wie gut, dass er dem Typen oder gar den Sanitätern und Bullen nicht in die Hände gelaufen war! Er war doch ein Glückspilz.

Nach seinem Rückzug war er zu Sarah ins Auto gestiegen und davongebraust. Erst einmal weg von diesem mysteriösen Schauplatz, weg von dem Haus mit den Blutlachen und dem finster schweigenden Wald. Fünfzig Kilometer weiter südlich hatte er angehalten und sich selbst etwas Schlaf gegönnt. Seit knapp einer Stunde fuhr er nun wieder herum und hörte dabei die Nachrichten ab.

Er musste demnächst irgendwo anhalten, sich ein ungesichertes Netz suchen und schauen, ob es im Internet schon Details gab, die seine Fragen beantworteten. Hoffentlich dauerte es nicht mehr so lange, bis Sarah aus ihrer Betäubung erwachte. Er würde vielleicht noch einmal ihre Hilfe brauchen.

SMS waren keine mehr eingegangen. Auch nicht von dieser Elodie. Was nichts heißen musste. Sie schlief wahrscheinlich noch. Und Katharina konnte nicht simsen, weil sie hoffentlich im Sterben lag oder das Gedächtnis verloren hatte. Jonas lächelte. Niemand schien zu wissen, dass er mit Sarah unterwegs war. Noch bestand eine Chance, den Karren aus dem Dreck zu ziehen. Dafür brauchte er aber seine Lumpenprinzessin.

Als hätte sie seine Gedanken gehört, seufzte Sarah leise und regte sich. Nicht mehr lange, und sie würde erwachen. Jonas presste die Fingerspitzen an die Schläfen. Er musste nachdenken, wie er ihr plausibel erklären konnte, warum Kat im Krankenhaus war und dass sie jemanden anrufen solle, um herauszufinden, wo ihre Schwester war und wie es ihr ging. Natürlich, ohne etwas von ihm zu verraten. Wenn er die nötigen Informationen hatte, würden sie sich auf den Weg machen.

Auf dem Rücksitz stöhnte Sarah. Mittlerweile kannte er das Prozedere. Sie schnaufte, seufzte und stöhnte, dann rieb sie sich minutenlang die Augen und gab dabei weitere unwillige Laute von sich, bis sie sich schließlich aufsetzte und mit schwerer Zunge fragte, wie lange sie geschlafen hatte. Danach dauerte es noch mindestens fünf weitere Minuten, bis sie einigermaßen ansprechbar war. Jonas griff nach dem Becher mit Kaffee, den er vorhin an der Tankstelle gekauft hatte. Sarah musste voll da sein, wenn sie telefonierte.

*

»Du bist wirklich krank, Prinzessin.« Jonas saß neben ihr und hielt ihr den Becher an die Lippen. »Wenn das bis heute Nachmittag nicht besser wird, fahre ich dich zu einem Arzt.«

Sarah schluckte mühsam. Der Kaffee war kalt. Er hatte recht, sie fühlte sich wie gerädert. In ihrem Kopf brummte ein Hornissenschwarm, die Muskeln schmerzten und der Nacken war steif. Ihre Augen brannten und außerdem drückte die Blase.

»Vielleicht hast du dir einen Virus eingefangen.«

Sarah nickte nur müde.

»Hast du Hunger?«

»Weiß nicht. Ich muss mal.«

»Schaffst du es allein?« Er nahm ihr den Becher ab und sah

sie prüfend an. »Ich habe sogar Papier.« Schon zauberte er eine Toilettenrolle aus dem Fußraum hervor. Jonas war einfach perfekt, er dachte an alles.

Sarah nahm das Papier und stieg vorsichtig aus. Ihre Beine gehorchten nur widerwillig. Schritt für Schritt bewegte sie sich in Richtung des Waldrandes, wobei sie Jonas' besorgten Blick in ihrem Rücken spürte. Jetzt bloß nicht taumeln. Sie musste es allein schaffen, egal wie. Auf gar keinen Fall durfte er in ihrer Nähe sein, wenn sie sich ins Gebüsch hockte, sie würde vor Scham sterben. Sarah drehte sich um, winkte kurz und stakte weiter.

Fünf Minuten später ging es ihr besser. Erleichtert richtete sie sich auf und tappte zurück. Jonas saß noch immer auf dem Beifahrersitz, die Beine nach draußen gestreckt, und sah ihr entgegen. Am Himmel hinter ihm blendete die Sonne durch Birkenstämme und tauchte alles in ein gelbweißes Licht. Sarah richtete den Blick nach oben in den fliederblauen Himmel und fragte sich, ob es Morgen oder Abend war, wo sie sich befanden und was sie hier in diesem Waldstück wollten. Erst als sie das Handy in Jonas' Hand sah, fiel es ihr wieder ein, und sofort begann es in ihrem Bauch zu rumoren.

»Na, besser?« Er lächelte sie an, aber Sarah bewegte nur vorsichtig den Kopf. Sofort verstärkte sich das leise Pochen.

»Wo sind wir?«

»Wo uns niemand so leicht findet.« Jonas wartete, bis sie herangekommen war, sprang aus dem Auto, reichte ihr die Hand und zog sie zu sich heran. »Keine Angst, du bist hier sicher.«

»Was ist mit Kat?«

»An was erinnerst du dich denn?«

»Dass sie diese SMS mit GNTM geschickt hat und wir geschlussfolgert haben, dass sie im Ferienhaus von unserem ehemaligen Nachbarn sein muss.« Sie kratzte sich über dem Ohr. »Wir wollten doch da hinfahren und sie abholen …«

»Sind wir auch. Aber auf der Fahrt bist du wieder eingeschlafen.«

Sarah betrachtete den zerknüllten Kaffeebecher neben dem Kofferraum. Wie konnte sie nur dauernd schlafen? Dazu noch auf dem Weg zu ihrer Schwester, die sie so lange gesucht hatte!

»Als wir ankamen, dachte ich, ich schau erst mal selber nach. Aber deine Schwester war nicht dort.«

»Nicht?« Tränen drängten sich in ihre Augen.

»Das ist vielleicht nicht ganz korrekt. Ich hätte wohl besser sagen sollen: nicht mehr.«

In Sarahs Kopf kreisten die Gedanken, während eine Stimme wiederholte: *nicht mehr, nicht mehr …*

»Komm, setzen wir uns ins Auto, dann erzähle ich dir den Rest.« Jonas zog sie um den Kofferraum herum zur Beifahrertür, wobei er im Vorübergehen den Kaffeebecher aufhob und wartete, bis sie eingestiegen war, ehe er um das Auto herumging und ebenfalls einstieg.

»Im Haus habe ich Blutspuren gefunden. Es sah nach einem Kampf aus.«

»Blut?« Sarah spürte ihr Herz klopfen. Es schien im Hals zu sitzen.

»Okay, die Kurzversion. Inzwischen habe ich nämlich aus den Nachrichten erfahren, was sich dort abgespielt hat.« Draußen begann ein Vogel zu zwitschern. Sarah spürte Übelkeit aufsteigen, während sie Jonas weiter zuhörte.

352

»… und jetzt ist deine Schwester in einem Krankenhaus.«
Er legte ihr die Hand auf das Bein. »Ich weiß, das ist schwer
zu verkraften.«

»Ist sie schwer verletzt?«

»Das haben sie leider nicht gesagt.« Die braunen Augen waren auf sie gerichtet. »Du könntest versuchen, jemanden anzurufen.«

Jetzt wo Kat gefunden worden war, konnte sie sich ebenfalls
auf den Heimweg machen. Es bestand kein Grund mehr, sich
zu verstecken. Für ein paar Sekunden fühlte Sarah sich leicht
und frei, bis ihr wieder einfiel, dass es ihrer Schwester womöglich schlecht ging. Jonas hatte indessen den Akku eingesetzt,
schloss nun das Gehäuse und reichte ihr das Handy.

»Ruf deine Mutter an. Frag sie, wo deine Schwester ist und
wie es ihr geht. Und sag ihr, dass du dich auf den Heimweg
machst. Niemand braucht dich abzuholen.«

»Ich trau mich nicht.« Sarah drehte das Handy hin und her.
Mama würde sie vielleicht gar nicht zu Wort kommen lassen.
Und sie schämte sich so sehr für das, was sie in den letzten
Tagen angerichtet hatte.

»Vielleicht weiß deine Freundin Bescheid. Wie heißt sie
noch mal? Melodie? Ruf sie an.«

»Elodie. Gute Idee.« Elodie wusste bestimmt, was los war.
Sarah schaltete das Telefon ein und wunderte sich für einen
Moment, dass seit gestern überhaupt keine SMS eingegangen
waren, dann tippte sie auf das Foto ihrer Freundin. Jonas, der
seine Hand noch immer auf ihrem Bein liegen hatte, sah sie
unverwandt an.

»Trautmann, hallo?«

Seit wann meldete sich Elodies Vater mit seinem Nachnamen? »Hi, ich wollte Elodie sprechen.«

»Sarah? Ich bin von der Polizei. Bist du allein? Antworte mit ›okay‹, falls nicht.«

»Okay.«

»Ist Jonas bei dir? Nur ja oder nein.«

»Ja.« Was war da los? Mit wem sprach sie gerade und wo war Elodie?

»Hör mir zu und versuche, dir nichts anmerken zu lassen. Antworte jetzt, dass du wartest. Ich bin ihr Vater und bringe ihr das Handy. Schau diesen Jonas nicht an.«

»Gut, ich warte.« Sarah versuchte, die Nervosität, die sich in ihr ausbreitete, nicht zu zeigen.

»Was ist?« Jonas, der sie die ganze Zeit beobachtet hatte, schien misstrauisch zu werden.

»Ihr Vater. Sie hat das Handy in der Küche liegen lassen und er bringt es ihr jetzt.«

»Alles klar.« Jonas' Gesicht entspannte sich.

Der Mann am anderen Ende redete indessen leise weiter. »Sarah, du bist in großer Gefahr. Dieser Jonas ist nicht dein Freund. Hast du das verstanden? Er darf auf keinen Fall merken, dass du ihm misstraust! Versuche, ihn zu überreden, wieder nach Tannau zu fahren. Und jetzt sag: Hallo Elodie!«

»Hi, Elodie!«

Jonas nickte zufrieden, und Sarah presste den Hörer fester ans Ohr, während in ihrem Kopf die Informationen des Polizisten Pingpong spielten. Das Chaos wollte sich nicht auflösen. Was hatte der Mann damit gemeint, dass Jonas nicht ihr Freund sei?

»Ist er die ganze Zeit bei dir? Nur ja oder nein.«

»Ja.«

»Frag nach deiner Schwester!« Jonas, der sie die ganze Zeit gemustert hatte, stupste sie am Arm, und Sarah beeilte sich, seiner Aufforderung Folge zu leisten.

»Was ist mit Kat?«

»Deine Schwester ist im Krankenhaus. Sie ist nicht ansprechbar.«

»Oh Gott!« Sarah drückte den Ärmel auf den Mund und fühlte heiße Tränen über ihre Wangen laufen.

»Es wird alles gut, Sarah, glaub mir.« Die Männerstimme klang beruhigend, aber das verstärkte den Aufruhr in ihrem Innern nur noch. »Würdest du noch ein bisschen mit mir reden? Dann können wir euch orten. Frag mich, wo sie sich befindet.«

»W… Wo ist sie?«

»Im Bethlehemstift. Und jetzt frag, wann sie wieder zu Bewusstsein kommen wird. Und vergiss nicht: Ich bin deine Freundin Elodie.«

»Wird sie wieder aufwachen, Elodie?« Sarah kam sich vor wie ein Papagei, aber die Methode funktionierte. Jonas fixierte sie noch immer. Und obwohl der Kripobeamte gesagt hatte, sie solle ihren Freund nicht ansehen, schaute Sarah jetzt doch zu ihm. Auf seinem Gesicht lag ein zufriedener Zug. Durch ihre Konzentration auf den unbekannten Gesprächspartner kam sie gar nicht dazu, darüber nachzudenken, wieso jemand Jonas verdächtigte, etwas Böses im Sinn zu haben. Der Typ war schließlich in sie verknallt!

»Das kann man zurzeit nicht sagen. Bis morgen auf keinen Fall. Frag mich, auf welcher Station sie liegt.«

»Auf welcher Station ist sie denn?« Jonas nickte ihr zu.

»Station einundzwanzig, Zimmer neun.«

Sarah wiederholte die Information. Jonas zog einen Block aus dem Handschuhfach und schrieb die Ziffern auf.

»Ist Kat schwer verletzt?« Ihre Kehle war wie zugeschnürt.

»Nicht lebensgefährlich. Aber die Ärzte haben sie zur besseren Heilung in ein künstliches Koma versetzt.«

»Künstliches Koma ... oh mein Gott.«

»Mach dir keine Sorgen. Sie wird wieder ganz gesund. Ich verspreche es. Aber du musst auf dich aufpassen, Sarah. Fühlst du dich gut?«

»Nicht wirklich. Ich bin immer müde und schlafe dauernd ein.« Jonas hatte sich jetzt aufgerichtet. Seine Finger umklammerten den Kugelschreiber.

»Das ist nicht gut. Antworte mir bitte, dass ich mir keine Sorgen machen soll.« Sarah tat, wie geheißen, und er fuhr fort.

»Du darfst nichts Unverpacktes zu dir nehmen. Das ist sehr wichtig! Kannst du frei über dein Handy verfügen? Nur ja oder nein, bitte.«

»Weiß nicht.« Jetzt blickte Sarah gar nicht mehr durch. Was sollte der Scheiß mit dem Essen?

»O.K., Sarah, es ist wichtig, dass es möglichst eingeschaltet bleibt. Die ganze Zeit. Hast du eine Ahnung, wo du gerade bist? Nur ja oder nein.«

»Nein.«

»Gut, wir orten euren Standort gerade. Du musst mit uns in Verbindung bleiben. Sag jetzt ›Na gut, Elodie, versprochen.‹«

»Alles klar, Elodie, ich verspreche es.«

»Und nun: ›Ich rufe dich jede Stunde einmal an‹.«

Sarah wiederholte auch diesen Satz. Neben ihr deutete Jonas auf die Uhr und zog dabei die Augenbrauen hoch.

»Gut, wir haben es. Versuche, Jonas zu überreden, noch ein bisschen dort zu bleiben. Die Kollegen sind bereits zu euch unterwegs. Sag: ›Alles klar, Elodie!‹«

»Alles klar, Elodie!« Eine weitere Träne löste sich aus ihrem Augenwinkel und rollte langsam über die Wange. Sarah fügte noch ein »Bis bald« hinzu, bevor sie auflegte. Noch bevor Jonas etwas sagen konnte, stürzten schon die Tränen zu Tal, und sie schniefte und schluchzte gleichzeitig. Jonas nahm ihr das Telefon weg und drückte ihr ein Tempo in die Hand.

Kat lag im Koma, Elodies Anrufe wurden von der Polizei entgegengenommen und Jonas war nicht ihr Freund, sondern führte etwas im Schilde. Sarah schluchzte lauter.

»So schlimm?« Sie spürte seine Hand, die ihre Schulter tätschelte, und konnte sich gerade noch beherrschen, sie nicht wegzustoßen. All der Kummer über ihre Schwester und die verlorene Liebe brach sich Bahn und überrollte sie wie eine Lawine. Und gleichzeitig flüsterte die Stimme in ihrem Kopf, dass sie das Geheule noch übertreiben sollte, um Zeit zu schinden und über alles nachzudenken.

»Wir müssen los, Prinzessin.« Seine Stimme war ganz nah an ihrem Ohr.

»Warte bitte!« Sarah drückte ihren nassen Ärmel an die Augen und versuchte, sich zu konzentrieren. *Er darf auf keinen Fall merken, dass du ihm misstraust*, hatte der Kripomann gesagt. Sie löste ihr Gesicht und schaute Jonas an. »Ich muss noch mal raus.«

»Ich halte gleich an der nächsten Tankstelle.« Schon startete er den Motor. »Willst du denn nicht gleich zu deiner Schwester? In welchem Krankenhaus ist sie noch mal?«

»Im Bethlehemstift. Das ist ungefähr vierzig Kilometer von Tannau entfernt.«

»Na, siehst du. Wenn wir gleich losfahren, sind wir ganz schnell da.« Schon setzte sich das Auto in Bewegung. Sarah sah aus dem Seitenfenster und versuchte, ihren Gesichtsausdruck unter Kontrolle zu behalten. Es würde ihr nicht gelingen, ihn hier festzuhalten, bis die Polizei kam. Und wie schlecht ging es Kat wirklich? Konnte sich die Polizei in Jonas täuschen? Was hatte er jetzt vor?

»Deine Schwester liegt also im künstlichen Koma. Hat Elodie gesagt, wann Katharina wieder zurückgeholt wird?«

Sarah hätte fast erwidert, dass sie schon seit Tagen nicht mit Elodie gesprochen hatte, schlug sich im letzten Augenblick jedoch die Hand vor den Mund. Schnell verwandelte sie die verräterische Geste in ein Streichen über die Wange. »Nicht vor morgen.«

»Das ist gut. Ich meine«, hastig sah er herüber, aber Sarah blieb ernst, »gut, dass man sie so bald wieder aufwecken will. Dann ist es bestimmt gar nicht so schlimm.«

»Ich hoffe es so sehr.« In Sarahs Unterbewusstsein brach sich eine Erkenntnis Bahn. Jonas wollte nicht, dass Kat in Sicherheit war. Zudem war er weder in sie verknallt noch hatte er ihr bei der Suche nach Kat helfen wollen. Er führte etwas anderes im Schilde. Etwas Schlimmes. Sie musste diesen Kripobeamten noch einmal anrufen. Wo war eigentlich ihr Handy?

»Ich hab Elodie versprochen, mich jede Stunde zu melden. Sie macht sich Sorgen.«

»Klar doch. Möchtest du einen Schluck Kakao? Ich habe neuen besorgt.«

»Nein danke, im Moment nicht.« Ein Echo hallte in ihrem Kopf: *Du darfst nichts Unverpacktes zu dir nehmen.*

»Hast du Hunger?«

»Geht so. Aber ich möchte mich waschen. Könnten wir an einer Tankstelle anhalten?« Würde er anbeißen? Vielleicht konnte sie von dort heimlich telefonieren.

»Von mir aus. Und du möchtest wirklich keinen Kakao?«

»Nein danke. Ich kann das süße Zeug nicht mehr sehen.« Jonas fuhr zu schnell. Sarah sah ihn an und lächelte ihr bestes Lächeln, während die Angst in ihr tobte. Mit diesem Kakao stimmte was nicht. Und ihr dauerndes Schlafbedürfnis kam auch nicht von der Erschöpfung oder einem Virus. Im Gegenlicht stachen Jonas' Bartstoppeln deutlicher als sonst hervor. Hellblond. Ungewöhnlich bei den dunklen Haaren. Wieder wallte der Kummer in ihr nach oben. Der gut aussehende Jonas. Ihr erstes echtes Date. Der Kuss unter der Straßenlaterne. Das Herzklopfen im Kino. Sie blinzelte die Tränen weg. Die Welt, die vor den Autofenstern vorbeihuschte, war verschwommen und hatte trotz des sonnigen Spätfrühlings einen Grauschleier. Allmählich verwandelte sich das Hämmern in ihrem Kopf in ein sanftes Brummen.

Warum Jonas das alles tat, konnte sie später herausfinden. Jetzt kam es darauf an, seine nächsten Schritte vorauszuahnen und sich gewaltig in Acht zu nehmen, dass ihr nichts passierte.

Zwanzig Minuten später waren sie an einer Tankstelle. Sie hatte auf der Toilette Wasser aus dem Hahn getrunken und mit dem Seifenstück eine Botschaft auf den Spiegel gemalt. Jetzt schloss sie schnell die Tür ab, marschierte zum Auto und übergab ihm den Schlüssel, damit er ihn zurückbringen konnte.

Mit einem sanften Lächeln im Gesicht kam er zurück, und Sarahs Herz zog sich schmerzhaft zusammen, als sie sah, wie die Sonne seinen Locken eine rötliche Tönung verlieh. Er hielt ihr eine durchsichtige Plastiktüte entgegen.

»Schau mal hier. Eine Teigtasche mit Quarkfüllung. Nicht so süß. Käsebaguettes gab es leider nicht. Aber du *musst* was essen.«

Sarah starrte auf die Verpackung. Die Lasche war fest verklebt. Sie hatte tatsächlich Hunger.

»Gib her. Ein paar Bissen können nichts schaden.«

»Na siehst du, Prinzessin.« Jonas lächelte und zwinkerte ihr zu, als sie abbiss.

43

Ein letztes Mal checkte Jonas seine Verkleidung. Langer weißer Kittel, dazu eine braune Aktentasche. Er hatte unterwegs angehalten und sich mit allem ausgestattet, was er brauchte. Außerdem sah er anders aus, die Haare waren glatt zurückgegelt, die braunen Kontaktlinsen hatte er weggeworfen. Das musste als Tarnung reichen.

Trotzdem würde er nicht den Haupteingang benutzen. Dort saß eine Nachtwache, und es würde vielleicht auffallen, wenn ein unbekannter Arzt hineinmarschierte. Über die Notaufnahme seitlich vom Portal kam man viel leichter auf das Areal, hier hatte bis vor einer Stunde ein ständiges Kommen und Gehen geherrscht, Krankenwagen hielten, Bahren wurden hineingefahren, Mitarbeiter gingen ein und aus. Er hatte den Betrieb hier eine Zeit lang beobachtet und nun war nächtliche Ruhe eingekehrt.

Sein Blick glitt über den Eingangsbereich. Seit einer halben Stunde war außer einem Pfleger, der schnell eine Zigarette geraucht hatte, niemand mehr erschienen. Die Spätschicht hatte das Gelände verlassen, Besucher kamen um diese Zeit nicht mehr. In den Zimmern war es dunkel. Der Pförtner hatte eine Zeitung vor sich und blickte nur ab und zu auf.

Jonas stieg aus und klemmte sich die Aktentasche unter den Arm, dann verschloss er den Wagen und setzte sich mit schnellen Schritten in Bewegung. Bis zu der Station, auf der Katharina lag, würde er die Laubengänge benutzen und dabei gedankenverloren nach unten schauen. Ein Arzt auf dem Weg zu seiner Station.

Noch einmal schaute er zurück zum Auto, aber alles blieb ruhig. Sarah lag auf dem Rücksitz, und er hatte sie zur Sicherheit zugedeckt, damit einem Vorbeigehenden nichts auffiel. Sie schlief seit heute Vormittag. Dieses Mal hatte er die Dosis erhöht, damit sie nicht zwischendurch erwachte und ihm die Tour vermasselte. Die Teigtasche war gut gefüllt gewesen. Obwohl sie sie nicht aufgegessen hatte, hielt die Wirkung des Betäubungsmittels noch immer an. Wenn er Katharina erledigt hatte, würde er mit der Lumpenprinzessin die Stadt verlassen und etwas arrangieren, das wie ein Unfall aussah. Vielleicht erwürgte er sie auch und warf ihre Leiche in irgendein Gewässer oder vergrub sie im Wald, sodass man sie nicht gleich fand.

Jonas sog die Frühlingsluft ein. Es wurde wirklich Zeit, dass er das Leben wieder unbeschwert genießen konnte. In den USA. Mit neuen Kumpels und einer hübschen kleinen Freundin.

Mit gesenktem Kopf durchquerte er die Glastür und blickte sich dann schnell auf dem Gang um. Alles war still, das Licht gedämpft, über den Türen leuchteten kleine grüne Lampen mit einem fliehenden Männchen. Weiter hinten ragte ein Glaskasten in den Raum hinein, der hell erleuchtet war. Jonas erblickte den Schreibtisch und den leeren Drehstuhl davor und atmete tief durch. Anscheinend war die Nachtschwester gerade bei einem Patienten. Wie praktisch! Sein Puls raste. Gleich war es so weit. Mechanisch zählte er die Zimmernummern ab und lauschte dabei, ob die Schwester zurückkam, aber alles blieb still. Neun! Hoffentlich ein Einzelzimmer! Seine Finger griffen nach der Klinke und drückten sie ganz langsam nieder. Lautlos schwang die Tür auf und Jonas spähte in den Raum. Dann trat er ein, zog hastig die Tür zu und blieb stehen. Über Katharinas Bett brannte eine kleine Nachtlampe, die dem Gesicht einen bläulichen Schimmer verlieh. Das Mädchen schlief mit hochgestelltem Kopfteil fast sitzend. Bis zum Hals war sie zugedeckt, auch die Arme waren unter der Decke. Sehr praktisch. Ein zweites Kissen lag auf dem Stuhl neben dem Bett. Es war, als hätte eine hilfreiche Hand bereits alles für ihn vorbereitet. Für einen winzigen Augenblick wunderte sich Jonas, dass Katharina an keinerlei Geräte angeschlossen war, bevor er nach dem bereitliegenden Kissen griff; kein Piepsen und Blinken, kein Monitor mit einer Herzkurve. Wurde denn eine Patientin im künstlichen Koma nicht permanent überwacht?

Er schob den störenden Gedanken beiseite und trat an ihr Bett. Ein letzter Abschied nehmender Blick auf das friedliche Gesicht seiner ehemaligen Freundin, dann beugte er sich nach vorn.

Im selben Moment sprang die Tür zur Toilette auf. Zwei Männer stürzten heraus, rannten zu ihm, und ehe er sichs versah, hatte einer von ihnen ihm das Kissen entrissen und der andere ihm die Arme auf den Rücken gedreht. Fassungslos sah Jonas, wie Katharina die Augen aufschlug und die Decke von sich stieß. Darunter war sie komplett angezogen. Eine Frau mit kurzen schwarzen Haaren trat in das Zimmer und nickte dem Beamten zu, der noch immer das Kissen hielt.

»Ich hole Frau Gessum.« Schon verschwand sie auf dem Gang.

»Das hättest du wohl nicht gedacht, was?!« Kat war aufgestanden und trat einen Schritt auf ihn zu. »Du bist erledigt, Jonas!« Dann sah sie sich um, als fiele ihr etwas ein. »Wo ist Sarah, du Schwein?«

»Keine Ahnung.« Jonas überlegte fieberhaft. Die ganze Krankenhaus-Geschichte war eine Inszenierung gewesen, um ihn hierherzulocken. Konnte er Sarah als Joker einsetzen? Wenn er so tat, als wisse er zwar, wo sie sei, würde sie aber nur freilassen, wenn man ihm dafür freies Geleit zusicherte? Vielleicht kam er so davon.

»Ich …« Weiter kam er nicht. Die Tür zum Flur wurde aufgestoßen und knallte gegen die Wand. Sarah kam hereingerannt, stoppte kurz und sah schnell zu ihrer Schwester, die noch immer vor dem Bett stand.

»Ich dachte schon, ich komme zu spät! Ich musste dem Pförtner erst umständlich erklären, was ich mitten in der Nacht hier will! Der wollte mich gar nicht reinlassen!«

Sarah wandte sich ihm zu und begann, ihn anzuschreien und zu beschimpfen. Am liebsten hätte Jonas sich die Ohren zugehalten, aber der Beamte hielt ihm noch immer die Arme auf dem Rücken fest.

Wollte der Mann denn gar nichts gegen die kleine Furie unternehmen, die ihn jetzt sogar mit Fäusten traktierte? Und wieso war Sarah so plötzlich wach? Als er vor zehn Minuten losgegangen war, hatte sie doch noch tief und fest auf dem Rücksitz geschlafen?

»Hast du dich denn nicht gewundert, dass ich nach dieser widerlichen Teigtasche, die du mir mitgebracht hattest, noch mal ganz schnell auf die Toilette musste? Ich hab den ganzen Scheiß wieder ausgespuckt!«

Da hatte er die Erklärung.

»Du hast gedacht, dein Schlafmittel hat mal wieder gewirkt, dabei habe ich die ganze Zeit auf dem Rücksitz gelegen und zugehört, wie du die Nachrichten gecheckt und vor dich hin gemurmelt hast!«

Sie holte aus und verpasste ihm eine Ohrfeige. Die Kripobeamten ließen sie gewähren. Kat hatte die Augen weit aufgerissen und schien sich zu fragen, was in ihre kleine Schwester gefahren war.

»Als du noch einmal angehalten hast, um einzukaufen, habe ich eine weitere Nachricht hinterlassen. Mein Handy hattest du ja mitgenommen, und weil ich nicht wusste, wann du zurückkommst, habe ich mich nicht getraut, eine Telefonzelle zu suchen. Aber ganz so blöd, wie du gedacht hast, bin ich auch nicht.«

Der zweite Kripobeamte, der neben der Tür stand, schaltete sich ein. »Sarah ist ein schlaues Mädchen. Sie hat auf einer Tankstellentoilette alle nötigen Informationen zu eurer geplanten Fahrtroute samt Wagentyp und Kennzeichen hinterlassen. Auch heute Morgen am Telefon hat sie super mit uns zusammengearbeitet.« Jonas blähte die Nasenflügel. Die kleine Schlampe hatte ihn reingelegt!

»Sarah, Liebling! Was machst du da?« Heide Gessum war in der Tür erschienen und schaute verblüfft auf ihre Tochter, die sich jetzt umdrehte, von ihm abließ und zu ihrer Mutter rannte, um dieser um den Hals zu fallen.

»Mama! Ich bin so froh, dich zu sehen!« Sie löste sich und blickte zu ihrer Schwester. Und dich auch, Kat!« Katharinas Starre löste sich, und sie ging hinüber zur Tür, woraufhin sich die drei fest in den Arm nahmen. Jonas schaute schnell zu Boden. Verbrüderungsszenen widerten ihn an. Ganz vorsichtig bewegte er die Handgelenke, aber die barsche Stimme in seinem Rücken ließ ihn innehalten.

»Komm bloß nicht auf dumme Gedanken, Bürschchen!«

»Leg ihm Handschellen an, Lars.« Die Frau mit den dunklen Haaren gab ihrem Kollegen einen Stoß. »Wir wollen doch nicht, dass er abhaut.«

»Wie siehst du eigentlich aus?« Kat zeigte auf Sarahs schwarze Strubbelfrisur und erntete ein verlegenes Grinsen, das sich gleich darauf in ein trauriges Lächeln verwandelte.

»Damit mich keiner erkennt.« Sarah sah zu Jonas. »Was wird jetzt mit ihm?«

»Wir nehmen ihn mit, der Staatsanwalt stellt einen Haftbefehl aus und dann kommt er in U-Haft.«

»U-Haft? Das heißt, Gefängnis?«

»Jonas hat drei Menschen umgebracht, Sarah.« Kat klang resigniert.

»Er … er hat was?« Sarah sah geschockt zu Jonas.

»Ich erklär es dir später genauer.«

366

»Lasst uns gehen.« Frau Gessum griff nach Sarahs Hand. Auf dem Weg nach draußen drehte Katharina sich noch einmal zu Jonas um. »Wir sehen uns vor Gericht! Gegen mich und meine Schwester hast du keine Chance.«

Claudia Puhlfürst, geb. 1963, studierte Biologie und Chemie und arbeitete als Dozentin und Lehrerin, bevor sie Redakteurin beim Duden-Verlag wurde. In der Belletristik hat sie sich mit mehreren Psychothrillern bereits einen Namen gemacht und bezeichnet sich selbst als »kriminelle Schreibtischtäterin«. Claudia Puhlfürst lebt mit ihrem Hund und zwei Meerschweinchen in Zwickau.